Hannah Coler

CAMBRIDGE 5

Zeit der Verräter

Autorin

Hannah Coler ist das Pseudonym der deutschen Historikerin Dr. Karina Urbach. Sie studierte Geschichte in Cambridge und lehrte an deutschen und britischen Universitäten. Urbach war an zahlreichen Dokumentationen des ZDFs und der BBC beteiligt. Seit 2015 lebt sie mit ihrer Familie in Princeton. »Cambridge 5 – Zeit der Verräter« ist ihr erster Roman. Er wurde für den Friedrich-Glauser-Preis nominiert und gewann den Crime Cologne Award 2018.

Hannah Coler

CAMBRIDGE 5

Zeit der Verräter

Roman

blanvalet

Sollte diese Publikation Links auf Webseiten Dritter enthalten,
so übernehmen wir für deren Inhalte keine Haftung,
da wir uns diese nicht zu eigen machen,
sondern lediglich auf deren Stand zum Zeitpunkt der
Erstveröffentlichung verweisen.

MIX
Papier aus verantwortungsvollen Quellen
FSC® C014496

Verlagsgruppe Random House FSC® N001967

1. Auflage

Neumarkter Str. 28, 81673 München
Redaktion: Angela Kuepper
Umschlaggestaltung: www.buerosued.de
Umschlagmotive: OwenPrice/E+/Getty Images;
www.buerosued.de
NG · Herstellung: wag
Satz: KompetenzCenter, Mönchengladbach
Druck und Bindung: GGP Media GmbH, Pößneck
Printed in Germany
ISBN 978-3-7341-0825-9

www.blanvalet.de

Für Otto, der alles möglich machte

Die »Cambridge Fünf« 1934 bis 1963:
Kim Philby, Guy Burgess, Donald Maclean,
Anthony Blunt, John Cairncross

Die Cambridgegruppe der 1970er-Jahre:
Hunt, Jenny, Stef, Georgina, Denys

Die Cambridgestudenten im Jahr 2014/15:
Jasper, David, Wera

ERSTES SEMESTER (MICHAELMAS TERM)

7. Oktober bis 5. Dezember 2014

1

30. September 2014
New College
Cambridge

Die Sitzordnung kam einer Hinrichtung gleich. Links von Hunt hatte man eine Frau jenseits der achtzig platziert, die irgendwann einmal mit jemand Wichtigem verheiratet gewesen war, an den sie sich wahrscheinlich selbst nicht mehr erinnern konnte. Ihre nörgelnde Stimme und ihr erhöhter Alkoholpegel ließen ihn an Margaret Thatcher in ihren letzten Lebensjahren denken. Wer diese Frau genau war, hatte ihm niemand erklärt, und er wollte es auch gar nicht mehr wissen. Seit der Vorspeise redete sie ununterbrochen auf ihn ein – es ging um irgendwelche Probleme mit ihrem Personal. Menschen, die für so eine Frau arbeiten mussten, konnte man nur bedauern. Hunt hatte beschlossen, nicht mehr weiter an der Konversation mit ihr zu pumpen, sie war die Mühe nicht wert. Wahrscheinlich gehörte sie zu der Kategorie reicher kinderloser Witwen, die man in die Colleges von Cambridge einlud, um eine lukrative Spende aus ihnen herauszuholen. Eine andere Erklärung für ihre Anwesenheit konnte er sich nicht vorstellen. Er würde ihr zu keiner noch so geringen Spende raten. Im letzten Jahrzehnt hatte New College mehr Geld für Abfindungen an prozessierende Exmitarbeiter ausgegeben, als bedürftige Studenten zu unterstützen. Dabei befand sich das College seit über zweihundert Jahren in akuter Geldnot und konnte sich keinen einzigen dieser Prozesse leisten. Schon der Name New College war in jeder Hinsicht irreführend. Nichts an New College war neu. Seit seiner Gründung 1790 hatte man kaum Geld für größere Renovierungen ausgegeben. Aus der Not versuchte die Collegeleitung eine Tugend zu machen. Auf ihrer Webseite pries sie das College als eine architektonische Perle an, »unberührt und im Dornröschenschlaf seit über zweihundert Jahren«. Natürlich war Dornröschen immer wieder notdürftig repariert worden, und in den 1990er-Jahren hatte man sogar neue Badezimmer eingebaut. Doch kurz darauf war dem College wieder einmal das Geld ausgegangen. Wahrscheinlich hoffte der Master jetzt auf eine Finanzspritze von »Mrs. Thatcher«. Sie war viel zu angetrunken, um das zu realisieren.

»Wissen Sie, wie viel ich für mein Hauspersonal in die Rentenkasse einbezahlen muss?«

»Ein Vermögen?«, fragte Hunt hoffnungsvoll.

»Man kann sich das gar nicht vorstellen!«

»Und was sagt Ihr Steuerberater?«

Sie schien ihn nicht zu hören, wahrscheinlich war sie zu eitel, um ein Hörgerät zu tragen. »Ich schaffe Arbeitsplätze«, bellte sie. »Aber glauben Sie, der Staat hilft mir dabei?«

Sie saßen zu siebt im großen Esszimmer. Es war ein prächtiger Raum, der zum privaten Trakt des Colleges gehörte und nach dem Dichter Wordsworth benannt worden war, dessen Porträt an einer der dunkelgrünen Wände hing. Auf dem langen Esstisch aus der Regencyzeit stand gutes Collegesilber, frisch poliert, und dazwischen in kleinen Schalen weniger gelungene lilaweiße Blumendekorationen. Die ganze Inszenierung sollte wohl verdeutlichen, dass heute Abend wichtige Gäste zu Besuch waren. In dem Punkt war Hunt sich aber nicht so sicher. Keiner der Gäste sah nobelpreisverdächtig aus. Es versprach ein geistloser Abend zu werden.

Neben Thatcher zu sitzen war alles andere als ein Vergnügen, aber eine noch schlimmere Zumutung war die Frau rechts von ihm – Jenny Green, mit der ihn seit Jahrzehnten eine enge Feindschaft verband. Als sie beide jung gewesen waren, hatte ihre Sinnlichkeit ihm unendlichen Genuss verschafft. Davon konnte jetzt keine Rede mehr sein. Er hatte vor langer Zeit verdrängt, warum ihre Beziehung auseinandergegangen war, aber Jenny schien sich an jedes Detail zu erinnern. Das verbesserte die Atmosphäre des Abends kaum. Vordergründig stritten sie sich gerade über die Höhe der Studiengebühren, aber in Wirklichkeit ging es um die hohen Kosten, die ihre Beziehung verursacht hatte.

»Angemessen? Du bist also der Meinung, die hohen Studiengebühren wären *angemessen,* Hunt?«

»Ich habe gesagt, sie sind *angemessen für Eliteuniversitäten*. Sonst können wir nicht mehr die besten Wissenschaftler einstellen und mit amerikanischen Top-Universitäten mithalten.«

»Und wie soll dann ein Arbeiterkind jemals in Cambridge studieren können? Kannst du mir das mal erklären?«

»Mit Stipendien, Jenny. Es muss mehr staatliche Stipendien geben, und gleichzeitig müssen die Kinder reicher Eltern mit hohen Studiengebühren geschröpft werden. Wir hatten Stipendien, erinnerst du dich?«

»Was hat das jetzt mit uns zu tun?«

Hunt würdigte diese Frage mit keiner weiteren Antwort. Jenny wusste sehr genau, dass es viel mit ihnen zu tun hatte. Sie waren die erste Generation in ihrer Familie gewesen, die studieren durfte. Damals in den Siebzigerjahren hatten Jenny und er eine fantastische Zeit zusammen gehabt. Er wollte nicht mehr an die Kämpfe denken, die ihre Beziehung beendet hatten, sondern sich nur noch an den Sex erinnern – besonders in den Momenten, wenn er diese Erinnerung dringend brauchte, um in Stimmung zu kommen. In letzter Zeit hatte er deshalb öfter an sie denken müssen. Er hatte dann diese Bilder vor sich gesehen – eine junge Jenny, die mit ihren nackten, runden Armen gierig nach ihm griff. Damals war es ihre Fülligkeit gewesen, die ihn angezogen hatte. Diese üppigen Oberarme – deren jetzigen Zustand er unter ihrem Zeltkleid nur erahnen konnte – waren kraftvoll fleischig gewesen. Schon allein die Trägheit ihrer Bewegungen hatte ihn erregt. Wenn sie einen ihrer nackten Arme gehoben hatte, um ein Buch vom Regal zu nehmen, war er nicht mehr zu halten gewesen. In seinen Erinnerungen trug sie immer ärmellose Sommerkleider.

Das war die bittere Ironie – eine Frau, die sexuell keine Grenzen kannte, agierte außerhalb des Betts als Grenzpolizistin. Jenny war Historikerin wie er, aber voller marxistischer Theoriehörigkeit. Auch jetzt wollte sie ihm beweisen, dass sie immer im Recht gewesen war. Er fand diesen Kampf bizarr. Sie hatte seit Jahren nichts mehr von wissenschaftlichem Wert publiziert, und seine Bücher waren preisgekrönt. Seiner Meinung nach war die Sache entschieden.

Im Grunde hatte Jenny sechsmal das gleiche Buch geschrieben. Anfang und Ende unterschieden sich natürlich, aber der Mittelteil drehte sich immer um die einzige Idee, die sie je gehabt hatte. Das Resultat war ganz nach Truman Capotes Bonmot »Nicht schreiben, sondern tippen«. Er fragte sich, was in ihrem Leben derart schiefgelaufen war, dass sie mittlerweile alles und alle hasste. Als er sie kennengelernt hatte, war davon nichts zu erahnen gewesen, damals hatte ihr brennender Ehrgeiz ihn manchmal genervt, aber den hatten alle in dieser Stadt, er hielt den Motor am Laufen.

Während er vorgab, ihrem Monolog über Studiengebühren zuzuhören, versuchte er sich auf den zweiten Gang zu konzentrieren. Er hatte schon früh erkannt, dass das einzig Gute an dieser Abendeinladung das Essen sein würde. Was waren die Zutaten der Sauce? Ganz wenig Sahne. Senf? Vielleicht Thymian?

Er konnte sich nur schwer konzentrieren, weil Jenny immer noch quasselte. Sie hatte nie Ahnung von gutem Essen gehabt und schien auch den Fisch nicht zu schätzen. Stattdessen streute sie jetzt jede Menge Salz darüber. Geschmack war wirklich nie ihre Stärke gewesen. Nicht nur beim Essen hatte sie das immer wieder bewiesen. Hunt erinnerte sich an einen ihrer peinlichen feministischen Blogs, in dem sie ihrer begrenzten Leserschaft mitgeteilt hatte, dass sie die Männer aufgegeben habe – wahrscheinlich, nachdem sie von ihnen aufgegeben worden war. Und wie sie jetzt wieder nach dem Salz griff, das war nicht nur ein kulinarisches Verbrechen, es war auch eine fast altjüngferliche Bewegung. Sie hatte ganz offensichtlich schon lange keinen Sex mehr gehabt; um das zu erkennen, musste man nicht ihre Blogs lesen. Es war für jedes geschulte Auge eindeutig.

Mit sechzig die Männer aufzugeben war sicher ein reichlich später Entschluss gewesen. Eine gute Party sollte man immer als Erster verlassen. Trotzdem hatte er den Eindruck, dass sie sich gegen die Tragweite dieser Entscheidung innerlich immer noch wehrte. In diesem Punkt empfand er fast Mitleid mit ihr. Frauen in Jennys Alter hatten in dieser Gesellschaft keinen guten Stand. Sie waren in der Regel übellaunige Kreaturen, und sie hatten allen Grund dazu. Von Männern wurden sie nicht einmal mehr in Notfällen wahrgenommen. Der endgültige Verlust ihrer sexuellen Attraktivität musste für diese Frauen einem Todesurteil gleichkommen, und sie schienen alle Phasen der Trauer durchzumachen: die anfängliche Ungläubigkeit, wenn Männer einfach durch sie hindurchsahen, dann die Wut, wenn ihnen keiner mehr zuhörte, als Nächstes die Resignation über die eigene Unbedeutsamkeit, bis irgendwann endlich die Akzeptanzphase einsetzte.

Jenny war definitiv noch in der Wutphase, und er konnte nicht darauf hoffen, dass sie an diesem Abend die Akzeptanzphase erreichen würde. Dabei hatte er nichts gegen Frauen ihres Alters. Sie waren in der Regel dankbar für jegliche Aufmerksamkeit und – solange sie nicht in die Esoterik abdrifteten – als Gesprächspartnerinnen immer noch unterhaltsamer als zwanzigjährige Studentinnen. Er selbst hatte nie ein Interesse an »femmes fragiles« gehabt. Anne, seine derzeitige Freundin, war fünfundvierzig Jahre alt, und an manchen Tagen sah man ihr das durchaus an. Nach den Sommerferien konnte sie aussehen wie eine Dreißigjährige, und erst wenn das Semester begann, verausgabte sie sich für ihre Studenten dermaßen, dass sie kurz vor Weihnachten die fünfzig überschritten hatte. Allerdings war sie noch nicht in der Menopause. Die schien die Lebensqualität von Frauen noch einmal stark zu verringern.

Jenny befand sich anscheinend mittendrin. Sie schwitzte jetzt stark. Ihre Haare – die am Anfang des Abends noch frisch geföhnt ausgesehen hatten – klebten mittlerweile an ihrer Stirn. Er war sich nicht sicher, ob ihre Wangen so rot angelaufen waren, weil die »hohen Studiengebühren« sie aufregten oder weil gerade eine Hitzewelle durch ihren Körper schoss. Sie sollte dringend Hormonpräparate nehmen, aber wahrscheinlich lehnte sie so etwas als kanzerogen ab. Sie war schon immer eine dieser Naturheilkundlerinnen gewesen, die noch bei einem Blinddarmdurchbruch Bachblüten schluckten.

»Und wie geht es dem Geschichtsfernsehen?« Jennys Stimme troff vor Ironie.

Er gab vor, nicht zu verstehen. »Geschichtsfernsehen?«

»Deine BBC-Dokumentationen, mit denen du uns seit Längerem beglückst.«

»Wir planen gerade eine neue Reihe.«

»So einen Scheiß hättest du früher nie gemacht, Hunt.«

Jenny war ein Geschöpf der Punkgeneration, und ihre Sprache erinnerte gelegentlich an einen Kampfsong der Sex Pistols. Sie schien sich jung zu fühlen, wenn sie Worte wie »Scheiße« oder »Fuck« einstreute, obwohl sie aus ihrem Mund uralt klangen.

Hunt lächelte. »Es wird ein Sechsteiler.«

»Für welche Altersgruppe soll das sein? Das kann doch kein Achtzehnjähriger ertragen, wenn so alte Säcke über Schlachtfelder wandern!«

Er hatte keine Ahnung, wovon sie sprach, er war kein Militärhistoriker und nie über Schlachtfelder gewandelt. Seine Expertise lag in politischer Geschichte, er gehörte zu den Fossilien, die alle Moden überlebt hatten und sich mit Diktatoren und ihren Gedankengängen beschäftigten –

nicht mit der Geschichte der Tränen oder der welterschütternden Frage, wie oft Beduinenfrauen im neunzehnten Jahrhundert menstruierten. Auch er war in den Siebzigerjahren sozialisiert worden, aber er hatte sich im Gegensatz zu Jenny inhaltlich und sprachlich definitiv weiterentwickelt. Jedes seiner acht Bücher war einem anderen Thema gewidmet. Er wiederholte sich nie und reiste permanent, um an spektakuläres Archivmaterial und neue Ideen heranzukommen. Ohne Herausforderungen konnte er nicht leben.

Jenny hingegen hatte sich schon lange keiner Herausforderung mehr gestellt. Sie machte seit dreißig Jahren das ewig Gleiche, und es war ihm eine Freude, sie jetzt mit der fatalsten aller Fragen zu konfrontieren:

»Wann dürfen wir mit dem Erscheinen deines lang erwarteten neuen Buchs rechnen, Jenny?«

Sie warf ihm einen menopausalen Blick zu. »Es wird sicher keine Scheiß-Fernsehdokumentation dazu geben.«

Hunt lachte sein berühmtes Wolfslachen. Cambridge war ein Ort mit calvinistischer Arbeitsethik, an dem es letztendlich nur ein Klatschthema gab: Wer hat was publiziert, und mit welchem Preis könnte er dafür ausgezeichnet werden. Auf die nervtötende Frage, an welchem Thema man gerade arbeite, musste man immer eine gute Antwort parat haben, sonst galt man als ausgebrannt oder, verhängnisvoller, *langweilig*. Potenzielle Ausreden wie Lehrbelastung oder Überschwemmung mit administrativen Aufgaben wurden nicht toleriert. Der Druck, immer auf dem Laufenden zu sein (oder zumindest vorzugeben, alles gelesen zu haben und folglich allem widersprechen zu können), war enorm. Cambridge vergab Unproduktivität nicht. Man musste bereit sein, seine Arbeit permanent zu verkaufen – natürlich auf subtile Weise, mit jeder Menge Ironie und falscher Bescheidenheit. Jenny schien diese Überlebensregel verdrängt zu haben. Er fragte sich, warum sie nichts mehr von Wert produzierte. In den Geisteswissenschaften gab es eine klare Trennlinie – entweder war man in der Tolstoi- oder in der Tschechow-Kategorie, das bedeutete, Langstrecke oder Kurzstrecke. Er lief Langstrecke, aber Jenny war immer eine tschechowsche Kurzstreckenläuferin gewesen, und der lange Atem für ein großes Buch hatte ihr ganz offensichtlich gefehlt. Jetzt schien sie endgültig leergeschrieben.

Es war ein Fünf-Gänge-Menü und höchste Zeit, dass der Hauptgang serviert wurde. Hunt hatte auf Fasan gehofft, aber das Reh sah ebenfalls vielversprechend aus. Er warf James, dem Collegebutler, einen dankbaren Blick zu. James wusste nicht nur, was jeder berühmte Gast gerne trank, er war in der Regel auch über andere Vorlieben informiert. Das hatte ihm über die Jahre ein gutes Nebeneinkommen verschafft.

Das Reh war weich und zart. Hunt wollte sich jetzt nur noch auf diese Zartheit konzentrieren. Mit zunehmendem Alter hatte er festgestellt, welch erhöhten Stellenwert Essen in seinem Leben einnahm. Es verschaffte ihm mittlerweile einen noch stärkeren Genuss als Sex. Während er über die originelle Mischung der Beilagen nachdachte (Lauch, Maronen, Minikartoffeln und eine scharfe Sauce), unterbrach ihn seine geriatrische Nachbarin zur Linken. Sie war ganz offensichtlich der Meinung, dass er zu viel Redezeit mit Jenny vergeudet habe und sie jetzt wieder an der Reihe sei.

»Was machen Sie eigentlich beruflich?«

Es war einer der wenigen Sätze, die Thatcher, oder wie auch immer diese überflüssige Frau hieß, nicht mit »ich« begonnen hatte. Hunt hatte gerade eine wunderbare süße Marone im Mund und zwang sich dazu, sie langsam zu schlucken, um nicht daran zu ersticken. Er galt als einer der berühmtesten Historiker Großbritanniens. War es Arroganz oder Ignoranz, dass sie ihn nicht erkannt hatte? Vermutlich Letzteres. Er beugte sich daher betont freundlich zu Mrs. Thatcher und schenkte ihr sein bestes Wolfslächeln.

»Ich arbeite in Versicherungen.«

Seiner Meinung nach hatte er das Gespräch zwischen ihnen damit endgültig beendet. Sie schien ernsthaft irritiert zu sein. Wahrscheinlich überlegte sie, ob sie ausreichende Policen auf ihre Besitztümer abgeschlossen hatte oder jetzt sofort eine kostenlose Beratung von ihm verlangen sollte. Reiche Leute waren, wenn es sich nicht um die Gründergeneration handelte, extrem langweilige Gesprächspartner. Er würde ihr von einer Lebensversicherung abraten.

»Aber Sie kommen mir so bekannt vor. Ich habe Sie doch irgendwo schon mal gesehen?«

»Lloyds. Wir versichern weltweit.«

»Ich bin nicht bei Lloyds.«

»Ein Verlust für uns.«

Sie schwieg. Trotz ihres Alkoholnebels schien es ihr zu dämmern, dass hier etwas nicht stimmte. Hunt versuchte sich wieder den Beilagen zu widmen, aber diese Frau hatte es geschafft, seinen wohltemperierten Unmut zu verstärken. Warum tat er sich diesen Abend an? September war die angenehmste Zeit in Cambridge – die Touristen hatten endlich die Stadt verlassen, und die Studenten waren noch nicht auf die Colleges niedergeprasselt. Für kurze Zeit konnte man allein und unbeobachtet sein. Zumindest wenn man klug genug war, keine überflüssigen Abendessenseinladungen anzunehmen.

Er gab James ein Zeichen, und der nickte verständnisvoll. Jetzt half nur noch Alkohol. Er hatte beschlossen, mehr zu trinken als Thatcher, um die Kette von Enttäuschungen, die dieser Abend bot, nicht länger in einem nüchternen Zustand ertragen zu müssen. Natürlich hatte er im Laufe seines Lebens unzählige misslungene Dinnerpartys erlebt. Auf Platz eins stand immer noch ein Abend Mitte der 1970er-Jahre. Er war Doktorand gewesen und bei Partys als neues Wunderkind herumgereicht worden. Damals war er für ein freies Essen überall hingegangen. Seine Gastgeber an jenem Abend hatte er kaum gekannt. Sie waren doppelt so alt wie er, beide angesehene Literaturwissenschaftler. Das Paar arbeitete seit längerer Zeit an einer Biografie über Edward Albee, und daher hätte ihr Verhalten keinen überraschen sollen. Sie wollten ihren Gästen offensichtlich eine gute Vorstellung bieten und zerfleischten sich gegenseitig mit Wollust drei Stunden lang (vom Aperitif bis zum letzten Wodka). Das schien eine Art sexuelles Vorspiel bei ihnen zu sein und wäre von einem voyeuristischen Standpunkt aus durchaus interessant gewesen, wenn nicht der Ehemann kurz vor Mitternacht gebrüllt hätte: »Dann erzähl uns doch mal, warum du auch sein Kind abgetrieben hast!« Mehrere der anwesenden Männer hatten daraufhin das Haus verlassen, und Hunt war dann auch bald gegangen, obwohl er mit der Sache an sich nichts zu tun gehabt hatte. Aber das waren die Siebzigerjahre gewesen, wo es noch um Sex und zwischenmenschliche Gewaltenteilung gegangen war. Jetzt waren die Themen für das perfekte Horrordinner vor allem politischer Natur.

Natürlich konnte das nur funktionieren, wenn man die üblichen linken *Guardian*-Leser (neunzig Prozent der Akademiker in Cambridge lasen diese Zeitung) mit einem Mann wie Simon Heffer zusammenbrachte, der für konservative Blätter arbeitete und die Todesstrafe befürwortete. Seit dem letzten Irakkrieg hatte Hunt ein paar desaströse Abendgesellschaften dieser Art erlebt. Verglichen damit war es fast eine angenehme Erfahrung, zwischen Thatcher und der klimakterischen Jenny zu sitzen.

In der Regel gehörte er nicht zu den Menschen, die sich während eines Gesprächs nach wichtigeren Leuten umschauten. Bei Empfängen konnte er sich darauf verlassen, dass nach einer Weile alle interessanten Personen in seine Richtung gravitierten. Dass man ihn nicht erkannte, war ihm seit Jahren nicht mehr passiert. Aber da seine rechte Tischdame ihn zu gut kannte und die linke überhaupt nicht, wanderten seine Augen jetzt demonstrativ den Tisch auf und ab. Sie waren eine ungerade Zahl, vier Frauen und drei Männer.

Ihm schräg gegenüber saß Stef. Hunt hatte schon den ganzen Abend versucht, den Blickkontakt mit ihm zu vermeiden, und er musste langsam aufpassen, dass es nicht zu offensichtlich wurde. Sie hatten vor langer Zeit zusammen studiert. Stef war eines dieser Computergenies geworden, mit schweren Bandscheibenproblemen, Tag und Nacht vor einem Bildschirm sitzend. Auch jetzt redete er nur über seine Arbeit:

»Wir versuchen, aus dem Science Park ein britisches Silicon Valley zu machen.«

Georgina, Stefs Nachbarin zur Linken, heuchelte Begeisterung: »Das ist wunderbar! Aber wie wollt ihr das schaffen?«

»Mit Steuervorteilen. Jeden Monat lässt sich ein neues Start-up-Unternehmen bei uns nieder. Es herrscht eine fantastische Aufbruchstimmung da draußen.«

»Was für Unternehmen sind das?«, fragte Georgina.

»Wir haben vor allem Bio-medical und neue Technologiefirmen.«

Stef redete nie über etwas anderes. Er hatte zwar eine Familie, aber seine Arbeit bedeutete ihm alles. Diesen Aspekt konnte Hunt zumindest nachvollziehen, das jeweils nächste Buch war auch für ihn immer wichtiger gewesen als stundenlanges, monotones Ausharren an zugigen Kinderspielplätzen. Heutzutage durfte man das ja nicht mehr laut sagen, aber die Wahrheit war doch, dass Kinder einen auslaugten. Er hatte damals nach dem Desaster mit Jenny vorübergehend jemanden geheiratet und konnte sich gut daran erinnern, dass die ersten fünf Jahre seiner Zeit als Vater ein einziger Schlafentzug gewesen waren, nur unterbrochen von endlosen Infektionskrankheiten. Seine Ehe hatte das nicht überlebt. Noch heute sah er in seinen dunkelsten Momenten den vorwurfsvollen Gesichtsausdruck seiner Exfrau vor sich, wenn er wieder einmal auf eine mehrwöchige Archivreise verschwand. Für ihn war es der einzige Ausweg gewesen, um bei Verstand zu bleiben.

Stef schien ähnlich unter dem Familienjoch gelitten zu haben, aber er hatte nie die Konsequenzen gezogen und war bei Frau und Kind geblieben. Das hieß allerdings nur, dass er physisch anwesend war. Sein mentales Leben spielte sich meilenweit entfernt von der Familie ab, in seiner Hightechfirma. Selbst der Tod seiner Frau vor einem Jahr schien daran nichts geändert zu haben. Stef war jetzt ein alleinerziehender Vater, aber an seinem Arbeitspensum hatte er ganz offensichtlich nichts geändert.

Warum solche Leute Kinder bekamen, war schwer nachvollziehbar. Geschah es aus schierem Phlegma, auf Druck der Ehefrau oder weil die Gesellschaft es von ihnen erwartete? War es die Angst vor Tod und Einsamkeit? Hunt wusste, er hätte nie Vater werden sollen. Er hatte niemanden damit glücklich gemacht. Falls seine Kinder wider Erwarten doch erfolgreiche Menschen werden würden, lag es sicher nicht an ihm.

Endlich wurde der Hauptgang abgeräumt. Er rechnete sich aus, dass das ganze Dinner inklusive Dessert und Kaffee ihm noch eine Leidenszeit von einer halben Stunde abverlangen würde.

Er blickte zu seiner Gastgeberin hinüber. Es war ihm völlig klar, dass Georgina für diese sadistische Sitzordnung verantwortlich war. Sie hatte damit wieder einmal ihren schlechten Sinn für Humor bewiesen.

Sie hatten alle zusammen studiert – Hunt, Jenny, Stef, Georgina und Denys. Mit etwas Mühe hätte Georgina eine eigene Karriere starten können, aber der Weg über ihren mäßig begabten Mann Denys war ihr bequemer erschienen. Jetzt war Denys Master dieses Colleges, und Georgina gab endlose Essensmarathons mit Semi-Berühmtheiten des öffentlichen Lebens, um zu beweisen, dass sich ihre Lebensplanung gelohnt hatte.

Georginas plötzliche Wandlung von der emanzipierten Studentin zur dienenden Ehefrau hatte Hunt mit wachsendem Unglauben verfolgt. Der Vorgang erinnerte ihn in seiner Radikalität an Leute, die mit zunehmendem Alter von Atheisten zu Evangelikalen wurden. Diese extremen Wechsel schienen nichts mit der jeweiligen Glaubensrichtung zu tun zu haben, sondern allein mit der engstirnigen Persönlichkeitsstruktur der Gläubigen. Die linke Jenny und die stockkonservative Georgina waren zwar politisch Welten voneinander entfernt, aber in ihrer Radikalität vereint. Beide waren Hundertprozentige, sie taten alles in ihrem Leben in der festen Überzeugung, im Recht zu sein. Selbstzweifel schienen ihnen fremd. Beide waren als junge Mädchen begeisterte Pfadfinderinnen gewesen. In Hitler-Deutschland oder der entschwundenen DDR wären sie wahrscheinlich glühende BDM- oder FDJ-Führerinnen geworden. Georgina war der richtige Typ dafür: eine wagnerianische Walküre, groß gewachsen, blond und breit, mit stahlblauen Augen. Auch diesen Tisch regierte sie mit einer penetranten Scharführerinnenfröhlichkeit. Ihre Dinnerpartys waren dafür bekannt, dass sie mit militärischer Präzision geplant wurden, wobei die Sitzordnungen auf einer ausgefeilten Schlachtordnung des achtzehnten Jahrhunderts zu beruhen schienen. Es gab einen linken und einen rechten Flügel, um die Mitte zu schützen. Die Mitte war ihr Mann Denys, der aufgrund seiner sozialen Inkompetenz von gutmütigen Bekannten flankiert werden musste. Doch eine derart ausgefeilte Tisch-Choreografie konnte nur bei größeren Gesellschaften reibungslos funktionieren. Heute Abend waren sie eine kleine Runde mit ungerader Zahl, und wer ausgefallen war, wurde natürlich nicht erwähnt. Aber wer auch immer es war, Hunt beneidete diese Person.

Dem Handbuch der perfekten Gastgeberin folgend, ignorierte Georgina das Ungleichgewicht. Sie richtete rotationsmäßig an jeden ihrer Gäste das Wort, um ihnen die proportionalen fünf Minuten Aufmerksamkeit zu schenken.

Hunt überlegte sich, ob er – wenn die Reihe an ihn kam – etwas aus seinem fiktiven Leben als Versicherungsbroker von sich geben sollte. Natürlich wusste er, was Georgina von ihm erwartete, eine nette kleine Anekdote von seinen Dreharbeiten mit der BBC. Es galt als schick, die Medien zu verachten, aber gleichzeitig würden alle Anwesenden hier ihr linkes Bein dafür geben, eine eigene Dokumentationsreihe zu haben. Georgina schaute ihn jetzt erwartungsvoll an.

»Hunt, erzähl uns von deinem neuen Projekt!«

»Es wird eine große Sensation werden, Georgina. Die Hitlertagebücher sind nichts dagegen.«

»Du wirst uns also alle überraschen?«

»Ich werde mich bemühen, euch auch in Zukunft nicht zu langweilen.«

»Versprochen, Hunt?«

»Versprochen.«

Er konnte sehen, wie enttäuscht sie war. Georgina hatte einfach keine Fantasie. Sie hatte nicht einmal ansatzweise eine Vorstellung davon, was in anderen Menschen vorging. Er kannte ihre Küchenpsychologie zur Genüge – sie und Jenny hatten ihn schon vor Jahren eingetütet und in eine ihrer Schubladen verfrachtet. Er war zwar ein berühmter Historiker, galt aber ihrer Meinung nach als Versager im privaten Bereich.

Sicher, seine private Bilanz war auf den ersten Blick ernüchternd. Aber wenn er ehrlich war, hatte ihn eine dauerhafte Beziehung nie wirklich interessiert. Schon der Gedanke, ein Leben lang mit derselben Frau schlafen zu müssen, war für ihn unvorstellbar. Er hatte es natürlich versucht, aber er hatte sich turnusmäßig auch immer wieder vorgenommen, mehr Sport zu treiben, und diese Vorsätze waren auf Dauer nicht durchzuhalten. Disziplin konnte er nur bei seiner Arbeit entwickeln, die Energie, auch noch sein Privatleben zu regulieren, hatte er wirklich nicht.

Georgina gehörte zu den Menschen, die glaubten, dass Leute wie er immer einen hohen Preis für ihren Erfolg bezahlen mussten – eine Theorie, die allen Erfolglosen dieser Welt eine enorme Befriedigung verschaffte. Sie schien sich mit wahrer Wollust an den privaten Katastrophen ihrer mehr oder weniger prominenten Gäste zu erfreuen. Die hatten – wie jeder Durchschnittsmensch auch – große persönliche Niederlagen erlebt: kaputte Ehen, entfremdete Kinder und das ein oder andere Alkoholproblem. Für Georgina schien damit jedoch eindeutig bewiesen, dass man im Leben nicht versuchen sollte, Außergewöhnliches zu wagen. Sie selbst hatte sich strikt an diese Regel gehalten. Man konnte weder ihr noch ihrem Mann Denys vorwerfen, jemals etwas in dieser Art versucht zu haben.

Hunt blickte zu Denys hinüber, der gerade dem gesellschaftlichen Totalausfall Thatcher kondolierte.

»Ich verstehe Ihre Besorgnis sehr gut.«

Denys' Mitgefühl schien aufrichtig.

»Es sind die Nebenkosten!«, lamentierte Thatcher. »Sie sind mittlerweile exorbitant.«

»Und wenn Sie Ihr Haus in Marbella verkaufen würden?«

»In dieser Krise? Vor vier Jahren wurde es noch auf vier Millionen geschätzt. Jetzt kann ich dankbar sein, wenn ich die Hälfte dafür bekomme.«

Einen Moment lang empfand Hunt fast Mitleid mit Denys. Als Master musste er sein Leben damit verbringen, potenziellen Geldgebern wie Thatcher zuzuhören. Aber Denys war selbst eine so blasse Figur, dass er das wahrscheinlich gar nicht als erniedrigend registrierte. Der Mann hatte nie für eine gute Anekdote, geschweige denn einen Skandal gesorgt. Man verband mit ihm nichts außer Langweile.

Jeder in Cambridge liebte und fürchtete Skandale. Sex mit Studentinnen war seltener geworden. Die Hoch-Zeit dafür hatte in den Siebzigerjahren gelegen. Heute hatten die meisten für so etwas weder Zeit noch Energie. Darüber hinaus war das Risiko einfach zu groß. Wer hatte schon ernsthaft Lust, sich bis ans Lebensende erpressbar zu machen?

Es waren jetzt andere Intrigen, die zählten. Gerüchte über getürkte Buchbesprechungen, mit denen man Rivalen aus dem Weg räumen wollte, waren an der Tagesordnung und für alle Nichtbeteiligten von hohem Unterhaltungswert.

Karriereselbstmord konnte natürlich auch durch verdächtige Äußerungen über Muslime, Juden oder Frauen begangen werden. Sätze, von Dozenten unachtsam in einer Vorlesung dahingemurmelt, wurden von Studenten genüsslich auf ihr Handy geladen und im Internet verbreitet. Manchmal boten allerdings auch die Studenten die Skandale. Sie fielen bekifft aus Fenstern, beschuldigten einander der Vergewaltigung oder schrieben Plagiate. In den letzten Jahren hatten sich alle Fakultäten eine besondere Software anschaffen müssen, weil Magister- und Promotionsarbeiten nur so von Plagiaten wimmelten.

Endlich der Nachtisch. Panacotta, nicht unbedingt eine originelle Wahl, aber sicher gut. Wenn er Glück hatte, war das Essen damit bald beendet. Diese Aussicht versetzte Hunt in eine sehr viel bessere Laune, und er überlegte sich ernsthaft, ob er Georgina nicht doch noch mit einer unterhaltsamen Geschichte retten sollte.

Um Platz für die Dessertweine zu schaffen, rückte der Butler jetzt die vier massiven Kerzenständer zur Seite. Für einen Moment wirkte es wie die Öffnung eines Vorhangs. Hunts Blick war plötzlich frei auf eine junge Frau, die er bisher nur mit halbem Auge wahrgenommen hatte. Sie saß zur Rechten von Stef, und da er nicht zu ihm hinübersehen wollte, hatte er sie nicht beachtet. Sie war zur Hälfte von einem Kerzenständer verdeckt gewesen und hatte fast so einen schlechten Platz wie er, zwischen Stef und dem Master.

Sie war ein hübsches Mädchen, aber in keiner Weise sein Typ. Mittellange braune Haare, ein freundlich rundes Gesicht mit intelligenten Augen. Er schätzte sie auf Anfang zwanzig. Irgendwie kam sie ihm bekannt vor, aber er konnte sie nicht einordnen.

Sie saß da wie jemand, der das Gefühl hatte, etwas leisten zu müssen. Aber es schien ihr nicht klar zu sein, was genau von ihr erwartet wurde. Ihre Unschuld rührte ihn für einen Moment. Es war sicher keine sexuelle Unschuld, dafür war sie zu alt, es war die Unschuld einer jungen Frau, die keine Ahnung hatte, in was für einer Schlangengrube sie gelandet war. Er hatte schon lange keine unschuldige Frau mehr gesehen: Seine Studentinnen, selbst wenn einige von ihnen wie Porzellanfiguren wirkten, waren weltgewandt und hart wie Kruppstahl. Diese junge Frau hatte scheinbar noch keine Härte entwickelt, sie war wohl zu tief am Boden der Karriereleiter – man hatte sie entweder bisher übersehen oder aus einer Laune heraus geschont. Aber war sie eine Kollegin? Sie sah sehr jung aus. Er hatte schon viele Überflieger gekannt; Emma Rothschild zum Beispiel hatte mit sechzehn Jahren als Oxfordstudentin angefangen und war dann bald Fellow eines Colleges geworden. Heute gab es in den Naturwissenschaften die chinesischen Überflieger, die mit vierzehn Jahren zu studieren begannen und dann mit achtzehn eine Collegeposition bekamen, aber solche Geschichten waren immer noch die Ausnahme. Sie konnte keine Kollegin sein, davon hätte er bestimmt gehört.

Aber warum war sie dann hier? Ihr Rang in dieser Hierarchie schien minimal zu sein. Gehörte sie zu den Charityfällen?

Frauen wie Georgina luden gelegentlich Wohltätigkeitsfälle zu Dinnerpartys ein, um zu zeigen, dass sie nicht berechnend waren. Georgina war zwar alles andere als eine mütterliche Frau, aber sie wusste, was an Gefühlsdemonstrationen von ihr erwartet wurde. Ideale Gäste wären für sie höchstwahrscheinlich ein frisch verheiratetes, schwarzes Schwulenpaar oder ein junger Krebspatient (der in einem frühen und daher noch attraktiveren Stadium war). Doch die Unschuldige konnte kein ernsthafter Wohltätigkeitsfall sein. Sie war nicht schwarz und sah weder arm noch krebskrank aus.

Er merkte, dass nicht nur seine, sondern jetzt auch Georginas Augen auf dem Mädchen ruhten. Es war einer von Georginas nervösen Blicken. Er schien zu signalisieren, dass es sich hier um eine gesellschaftliche Ausfallerscheinung handelte und damit die akute Gefahr bestand, dass das Mädchen dieses Tischs nicht würdig war.

Es war ihm jetzt endlich eingefallen, woher er die Unschuldige kannte. Die Situation entbehrte nicht einer gewissen Komik. Der perfekten Netzwerkerin Georgina war ein fataler Fehler unterlaufen. Diese junge Frau war keine aufstrebende Dozentin, mit deren Einladung Georgina ihren nicht existierenden Feminismus demonstrieren konnte – sie war einfach nur eine Studentin. Noch dazu eine Deutsche, ihr Name war Wera irgendwas. Er hatte ihr Antragsformular mit Foto vor ein paar Monaten auf seinem Schreibtisch gehabt. Ihr Projekt war nicht uninteressant gewesen. Sie arbeitete an einer Doktorarbeit über sowjetische Spione und hatte sich aus irgendeinem bizarren Grund auf Kim Philby spezialisiert. Das hatte ihn interessiert, und er hatte zugesagt, sie ab diesem Semester zu betreuen.

Er versuchte mitzuhören, was sie mit Stef redete. Die Konversation schien langsam Fahrt aufzunehmen.

»Sie arbeiten über Roboter?«, fragte die Unschuldige.

»Nicht ganz. Meine Firma entwickelt unter anderem Computerprogramme *für* Roboter.«

»Hat das etwas mit Drohnen zu tun?«

Hunt musste lächeln. Wenn er Glück hatte, würde die Unschuldige sich gleich über die Waffenindustrie aufregen, die derartige Projekte finanzierte. Stef schien Ähnliches zu befürchten und antwortete vorsichtiger:

»Man kann diese Programme auch dafür einsetzen, ja.«

»Aber ist das ethisch vertretbar?«, insistierte die Unschuldige.

»Umso bessere Programme wir entwickeln, umso gezielter können sie eingesetzt werden.«

»Damit nicht mehr Zivilisten Opfer werden?«

Hunt stellte mit Genugtuung fest, dass Stef jetzt sichtlich irritiert war. Es fehlte nur noch, dass sich auch Jenny einmischen würde. Er hob sein Glas und prostete Georgina zu. Der Abend schien sich zum Ende hin doch noch gut zu entwickeln.

2

13. Februar 1970
Garden House Hotel
Cambridge

»Wir müssen zusammenbleiben, Hunt.«

»Wie willst du das schaffen in dem Gewühl? Sollen wir Händchen halten? Sei nicht so spießig, Jenny.«

Jenny und Hunt waren die Jüngsten in der Gruppe, noch nicht achtzehn Jahre alt, aber schon seit vier Monaten in Cambridge. Die Stadt hatte sie wie eine Lawine getroffen. Alles war bunter, aufregender, schneller. Sie saßen mit Studenten in Vorlesungen, deren Herkunftsländer sie bisher nur aus Romanen kannten – Lateinamerika, der Nahe Osten, Indien. Ein paar von ihnen waren die Kinder von einflussreichen Politikern, andere hatten sich mit Stipendien aus ärmlichen Verhältnissen hochgearbeitet. Woher sie auch kamen, jeder von ihnen schien ein aufregendes Leben vor sich zu haben, und man wollte in ihrer Nähe sein.

Jenny und Hunt hatten sich gleich zu Semesteranfang in der Collegebar kennengelernt. Jenny wusste sofort, dass sie Hunt wollte. Sie erkannte seinen Hunger. Von Anfang an war er nur »Hunt« für sie, der Name passte zu ihm. Sie wusste, dass sie ihm sexuell etwas bieten konnte, aber sie war sich nicht sicher, ob es auf Dauer reichen würde.

An diesem 13. Februar 1970 war Jenny erkältet und hatte eigentlich nicht auf die Anti-Griechenland-Demonstration gehen wollen. Aber dann hatte sie sich doch Sorgen gemacht, dass Hunt etwas zustoßen könnte. Er hatte zwei Stunden lang in ihrem Zimmer gesessen und auf irgendeinen »stockreaktionären, stockimpotenten« Dozenten geschimpft, der es gewagt hatte, seinen Aufsatz zu kritisieren. Jeden einzelnen Satz hatte dieser »Kretin« zerlegt. Jenny wollte auf keinen Fall, dass Hunt seine Wut auf die Straße trug. Wenn sie ihn auf die Demonstration begleitete, würde es sicher keine Schwierigkeiten geben.

Das Cambridger Reisebüro hatte eine große Werbeaktion für Griechenlandreisen gestartet und die Honoratioren der Stadt zu mehreren glamourösen griechischen Abendessen eingeladen. Griechenlandurlaube waren in letzter Zeit immer preiswerter geworden, und auch Jenny wäre gerne einmal dorthin gefahren. Hunt hatte sie jedoch darüber aufgeklärt, wie abwegig diese Idee war, noch dämlicher als ein Urlaub im »faschistischen Francoland Spanien«. In Griechenland herrsche eine noch brutalere Militärdiktatur als in Madrid. Man würde zwar besonders viel Geld in den Tourismus investieren, habe aber gleichzeitig die Zensur eingeführt und foltere politische Gefangene. Nur nach außen hin gebe sich die griechische Junta gastfreundlich. Ziel der Studentendemonstration würde es deshalb sein, die Werbung für Griechenlandurlaube zu behindern.

Am Abend des 13. Februar sollte eines der griechischen Galadinners im Garden House Hotel stattfinden. Das Hotel galt als elegant, hier stiegen in der Regel die Eltern der reichen Studenten ab. Im Sommer konnte man einen Tisch draußen, ganz nahe am Fluss reservieren und bei einem Essen im Kerzenschein zuschauen, wie die gondelartigen Boote, die Cambridge Punts, am Hotelgarten vorbeiglitten.

Derartige Freilichtromantik war im Februar nicht möglich, und das Galadinner würde im Speisesaal des Hotels stattfinden. Dies gestaltete den Zugang für die Demonstranten schwieriger. Im Sommer hätte man die Festgemeinschaft von Booten aus mit Megafonen beschallen können, was sehr viel spektakulärer gewirkt hätte. Jetzt konnten sich die Demonstranten nur in den zwei engen Zugangsstraßen zum Hotel positionieren. Die ankommenden Gäste wurden von hier aus mit Sprechchören empfangen, und man spielte mit voller Lautstärke die Lieder eines griechischen Dissidenten.

Cambridge hatte bis zu diesem Zeitpunkt keine ernsthaften Studentenproteste erlebt. Es hatte kein »1968« wie in Paris oder Berlin gegeben, die Stadt war ruhig geblieben. Trotzdem reagierte die Universitätsleitung ausgesprochen effizient auf die neue Situation. Seit Jahrhunderten hatte man es vermeiden können, die Polizei einzuschalten, und stattdessen immer eigene Sicherheitsmaßnahmen getroffen. Garanten für diese Sicherheit waren die Proktoren und ihre sogenannten »Bulldoggen«.

Proktoren sorgten für die öffentliche Ruhe innerhalb der Universität und entschieden über Disziplinierungsmaßnahmen. Ihre Untergebenen, die »Bulldoggen«, erledigten die handfeste Arbeit. Hunt hatte schon zweimal mit den Bulldoggen Bekanntschaft gemacht. Beim ersten Mal hatten sie ihn erwischt, als er nach der Sperrstunde über eine Collegemauer geklettert war, beim zweiten Mal war es ein Kneipenstreit gewesen. Die Bulldoggen hatten sich alles andere als freundlich verhalten. Sie waren Männer um die fünfzig, die schon einiges gesehen hatten. Die meisten von ihnen kamen aus der Arbeiterschicht, hatten im Zweiten Weltkrieg in der Marine oder der Armee gedient und galten nicht als zimperlich. Für die verwöhnten Jüngelchen, die vor dem Garden House Hotel herumschrien, hatten sie nichts als Verachtung übrig.

Bulldoggen und Proktoren waren am Abend des 13. Februar im Einsatz, um sich die Namen der demonstrierenden Studenten aufzuschreiben. Doch wegen der früh einsetzenden Dunkelheit wurde es für sie immer schwieriger, die Leute zu identifizieren.

»Wo ist Hunt? Ich habe ihn verloren.«

Jenny war erleichtert, Stef zu sehen. Ihre Temperatur musste angestiegen sein. Ihr war schwindelig.

»Du siehst furchtbar aus, Jenny.«

»Ich glaube, ich habe die Grippe.«

»Du musst nach Hause gehen. Sofort.«

»Ich kann nicht ohne Hunt gehen. Er darf nicht wieder in Schwierigkeiten geraten.«

»Ich suche ihn«, versprach Stef.

»Da! Da drüben, siehst du ihn?«

Hunt stieg gerade in den Hotelgarten ein. Er kannte das Gelände gut, seine Eltern hatten ihn hierher zum Semesteranfang ausgeführt, um seine Aufnahme in Cambridge zu feiern. Sie hatten damals im Hotelgarten gesessen, und er hatte sich die ganze Zeit Sorgen gemacht, dass einer seiner Kommilitonen ihn in dieser spießigen Situation entdecken könnte. Es war ein schöner Herbstabend gewesen, und Trauben von Studenten waren auf ihren Booten den Fluss hinuntergeglitten. Dank dieses Dinners mit seinen Eltern wusste er, dass auf der Hinterseite des Hotels der große Speisesaal mit den Glastüren lag, die zum Fluss hinausführten.

Es war relativ einfach gewesen, über den Zaun zu klettern und durch den Garten zum Speisesaal zu laufen, man musste nur aufpassen, nicht auf den Inseln aus Eis auszurutschen, die sich überall auf dem Rasen gebildet hatten.

Durch die Fenster des Speisesaals konnte er jetzt die Griechenland-Gäste in ihrer Abendgarderobe sehen. Sie hatten die volle Montur angelegt, Frauen mit kleinen Pelzstolas und Perlenketten, begleitet von ihren fülligen Ehemännern in eng sitzenden Smokings. In der Mitte des Saales waren Buffettische mit Fleischmassen aufgebaut, in denen kleine griechische Fläggchen steckten. Hunt konnte sogar die Musiker hören, sie spielten irgendein Folkloregedudel.

Er schlug so hart gegen die Scheiben, sie hätten eigentlich zerbrechen müssen. Die Leute drinnen drehten sich um und starrten ihn einen Moment lang an. Sie hatten ja keine Ahnung, wie lächerlich sie in ihrer Pompositat aussahen, dumme Fische mit offenen Mündern. Er trommelte weiter gegen die Scheiben, aber sie hatten bereits entschieden, sich demonstrativ von ihm abzuwenden. Wie Schafe blickten sie jetzt unisono in die entgegengesetzte Richtung. Trotzdem konnte er ihre Angst spüren. Es war ein überraschend gutes Gefühl.

Die anderen Demonstranten versuchten in der Zwischenzeit, durch den Vordereingang in das Hotel einzudringen. Jenny ließ sich einfach von ihnen mittragen, es war wie eine angenehme Welle, die sie immer weiter nach vorne spülte. Irgendwann, sie spürte ihre Beine kaum mehr, kam die Woge im Speisesaal zum Stehen. Jenny sah die erschrockenen Gesichter der Gäste und die griechischen Fähnchen. Einige Frauen fingen an zu schreien, als die ersten Tische umgeworfen wurden. Jenny bückte sich instinktiv, um einer älteren Dame die Pelzstola aufzuheben. Sie wusste nicht, ob es am Fieber lag oder ob sie selbst in solchen Momenten die wohlerzogene Tochter ihrer Mutter war. Als sie sich aufrichtete, wurde ihr schwindelig, aber sie glaubte eine Gestalt im Dufflecoat zu sehen, die die Treppen zu den Hotelzimmern hinauflief. Der blaue Dufflecoat erinnerte sie an jemanden, aber das konnte am Fieber liegen.

Die Proktoren hatten sich zu diesem Zeitpunkt für einen ungewöhnlichen Schritt entschieden: Sie verständigten die Polizei. Das Garden House Hotel befand sich nicht auf dem Universitätsgelände und unterstand damit nicht mehr ihrer Jurisdiktion. Auch wenn die Mehrheit der Demonstranten Studenten waren, schien es mittlerweile offensichtlich, dass diese Situation gefährlicher war als eine kleine Kneipenschlägerei. Die Studentenrevolution hatte ganz offensichtlich Cambridge erreicht.

Die Polizei war auf die Situation gut vorbereitet. Man entschied sich für eine bewährte Methode – die Menge mit Feuerwehrschläuchen auseinanderzutreiben. Natürlich wurden dadurch auch die Gäste nass, aber das war eben nicht zu ändern. Irgendjemand hatte die Glastüren zum Garten aufgeschoben, und Studenten und Gäste flohen jetzt gemeinsam Richtung Fluss. Jenny folgte einfach wieder der Woge. Sie fühlte sich zu schwach, um einen eigenen Fluchtweg zu finden, und die Kühle des Gartens war auf jeden Fall besser als der Speisesaal. Irgendwann kam sie mit der Menge am Fluß zum Stehen. Sie wandte sich um und blickte auf das Hotel. Der Speisesaal war ein hell erleuchtetes Chaos, aber auf dem Dach nahe der Feuertreppe stand eine dunkle Figur, die winkte. Diese Bewegung würde Jenny überall erkennen, selbst in einer Mondfinsternis. Hunt winkte mit einem Stein in der Hand. Neben ihm stand Stef.

Der erste Stein traf einen Proktor, der zweite einen Studenten, der neben ihm stand. Beide wurden mit schweren Kopfverletzungen auf die Intensivstation gebracht. Es gab noch am selben Abend mehrere Verhaftungen.

Hunt war nicht darunter.

3

15. Februar 1970
University Arms Hotel
Cambridge

»Sie sind Jenny, nicht wahr?«

Jenny zögerte einen Moment.

»Ja.«

»Ich bin Daphne Parson.«

Dr. Parson hatte eine tiefe Stimme, fast einen Bariton. Sie saß an einem kleinen Tisch im University Arms Hotel und strahlte mit ihrer massigen Gestalt unbeugsame Autorität aus.

Parsons Brief hatte nur einen Tag nach der Demonstration in Jennys Collegepostfach gelegen. Jenny wusste nicht genau, wer Dr. Parson eigentlich war, und nahm an, sie müsse für die Universitätsleitung arbeiten. Warum eine Proktorin sie allerdings in einem Hotel sprechen wollte und nicht in einem der Collegebüros, verstand Jenny nicht.

»Ich kann Ihnen die Gurkensandwiches empfehlen.«

Jenny hasste Gurkensandwiches, aber sie vermutete, dass Parson nicht einfach Empfehlungen aussprach – sie erwartete, dass man bestellte, was sie für würdig befand.

»Gurkensandwiches, ja. Vielen Dank.«

Sie versuchte in Parsons Gesicht zu lesen, was ihr bevorstand. Es war ein sehr männliches Gesicht – herrisches

Kinn, große Hakennase und scharfe Augen, denen nichts entging. Wahrscheinlich hatte Parson schon als Kind wie ein übergewichtiger General ausgesehen. Sie musste um die sechzig sein, aber sie gehörte zu den Frauen, deren Alter man unmöglich schätzen konnte. Ihr wuchtiger Körper war fest in Tweed verpackt – die Kostümjacke, der Rock, alles an ihr war Tweed. Zusammen mit den blickdichten Strümpfen und den schweren, praktischen Schuhen wirkte es wie eine Schutzkleidung. Wahrscheinlich trug sie dieses Tweedensemble auch im Sommer. Jenny fiel plötzlich ein, an wen Parson sie erinnerte: an die Schauspielerin Margaret Rutherford. In unzähligen Schwarz-Weiß-Filmen hatte sie Rutherford als Miss Marple gesehen, ein Mannweib, unverwüstlich und messerscharf in der Analyse. Allerdings hatte Rutherfords Miss Marple auch eine liebenswerte, verschrobene Seite, und Ähnliches war bei Daphne Parson nicht zu erhoffen.

Der Kellner nahm jetzt die Bestellung auf – Gurkensandwiches und Tee. Er schien großen Respekt vor Dr. Parson zu haben und stand in geradezu militärischer Habachtstellung neben ihr. Jenny erwartete fast, dass er zum Abschluss salutieren würde. Stattdessen entfernte er sich mit einer leichten Verbeugung rückwärts von ihrem Tisch. Wenn sie nicht so verzweifelt gewesen wäre, hätte Jenny darüber lachen können. Parson schien die altmodische Ehrerbietung des Kellners entweder nicht zu bemerken, oder sie war daran gewöhnt, derart behandelt zu werden.

»Trotzkist oder Maoist?«, fragte sie.

»Wie bitte?«

Jenny war verwirrt. Einen Moment lang hatte sie gedacht, Parson meine den Kellner. Er benahm sich nicht gerade wie ein Trotzkist.

Parson wiederholte geduldig: »Die Gruppe, der Sie und Ihr Freund angehören. Sind es Trotzkisten oder Maoisten?«

Aus Parsons Mund klang es, als fragte sie nach unterschiedlichen Teesorten. Jenny bemühte sich um eine Antwort.

»Wir haben uns nur umgesehen. Bei verschiedenen Gruppen. Wir sind erst seit ein paar Monaten in Cambridge.«

Parson nickte. »Zu meiner Zeit gab es keine große Auswahl an linken Gruppierungen. Wir gingen einfach zu den Kommunisten.«

»Sie waren in der Kommunistischen Partei?«

»Zeitweise.«

»Wann haben Sie Ihre Meinung geändert?«

»Als ich 1934 die Sowjetunion besuchte.«

Jenny wusste nicht, was sie dazu sagen sollte. Konnte das stimmen? Oder war es eine Falle? Und wenn es keine Falle war, was sollte sie darauf erwidern? Dr. Parson schien nicht die Art von Frau zu sein, die banale Kommentare tolerieren würde. Instinktiv suchten Jennys Augen nach einem Ausgang. Hinter Parsons Dragonerkörper konnte sie durch die gläsernen Flügeltüren die Rasenfläche von Parker's Piece erkennen. In den letzten Monaten hatte sie diese Rasenfläche jeden Tag mit Hunt überquert. Seit der Nacht im Garden House Hotel war das vorbei. Obwohl die Demonstration erst zwei Tage zurücklag, galt seitdem eine andere Zeitrechnung. Es gab die Zeit vor der Demonstration und den Albtraum danach. Daphne Parson war Teil dieses Albtraums. Jenny wollte raus aus diesem Hotel, einfach nur weit weg. Es war Sonntagnachmittag und der Speisesaal überraschend leer. Außer Hörweite saßen ein paar ältere Damen, die eine Art Kaffeekränzchen abhielten.

An einem Tisch am Ausgang unterhielten sich zwei Geschäftsmänner. Parson schien Jennys Blick zu bemerken: »Das University Arms ist das älteste Hotel der Stadt, 1834 erbaut.«

»Es ist sehr groß.«

»Ein Monstrum in unserer kleinen Stadt.«

Jenny dachte an den sehr viel kleineren Speisesaal des Garden House Hotel mit seinen umgestoßenen Tischen und den am Boden verstreuten griechischen Flaggen. Es hätte keinen größeren Kontrast zu dem fast leeren, verschlafen wirkenden Speisesaal des University Arms Hotel geben können. Der entscheidende Unterschied zwischen den beiden Orten war jedoch, dass sie dieses Mal keinen Hausfriedensbruch beging, sondern als Gast mit einer ganz offiziellen Einladung hier saß. Wobei Jenny sich immer noch nicht sicher war, ob es sich um eine Einladung oder eine Vorladung handelte.

Parson schien wieder ihre Gedanken zu erraten.

»Ein Schlamassel, diese Sache im Garden House Hotel.«

»Ja.«

»Nicht der erste Schlamassel, den wir in Cambridge erlebt haben, und sicher auch nicht der letzte.«

Jenny war überrascht. Würde sie so leicht davonkommen? Parson lächelte jetzt sogar.

»Die Anlässe variieren natürlich. Zu meiner Zeit kämpften wir dafür, dass Frauen einen Universitätsabschluss bekommen konnten.«

Natürlich. Jetzt fiel es Jenny ein. Sie hatte den Namen doch schon einmal gehört. Daphne Parson war eine Mathematikerin, sie wurde in der Literatur über Cambridge erwähnt als die erste Frau, die 1948 im Senate House graduieren durfte. Bis dahin hatten Studentinnen in Cambridge studieren und Examen machen, jedoch nie an einer offiziellen Graduationsfeier teilnehmen können. Zwar war seitdem vieles besser geworden, aber bis heute demonstrierten männliche Studenten gegen die Aufnahme von Frauen in ihren Colleges. Jenny wusste, ohne Frauen wie Daphne Parson hätte sie nie in Cambridge studieren können.

»Sie haben erst 1948 graduieren dürfen?«

»Ja, wir haben diesen Kampf gewonnen.«

Dr. Parson kramte in ihrer großen Handtasche. Einen Moment lang erwartete Jenny, dass sie Tabak schnupfen würde, doch Parson zog stattdessen ein blütenweißes Taschentuch hervor und schnäuzte sich kraftvoll.

»Aber auch wenn wir damals noch so hart um unser Recht gekämpft haben, Jenny – Schwerverletzte gab es bei unseren Auseinandersetzungen nie.«

Jenny verstand. Jetzt würde die Schlacht doch noch losgehen, und diese Frau gehörte sicherlich nicht zu der Sorte, die Gefangene machte. Sie starrte auf Parsons Handtasche. Sie war so gut wie identisch mit den Taschen, die Margaret Rutherford in ihren Miss-Marple-Filmen mit sich herumgetragen hatte. Jenny hob langsam den Blick von der Handtasche und sah Parson an.

»Es war ein Unfall.«

Parson lächelte nachsichtig.

»Sehen Sie, Jenny, da bin ich anderer Meinung. Es war bestimmt kein Unfall.«

Der Kellner stellte die Gurkensandwiches und eine große Teekanne auf den Tisch. Parson schickte ihn mit einer unwirschen Handbewegung weg und griff nach der Kanne, um einzuschenken. Wahrscheinlich war sie in den Kolonien groß geworden, dachte Jenny, irgendwo in Indien als Missionarstochter oder auf einer Farm in Afrika. Spartanische Umgebung, aber schwarzes Personal, das man durch die Gegend scheuchen konnte.

Parson trank einen Schluck Tee und sagte: »Ihr Freund wird von der Universität verwiesen werden.«

Es war noch schlimmer, als Jenny es sich vorgestellt hatte. Hunt würde Cambridge verlassen müssen, und sie würden für immer getrennt werden. Sie versuchte ihre Stimme unter Kontrolle zu halten: »Warum?«

»Ist das eine ernsthafte Frage? Er hat einen Proktor und einen Studenten lebensgefährlich verletzt.«

»Es war so dunkel, niemand konnte sehen, was los war.« Jenny war von sich selbst überrascht. Sie wusste, was sie jetzt tun musste. Sie klang ganz ruhig, fast kalt, als sie hinzufügte: »Stef war auch auf dem Dach.«

Parson betrachtete sie wie eine Forscherin, die gerade ein neues Insekt entdeckt hatte. Nach einer Weile sagte sie: »Ich habe gestern mit Ihrer Lehrerin gesprochen.«

»Mit meiner Lehrerin? Sie waren an meiner alten Schule?«

»Sie setzt große Hoffnungen in Sie. Aber das wissen Sie ja sicher.«

Jennys Stimme war jetzt tonlos. »Haben Sie ihr gesagt, was passiert ist?«

»All die Extraunterrichtsstunden, die Ihre Lehrerin Ihnen gegeben hat, all die Stipendienanträge, die sie für Sie gestellt hat …«

»Haben Sie ihr gesagt, was passiert ist?«

Parson schüttelte den Kopf. »Dass Sie gerade ein wenig Revolution spielen und mit einem bösen Jungen die Nächte verbringen, anstatt die Träume Ihrer alten Lehrerin zu erfüllen? Nein, das habe ich ihr nicht gesagt.«

»Was wollen Sie von mir?«

»Die Frage ist falsch gestellt, Jenny. Was wollen Sie? Wegen Hausfriedensbruch und Falschaussage gemeinsam mit Ihrem Freund die Universität verlassen und für den Rest Ihres Lebens in einer Fabrik arbeiten? Oder weiterstudieren?«

»Ich werde nicht gegen Hunt aussagen.«

»Das hat keiner von Ihnen erwartet.«

»Nein?«

»Ich bin nicht der Feind, Jenny. Ich will mit Ihnen eine Lösung finden.«

»Eine Lösung?«

Parson schaute auf die unberührten Gurkensandwiches.

»Sie mögen keine Gurken?«

»Nein.«

»Ich auch nicht. Wir hatten Gurken angebaut während des Krieges. Jeden Tag gab es Gurkensuppe, Gurkenauflauf, Gurkensandwiches. Im Mai '45 hatte ich mir geschworen – nie mehr Gurken. Aber man wird nostalgisch.«

»Sie sagten, es gäbe eine Lösung.«

»Im Krieg hatten wir einen sehr klaren Feind, alles war einfacher. Heute ist die Situation unübersichtlicher geworden.«

Was wollte Parson ihr damit sagen? Jenny wusste, dass diese Generation es liebte, über die Härten des Krieges zu reden. Es war die große Moralkeule: *Wir haben für euch gelitten, seid ewig dankbar.*

»Was haben Sie im Krieg gemacht?«

»Dies und das. Mathematiker kann man immer brauchen. Aber auch Leute wie Sie, Jenny.«

»Wie mich?«

»Der Krieg ist zwar vorbei, aber wir arbeiten weiter.«

»Ich verstehe nicht …«

»Es gibt die laute Welt da draußen, Jenny, die alle kennen. Und dann gibt es da noch eine stille Welt, die den anderen verborgen bleibt.«

Jenny wusste nicht, ob sie richtig gehört hatte. Bedeutete es, dass Parson zu den Wissenschaftlern gehört hatte, die an geheimen Kriegsprojekten gearbeitet hatten? Niemand wusste genau, wo diese Leute während des Krieges gewesen waren, bis heute gab es darüber nur Gerüchte. Und wenn ja, hatte Parson auch nach dem Krieg weitergemacht? Meinte sie das mit der »stillen Welt«? War es ein Euphemismus für den Geheimdienst? Aber eine Frau konnte doch nicht im Geheimdienst arbeiten. Das war eine reine Männerwelt. Jenny hatte gerade erst mit Hunt den neuen James-Bond-Film »On Her Majesty's Secret Service« gesehen. In allen Bond-Filmen war M ein Mann und nur die Sekretärin eine Frau.

Wieder schien Parson zu ahnen, was sie dachte.

»Wir brauchen Frauen wie Sie, Jenny, um solche *Unfälle* in Zukunft zu verhindern. Denken Sie darüber nach. Es ist eine ehrenwerte Aufgabe.«

In den Jahren danach würde Jenny öfters darüber nachdenken, warum sie es getan hatte. Ihr war klar, dass es damals mehrere Gründe gab, Mitarbeiterin vom MI5 zu werden. Patriotismus spielte dabei keine Rolle. Ihr ehrenwertestes Motiv war es, Hunt zu schützen. Aber sie tat es auch, weil sie sich nach nichts mehr sehnte, als an dieser Universität bleiben zu dürfen. Und im Laufe der Zeit tat sie es auch für Daphne Parson.

4

Oktober 2014
Parkside Pool, öffentliches Schwimmbad
Cambridge

Man hatte ihr bei der Ausbildung beigebracht, wie ein *brush-pass* funktionierte – die Übergabe von Material im Vorbeigehen. Es durfte auf keinen Fall Körperkontakt mit dem Empfänger geben, keinen Zusammenstoß, kein Anhalten, nicht einmal der Eindruck eines minimalen Zögerns sollte aufkommen. Es musste wie eine perfekte Tanzeinlage wirken – die lässige Annäherung, das schnelle Wechseln von Hand zu Hand ohne den Hauch einer Berührung und dann sofortiges Weitergehen. Sie beherrschte es und hatte nie Probleme damit gehabt. Aber ihre Vorgesetzten hielten es für eine Methode, die man nur im äußersten Notfall anwenden sollte. Das Risiko, dass am Ende beide Beteiligten enttarnt wurden, war zu groß. *Brush-passes* konnten nur an überfüllten Orten durchgeführt werden – in Einkaufszentren, an Bahnhöfen, in Fußballstadien. Und in Großbritannien gab es an all diesen Orten unzählige Videokameras. Also blieb man in der Regel bei der klassischen Methode des *dead drop*, des toten Briefkastens. Das Material wurde an einem entlegenen Ort deponiert. Man brauchte allerdings einen Grund, um an diesem Ort zu sein. Es musste normal und selbstverständlich aussehen, für den

Deponierer wie für den Abholer. Kinderspielplätze schieden damit zum Beispiel aus. Falls der Abholer ein Mann war, konnte er sich nicht allein in der Umgebung eines Kinderspielplatzes aufhalten. Jede besorgte Mutter würde ihn für einen Pädophilen halten und sofort Alarm schlagen.

Der Wald als Deponierungsort blieb daher weiterhin einer der bevorzugten Orte. Ein Spaziergang im Wald, am besten noch mit Hund, wirkte völlig natürlich.

Man hatte ihr in Cambridge jedoch einen anderen Ort zugewiesen: Parkside Pool – das öffentliche Schwimmbad von Cambridge. Sie ging einmal die Woche schwimmen, immer um die gleiche Uhrzeit. Es war eine extrem sichere Übergabemethode, sie nahm immer den gleichen Garderobenschrank, und anschließend schwamm sie mindestens eine Stunde. Den Abholer hatte sie nie gesehen, und sie war sich sicher, dass auch sonst niemand in diesem lauten, völlig überfüllten Schwimmbad je irgendetwas bemerkt hatte.

5

7. Oktober 2014
8 Jesus Lane
Cambridge

Wera hatte ein Studentenzimmer in der Jesus Lane Nr. 8 zugewiesen bekommen, einem unscheinbaren Haus aus dem neunzehnten Jahrhundert. Sie hatte auf etwas Spektakuläreres gehofft. In den englischen Filmen und Romanen, die sie seit Jahren konsumierte, lebten Cambridge- und Oxfordstudenten in wunderschönen Collegeräumen mit Blick auf prachtvolle Gärten. Wera hatte Evelyn Waughs Klassiker »Wiedersehen mit Brideshead« zweimal gelesen und sich vorgestellt, dass sie, wie die Hauptfigur Charles Ryder, eines Tages in einem geräumigen Parterrezimmer residieren könnte.

Sie versuchte das dem diensthabenden Collegepförtner zu erklären, aber er schien den Roman nicht zu kennen und hatte kein Verständnis für ihre Enttäuschung. Stattdessen betonte er, was für ein Glück sie habe, in der benachbarten Jesus Lane leben zu dürfen. Reiche Russen und Chinesen würden dort fast alle Häuser für unvorstellbare Summen aufkaufen, und das Gebäude mit der Nr. 8 wäre eine der wenigen Immobilien, die immer noch dem College gehörten.

Als Wera ihr Zimmer in der Jesus Lane sah, war sie sich

nicht sicher, ob reiche Russen es gerne kaufen würden. Es war klein, und die Toilette lag ein Stockwerk höher. Schon das empfand sie als gewöhnungsbedürftig, aber ihr Hauptproblem war, dass in diesem Zimmer ein Raucher gewohnt haben musste. Der kalte Geruch von Marlboros schien in allen Möbeln zu hängen, dem Schreibtisch, dem schmalen Bett und am stärksten in den verwaschenen gelben Vorhängen, die vor langer Zeit vielleicht einmal weiß gewesen waren. Anfangs hoffte sie den Gestank mit viel Lüften loszuwerden, aber nach zwei Tagen gab sie auf und ging zu ihrer Tutorin.

Als Cambridgestudentin genoss Wera den Luxus, von zwei Dozenten betreut zu werden. Ihre Tutorin war für nicht-wissenschaftliche Probleme zuständig – Fragen der Unterkunft, gesundheitliche oder finanzielle Probleme –, während Professor Hunt, ihr Doktorvater, ihre wissenschaftliche Arbeit betreuen würde.

Die Tutorin war eine überarbeitet aussehende Frau Anfang fünfzig. Sie saß an einem mit Formularen überquellenden Schreibtisch und kam gleich zum Punkt:

»Was ist Ihr Problem?«

»Das Zimmer in der Jesus Lane … es muss vor mir ein Raucher darin gewohnt haben«, sagte Wera.

»Das kann nicht sein. Wir haben strenges Rauchverbot in allen unseren Gebäuden.«

Wera ahnte, was diese Frau jetzt dachte: *Da kommt wieder eine dieser anspruchsvollen Deutschen, die in zahllosen Urlaubsorten an den Hotelrezeptionen herumlungern und sich über alles beschweren – keine sauberen Handtücher, keine Sonne und nicht genügend Toilettenpapier*. Wera hatte sich bisher nie in dieser Kategorie gesehen, aber in den Augen der Tutorin schien sie ein klarer Fall zu sein. Die Frau schenkte ihr ein Lächeln, das man sonst für Demenzkranke reserviert: »Wir haben uns große Mühe gegeben, damit Sie dieses Zimmer bekommen können.« Und mit einem vor Ironie triefenden Rezeptionistenton fügte sie hinzu: »Auf Ihren besonderen Wunsch.«

Es war einer dieser Momente, in denen Wera sich nicht sicher war, ob sie den Subtext der Aussage verstand. Sie war erst seit ein paar Tagen Doktorandin, und die Rituale von Cambridge kamen ihr vor wie ein schwer lösbares Rätsel. Sie hatte vorher noch nie von dem Gebäude in der Jesus Lane gehört und auf keinen Fall den Wunsch geäußert, dort zu wohnen.

Der Tutorin dauerte die Angelegenheit bereits zu lange. Sie betonte jetzt jedes ihrer Worte sehr deutlich, damit es auch eine Ausländerin verstehen konnte: »Es – war – sein – Zimmer.«

»Sein Zimmer?«, fragte Wera. Sie ärgerte sich sofort, dass ihre Stimme höher geworden war. Es war immer das Gleiche bei ihr – wenn sie nervös wurde, klang sie wie eine piepsende Maus.

Die Tutorin schien das Piepsen zu bemerken und atmete tief durch: »Sie arbeiten doch über Kim Philby. Er wohnte in diesem Zimmer, als er 1929 nach Trinity kam.«

Es dauerte ein paar Sekunden, bis Wera verstand. Man hatte ihr Kim Philbys Studentenzimmer gegeben. Wer war auf diese merkwürdige Idee gekommen? Jemand aus der Collegeverwaltung oder vielleicht sogar ihr Doktorvater? Bei dieser Dinnerparty neulich war Professor Hunt der einzige Mensch gewesen, der sie freundlich angelächelt hatte. Vielleicht entsprach die Sache mit dem Zimmer seiner Art von Unterricht? Sie hatte gehört, dass er gerne unorthodoxe Methoden anwandte. Aber was konnte ihr ein Zimmer sagen? Generationen von Studenten hatten hier in der Zwischenzeit gewohnt. Wie oft war es gestrichen und umgebaut worden, seitdem Kim Philby es verlassen hatte?

Vierzig Jahre lang war es kein besonderes Zimmer gewesen, bis 1967 die ganze Welt aus der Sunday Times erfahren hatte, dass der größte Verräter Großbritanniens, der erfolgreichste Spion der Cambridgegruppe, ein Produkt des berühmten Trinity College gewesen war. Trinity, das reichste College von Cambridge, das aristokratischste, das College des Establishments. Dieses College hatte Newton, Wittgenstein, Nabokov hervorgebracht. Und Philby. Wera war sich durchaus im Klaren darüber, dass sie eine Doktorarbeit über einen Mann schreiben wollte, der rücksichtslos Menschen in den Tod geschickt hatte. Für eine Ideologie. Das interessierte sie.

Da war dieser junge Kim, der alles hatte, was man in den 1920er-Jahren in Großbritannien brauchte, um eine große Karriere zu machen: Er kam aus einer guten, wenn auch nicht wohlhabenden Familie, er hatte einen berühmten Vater, er war hochintelligent, und er war auf einer elitären Privatschule von seinen Lehrern gefördert worden. Er sah gut aus und hatte keine Probleme mit Frauen. Er durfte schon mit siebzehn Jahren eine der besten Universitäten besuchen und dort ein relativ eigenständiges Leben führen. Er hatte alle Chancen – und er verriet die Gesellschaft, die ihm diese Chancen bot.

Die Briten hatten ihm diesen Verrat nie vergeben. Und auch Trinity College hatte bisher alles gemieden, was an Philby erinneren könnte. Wera hatte im Internet gelesen, dass die BBC 2003 keine Drehgenehmigung erhielt, als sie einen Film über die Cambridgespione an Originalschauplätzen drehen wollte. Sie musste auf ein anderes College ausweichen. Nichts durfte an Philby erinnern. Und jetzt plötzlich wurde jemand wie sie, die über diesen Mann arbeitete, als Studentin aufgenommen und bekam auch noch sein altes Zimmer zugeteilt. Die Zeiten hatten sich offensichtlich geändert.

Die Tutorin hatte das Warten mittlerweile aufgegeben.

»War's das?«

Wera nickte und murmelte ein Danke. Ohne ihre Umgebung weiter wahrzunehmen, machte sie sich ganz automatisch auf den Weg zurück in die Jesus Lane. Als sie vor dem Haus stand, konnte sie ihre Schlüssel erst nicht finden. Es hatte angefangen zu regnen, und sie war fast völlig durchnässt, als sie endlich die Haustür aufsperrte. Sie rannte die Treppe hinauf in ihr Zimmer. Sie wollte sich vorstellen, wie Philby in diesem Raum auf und ab gegangen war. Es war ein karges Zimmer, ohne jede Atmosphäre. Vielleicht war es nicht das Zimmer, das zählte, sondern die Straße, in der es lag? War das wichtig?

Man musste ein Gespür für einen historischen Ort entwickeln, das hatte sie irgendwo gelesen, so etwas konnte einem Historiker bei der Arbeit helfen. Sie öffnete das Fenster und schaute auf die Straße. Es hatte mittlerweile aufgehört zu regnen, aber der Himmel war immer noch verhangen und grau. Auf der gegenüberliegenden Straßenseite konnte Wera die Mauer vom Sidney Sussex College sehen. Keine unangenehm abstoßende Mauer, nicht zu hoch, schöne alte Steine. Jesus Lane war eine hübsche Straße voller alter Häuser. Wenn Wera sich aus dem Fenster lehnte, erkannte sie am Anfang der Straße ein Caféhaus, die *Patisserie Valerie*. Sie war bisher nur einmal dort gewesen, die Kuchen im Schaufenster hatten verlockend ausgesehen. Sie hatte eine Schwäche für Süßigkeiten, und es erschien ihr nicht gerade ideal, in unmittelbarer Nähe einer Konditorei zu wohnen. Für ihre Recherchen würde sie nicht noch einmal hineingehen müssen. Die Patisserie hatte es zu Philbys Zeiten sicher noch nicht gegeben. Wichtiger könnte vielleicht ein anderes Haus in der Jesus Lane sein – Nr. 7a. Hier war ein Pizza Express untergebracht, doch wenn man das Schild ignorierte, war Nr. 7a ein merkwürdiges Gebäude, das nicht zum Rest der Straße passte. Es war zu pompös, zu protzig. Eine Art römische Villa, ganz in Weiß mit imposanten Säulen vor dem Eingangsportal. Auf den ersten Blick wirkte es wie eine Hollywoodkulisse, die man aufgebaut hatte, um dem Pizza Express römisches Flair zu geben. Aber als Wera es jetzt genauer betrachtete, erkannte sie, dass es ein authentisches georgianisches Gebäude sein musste. Sie setzte sich an ihren Laptop und tippte die Adresse ein. Zu ihrer Überraschung gab es viele Informationen über Nr. 7a. Das Haus hatte zwei Mieter: im Parterre die Pizzas und im ersten Stock den Pitt Club. Laut Google war der Pitt Club seit 1866 in diesem Gebäude untergebracht: Benannt nach Pitt dem Jüngeren, Cambridgestudent und späterer Premierminister. Anscheinend war der Pitt Club auch heute noch eine Art Herrenclub für Studenten aus den besten Kreisen. Die Liste der ehemaligen Clubmitglieder war lang, aber zwei Namen fielen Wera sofort auf: Anthony Blunt und Guy Burgess. Beide waren später KGB-Agenten geworden. Beide waren mit Kim Philby eng befreundet gewesen.

Philby wohnte also genau neben diesem Club. Wera versuchte sich vorzustellen, was das für ihn bedeutet haben musste. Der Club war ein Symbol der Klassengesellschaft, die er insgeheim hasste. In diesem Gebäude herrschte der

Luxus vor. Champagnerströme flossen für achtzehnjährige reiche Studenten, während die einfachen Leute von Cambridge in den 1920er-Jahren nicht genug zu essen hatten. War es diese Ungerechtigkeit der Gesellschaft, die Philby die Seiten wechseln ließ?

Vielleicht bedeutete es nichts, dass er neben diesem Gebäude gelebt hatte, vielleicht bedeutete es viel. Wera beschloss, in dem verqualmten Zimmer zu bleiben, auch wenn sie damit zur passiven Raucherin wurde.

6

10. Oktober 2014
Professor Hunts Räume
New College
Cambridge

Die Tür zu Professor Hunts Zimmer war angelehnt. Wera konnte seine Stimme hören und – sehr viel leiser – die einer Studentin. Es schien kein gutes Gespräch zu sein. Wahrscheinlich gab es für derartige Fälle eine Etikette, die sie wieder einmal nicht kannte. Sollte sie warten, klopfen oder die steile Treppe doch besser wieder hinuntergehen?

Hunts Collegeräume lagen in einem hohen Turm, und Wera hatte beim Hinaufsteigen gemerkt, dass sie in schlechter Kondition war. Mit Anfang zwanzig sollte man in der Lage sein, eine solche Treppe hinaufzurennen. Sport interessierte sie nicht, und bisher hatte sie es geschafft, ohne große körperliche Anstrengung schlank zu bleiben, aber es wurde immer schwieriger. Vielleicht sollte sie sich für das Trainingsprogramm des College-Ruderteams anmelden – falls man sie in diesem Zustand überhaupt aufnahm.

Bevor sie sich entscheiden konnte, die endlosen Stufen wieder hinunterzusteigen, kam die Studentin aus Hunts Zimmer. Sie war jünger als Wera, höchstens neunzehn, und sah mitgenommen aus. In der Hand hielt sie fest umklammert ihre Hausarbeit. Er hat sie demontiert, dachte Wera, und jetzt bin ich dran. Sie wollte etwas sagen, aber das Mädchen vermied jeden Blickkontakt und rannte die Treppe hinunter.

Die Tür zu Professor Hunts Zimmer stand jetzt offen, und Wera trat nach einem Klopfen ein. Es war ein irritierender Raum. Kein Büro, wie sie es von deutschen Professoren kannte, sondern eher eine Art Filmset für einen romantischen Film, der um 1800 spielte. Ein normaler Student musste von einem solchen Raum eingeschüchtert sein, doch als Tochter eines Antiquitätenhändlers hatte Wera den Vorteil, von derartiger Pracht schon lange nicht mehr überwältigt zu werden. Seit sie denken konnte, war sie umgeben gewesen von Biedermeiermöbeln und englischen Antiquitäten. Sie war in einem Jane-Austen-Land aufgewachsen und konnte mit kühlem Auge auf die Schätze vor ihr blicken.

Der Raum war groß, mit einer hohen Decke und knallgelben Wänden, das kräftige georgianische Gelb von 1800. Vor dem Kamin standen zwei blau überzogene Queen-Anne-Sofas, Wera datierte beide auf 1710 – gut erhalten, wie sie waren, könnten sie pro Stück an die zehntausend Pfund bringen. Am schönsten war jedoch der Sekretär aus der Regencyzeit. Solch ein Stück hatte sie bisher nur einmal gesehen, und sie empfand es fast als Stilbruch, dass Hunts moderner Laptop darauf prangte. Links und rechts vom Schreibtisch standen meterlange Bücherregale aus dem neunzehnten Jahrhundert. Sie wirkten klobig viktorianisch, und Wera fragte sich, ob Hunt mit Absicht diesen Stilbruch verübt hatte. Wieso hatte er solch ein dunkles Holz ausgewählt? Vielleicht war ihm nach dem Kauf des Sekretärs das Geld ausgegangen.

Er stand mit dem Rücken zu ihr und hantierte an einem Wasserkocher. Ohne sich umzudrehen, fragte er: »Trinken Sie den Tee schwarz?«

»Schwarz?«, fragte Wera.

»In England trinken wir den Tee schwarz oder mit Milch.«

»Dann schwarz bitte.«

Er drehte sich um, und zum ersten Mal schaute Wera ihn sich genauer an. Er hatte einen Charakterkopf mit Cäsarennase und energischem Kinn. Aus seinen braunen Haaren sprießten unzählige weiße Strähnen, und das Hemd um den Bauch spannte leicht. Doch trotz dieser Anzeichen des nahenden Alters strahlte er das unerschütterliche Selbstbewusstsein eines Mannes aus, der einmal attraktiv gewesen war.

Er lächelte sie an. »War das nicht ein dröges Dinner neulich?«

Sie war nicht sicher, ob er darauf eine ernsthafte Antwort erwartete. »Ich glaube, es hat eine Verwechslung mit den Einladungskarten gegeben, ich bin mir nicht sicher, ob ich wirklich vorgesehen war.«

Er nickte: »Da könnten Sie recht haben. Georgina hat Sie wahrscheinlich mit der neuen Biologiedozentin verwechselt – sie heißt Ann Wera.«

»Wera als Nachname? Das habe ich noch nie gehört.«

»Vera – ›wahr‹, ›die Wahre‹. Der Name passt auf jeden Fall zu Ihnen«, meinte Hunt.

»Ich dachte immer, mein Name bedeutet auf Polnisch Glaube und Zuversicht.«

»Ja, er hat auch etwas Slawisches. Wollen Sie wirklich keinen Zucker?«

Sein Lächeln schien jetzt etwas leicht Spöttisches zu

haben. Er deutete auf eines der Queen-Anne-Sofas und stellte ihre Teetasse auf einen Beistelltisch. Wilhelm IV., um 1835, guter Zustand, dachte Wera automatisch. Für sich selbst hatte er das gegenüberliegende Sofa reserviert. Es sah frisch gepolstert aus.

»Behandelt man Sie gut in Trinity, Wera?«

»Man hat mir das Zimmer von Kim Philby gegeben.«

Hunt schien davon nicht überrascht zu sein. Vielleicht war es in seinen Kreisen üblich, im Zimmer eines legendären KGB-Agenten zu übernachten.

»Sie kennen ja das berühmte Churchillzitat«, sagte Hunt. »›Wir formen unsere Gebäude, und sie formen uns.‹ Es macht einen Unterschied, ob man in lichten Räumen mit hohen Decken lebt oder in Dachkammern vegetieren muss, wie Heerscharen von Dienstboten es bis in die 1950er-Jahre hinein taten.«

Wera konnte sich nicht vorstellen, dass Professor Hunt jemals eine Dachkammer betreten hatte. Dieses Collegezimmer schien sein angestammtes Habitat zu sein. Sie kam nicht dazu, ihm zu sagen, dass er in dem schönsten Büro arbeitete, das sie je gesehen hatte. Er war schon einen Schritt weiter:

»Um das Unangenehme gleich zu klären, Wera. Ich halte nicht viel von Ihrem Kim-Philby-Thema. Sie wollen eine Biografie schreiben, und kein Mensch unter vierzig sollte jemals versuchen, so etwas zu tun. Noch schwieriger ist das Genre Spionage. Spionagegeschichten sind amüsant in Romanen, aber eine wissenschaftliche Aufarbeitung ist so gut wie unmöglich. Regierungen haben ihre Geheimnisse, doch sie müssen sie dokumentieren, und irgendwann, nach dreißig oder fünfzig Jahren, enden die Sperrfristen. Geheimdienste haben diese Sperrfristen nicht. Sie dokumentieren nicht die Fakten für die Nachwelt, sondern verstecken sie so gut wie möglich, so lange wie möglich. Das macht die Arbeit eines Historikers fast unmöglich.«

Die schnelle Überleitung von der Teezubereitung zum Arbeitsgespräch hatte Wera aus dem Konzept gebracht. Sie versuchte mitzukommen: »Es gibt aber doch freigegebenes Material und gute Standardwerke darüber, offizielle Geschichten des MI5, MI6 …«

Hunt machte eine ungeduldige Handbewegung. »Seit wann sind solche Institutionsgeschichten von ernsthaftem wissenschaftlichen Wert? Der Auftraggeber zahlt und bestimmt. Was würden Sie sagen, wenn ich alle entscheidenden Dokumente über eine Institution in einen Hochsicherheitstrakt einsperre und Ihnen dann den Auftrag gebe, über diese Institution zu schreiben? Meine Bedingung wäre, dass ich allein entscheide, welche Dokumente Sie einsehen dürften. Der Rest bliebe im Hochsicherheitstrakt. Das nennt man Manipulation.«

»Ein Historiker hat doch selten alle Dokumente zur Hand, er muss immer mit Lücken arbeiten …«

Hunt ließ das nicht gelten. »Ein Historiker muss frei sein. Er wird nie frei von sich selbst und seinen Vorurteilen sein, aber er darf nicht von Anfang an das Opfer von selektiv vorsortierten Quellen sein.«

»In meinem Fall sind doch viele Quellen zugänglich, Akten über Kim Philby sind von der britischen Regierung freigegeben worden …«

Hunt fing an, mit seinem linken Bein zu wippen. Wera hatte einen Moment lang die Sorge, er könnte aufspringen und gehen. Er redete jetzt schneller. »Seine MI6-Personalakte ist nicht freigegeben worden. Und was ist mit dem russischen Material über ihn? Sie kennen den Mann aus einer Perspektive – der westlichen. Die Quellen, die Sie zur Verfügung haben, bleiben fragwürdig.«

Das Tempo war zu schnell für sie. Zu ihrem Ärger musste sie feststellen, dass ihre Stimme wieder höher wurde. Sie klang jetzt wie eine aggressiv piepsende Maus: »Sie teilen also die Arroganz von Historikern, die es für drittklassig halten, sich mit einem schmutzigen Geschäft wie der Spionage zu beschäftigen?«

Er lachte. »Schmutzig kann man sich überall machen. Die größere Gefahr ist es, am Ende wie ein manipulierter Idiot dazustehen.«

Sie fing an zu verstehen, was er mit ihrer Vorgängerin gemacht hatte. Sie wollte auf keinen Fall in einem ähnlichen Zustand wie dieses Mädchen die Treppe hinunterrennen.

»Wenn das alles nicht machbar ist, warum haben Sie mich dann als Doktorandin angenommen?«

»Ich will, dass Sie mich widerlegen.«

»Ist das Ihr Ernst?«

»Warum nicht? Sie scheinen intelligent genug zu sein.«

Jetzt verlor sie die Geduld. »Sie sind ein Professor mit einem Wissensvorsprung von vierzig Jahren, wie soll das ein faires Spiel werden?«

Hunt lächelte.

»Sie scheinen genug Mut für so ein Spiel zu haben, Wera. Die meisten Studenten suchen sich triviale Themen aus, die kein normaler Mensch ernst nehmen kann – die Geschichte der Eiscreme oder des Fußpilzes im siebzehnten Jahrhundert. Aber wir sind hier nicht an der Universität Trier. Wir sind in Cambridge. Entweder Sie fangen an zu denken, oder Sie gehen wieder nach Trier.«

Sie merkte, wie die Wut in ihr aufstieg. Jetzt fehlte nur noch, dass sie rot anlaufen würde.

»Ich komme nicht aus Trier!«

»Dann benehmen Sie sich auch nicht wie eine Triererin. Was glauben Sie, warum ich Sie angenommen habe? Weil ich an Ihren bisherigen Arbeiten gesehen habe, dass Sie Potenzial haben. Sie sind nicht das polierte Produkt wie die Etonabsolventen, die mit achtzehn ihren Höhepunkt bereits überschritten haben. Sie haben eine Entwicklung vor sich. Es könnte eine interessante Entwicklung werden.«

Hunt nahm einen Schluck aus seiner Teetasse und schaute an ihr vorbei.

»Laut Ihres Lebenslaufs sind Sie die Tochter eines Antiquitätenhändlers. Was halten Sie von meinen Möbeln?«

Wera verstand jetzt gar nichts mehr. Was wollte der Mann? Komplimente für seinen guten Geschmack? Sie würde ihm den Gefallen nicht tun.

»Es sind ein paar gute Stücke dabei.«

»Sehen Sie Fälschungen?«

»Mit dem Stuhl da drüben stimmt etwas nicht. Er soll wohl Queen-Anne-Stil sein, aber die Beine sind meines Erachtens aus einer späteren Periode.«

Hunt nickte. »Und als Sie vorhin hereinkamen, da wussten Sie instinktiv, dass etwas mit dem Stuhl nicht stimmt?«

»Ja.«

Er schien zufrieden. »So erkennt man Fälschungen aus einer Mischung aus langjähriger Erfahrung und Instinkt. Wenn Sie es wirklich wollen, können Sie sich auch einen historischen Instinkt für Ihr Thema erarbeiten. Sie können ein Gefühl für die Sprache und den Rhythmus von Quellen entwickeln. Wir Historiker müssen ein Auge für Details haben. Darin ähneln wir Schriftstellern, uns fallen Kleinigkeiten auf, die andere nicht sehen oder übersehen.«

»Ich soll also auf Kleinigkeiten achten?«, fragte Wera.

»Wenn Sie gut sind, dann finden Sie in den Quellen Dinge, die andere übersehen haben, Dinge, deren Relevanz niemandem vorher klar war. Am Ende werden Sie vielleicht etwas Neues sagen können.«

»Vielleicht?«, fragte Wera.

»Es gibt keine Garantien im Leben. Ich gebe Ihnen ein Jahr Zeit, um all die üblichen Fehler zu machen. Wenn mich Ihr Zwischenbericht nicht überzeugt, trennen sich unsere Wege.«

Wera war irritiert. »Sie wollen mich erst in einem Jahr wiedersehen?«

»Nein, ich will Sie heute Abend wiedersehen, bei meinem Studentenseminar. Es gibt zur Feier des Semesteranfangs Wodka. Kann man nicht riechen, falls Sie nachher noch etwas vorhaben. Sie sollten übrigens Russisch lernen. Machen Sie nebenher einen Intensivkurs.«

Hunt stand auf und räumte die Teetassen weg. Die Audienz war beendet.

7

10. Oktober 2014
8 Jesus Lane
Cambridge

Es war drei Uhr nachmittags, und Wera legte sich erst einmal ins Bett. Das tat sie immer, wenn sie nicht weiterwusste. Es war eine Familientradition. Schon ihr Großvater hatte sich bei Krisen ins Bett gelegt. Als er durchs Examen fiel, als der Zweite Weltkrieg ausbrach und kurz bevor er eingezogen wurde. Im Krieg sah er dann selten Betten, und als er zurückkam, war sein Schlafzimmer samt Elternhaus zerbombt. Es dauerte eine Weile, bis er wieder ein eigenes Bett hatte, aber er sorgte dafür, dass in seinem neuen Haus mehrere Betten existierten. Dafür gab er viel Geld aus – für gute Matratzen und Bettwäsche. Sein Sohn, Weras Vater, übernahm diese Tradition. Sehr zum Ärger von Weras Mutter legte auch er sich bei Krisen regelmäßig ins Bett.

Weras Mutter lief vor nichts davon, sie war in jeder Hinsicht das Gegenteil ihres ständig leicht verschlafen aussehenden Mannes. Wenn die Bilanzen des Antiquitätengeschäfts wieder einmal schlecht waren, legte Weras Vater sich ins Bett, und ihre Mutter ging zum Bankberater. Sie fand immer einen Weg, aus jeder noch so schwierigen Situation. Im Gegensatz zu ihrem Mann dachte sie wie eine streng kalkulierende Geschäftsfrau. Sie war wahrscheinlich nicht immer so gewesen, die Ehe hatte sie dazu gemacht. Sie musste hart werden, damit Weras Vater sich seine Exzentrik erlauben konnte. Er war nicht wirklich ein Antiquitätenhändler, sondern eher ein Sammler, der sein Hobby zum Beruf gemacht hatte. Wenn er etwas Schönes sah, einen besonderen Tisch, einen seltenen Sekretär, musste er diesen Gegenstand besitzen. Er zahlte oft zu viel und verlangte von seinen Kunden zu wenig.

Wera hatte beide Eigenschaften ihrer Eltern geerbt. Da war die träumerische Seite des Vaters, die ständig von der mahnenden Rationalität ihrer Mutter unterbrochen wurde. Die träumerische Seite hatte ihr ausgemalt, wie wunderbar es sein würde, eine Biografie über einen Mann wie Kim Philby zu schreiben, der in einem Land lebte, das sie nur aus Rosamunde-Pilcher-Filmen kannte. Die rationale Seite ihrer Mutter sagte ihr jetzt, wie verrückt diese Idee war, wie recht Professor Hunt hatte. Sie würde nichts finden, was nicht schon tausendmal beschrieben worden war. Selbst wenn sie Russisch lernte, was Jahre dauern würde, warum sollte man gerade ihr russisches Archivmaterial geben? Niemand würde ihr helfen. Sie war völlig allein in dieser Stadt und in diesem deprimierenden Zimmer. Sie wollte nach Hause. Sofort. In ihr eigenes Zimmer, in ihr deutsches Bett, weit weg von diesem verrauchten Philby-Mausoleum.

Sie setzte sich im Bett auf und griff nach ihren Arbeitsnotizen. Hunt hatte gesagt, sie solle ihn widerlegen. Wie konnte sie das je schaffen? Bisher hatte sie nur ein kurzes Kapitel über Kim Philbys Familienhintergrund geschrieben.

Kim Philby (1912 – 1988), Herkunft

Russland ist stolz auf Kim Philby. Sein Porträt hängt an prominenter Stelle in der Zentrale des SVR (der Auslandsspionage, einer Nachfolgeorganisation des KGB), und unzählige Artikel und Bücher sind seit den 1990er-Jahren über ihn erschienen. Immer wieder wird von den Russen darauf hingewiesen, dass er aus einer »aristokratischen« Familie stammte, was seine Wandlung zum Kommunisten noch eindrucksvoller erscheinen lassen soll. Doch hier liegt das erste Missverständnis vor, wenn man versucht, Kim Philbys sozialen Hintergrund zu verstehen. Für die Russen war er ein Mitglied der hochprivilegierten britischen Oberschicht – sie assoziierten damit ein Leben in Landhäusern, umgeben von Heerscharen von Dienstboten.

Tatsächlich waren die Philbys nicht adelig und standen mehrmals vor dem gesellschaftlichen und wirtschaftlichen Abgrund. Drei Generationen lang kämpften sie um einen Platz in der gehobenen Mittelschicht.

Die Philbys waren eine typische Kolonialfamilie des neunzehnten Jahrhunderts. Sie gehörten zu den Scharen von Briten, die im Empire arbeiteten, um ihren Kindern eine bessere Zukunft zu bieten. In den Kolonien waren die Lebenshaltungskosten niedriger, und man konnte sich hier ein Haus mit Dienstboten leisten. Aus unbedeutenden Mittelschichtsengländern wurden in Delhi, Burma oder Singapur die Spitzen der kolonialen Gesellschaft.

Neben dem luxuriösen Aspekt dieses Lebens – den Clubmitgliedschaften, den Partys und Tennismatches – existierten viele Schattenseiten. Man lebte unter ungewohnten klimatischen Bedingungen, musste mit Infektionskrankheiten und der ständigen Angst vor Aufständen fertigwerden. Ein Leben in den Kolonien bedeutete vor allem eine endlose Kette von Trennungen – von der Heimat und der Familie. Obwohl Großbritannien weiterhin als »Zuhause« bezeichnet wurde, hielt man sich dort nie lange auf. Man brachte seine Kinder »nach Hause«, um ihnen eine gute Schulausbildung zu bieten, aber dies bedeutete auch, sie monatelang – in vielen Fällen jahrelang – nicht zu sehen. Erst wenn die Karriere im Kolonialdienst beendet war, ging man ins Mutterland zurück – und fand sich dort häufig nicht mehr zurecht.

Es war ein schizophrenes Leben, das Außenseiter nur schwer nachvollziehen konnten. Kolonialfamilien blieben deshalb unter sich. Sie heirateten untereinander, in erster Linie natürlich, weil man vor Ort keine große Auswahl an potenziellen Ehepartnern hatte, aber auch weil nur andere Kolonialfamilien mit diesem Leben zurechtkamen. Vier, fünf Generationen von Kolonialfamilien entstanden auf diese Weise – die berühmtesten waren die Orwells und die Kiplings. George Orwells und Rudyard Kiplings Romane spiegelten die zwiespältigen Empire-Erfahrungen ihrer Eltern und Großeltern wider. Vor allem Rudyard Kiplings Buch »Kim« über eine koloniale Kindheit in Indien sollte für die Philbys eine besondere Rolle spielen.

Seit den 1880er-Jahren lebten die Philbys in den Kolonien. Die Philby-Männer zeichneten sich durch enormen Charme und enorme Egomanie aus. Kim Philbys Großmutter May heiratete 1883 in Ceylon – dem späteren Sri Lanka – den Abenteurer Montie Philby, einen englischen Kaffeepflanzer, mit dem sie

vier Söhne bekam. Montie war gut aussehend und unzuverlässig. Er verlor schon bald das Interesse an seiner Familie, und May musste mit ihren Söhnen nach England zurückkehren. Finanzielle Unterstützung konnte sie von ihrem Mann nicht erwarten. Ihr Lieblingssohn Harry St. John (genannt Jack) litt unter der Situation. Er beobachtete, wie seine Mutter von Lieferanten ermahnt wurde, endlich ihre Rechnungen zu bezahlen. Jack nahm sich vor, das Gegenteil seines Vaters zu werden und für seine Familie zu sorgen.
Es blieb ein frommer Wunsch. Am Ende sollten er und später auch sein Sohn Kim völlige Kopien von Montie Philby werden.
Es gab nur einen Punkt, der sie von Montie unterschied – sie waren außergewöhnlich intelligent.
Jack hatte eine klare Vorstellung, wie er diese Intelligenz nutzen wollte: »Ich möchte berühmt werden, was auch immer das bedeutet oder wert ist. Ich habe hart darum gekämpft.« Er sagte das zu einer Zeit, in der es als unschicklich galt, solche Ambitionen öffentlich auszusprechen.
Da die Familie kein Geld hatte, musste Jack sich seinen Weg nach oben mit Stipendien erarbeiten. Er schaffte es, in Westminster aufgenommen zu werden, eine der besten Privatschulen Großbritanniens, die bis heute berühmte Politiker hervorbringt. Jack feierte hier sportliche und akademische Erfolge und gehörte bald zu den Stars der Schule.
Westminster-Schüler wurden perfekt auf die Eintrittsexamen für Oxford und Cambridge vorbereitet, und auf diesem Weg konnte Jack 1904 sein Studium der Altphilologie am Trinity College in Cambridge beginnen. Da sich die finanzielle Lage seiner Mutter nicht gebessert hatte, bekam er wieder ein Stipendium.
Altphilologie interessierte Jack bald nur noch begrenzt, er wollte lebendige Sprachen lernen und in andere Kulturen

eintauchen. Kim würde später berichten, sein Vater sei in Cambridge ein Freund von Nehru, dem künftigen Premierminister von Indien, gewesen. Falls diese Freundschaft wirklich existierte, wäre sie schon damals nicht ganz uneigennützig gewesen. Jack hatte sich für den Indian Civil Service verpflichtet und war auf der Suche nach einflussreichen Freunden. In Indien wollte er seine große Karriere starten. Seine gute Ausbildung schien dies möglich zu machen, aber sein Charakter stand ihm von Anfang an im Weg. Er fühlte sich – wahrscheinlich zu Recht – seinen Vorgesetzten intellektuell überlegen und zeigte es deutlich.

Jacks erster Fehler war es, die Entscheidungen seiner Vorgesetzten immer wieder infrage zu stellen. Sein zweiter Fehler war es, eine Familie zu gründen, ohne sie ernähren zu können. Das Gehalt eines jungen Beamten in Indien reichte für einen verheirateten Mann nicht aus. Seine Kollegen hatten ihm deshalb geraten, mit einer Hochzeit zu warten, aber Jack ignorierte derart banale Ratschläge. Er wollte die hübsche Dora Johnston heiraten, die er in Indien kennengelernt hatte. Es kursierten Gerüchte, Dora hätte mütterlicherseits »indisches Blut«, eine Tatsache, die vertuscht werden musste. Für ihren zukünftigen Mann machte sie das zwar exotisch, ihre potenzielle Schwiegermutter May jedoch fürchtete den gesellschaftlichen Makel. Falls Dora tatsächlich »unreines« Blut hatte, dann war sie alles andere als eine gute Partie für einen aufstrebenden Mann wie Jack Philby. Die Ehe wurde trotzdem geschlossen. Jack hielt jedoch wenig von Monogamie und wollte stattdessen eine »moderne« Beziehung führen.

Er informierte Dora schon bald nach der Hochzeit über seine wechselnden Geliebten. Obwohl sie dies stoisch ertrug, verließ er sie am Ende.

Die Gewichte in dieser Ehe waren also von Anfang an ungleich verteilt, doch das war typisch für jene Zeit. In der Philby-Familie gab es darüber hinaus keine wirtschaftliche Absicherung der Ehefrauen. Jack verdiente nie viel Geld und gab es schnell wieder aus. Dora musste sich mit den komplexen Konsequenzen dieser Situation auseinandersetzen und hatte daher kaum Zeit für ihren erstgeborenen Sohn. Harold »Kim« Philby kam am 1. Januar 1912 im indischen Ambala auf die Welt und verbrachte die ersten Jahre seines Lebens vorwiegend mit den indischen Dienstboten. Er redete mit ihnen Panjabi. Sein Vater hörte ihn in der Küche plaudern und sagte: »Er ist ein richtiger kleiner Kim.« Der Name blieb ihm.

Bis heute lesen Kinder Rudyard Kiplings berühmtes Dschungelbuch, aber auch seinen Abenteuerroman »Kim«. Kim ist die Geschichte eines armen Waisenjungen, der in den 1880er-Jahren in Indien aufwächst. Seine Hautfarbe ist weiß, doch er unterscheidet sich sonst kaum von indischen Kindern und muss wie sie auf der Straße um sein Überleben kämpfen. Neben Betteleien verdient er sich ein Zubrot als Kurier für den britischen Geheimdienst. Durch Zufall wird er in das »Great Game« hineingezogen, den Kampf zwischen Großbritannien und Russland um die Vormachtstellung in Zentralasien. Auf einer Reise in den Himalaja gelangt Kim an geheime russische Unterlagen, die er in Sicherheit bringen kann.

Es entbehrt nicht einer gewissen Ironie, dass Kim Philby, einer der größten KGB-Spione des zwanzigsten Jahrhunderts, den Spitznamen eines fiktiven Spions erhielt, der *gegen* Russland arbeitete. Sein Vater konnte davon natürlich nichts ahnen. Für ihn war der Roman »Kim« aus mehreren Gründen interessant. Rudyard Kipling beschrieb hier ein Indien der Spiritualität, der Armut, der Schätze und der Geheimdienste. Letzteres faszinierte Jack Philby besonders. Er hatte schon vor der Geburt seines Sohnes gelegentliche Geheimdienstaufträge ausgeführt, und im Ersten Weltkrieg wurde dies zu seiner Hauptaufgabe. Die Arbeit beschäftigte ihn so sehr, dass er für seinen Sohn keine Zeit mehr hatte. Er entschied, dass seine Frau bei ihm bleiben sollte und Kim zur Großmutter nach England geschickt wurde. Wie Generationen von Empirekindern vor ihm musste der Dreijährige 1915 das Schiff besteigen, um in eine Heimat zu reisen, die er nicht kannte. Er lebte von nun an bei seiner Großmutter May in einer englischen Kleinstadt namens Camberley. Sein Stottern begann kurz nach dem Umzug. In Indien hatte er nie gestottert. Er war ein Kind gewesen, das sich stundenlang mit allen unterhalten konnte, mit den Dienstboten, den Eltern und den anderen Kindern. Mit dem Tag, an dem er Indien verließ, änderte sich alles. In seiner Autobiografie stellt Philby diesen Zusammenhang nicht her, aber er schreibt: »Seit meinem vierten oder fünften Lebensjahr stotterte ich; manchmal gelang es mir, es zu unterdrücken, aber manchmal auch nicht.«

Viele Empirekinder berichteten später, wie fremd ihnen die englische Sprache anfangs war, wie sehr sie ihre einheimischen Kindermädchen, die vertrauten Farben und Gerüche vermissten. Die Schiffsreise nach England war ein endgültiger Bruch in ihrem Leben. Auch Kim Philby schien von diesem Moment an mit dem Gefühl der Ortlosigkeit leben zu müssen. Er wurde ein Außenseiter in zweiter Generation. Sein Vater hatte nie ganz dazugehört, und auch Kim gehörte nicht in die britische Gesellschaft. Das ist ein wichtiger Punkt, um ihn auch nur ansatzweise zu verstehen. Der erwachsene Kim sah zwar aus wie ein Oberschichtsengländer, er sprach wie ein Oberschichtsengländer, aber er dachte nie wie ein

Oberschichtsengländer. Wenn später immer wieder gefragt wurde, wie jemand, der so durch und durch britisch war wie Kim Philby, seine Klasse und sein Land verraten konnte, dann gab es darauf eine Antwort: Philby sah sich nicht als Engländer. Er war von einer Mischung aus westlichen und östlichen Elementen geprägt, und er hatte sich bewusst entschieden, anders zu sein.

Wera las ihren Text zweimal durch. Sie hatte vielleicht noch keine neuen Sensationen über Kim Philby gefunden, aber sie würde trotzdem Professor Hunts Herausforderung annehmen. Vielleicht war sie eine Träumerin wie ihr Vater, aber sie hatte das Gefühl, Kim Philbys Ortlosigkeit zu verstehen. Jeder hatte seine Geheimnisse.

8

10. Oktober 2014
Professor Hunts Räume
New College
Cambridge

»Wera, das sind meine zwei anderen Doktoranden – David und Jasper.«

Hunt war zufrieden. Zehn seiner BA-Studenten waren gekommen und auch seine drei neuen Doktoranden. Er drückte Wera ein Glas in die Hand und sagte zu Jasper und David: »Jungens, seid nett zu ihr!«

Er wollte, dass die drei sich kennenlernten und Konkurrenten wurden. Seine jungen BA-Studenten mit ihren leeren Lebensläufen interessierten ihn nicht. Sie waren alle typische Produkte des Westens, träge, verwöhnt, nicht hungrig genug. Sie könnten schon bald überholt werden von den Asiaten, die alles gaben. Vielleicht waren sie die letzte Generation von westlichen Mittelschichtkindern, die durch diese Collegeräume wanderten.

Aber auf Wera, Jasper und David setzte Hunt noch Hoffnungen. Doktoranden gegeneinander antreten zu lassen hatte sich immer gelohnt. Hunt glaubte an die Kräfte des freien Wettbewerbs. Nichts trieb Leute zu größeren Höchstleistungen an als die Aussicht, ihre Mitmenschen zu übertrumpfen. Doch die Rivalität musste richtig dosiert werden. Gelegentlich hatte er eingreifen müssen, damit die Konkurrenzkämpfe nicht außer Kontrolle gerieten. Einige seiner Studenten waren so *miteinander* beschäftigt gewesen, dass sie am Ende ihre eigentliche Arbeit vernachlässigt hatten. Sie ignorierten damit die wichtigste Regel eines Athleten: In der Trainingsphase war ein starkes Konkurrenzdenken essenziell, aber mitten im Rennen gab es keinen größeren Fehler, als sich nach seinen Mitläufern umzudrehen. Ein Spitzenläufer durfte nicht daran interessiert sein, was links und rechts von ihm geschah. Drehte er sich zur Seite, verlor er Millisekunden. Hunt kannte diesen Fehler gut. Er selbst hatte zu lange nach den anderen geschielt und war in seiner Karriere mehrmals überholt worden. Einer seiner Konkurrenten hatte das umkämpfte Fellowship am Trinity College bekommen, und Hunt hatte mehrere Jahre in der akademischen Provinz verbringen müssen, bis er sich den Weg nach Cambridge zurück erschreiben konnte. Diese Zeit in der Diaspora würde er nie vergessen. Nach seiner Rückkehr hatte er sich eine neue Blickrichtung verordnet. Er schaute nur mehr geradeaus und war ein ausgezeichneter Sololäufer geworden.

Die Touristen, die das ganze Jahr über durch Cambridge pilgerten und die schönen Gebäude bewunderten, hatten keine Ahnung, was sich hinter diesen Mauern abspielte. In ihren Köpfen steckten die üblichen Elfenbeinturmklischees. Die Kinder glaubten Drehorte aus Harry-Potter-Filmen wiederzuerkennen, während sich die Erwachsenen an Sportlerfilme wie »Chariots of Fire« oder an Tom Sharpes »Porterhouse Blue« erinnert fühlten. In beiden kamen bornierte Dozenten und machtgierige Pförtner vor. In Sharpes Satire gierten übergewichtige, weltfremde Professoren nur auf das nächste Collegebankett und hatten selten einen kreativen Gedanken. Auch wenn diese Banketts immer noch gefeiert wurden, war die Realität mittlerweile eine andere. Cambridge und Oxford galten als das härteste Pflaster in der britischen Wissenschaftslandschaft, und wer hier überlebte, konnte von nichts mehr erschüttert werden. Hunt hatte es überlebt. Ein Beispiel für seinen Erfolg war das Collegezimmer, in dem seine Studenten jetzt Wodka tranken. In Cambridge bekamen Professoren ein geringeres Gehalt als ihre Kollegen an anderen Universitäten. Im Gegenzug dafür gab es Statusersatz. Dieses Zimmer war sein verbissen erkämpfter Gehaltsausgleich.

Es war ein langer Weg hierher gewesen. Er erinnerte sich gut an die vielen kleinen Büros, in denen er hatte arbeiten müssen, bis er in diesen Prachtraum einziehen konnte. Um den Moment niemals zu vergessen, hatte er das Zimmer mit Hinweisen versehen, die nur er verstehen konnte. Auf der Rückseite seines ersten selbst gekauften Queen-Anne-Sofas klebte immer noch ein alter Zettel der Umzugsfirma: »Transport Universität Nottingham nach Cambridge«. Die erste Ausgabe seines ersten Buches hatte er hinter einer großen Wedgewood-Porzellanschale versteckt, und in einem Karl-Marx-Band lag ein Zeitungsfoto, das ihn bei der Entgegennahme des Wolfson-Preises zeigte. Hunt liebte die Gegenstände in diesem Raum, und er liebte den Raum. Obwohl er nie ein Insider gewesen war, nie Teil des Establishments, hatte er es am Ende doch geschafft. Er hatte die Regeln durchschaut.

Ob Wera, die Wahre, das in ihrer Arbeit über Kim Philby herausfinden würde? Dass es Philbys größter Triumph gewesen war, die Methoden des Establishments – die Netzwerkarbeit, den Nepotismus – zu nutzen, um sie dann gegen dieses Establishment zu wenden? Für Philby musste es amüsant gewesen sein, dass all die Leute, die ihm Schlüsselstellungen verschafften, damit ihr eigenes Grab schaufelten.

Während er Wodka nachschenkte, hörte Hunt, wie seine drei Doktoranden ungelenk Konversation machten.

»Ich habe noch nie Wodka getrunken«, sagte Wera.

Jasper lachte: »Du musst ein sehr behütetes Leben geführt haben.«

David mischte sich ein. »Lass dich nicht provozieren. Jasper ist nicht so verrottet, wie er tut.«

»Ja, stimmt«, sagte Jasper, »ich bin der Gute hier. David ist sehr viel gefährlicher.«

Wera trank einen großen Schluck.

»Er sieht nicht besonders gefährlich aus.«

»Alles Tarnung!«, meinte Jasper. »Seine großen melancholischen Augen täuschen. Er hat damit reihenweise Frauen reingelegt.«

Es war ein vielversprechender Anfang. Hunt wusste, die Dynamik zwischen seinen drei neuen Doktoranden könnte interessant werden. Da war zuerst einmal David, der in Cambridge aufgewachsen war und den Hunt am besten kannte. Er war der intellektuellste von den dreien, aber er neigte seit dem Tod seiner Mutter zu Stimmungsschwankungen. Wenn er seine starke Sensibilität richtig dosierte, könnte sie ihm helfen, das Außergewöhnliche im Gewöhnlichen zu finden. Sie könnte ihn aber auch jederzeit abstürzen lassen.

Dann Jasper, das Gegenteil eines Melancholikers. Er sah genau so aus, wie man sich einen Kalifornier vorstellte – groß, blond, braun gebrannt und penetrant begeistert. Schlechte Tage schien es für Jasper nicht zu geben. Hunt hatte selbst einmal ein Freisemester in Kalifornien verbracht, aber die permanente Euphorie dort hatte ihn irritiert. Es war anstrengend, ständig guter Laune zu sein. Zum Schreiben brauchte man eine härtere Umgebung; er zumindest konnte nicht arbeiten, wenn er von dieser sonnigen Disneyland-Monotonie umgeben war. Jasper hingegen musste als Kind unverhältnismäßig oft mit seinen Eltern in Disneyland gewesen sein. Der Junge erinnerte Hunt an eine dieser grinsenden Micky-Mäuse, mit denen man peinliche Erinnerungsfotos machte. Er hatte irgendwo gelesen, dass einige dieser Disneyland-Mitarbeiter als pädophil enttarnt worden waren, und er überlegte, was Jaspers perverses Geheimnis sein könnte. Der Junge gehörte eindeutig zu jenen Menschen, die einen zur Begrüßung enthusiastisch umarmten und anschließend erzählten, dass sie sich gerade eine schwere Grippe eingefangen haben. Jaspers Freundlichkeit war durch und durch rücksichtsloser Natur.

Und dann natürlich Wera. Sie war ein Produkt des deutschen Universitätssystems, und das war ein Erbe, das sie vergessen musste, wenn sie etwas aus sich machen wollte. Nicht, dass deutsche Universitäten nicht gut wären, aber ähnlich wie in Italien basierten die Geisteswissenschaften in Deutschland auf einem starren Patronagesystem. Bei Berufungen auf Lehrstühle herrschte ein dynastisches Denken vor. Konformisten wurden protegiert und protegierten dann wiederum ihre gefügigsten Assistenten für weitere Lehrstühle. Dieses System funktionierte in der Regel über mehrere Generationen hinweg: Generation null protegierte Generation eins. Generation eins protegierte dann Generation zwei, wobei Generation zwei häufig doppelt protegiert wurde – in Kooperation von Generation eins und null. Aus Dankbarkeit schrieben dann eins und zwei die Festschriften zum neunzigsten Geburtstag von Generation null und machten sich anschließend daran, Generation drei nach vorne zu bringen. Dieses Spiel wurde von linken wie rechten Geisteswissenschaftlern mit hoher Kunst betrieben und produzierte die zu erwartenden Klone. Kein Wunder, dass deutsche Doktoranden nicht wagten, etwas anderes zu schreiben, als von ihrem Doktorvater verordnet. Sie mussten auf Nummer sicher gehen. Die Devise lautete daher, nichts Neues zu wagen, sondern in Nibelungentreue dem Doktorvater zu folgen, wo auch immer der nun ideologisch stand. Das Ergebnis waren schlechte Kopien des Meisters, und wer wollte schon Kopien lesen?

Wera hatte Potenzial. Aber wie bei David hing es von ihrem Charakter ab, ob sie durchhalten würde. Ein wenig erinnerte sie ihn an die junge Jenny, nicht so sinnlich, aber so rührend integer. Es würde interessant sein zu sehen, wie sie sich gegen die Alphamänner David und Jasper behauptete. Alle drei hatten keine Vorstellung davon, wie einsam die nächsten Jahre sein würden, wie sehr sie mit sich selbst würden kämpfen müssen, um eine gute Arbeit zu schreiben. Es würde eine Berg-und-Tal-Fahrt werden, mit vielen Momenten der totalen Verzweiflung und nur wenigen der Erfüllung. Und wer würde ihre Werke am Ende lesen? Außer den Eltern und ein paar treuen Freunden so gut wie niemand. Im Idealfall könnte es ihnen eine erste Stelle verschaffen, aber auch das war in der momentanen Marktsituation sehr unwahrscheinlich. Es gab kaum Universitätsstellen. Was sie vorhatten, war masochistisch und naiv. Er konnte nur hoffen, dass sie nicht zu viel von ihm erwarteten. Er würde keine Zeit haben, ihnen zu helfen. Kein erfolgreicher Historiker interessierte sich ernsthaft für die

Lehre. Bei Naturwissenschaftlern mochte das anders sein, die brauchten ihre cleveren Laborratten, aber für Geisteswissenschaftler war das keine echte Herausforderung. Studenten zu unterrichten war zeitaufwendig und intellektuell selten anspruchsvoll. Nur unproduktive Leute stürzten sich in die Lehre. Es war purer Eskapismus, um nicht das tun zu müssen, was die wirkliche Herausforderung darstellte – Bücher zu schreiben, die das Fach veränderten, oder besser noch, die die Gesellschaft in Bewegung setzten. Nur solche Werke waren von Wert, und es brauchte Zeit und Energie, sie zu schreiben. Energie, die man an nichts anderes verschwenden durfte. Ein Wissenschaftler musste egoistisch sein. Wenn er sich um Studenten, Verwaltung, Familie und die ganzen anderen Überflüssigkeiten kümmerte, konnte er nichts wirklich Großes schaffen.

Hunt machte die dritte Wodkaflasche auf.

9

10. Oktober 2014
The Eagle Pub
Cambridge

»Wir müssen den Wodka mit Bier nachspülen«, sagte Jasper.

David grinste. »Ich dachte, du hasst unser warmes englisches Bier?«

»Ja, sicher, aber ich will Wera nach der Hunt-Gruft etwas anderes bieten!«

Sie saßen zu dritt im Eagle, einem lauten und stickigen Pub. Es war Jaspers Idee gewesen, nach dem Wodkaabend bei Hunt hier weiterzutrinken. Wera vertrug nicht viel Alkohol, und die Räume des Eagle erschienen ihr so verwinkelt, dass sie sich Sorgen machte, ob sie im angetrunkenen Zustand jemals die Toilette finden würde.

»Also Wera, der Eagle ist ein besonderer Pub, okay? 1667 erbaut. Hier haben Crick und Watson die Entdeckung der Doppelhelix gefeiert, und deshalb gibt es ihnen zu Ehren ein besonderes Bier: Eagle's DNA. Schmeckt grauenhaft.« Jasper deutete auf die Fotos an der Wand. »Und da drüben an der Bar mit den Graffiti haben britische Piloten im Zweiten Weltkrieg ihren Abschied gefeiert, bevor sie Deutschland bombardierten.«

»Wera hat als Deutsche sicher keine Lust, Geschichten vom Zweiten Weltkrieg zu hören«, meinte David.

»Ich habe nicht gesagt, dass sie aus einer Nazifamilie kommt«, meinte Jasper. »Oder stammst du aus einer Nazifamilie, Wera?«

»Ein Verwandter von mir hat Hitlers Einbürgerung möglich gemacht. Und dann hat er den Rest der Familie enterbt.«

»Weil sie Anti-Nazis waren?«, fragte Jasper.

»Weil er sie hasste.«

»Das ist ja immerhin etwas«, meinte Jasper. »Ist das dein Thema? Aufarbeitung der Nazizeit et cetera, sozusagen zum hundertsten Mal?«

David stand auf.

»Lass sie in Ruhe, Jasper. Ich gehe jetzt zur Bar. Was kann ich euch mitbringen?«

»Drei Pints und extra salzige Chips!«, orderte Jasper. Er drehte sich wieder zu Wera: »Also, womit willst du die Historikerzunft beglücken?«

»Meine Idee ist, eine Kim-Philby-Biografie zu schreiben, aber es ist schwieriger, als ich dachte.«

»Lass mich raten. Hunt hat dir davon abgeraten.«

»Ich glaube nicht, dass er mich als Doktorandin überhaupt wollte.«

Jasper schien nicht überrascht. »Der ist bekannt für seine enormen Ansprüche. Mir hat neulich ein ehemaliger Student von ihm erzählt, wie er ihn hundertmal einen Satz hat umschreiben lassen.«

David stellte drei Pints auf den Tisch.

»Lass die Horrorgeschichten, Jasper.«

»Das gilt natürlich nicht für unseren David. Er ist Professor Hunts Liebling und erhält eine Sonderbehandlung. Wusstest du, dass Davids Vater und Hunt zusammen studiert haben? Das ist ein altes Netzwerk.«

»Du redest so einen Scheiß, Jasper. Mein Vater und Hunt sprechen seit Jahrzehnten kein Wort miteinander. Und außerdem ist mein Vater kein Historiker. Er versteht nichts von dem, was ich mache.«

Wera nippte an ihrem Pint. Das Bier war lauwarm. »Was macht dein Vater?«

»Er arbeitet im Science Park an Robotern.«

»Er heißt nicht zufällig Stef?«, fragte Wera. Das wäre ein unglaublicher Zufall.

»Ja, wie kommst du darauf?«

»Ich saß neulich neben einem Mann namens Stef, der an Robotern arbeitet. Bei einem Dinner des Masters von New College.«

»Wie hast du es geschafft, so eine Einladung zu bekommen?«, mischte Jasper sich ein.

»Es war eine Verwechslung mit einer anderen Wera.«

»Wirklich? Wünschte, mir würde das mal passieren.«

Wera schob das Pint beiseite.

»Es war sicher meine letzte Chance auf ein exklusives Cambridgedinner, wenn ich keine Lösung für mein Kim-Philby-Problem finde.«

»Willkommen im Club«, sagte Jasper. »Ich bin mit meinem Thema über Protestbewegungen der Siebzigerjahre in der gleichen Lage. Diese britischen Drecksäcke in den Archiven geben einfach kein Material frei.«

»Okay«, sagte Wera. »Aber die Leute aus den Siebzigern leben ja alle noch. Da gibt es sicher Datenschutz oder so was. Aber meine Leute aus den 1930er- und 1940er-Jahren sind alle tot. Was ist da noch politisch brisant?«

Jasper klang jetzt sehr überlegen: »Verstehst du nicht? Den Briten geht es um ihre Reputation. Ihr Deutschen wart alle Verbrecher, ihr musstet das offenlegen. Euch blieb ja gar nichts anderes übrig, als euer ganzes Nazimaterial freizugeben, nachdem die Amerikaner es gesehen hatten. Aber die Briten haben eben auch ein paar schmutzige Geheimnisse, und die passen nicht zum Image der Saubermänner. Also bleiben sie schön unter Verschluss.«

David schob Wera seine Chipstüte zu.

»Es ist nicht ganz so hoffnungslos, wie Jasper es darstellt. Wir Briten sind nicht alle ›Drecksäcke‹. Hast du von den Mitrochin-Papieren gehört?«

»Nein? Was ist das?«

David lächelte sie an. »Deine Rettung.«

10

Oktober 2014
Cambridge

Man hatte ihr gesagt, sie solle sich auf den Science Park konzentrieren. Jeder, der dort arbeitete, war von Interesse, die Mitarbeiter der Putzkolonne ebenso wie die Wissenschaftler. Keine Möglichkeit durfte übersehen werden. Das ganze Projekt war langfristig angelegt, man setzte sie nicht unter Zeitdruck. Ihre Vorgesetzten wussten, dass genügend Zeit und gute Vorbereitungen essenziell waren. Man musste Geduld haben und warten können. Früher hatte man für ähnliche Aufgaben häufig Kriminelle eingesetzt. Man hatte sie entweder selbst ausgebildet oder speziell für die Operation angeworben. Sie brachen die Tresore auf und fotografierten das Material ab. Heute machte man das Gleiche mit Hackerangriffen. Doch die wirkliche Kunst blieb es, jemanden auszurauben, ohne dass er es bemerkte. So etwas war nicht mit roher Gewalt oder ein paar geschickten Mausklicks zu erreichen. Es glich eher einem komplexen Schachspiel. Kim Philby hatte dieses Spiel besser beherrscht als alle vor und nach ihm. Aus diesem Grund war er ihr Vorbild geworden. Es gab kein Buch und keinen Zeitungsbericht, den sie nicht über ihn gelesen hatte, aber am meisten gefielen ihr seine Memoiren. Wie er sich darin über seine gutgläubigen Kollegen im britischen Nachrichtendienst lustig machte, die absolut *nichts* verstanden. In seiner Autobiografie hatte er auch seine Berufsauffassung beschrieben, sie kannte die Stelle auswendig:

»Agent ist freilich ein Ausdruck, der sich sehr verschieden deuten lässt. Man kann damit einen einfachen Kurier meinen, der Meldungen von einem Punkt zum anderen übermittelt, oder den, der die Meldungen abfasst; und schließlich kann die Bezeichnung auch beratende oder sogar ausübende Funktionen einschließen. Ich habe das erste Stadium rasch hinter mich gebracht und schrieb oder lieferte bald Informationen in immer größeren Mengen. Je größer mein Wissen und meine Erfahrung wurden, desto mehr beratende und ausübende Funktionen kamen zum Sammeln und Übermitteln von Nachrichten hinzu.«

Sie hatte etwas ganz Ähnliches durchlaufen. Ihr Talent war sofort erkannt worden, und so war sie schnell mehr als ein Kurier geworden. Wie Kim Philby konnte sie beides – sammeln und kommentieren. Auch wenn sie Generationen voneinander entfernt waren, verband sie dies noch stärker miteinander.

Genau wie sie war er schon als ganz junger Mann ein Chamäleon geworden, das jede Rolle spielen konnte, die von ihm verlangt wurde. Dazu gehörte auch die des Mörders. Er war ein lächelnder Mörder geworden, dem niemand etwas anmerkte. Im Laufe der Jahre hatte er zahlreiche Morde in Auftrag gegeben, und sie waren erfolgreich ausgeführt worden. In seiner Autobiografie erwähnte er nichts dergleichen, aber sie nahm an, dass er gelegentlich auch selbst gemordet hatte. Es gehörte zum Geschäft und war manchmal eben unvermeidbar. Sie hatte es noch nie getan, aber wenn man es von ihr verlangte, würde sie keinen Moment zögern.

11

16. Oktober 2014
Churchill College
Cambridge

Churchill College befand sich etwas außerhalb vom Stadtzentrum. Touristen, die Cambridge besuchten, verirrten sich selten in diese Gegend. Die fotogenen Colleges lagen am Ufer des Flusses Cam, und man konnte mit den Punts an ihnen vorbeigleiten. Churchill College hingegen war zwei Kilometer vom Fluss entfernt, bot keine prächtigen Gärten und hatte nicht mal einen Coffeeshop in der Nähe. Auch architektonisch war das College für Traditionalisten uninteressant. Es glich einer Sechzigerjahre-Symphonie aus Beton. Das wuchtige Eingangsportal führte in eine Flut von großen braunen Steinklötzen. Zwischen den Steinklötzen hatte man Grünanlagen drapiert, doch trotz guter Rasenpflege erinnerten sie eher an einen moosigen Exerzierplatz als an einen Ort der Entspannung.

Die meisten Churchill-Studenten waren Naturwissenschaftler und zeigten sich immun gegenüber dem trüben Charme ihrer Umgebung. Doch die Naturwissenschaftler dominierten nicht das ganze College. In einem kleinen Teil der großen Anlage fanden sich jeden Werktag um neun Uhr Historiker aus aller Welt zusammen. Sie warteten geduldig darauf, dass das Churchill-Archiv geöffnet wurde und sie ihre Plätze in dem kleinen Lesesaal belegen konnten. Bei aller äußeren Hässlichkeit hatte Churchill College für diese Historiker eine große innere Schönheit zu bieten: die geheimsten Gedanken und Notizen von britischen Politikern der letzten hundert Jahre.

Im Mittelpunkt der Archivsammlung stand Churchill selbst. Sein Nachlass und der seiner Minister wurde hier verwaltet, aber auch die Nachlässe von Margaret Thatcher und vieler anderer konservativer Minister und Diplomaten.

Seit Juli 2014 war ein neuer Schatz hinzugekommen – die Mitrochin-Papiere. David hatte Wera und Jasper alles über diese Dokumente erzählt und ihnen vorgeschlagen, bei der Auswertung zu helfen. Er würde seine russische Freundin mitbringen, die ihnen die Akten übersetzen könnte. Wera war überrascht gewesen, dass David eine russische Freundin hatte, aber sie wollte unbedingt mehr über die Mitrochin-Papiere erfahren.

Laut Davids Erzählungen umwehte diese Dokumente seit Jahren ein Geheimnis. Bisher waren nur Teile von ihnen bekannt geworden. 1999 hatte der Historiker Christopher Andrew eine Auswahl publiziert und damit eine große Sensation ausgelöst. In der Folge waren KGB-Agenten weltweit enttarnt worden. Die britische Presse hatte sich damals vor allem auf die Geschichte von Melitta Norwood gestürzt, die jahrzehntelang für den KGB spioniert hatte. Als Sekretärin hatte Norwood Zugang zu Unterlagen der britischen Atomwaffenforschungskommission gehabt und ihren Chef bespitzelt. Nach ihrer Pensionierung lebte sie in einem bescheidenen Reihenhaus und ging regelmäßig im Co-op einkaufen. Die Presse nannte sie daher »die Spionin aus dem Co-op« und machte Norwood über Nacht zu einem Fernsehstar. Sie reagierte darauf ausgesprochen gelassen und gab in einem Statement bekannt, dass sie nichts bereue und ihr Ehemann immer gegen ihre Spionageaktivitäten gewesen sei (auch das schien sie nicht zu bereuen).

Laut Davids Erzählungen hatte Norwoods biederes Äußeres mit der Jungmädchenhaarspange im grauen Haar die britischen Fernsehzuschauer damals besonders fasziniert. Aber sie war nur eine der vielen Sensationen aus dem Mitrochin-Archiv. Auch der Mann, nach dem diese Papiere benannt worden waren, Wassili Mitrochin, wurde über Nacht berühmt. Er hatte im KGB-Archiv gearbeitet und auf diesem Weg Zugang zu allen geheimen Dokumenten erlangt. Angeblich hatte er über Jahre hinweg die Papiere heimlich abgeschrieben und dann die Notizen Stück für Stück in seinem Schuh herausgeschmuggelt. Aber nur wenige glaubten diese Geschichte.

»Fuck!!!«

Wera hatte noch nie jemanden gehört, der dieses Wort mit solcher Bewunderung aussprechen konnte wie Jasper. Aus seinem Mund klang es wie das verzückte Kompliment eines Minnesängers.

»Fuck, Wera! Hast du sie gesehen?«

»Ja.«

»Diese Frau sieht aus wie Kiera Knightley!«

»Beruhig dich, Jasper.«

»Noch heißer.«

Sie standen vor dem Eingang des Churchill Colleges und warteten darauf, dass David und seine russische Freundin ihre Fahrräder absperrten und zu ihnen herüberkamen. Jasper war immer noch fassungslos.

»Kannst du mir erklären, wie David das geschafft hat, an so eine Frau ranzukommen? »

»Kannst du dich bitte wieder einkriegen?«, flüsterte Wera. »Sie können uns hören.«

»Ich meine, ist das fair? Gibt es einen Gott? Wo ist hier die Gerechtigkeit?«

Die Kleidung von Davids Freundin war schlicht, sie trug eine Jeans und einen großen dunkelblauen Pullover. Ihre langen schwarzen Haare hatte sie zu einer Art Nest hochgesteckt, aber auf all das achtete man nicht, denn ihr Gesicht mit den hohen Wangenknochen und den großen dunkelgrünen Augen war so perfekt, dass man es anstarren musste.

David stellte sie einander vor.

»Polina, das sind Wera und Jasper.«

»Danke, dass du kommen konntest, Polina«, sagte Wera. »Das ist wirklich eine große Hilfe.«

Polina nickte. »Den Vormittag habe ich frei, aber ich muss um drei Uhr die Kinder von der Schule abholen.« Sie sprach mit einem starken russischen Akzent.

Jasper war verwirrt. »Welche Kinder?«

»Ich arbeite als Au-pair.«

Wera merkte, wie diese Aussage Jasper zu beruhigen schien. Sie konnte sich vorstellen, was er jetzt dachte: Auch wenn Polina wunderschön aussah, war sie ganz offensichtlich keine Elitestudentin, mit der er nicht mithalten konnte. In Jaspers Augen gehörte ein russisches Au-pair wahrscheinlich zu dem Heer von armen Leuten, die sich im Westen mehr oder minder erfolgreich durchschlugen und auf einen Pass oder einen reichen Ehemann hofften.

»Alles klar, also sollen wir reingehen?« Jaspers Stimme klang jetzt sehr geschäftsmäßig. »Wera sucht was Neues über Kim Philby, und ich brauche für meine Diss russische Geheimdienstberichte aus den Siebzigerjahren. Wir zahlen bar.«

Polina ignorierte ihn und drehte sich zu Wera. »Philby, der KGB-Spion? Was interessiert dich an ihm?«

Wera war überrascht, dass Polina von Philby gehört hatte, aber dann fiel ihr ein, dass er in Russland genauso berühmt war wie in Großbritannien. »Ich will wissen, wie er es geschafft hat, alle so lange zu hintergehen.«

Polina schaute sie schweigend an. Ihr Blick war so intensiv, dass Wera nervös wurde und ziellos weiterredete: »Natürlich interessieren mich auch andere Dinge … seine Rekrutierung, die Berichte, die er nach Moskau weitergab, eigentlich alles, und … ja, auch was die Russen über ihn schrieben. Wie sie ihn einschätzten.«

»Ich verstehe«, sagte Polina nach einer Weile.

»Also, gehen wir jetzt rein?«, drängelte Jasper.

Sie stiegen die Treppe in den ersten Stock hoch und gelangten in einen kleinen Vorraum des Archivs. Der Archivar, ein untersetzter Mann um die sechzig, telefonierte gerade. Er sah angestrengt aus.

»Ja, Sie müssen Ihren Pass und einen Beleg Ihrer Privatanschrift mitbringen, am besten Ihre letzte Heizungsabrechnung … ja, *Heizungsabrechnung*, um Ihre Privatanschrift nachzuweisen … Sicher, aber das sind nun mal die Vorschriften … Ja, Ihnen auch.«

Er legte auf und wandte sich an David.

»Lassen Sie mich raten, Sie und Ihre Freunde wollen die Mitrochin-Papiere einsehen? Ich hoffe, Sie sind an ernsthafter Forschung interessiert, Sie können sich gar nicht vorstellen, mit welchen Borderline-Persönlichkeiten ich seit Monaten zu tun habe. Lauter selbst ernannte Spionageexperten, die genau wissen wollen, ob ihr verhasster Chef oder Nachbar in diesen Dokumenten als KGB-Agent aufgeführt wird. Und natürlich wollen sie alle irgendwelche großen Verschwörungen aufdecken.«

David legte seinen Collegeausweis und seinen Pass auf den Tisch.

»Wir sind auf jeden Fall seriös. Meine Freunde brauchen Einsicht in die Papiere für ihre Doktorarbeiten.«

Der Archivar blätterte Davids Pass durch, er wirkte immer noch übellaunig.

»Wenn Sie mich fragen, sind die meisten dieser sogenannten Spionageexperten noch nie zuvor in einem Archiv gewesen. Sie krümeln die Unterlagen mit ihren Sandwiches voll und beschweren sich darüber, dass ihnen neue Akten erst ausgehändigt werden, wenn sie die alten wieder abgegeben haben. Aber die Profis, die die Archivregeln genau kennen, sind auch nicht besser. Die ordern die Unterlagen im Dreißig-Minuten-Takt und fotografieren sie wie verrückt ab.«

»Wir werden versuchen, Sie nicht mit zu vielen Bestellungen zu belästigen«, sagte David.

Der Archivar schien nicht überzeugt.

»Sie wissen, die Unterlagen sind auf Russisch?«

»Ja.«

»Haben Sie eine Übersetzerin dabei?«

Polina schob sich nach vorne und lächelte den Archivar an. »Ich bin Russin.«

Die Laune des Archivars verbesserte sich schlagartig. Es war ganz offensichtlich, dass er sie attraktiv fand,

»Ich hoffe, Sie haben viel Zeit mitgebracht?«

»Wieso?«

»Diese Papiere sind ein einziges Labyrinth.«

12

20. Oktober 2014
Pizza Express
Jesus Lane
Cambridge

Au-pair-Mädchen wie Polina waren die Nebbiche von Cambridge. Ganz oben rangierte die Hochkultur der Universität, all die Wissenschaftler und ihre elitären Studenten. Irgendwo gab es die Mitte – »normale« Einheimische –, und ganz unten kamen sie. Die Au-pair-Mädchen von Cambridge durften die Arbeit hinter den Kulissen erledigen, putzen, kochen, kranke Kinder hüten. Alles, um ihre überteuerten Sprachkurse zu finanzieren.

Historisch gesehen war ihre Stellung schon immer prekär gewesen. Es hatte sich bisher niemand die Mühe gemacht, die Geschichte der Cambridger Au-pair-Mädchen zu erforschen, aber wenn es eine Überblicksdarstellung der letzten sechzig Jahre gegeben hätte, wäre sie größtenteils negativ ausgefallen. Früher, als es kaum Studentinnen in Cambridge gegeben hatte, waren sie es gewesen, die zahllosen männlichen Studenten sexuell ausgeholfen hatten. Noch in den 1960er-Jahren hatten wohlmeinende Tutoren ihren heterosexuellen Cambridgestudenten geraten: »Suchen Sie sich entweder eine Verkäuferin von der Woolworth-Filiale oder ein Au-pair-Mädchen.« Au-pairs galten als Freiwild, die man – wenn die Sache unangenehm wurde – ohne großen Aufwand nach Hause schicken konnte.

Woolworth gab es schon lange nicht mehr, und es existierte mittlerweile auch kein Mangel an Studentinnen als Sexualpartnern. Au-pair-Mädchen mussten nicht mehr fürchten, nach dem Semesterende schwanger sitzengelassen zu werden. Sie hatten jetzt andere Probleme.

Einmal in der Woche trafen sich fünfzehn von ihnen im Pizza Express in der Jesus Lane. Eigentlich war das Restaurant zu teuer, eine Pizza kostete hier fast doppelt so viel wie im Pizza Hut, aber sie hatten sich darauf geeinigt, fünf Pizzas zu bestellen und dann zu teilen. Da einige von ihnen ein ambivalentes Verhältnis zum Essen hatten, stellte das für sie kein großes Opfer dar. Es ging bei diesen Treffen sowieso nicht um die Nahrungsaufnahme, sondern in erster Linie um die Atmosphäre. Es war den Mädchen wichtig, in diesem elegant getäfelten Restaurant zu sitzen und für einen Moment das Gefühl zu haben, dass es zwischen ihnen und den wohlhabenden Studenten um sie herum keinen Unterschied gab.

Auf der Menükarte hatten sie alles über die Geschichte des Gebäudes gelesen. Es war nicht irgendein Pizza Express. Im ersten Stock befand sich der exklusive Pitt Club, in dem sich Cambridgestudenten aus den besten Kreisen trafen. Er war ein Äquivalent zu dem Oxforder Bullingdon Club, in dem Premierminister David Cameron und der Londoner Bürgermeister Boris Johnson Mitglieder gewesen waren. Mittlerweile wollten beide sich an diese Mitgliedschaft nicht mehr erinnern. Besonders nachdem der Film »Riot Club« in die Kinos gekommen war, ein Film, der die perversen Clubspiele reicher Oxfordstudenten zeigte. Ein paar der Au-pair-Mädchen hatten den Film gesehen und fanden darin all ihre Vorurteile bestätigt. Trotzdem wollten sie unbedingt alles über diese Superreichen wissen. Polina hatte ihnen erzählt, dass im Pitt Club an manchen Abenden mehr Aristokratie versammelt war als bei einer Königshochzeit. Die Au-pair-Mädchen hofften, dass eines Tages jemand, den sie aus dem Fernsehen kannten, den Club besuchen würde, vielleicht sogar Prinz Harry. Darauf musste man zumindest vorbereitet sein, und sie suchten sich ihren Tisch deshalb immer strategisch mit Blick auf die Eingangstür aus. Wenn jemand durch diese Tür kam und die Treppe zum Pitt Club hinaufstieg, konnten sie ihn zumindest aus der Entfernung beobachten. Ein paar von ihnen hatten immer das Handy griffbereit, um alles zu dokumentieren. Natürlich kamen sie nicht nur wegen der potenziellen Stars. Polina hatte das Restaurant ausgesucht, und es war auch Polina, mit der sie reden wollten. Seit einem Jahr war die junge Russin für die Au-pairs die wichtigste Anlaufstelle in Cambridge. Polina half bei Männer- und Gesundheitsproblemen, und sie wusste, wie man eine neue Gastfamilie finden konnte, wenn es mit der alten nicht mehr auszuhalten war. Es war Polina, die man nachts um drei mit Blinddarmschmerzen anrufen konnte und die einen in die Notaufnahme brachte.

Polina arbeitete für die Plovers, eine besonders anspruchsvolle Gastfamilie. Jeden Tag musste sie den siebenjährigen Plover-Zwillingen das Frühstück machen, sie in die Schule bringen, das Haus putzen und einkaufen. Dann fuhr sie mit dem Rad zu ihren anderen Putzstellen, bis sie die Kinder um drei Uhr wieder von der Schule abholte, ihre Hausaufgaben überwachte und anschließend ein warmes Abendessen kochte. Herr und Frau Plover kamen oft erst nach Hause, wenn die Zwillinge schon im Bett lagen. Die Plovers waren beide Professoren für Informatik, die fast den ganzen Tag in ihrer Fakultät verbrachten und auch am Wochenende wenig Zeit hatten. In mühevoller Arbeit hatte Polina es geschafft, das Leben der Zwillinge besser zu organisieren. Sie saßen jetzt nicht mehr ausschließlich vor ihren iPads, sondern gingen gelegentlich mit ihr auf den nahe gelegenen Spielplatz Lammas Land.

Polinas Zeitmanagement war zum Vorbild für die anderen Au-pairs geworden. Sie waren zu dem Schluss gekommen, dass Polina zwar in dem Körper einer Zweiundzwanzigjährigen steckte, aber die Reife einer weisen Frau besaß. Die lateinamerikanischen Au-pairs nannten sie aus diesem Grund auch eine »alte Seele«.

Polinas Erfahrung war für die Au-pair-Mädchen wichtig, denn nur wenige von ihnen hätten sich als glücklich bezeichnet. Ihre Arbeitszeiten waren lang und das Taschengeld zu gering, um in einer teuren Stadt wie Cambridge öfters ausgehen zu können. Viele von ihnen hatten Heimweh. Sie kamen aus unterschiedlichen Kulturen und fühlten sich in der englischen Familienwelt häufig desorientiert: Die deutschen Au-pair-Mädchen fanden es merkwürdig, dass englische Frauen sich kaum mit Hausarbeit beschäftigten. Die osteuropäischen Au-pairs verstanden nicht, warum englische Kinder so ungehorsam waren und nicht strenger diszipliniert wurden. Die lateinamerikanischen dagegen waren entsetzt über die mangelnde Wärme der englischen Mütter, die ständig darüber nachzudenken schienen, wo sie ihre Kinder als Nächstes abladen konnten.

Polina schien all die kulturellen Unterschiede zu verstehen und erklärte den Mädchen, wie man Gastkinder und

Eltern unter Kontrolle bekam. Für die Treffen im Pizza Express hatte sie ein Protokoll entwickelt, damit die einzelnen Probleme Punkt für Punkt abgearbeitet werden konnten. Es basierte auf dem Modell der Anonymen Alkoholiker. Zuerst musste jedes Mädchen seine Leidensgeschichte erzählen, schonungslos und inklusive der eigenen Fehler. Es war eine Überwindung für viele, aber sie konnten sich darauf verlassen, dass ihre Zuhörer ihnen großes Verständnis entgegenbrachten. Der nächste Schritt war dann die Beratung durch den jeweiligen »Sponsor«. Polina suchte für jedes Mädchen eine geeignete Patin aus: jemanden, der schon Erfahrungen in diesem Geschäft gesammelt hatte und die Fallstricke kannte. Es war ein System, das gut funktionierte.

Auch jetzt hörten alle aufmerksam dem Bericht eines schüchternen Mädchens aus Rumänien zu. Es musste drei Kinder betreuen, die ihm das Leben zur Hölle machten. Die anderen Au-pair-Mädchen warfen sich wissende Blicke zu, es war eine vertraute Geschichte. Polina wartete, bis die Rumänin ihren Vortrag beendet hatte, und erklärte ihr dann die »Null-Toleranz-Methode«. Kinder, so Polinas Argumentation, waren wie Hundewelpen. Sie brauchten Ordnung, Routine und klare Grenzen. Sobald sie diese Grenzen übertraten, mussten sie sofort bestraft werden, andernfalls würden sie ihre Fehler wiederholen. Die anderen Mädchen nickten. Sie hatten Polinas Vortrag schon ein paar Mal gehört, aber er half ihnen immer wieder. Es war schön, Polina dabei anzusehen. Sie hätte ein Model sein können mit ihren hohen Wangenknochen und den wunderschönen grünen Augen. Aber sie war eine von ihnen.

13

29. Oktober 2014
Bootshaus
Trinity College
Cambridge

Wera hatte sich das Rudertraining einfacher vorgestellt. Um fünf Uhr früh aufzustehen war schlimm genug gewesen. In der Dunkelheit hatte sie zuerst ihr Fahrradschloss nicht aufsperren können, und dann hatte sie Mühe gehabt, das Bootshaus vom Trinity College zu finden. Aber am schlimmsten war es, dass ausgerechnet David ihr Cox war. Sie hatte bis zu diesem Zeitpunkt keine Ahnung gehabt, was ein Cox tat, doch nach einer qualvollen Stunde auf dem Fluss war ihr klar geworden, dass es sich um eine Art sadistischen Steuermann handelte, der vorne im Boot saß und nichts anderes tat, als die Ruderinnen anzuschreien.

Sie hätte nie gedacht, dass der sensibel aussehende David so brüllen konnte, aber er war anscheinend durchaus fähig, Härte zu zeigen. Zumindest ihr gegenüber. Wera hatte die Nummer vier im Boot bekommen, und David brüllte ununterbrochen: »Vier, wach auf, Vier, schneller, Vier, halt mit.« Die anderen Ruderinnen wurden sehr viel weniger angeschrien, und Wera fragte sich, ob sie wirklich so langsam war oder ob David sie aus unerklärlichen

Gründen quälen wollte. Sie verstand auch nicht, warum ein Mann der Cox in einem Boot voller Frauen war. Es wäre ihr auf jeden Fall lieber gewesen, von einer Frau angeschrien zu werden als von einem Mann. Nachdem das Gebrüll endlich vorbei war und David das Training für beendet erklärt hatte, ordnete er auch noch an, dass die Mädchen das Boot aus dem Wasser tragen und putzen sollten. Zu diesem Zeitpunkt hatte Wera bereits beschlossen, nie wieder zu rudern. Sie wollte nur noch zurück in ihr Zimmer und die durchgeschwitzten Sachen ausziehen. Aber natürlich kam David auf sie zu, gerade als sie auf ihr Fahrrad steigen wollte.

»Du willst schon gehen? Hat es dir nicht gefallen?«

Sie konnte es nicht fassen. »Soll das ein Witz sein?«

»Okay, okay«, David lachte. »Ich war ein bisschen hart zu dir. Am Anfang ist es immer schwer, sich da reinzufinden. Nach einer Weile wird es dir großen Spaß machen.«

»Du musst ja nicht rudern«, meinte Wera. »Du sitzt nur da vorne und schreist rum.«

»Ich rudere bei der Männermannschaft mit. In der dritten Liga. Da werde ich von einer Frau angeschrien.«

»Schreien kannst du wie die erste Liga.«

Er reichte ihr seine Thermoskanne. »Der Tee wird dir guttun. Du siehst verfroren aus.«

»Rudert Polina nicht mit dir?«

»Nein, sie lässt sich nicht gerne Anordnungen geben.«

Wera nickte. »Kann ich verstehen.«

»Hat dir wenigstens unser Archivtrip neulich etwas gebracht?«

Wera trank einen großen Schluck aus der Thermosflasche, bevor sie ihm antwortete. »Es waren ein paar gute Informationen aus den Dreißigerjahren über die Rekrutierung der Gruppe dabei. Der sowjetische Geheimdienst hat sich ganz gezielt junge Studenten ausgesucht.«

David nickte. »Studenten wie wir.«

»Glaubst du, so etwas passiert heute noch?«

»Dass alle möglichen Nachrichtendienste Studenten rekrutieren? Ja, natürlich, und gleichzeitig werden Studenten auch immer wieder überwacht. Vor allem die islamischen Studentenclubs hier in Cambridge.«

Wera starrte auf den Fluss vor ihnen. »Im Kalten Krieg hatten sie die Russen im Visier und jetzt die Muslime?«

»Oder mittlerweile beide.«

»Wieso beide?«

David ignorierte die Frage.

»Weißt du, was dir helfen würde, Wera? Ein paar Übungsstunden am Ergometer. Dann würde ich dich auch nicht mehr so anschreien müssen. Es macht mir wirklich keinen Spaß.«

»Und ich dachte, du bist ein Sadist.«

David lachte und legte den Arm um ihre Schulter.

Es war ein gutes Gefühl.

14

31. Oktober 2014
Universitätsbibliothek
Cambridge

Jasper war kein Junkie. Drogen nahm er nur an den Wochenenden. Er hatte mit diesem Rhythmus in der Highschool begonnen und hielt sich strikt daran. Unter der Woche arbeitete er, am Wochenende entspannte er sich. Die meisten seiner Freunde tranken zu viel, aber das war nicht sein Stil. Er legte Wert auf echte Qualität. Seine Sachen mischte er sich aus Prinzip selbst. Da konnte er wenigstens sicher sein, dass nur die besten Zutaten drin waren. Anfangs hatte er im Internet Anregungen gefunden, aber mittlerweile brauchte er so etwas nicht mehr. Seine Mischungen waren etwas ganz Besonderes und auf keinen Fall käuflich zu erwerben. Es musste legal bleiben, er hatte kein Interesse daran, sich seine Karriere mit einem Dealerdelikt zu vermasseln. Sein Lebensplan sah anders aus.

Er nahm das Zeug in erster Linie, um den Sex zu optimieren. Wenn man wie Jasper in Kalifornien aufgewachsen war, kannte man die Regeln. Mädchen waren nicht ohne lange Vorverhandlungen zu haben. Ein falscher Griff, ein falsches Wort, und man ging unkalkulierbare Risiken ein. Er hatte das schon in der Highschool gelernt, eine dieser Hysterikerinnen hätte ihn beinahe sein Abschlusszeugnis gekostet. Beim Studium in Stanford waren die Karten dann neu gemischt worden. Die Superreichen zahlten ein Vermögen, damit ihre Brut dort unter Kontrolle blieb. Aber Jasper hatte bald herausgefunden, dass alle letztlich nichts anderes wollten, als die Kontrolle zu verlieren. Am Wochenende, wenn sie sich gemeinsam volldröhnten, konnte er mit den Töchtern von Stanford alles machen. Bis Montagmorgen. Das war der Deal, und für diesen Deal war Jasper im Nebenstudium zum gefragten Chemiker geworden. Kein Mensch sah ihm und den Frauen das Wochenende an.

Als er das Bill-Gates-Stipendium für Cambridge bekommen hatte, war er auch ohne Drogen tagelang high gewesen. Es war ein Volltreffer, ein echter Lottogewinn. Trotzdem hatte er sich dann doch Sorgen gemacht, ob der Kulturtransfer funktionieren würde. Seinen Lebensstil wollte er auf keinen Fall ändern, und er kannte den englischen Markt nicht. Sicher, englische Frauen galten als allzeit bereit, das war nicht das Hauptproblem. Das Problem war, ob er auf der Insel die nötigen Zutaten für seinen Eigenverbrauch bekommen würde. Er hatte tagelang im Internet recherchiert und war dann durch Zufall auf einen Artikel gestoßen, der behauptete, jeder dritte Cambridgestudent würde dealen, um sein Studium zu finanzieren. Es war zwar die Meldung eines obskuren Blogs gewesen, aber es hatte ihn beruhigt. Selbst wenn nur jeder Zehnte dealte, schienen die Grundnahrungsmittel offensichtlich vorhanden zu sein.

Trotzdem hatte es dann doch etwas gedauert, bis Jasper in Cambridge den richtigen Mann gefunden hatte. Einen Chemielaboranten mit Zugang zu allem, was man so brauchte. Sie waren sich relativ schnell einig geworden, und Jasper hatte eine übertrieben vorsichtige Übergabemethode entwickelt. Wahrscheinlich wäre sie gar nicht nötig gewesen, aber sie erschien ihm einfach stilvoller. Anstatt sich das Zeug in einem versifften Pub auf der Toilette zuzustecken, hinterlegte der Laborant es einmal die Woche in der Universitätsbibliothek.

Die Bibliothek hatte Jasper von Anfang an angezogen. Nicht unbedingt der Inhalt, Bücher waren für ihn mit Arbeit verbunden, die man erledigen musste. Aber der Bau an sich war genial. Es war ein faschistoid aussehendes Dreißigerjahre-Gebäude, pompös und düster. Er empfand es als besonders gute Pointe, in den phallisch aussehenden Turm, der im Zentrum dieses Monsterbaus prangte, hinaufzusteigen und im entlegensten Winkel zwischen zwei Bücherregalen seine Zutaten abzuholen. Es war einfach reizvoll, diesen kleinen Deal direkt in den hehren Hallen eines Universitätsgebäudes zu erledigen.

Jasper hatte das bis jetzt ohne Probleme gehandhabt. Bis Hunt plötzlich auftauchte.

Er hatte bei Professor Hunt von Anfang an ein schlechtes Gefühl gehabt. Hunt schien kaum Interesse an ihm, seinen Ideen oder seiner Arbeit zu haben. Er war ein englischer Snob, der in seinem Antiquitätenzimmer Hof hielt und dort von einer Phalanx von Etonstudenten angeschleimt wurde. Es war ganz offensichtlich, dass er David bevorzugte. Der sah aus wie eine jüngere Hunt-Version und war auch sonst in jeder Hinsicht eine Kopie des Meisters. Die beiden schienen sich, selbst wenn sie nicht redeten, in einer permanenten Konversation miteinander zu befinden. Manchmal warfen sie sich in einem Seminar Blicke zu wie zwei verschworene Schwuchteln. Jasper fand es ekelhaft. Er war es nicht gewohnt, in der zweiten Reihe zu stehen.

Vielleicht wäre er doch noch irgendwie an Hunt herangekommen, wenn er am 31. Oktober eben nicht zur falschen Zeit am falschen Ort gewesen wäre. Die Chancen dafür standen eins zu zehntausend. Jasper wählte jedes Mal eine andere Stelle der Unibibliothek aus und textete der Laborratte dann die Büchertitel zu. Es waren immer besonders obskure Bücher, die seit 1952 mit Sicherheit kein Mensch mehr ausgeliehen hatte.

Die Topografie der Bibliothek kam ihm dabei entgegen. Es gab unzählige Gänge, verschachtelte Wendeltreppen und tote Winkel. Laut Studentengerüchten existierten so viele dunkle Ecken in dieser Bibliothek, dass man hier irgendwo ins Koma fallen konnte und erst nach einer Woche gefunden wurde. Auch unbeobachteter Sex wäre hier jederzeit durchführbar gewesen. Jasper hatte noch nie ein Paar dabei gesehen, aber es schien durchaus möglich zu sein. In den 1970er-Jahren war es laut Gerüchten in dieser Hinsicht besonders wild zugegangen. Es hieß, die Bibliotheksangestellten wären in den dunklen Winkeln wie Karnickel übereinander hergefallen. Wenn man heute ihre verhärmten Gesichter sah, konnte man sich das kaum mehr vorstellen. Professor Hunt gehörte zu dieser verblühten Siebzigerjahre-Generation. Er musste damals Student gewesen sein und hatte sich sicher nichts entgehen lassen. Vielleicht kannte er daher die allerletzten Winkel dieses Gebäudes so gut. Das zumindest war die einzige nachvollziehbare Erklärung, warum er zu Jaspers Entsetzen plötzlich in der Abteilung Naturwissenschaften auftauchte. An diesem Regal im hintersten Eck. Was machte ein Historiker an so einem Ort? Hunt stand da mit seinem

Cäsarenkopf und gab ein dröhnendes »Immer im Einsatz, Jasper!« von sich. Jasper war davon so überrascht, dass ihm das Buch aus der Hand fiel. Hunt blickte auf das offene Buch mit den herausgefallenen Röhrchen und setzte dann sein dämlich-ironisches Lächeln auf. Die ganze Szene dauerte höchstens fünf Sekunden, aber es waren für Jasper fünf Sekunden zu viel. Hunt wünschte ihm noch viel Glück bei der Forschung und verschwand.

Es war eine Katastrophe, ein Scheißdesaster. Jasper hatte den Stoff nehmen wollen, um sich für eine Halloweenfeier in Stimmung zu bringen, aber die Lust war ihm jetzt vergangen. Was würde Hunt tun? Ihn anzeigen? Dem arroganten Sack war alles zuzutrauen.

15

1. November 2014
Starbucks
Marktplatz Cambridge

Weihnachten hatte am 1. November begonnen. Die Geschäfte von Cambridge räumten innerhalb einer Nacht die Halloweendekorationen ab und ersetzten sie durch Weihnachtskugeln. Es galt so früh wie möglich mit dem Kugelgeschäft zu beginnen, denn die Leute waren sparsamer geworden. Auf einen Kaufrausch konnte dieses Jahr kein Einzelhändler hoffen.

Die Fensterscheiben von Starbucks waren bereits mit Schneebällen und Schneesternen beklebt. Die Dekoration verwirrte ein wenig, denn Cambridge erlebte die wärmsten Novembertage seit Jahren. Die Sonne schien, die Leute trugen T-Shirts und redeten wie immer an solchen Tagen über die schlimmen Auswüchse der globalen Erwärmung. Wera fand das Wetter ungewöhnlich, aber noch ungewöhnlicher schien es ihr, sich in einem Kaffeehaus mit Professor Hunt zu treffen. Es war ihre zweite Supervision, eine sechzig Minuten lange Sprechstunde, und Hunt hatte ihr gesagt, sie solle gegen elf Uhr vormittags zu Starbucks kommen, er brauche um diese Tageszeit Zucker. Während er in sein Croissant biss, nahm Wera einen Schluck von ihrem Orangensaft. Sie war einigermaßen gut vorbereitet, und trotzdem gelang es Hunt wieder, sie durcheinanderzubringen.

»Warum muss es ausgerechnet Philby sein, warum nicht die anderen Spione aus der Gruppe – Burgess, Maclean, Blunt, Cairncross?«

Wera hatte keine gute Antwort darauf. Sollte sie ihm sagen, dass es purer Zufall war? Dass sie eines Nachts auf YouTube gesurft hatte und auf einen alten Philby-Clip von 1955 gestoßen war, den sie sich viermal angesehen hatte? Das klang so unwissenschaftlich, dass sie es nicht wagte. Sie entschied sich für eine Version der Wahrheit.

»Es gibt diese Pressekonferenz von 1955, wo er in die Kamera lügt und lächelt. Guy Burgess und Maclean waren vier Jahre zuvor in die Sowjetunion geflohen. Seitdem verdächtigt man Philby, der dritte Mann zu sein. Und er geht an die Öffentlichkeit und gibt dieses unglaubliche Interview, im kleinen Wohnzimmer seiner Mutter. Er sitzt da, schon Anfang vierzig, aber noch jungenhaft wirkend. Seine Haare sind ungekämmt, so als wären ihm diese Dinge egal, und sein Akzent ist relativ normal, nicht dieser prätentiöse Oberschichtenton. Und als ich ihn da sah in Schwarz-Weiß, da war er mir sympathisch. Ich glaubte ihm.«

Hunt war mittlerweile bei seinem zweiten Croissant angekommen. Wera fragte sich, ob Leute in seinem Alter nicht auf ihre Cholesterinwerte achten mussten. Sie erinnerte sich an eine alte SPIEGEL-Geschichte mit dem Titel »Droge Zucker«. Hunt schien ganz offensichtlich gefährdet zu sein. Zumindest bewirkte der Zucker, dass er langsam lebhafter wurde.

»Der Clip ist perfektes Anschauungsmaterial. Wissen Sie, dass er heute als Trainingsfilm für MI6-Anwärter hergenommen wird? Man will testen, ob irgendjemand an Philbys Körpersprache erkennt, dass er aus allen Poren lügt. Die Wahrheit ist, dass erfahrene Leute ihm geglaubt haben. Er hat mit diesem charmanten Lächeln unzählige Agenten in den Tod geschickt. Denken Sie an seine Albanienoperation. Er bildete albanische Emigranten aus, die dann versuchten, das kommunistische Regime zu stürzen. Er wusste, dass sie beim Übertreten der Grenze sofort massakriert werden würden. All ihre Standorte und die Namen ihrer Verwandten in Albanien hatte er bereits nach Moskau verraten.«

»Glauben Sie, er hatte je Zweifel?«

Hunt lachte. »Fanatiker haben keine Zweifel. Egal ob ISIS oder sonst was. Er war eben ein fanatischer Kommunist. Schauen Sie sich an, wie die Cambridge Fünf reagierten, als der Hitler-Stalin-Pakt bekannt wurde. Jeder, der die kommunistische Sache unterstützte, weil sie sich gegen den Faschismus richtete, geriet in eine Glaubenskrise. Aber Philby, Burgess und die anderen hatten damit keine ernsthaften Probleme. Sie waren nicht in erster Linie Antifaschisten. Das war nur ein Nebenaspekt.«

»Aber sie waren doch auch Idealisten. So fingen sie an – als Idealisten.«

Hunt nippte an seinem Apfelsaft. »So fangen wir alle an. Und dann stellt sich die Frage, wie weit wir vom Leben korrumpiert werden. Das variiert. Glauben Sie mir, Wera, je älter Sie werden, umso klarer wird Ihnen, wie schwer es ist, Menschen zu verstehen. Mit zwanzig denkt man noch, es gebe so etwas wie eine Formel. Aber mit den Jahren kommen die Überraschungen. Leute, von denen Sie geglaubt haben, sie seien stark, stellen sich als schwach heraus, und umgekehrt. Menschen, denen Sie vertraut haben, hintergehen Sie. Das Einzige, was sicher ist, ist die permanente Unsicherheit.«

Der letzte Satz klang bitter. Wera fragte sich, ob sie noch über Philby redeten oder über Hunts private Probleme. Sie versuchte einen anderen Ansatz. »Würde es Sinn machen, wenn ich versuche, Philby mit psychologischen Methoden zu erklären?«

»Es ist Ihre Arbeit, Wera. Sie müssen Ihren eigenen Weg finden. Ich bin nur da, um gelegentlich zu rufen: ›Mehr nach links‹, oder: ›Nein, da vorne würde ich eher rechts abbiegen.‹ Mehr kann ich wirklich nicht tun.«

Er schien jetzt gelangweilt zu sein, und das machte es ihr schwer, die nächste Frage zu stellen. Das Wort Sex gegenüber einem älteren Mann auszusprechen, der wahrscheinlich schon länger nichts mehr in dieser Richtung erlebt hatte, war ihr peinlich.

»Was ist mit der Sexualität der Cambridge Fünf? Spielt das eine Rolle?«

Hunt lachte. »Sie meinen den dämlichen Witz über die Kommunistische Internationale, die Komintern? Nur weil ein paar von den Cambridge Fünf auf teuren Privatschulen mit anderen kleinen Jungens herumexperimentiert hatten, nannte die Presse sie dann später die ›Homintern von der Komintern‹. Alles andere als originell, wie all die Sexgeschichten über die Cambridge Fünf. Natürlich hatten sie Sex, mit wem auch immer. Aber es war so bequem, in ihrer Homosexualität eine Erklärung zu finden. Weil man ja die eigentliche Erklärung nicht sehen wollte. Weil keiner innerhalb des britischen Establishments glauben konnte, dass man dieses fantastische Establishment verrät. Übrigens ist diese Blindheit keine typisch britische Eigenschaft. Die Russen waren genauso beschränkt, wenn es um ihre

Verräter ging. Als der berühmteste von ihnen, Poliakoff, enttarnt wurde, konnte es niemand fassen – ein Held des Zweiten Weltkriegs, hochdekoriert, ein Vorzeigekommunist, und er hasste das System? Es wird nicht gefragt: ›War etwas am System defekt?‹, es wird gefragt: ›Was war an dem Mann defekt?‹«

»Sie sind also der Ansicht, dass die britische Gesellschaft defekt war?«

»Natürlich nicht im gleichen Ausmaß wie in der Sowjetunion! Doch sie war marode. Bis weit in die Fünfzigerjahre hinein.«

»Aber dass Philby so lange als Spion arbeiten konnte, lag doch auch am Versagen der Geheimdienste, am Versagen des MI6?«

Hunt nickte. »Ja, es war der mangelnde Frühjahrsputz.«

Wera schaute ihn verständnislos an. »Frühjahrsputz?«

»Das kennen Sie nicht mehr? Jede Hausfrau hat damals einen Frühjahrsputz gemacht. Im Mai wurde all der alte Plunder rausgestellt und begutachtet. War da was zu reparieren? Brauchte man das Zeug noch? Eine Entrümpelung bot einen Neuanfang. Die britischen Nachrichtendienste putzten nicht. Da wurde nie aufgeräumt. Die waren so von sich überzeugt, dass sie sich nicht hinterfragten und kein ernsthaftes Kontrollsystem einbauten. Alles verlief auf freiwilliger Basis. Wenn ein Mitarbeiter glaubte, sich erpressbar gemacht zu haben, weil er seine Ehefrau mit dem Kellner oder der Kellnerin betrogen hatte, chronisch trank oder Spielschulden hatte, konnte er das melden. Wer bei klarem Verstand war, tat das natürlich nicht. Es wurde also nie eine Hausreinigung unternommen. Sie müssen sich das vorstellen wie in einer schlechten Ehe. Man dachte nicht mehr nach, man machte weiter, weil es bequem war.

Man fragte nicht: ›Reden wir noch über etwas anderes als die Kinder?‹«

Wera versuchte, angesichts dieses gewagten Vergleichs nicht überrascht auszusehen. Sie konnte sich Hunt nicht als Ehemann und Vater vorstellen.

»Halten Sie Philby für einen Verbrecher?«

»Der Mann war ein Massenmörder. Es geht ja nicht nur darum, wie viele Agenten seinetwegen draufgegangen sind. Das ist nur die Spitze des Eisbergs. Es ist etwas anderes. Wenn Ihr Gegner all Ihre Geheimnisse kennt, sind Sie schutzlos. Philby hat uns in diese Lage gebracht. Das hat Großbritannien Millionen gekostet. Es war Geld, das wir nicht in die wirklich wichtigen Dinge investieren konnten – in Krankenhäuser, Wohlfahrtsbau, Arbeitslosenhilfe. Ich gebe Ihnen ein Beispiel: Als der Koreakrieg 1950 ausbrach, wusste die Sowjetunion dank der Cambridge Fünf fast alles über unsere geheimen Operationen. Wir standen nackt vor ihnen. Großbritannien hatte zu diesem Zeitpunkt kaum Geld, es hatte gerade den Zweiten Weltkrieg mit einem Schuldenberg überstanden. Wir mussten all das Geld, das wir in Wohlfahrtsprogramme stecken wollten, wieder in die Rüstung geben, um bei diesem Scheißkrieg nicht zu verlieren. Ein reiches Land wie Amerika kann sich solche Kriege leisten, aber wir nicht. Haben Sie sich mal überlegt, wie viele alte Leute im Winter 50/51 erfroren sind, weil sie keine Heizkostenhilfe bekamen, oder für wie viele Frühgeborene kein Brutkasten angeschafft werden konnte? Dieser Krieg hat uns noch mal um Jahre zurückgeworfen. Philbys Verrat hat ganz einfache Leute getroffen, Leute, die nichts mit Politik zu tun hatten.«

»Wieso ist Großbritannien überhaupt in den Koreakrieg gezogen?«

»Googeln Sie es!«, sagte er ungeduldig. »Aber ohne diesen ganzen Kontext sind Philbys Verbrechen nicht zu verstehen. Die Cambridge Fünf haben Menschen in den Tod geschickt und sind dafür nie bestraft worden. Im Fall von Anthony Blunt war das natürlich auch eine Klassenfrage. Der Mann war ein Freund von König Georg VI., so jemanden sperrt man nicht einfach weg. Ein anderer Spion der Russen, George Blake, hat eine hohe Haftstrafe bekommen. Aber der stammte natürlich aus einfachen Verhältnissen und war ein halber Ausländer. Der hat nie dazugehört. Noch einmal: Man muss die englische Gesellschaft zu dieser Zeit kennen, um das alles zu verstehen. Das Establishment war ein einziges engmaschiges Netzwerk. Wenn man da drin war, hatte man absolute Protektion. Selbst als es schon an allen Ecken brannte, hat dieses Netzwerk die Cambridge Fünf nicht outen wollen. Das hätte das schwankende Gerüst des Establishments zum Einsturz bringen können.«

»Philby hat die Regeln des Establishments genutzt, um es zu unterwandern?«, fragte Wera.

»Natürlich! Er hat sich bestimmt totgelacht über diese Idioten, die glaubten, er wäre ein braver Karrierist, der sich nach allen Regeln der Kunst an die Spitze des MI6 antichambriert. In Wirklichkeit war er ein Krimineller.«

»Aber bringt das nicht der Beruf der Spionage mit sich, dass man kriminelle Dinge tut? Alle Agenten bewegen sich in juristischen Grauzonen. Was ist mit uns? Dem Westen? Waren wir denn besser?«

Hunt machte sich jetzt an ein Scone mit viel Creme. Es schien ihm nichts auszumachen, dass es außergewöhnlich fettreich aussah.

»Ist das eine ernsthafte Frage?«

Er wartete ihre Antwort nicht ab und stand auf, um sich noch etwas Marmelade zu holen. Wera ahnte, dass er das Interesse an dieser Unterhaltung verlieren könnte. Sie hatte mittlerweile verstanden, wie schnell er gelangweilt war, wenn man ihm nichts Anregendes bot.

Sie beobachtete ihn, wie er an der Theke stand. Seine Augen erinnerten sie an David, aber das war sicher nur Zufall. Ihr fiel ein, dass sie noch Kopien aus dem Churchill-Archiv hatte. Vielleicht würde ihn das interessieren. Als er zurückkam, legte sie den Stapel Papiere neben seinen Teller.

»Ich war mit David in den Churchill-Archiven …«

Hunt schien interessiert. »Sie haben die Mitrochin-Papiere gesehen? Ich dachte, Sie können kein Russisch?«

»David kennt eine Übersetzerin, die uns hilft.«

Hunt schaute sie an. Sein Körper straffte sich jetzt, und einen Moment lang hatte sie Angst, er würde auf sie losgehen.

»Sie können keine Übersetzerin beschäftigen! Das ist nicht zulässig für Doktoranden. Sie müssen Ihre eigene selbstständig erbrachte Arbeit präsentieren, nicht etwas Erkauftes!«

Das Wort »Erkauftes« brüllte er fast. Wera war von seiner Reaktion so entsetzt, dass sie am liebsten sofort aus dem Kaffeehaus gerannt wäre. Aber sie wollte nicht das kleine, heulende Mädchen sein, das keine Kritik vertragen konnte.

»Sie ist nur eine Freundin.« Ihre Stimme war wieder viel zu hoch geworden. Hunt schien es nicht zu bemerken.

»Das ist völlig egal! Das ist so typisch für Ihre Generation! Sie wollen alles schon vorgefertigt haben, sich nicht selbst auf die Suche machen, recherchieren, einen Weg finden, um an Material zu kommen. Nur so wird man ein guter Historiker! Sie müssen sich das selbst erarbeiten. Ohne fremde Hilfe!«

Er hatte den letzten Satz gespuckt. Ein paar Leute drehten sich jetzt nach ihnen um. Hunt war in diesem Land ein Fernsehstar, der öfters erkannt wurde. Dass man sie beobachtete, war Wera bis dahin nicht weiter aufgefallen. Erst jetzt bemerkte sie, wie nah eine Dame am Nebentisch an sie herangerückt war. Sie sah älter aus und war sicher ein harmloser Fan von Hunt, aber abgesehen von ihr war Starbucks voll von jungen Leuten. Wenn Studenten unter ihnen waren, konnte das unangenehm werden. Irgendeiner twitterte sicher schon: »Professor Hunt macht Studentin in Starbucks fertig.«

Auch Hunt schien sich jetzt bewusst zu sein, dass aller Augen auf sie gerichtet waren. Er lachte, als ob Wera einen wunderbaren Witz gemacht hätte. Mit betont ruhiger Stimme fragte er: »Und, was haben Sie sonst noch für mich?«

Sie war von der Schnelligkeit seines Stimmungswechsels wieder einmal überrascht. Woher wusste er, dass sie mitspielen würde? Sie versuchte betont langsam zu atmen. Auf keinen Fall wollte sie noch einmal wie eine hyperventilierende Maus klingen.

»Ich habe in den National Archives … eigenständig … die wenigen Akten eingesehen, in denen Philby vorkommt. Es sind nur MI5-Akten freigegeben, nichts vom Auslandsgeheimdienst MI6. Und selbst die MI5-Akten sind stark zensiert.«

»Schauen Sie sich Nigel Wests Editionen dazu an. Er hat zumindest Auszüge aus den russischen Akten bekommen.«

»Ja, die habe ich schon gesehen. Aber die MI5-Akte über Philbys Vater ist interessant. Ist Ihnen die Beziehung zu seinem Vater aufgefallen?«

Hunt schaute sie jetzt zum ersten Mal wieder etwas freundlicher an. »Die Väter sind der Schlüssel.«

16

1. November 2014
Weras Zimmer
8 Jesus Lane
Cambridge

Wera saß wieder in ihrem Kim-Philby-Zimmer und ging ihre Gesprächsnotizen durch. Was meinte Hunt mit dem Satz »die Väter sind der Schlüssel«? Wieso gebrauchte er den Plural?

Vielleicht meinte er damit so etwas wie Kim Philbys geheime Wahlverwandtschaften? Das könnte passen, denn Kim hatte sich tatsächlich mit Anfang zwanzig eine Art Ersatzvater ausgesucht. In gewisser Weise hatte er damit zwei Väter gehabt – einen biologischen und einen wahlverwandten Vater. Natürlich wusste Kims biologischer Vater nichts von seinem Konkurrenten. Er hätte seinem Sohn niemals einen derartigen Umgang erlaubt, denn dieser Mann war der Albtraum aller Eltern. Sein Name lautete Arnold Deutsch.

Es war Deutsch zu verdanken, dass Kim zu einem der besten Spione seiner Zeit wurde. Wera war so fasziniert von diesem geheimnisvollen Mann, dass sie bereits ein kurzes Kapitel über ihn geschrieben hatte.

Der Talentsucher

Dr. Arnold Deutsch war der beste Talentsucher Stalins, und er wurde zum Entdecker von Kim Philby. Seine Spione kannten ihn als »Otto« oder »Stephan«, und die meisten von ihnen würden erst Jahrzehnte später seinen richtigen Namen erfahren. Sie würden bis dahin nicht einmal wissen, für welchen Zweig des sowjetischen Nachrichtendienstes er sie eigentlich rekrutiert hatte. Deutsch ließ sie im Glauben, für die Komintern zu arbeiten, obwohl sie in Wirklichkeit Stalins Geheimpolizei unterstellt waren. Keiner von ihnen würde sich je darüber beklagen, dass ihr Entdecker sie nicht nur über seinen Namen, sondern auch über ihre korrekte Zugehörigkeit belogen hatte. Vor allem Kim Philby verehrte Arnold Deutsch. Noch Jahrzehnte später schwärmte er von Deutschs Charisma. Er war mittlerweile selbst Ausbilder für zukünftige KGB-Agenten geworden und wollte ihnen erklären, wie er verführt worden war. Allerdings sah er seine Wandlung zum Spion nicht als Verführung, sondern als ein Erweckungserlebnis. Arnold Deutsch zu treffen veränderte sein Leben. Auch wenn Philby beim Datieren dieses Treffens bewusst ungenau blieb, war er umso präziser bei der Beschreibung des Ortes. Sie trafen sich – romantischer hätte es nicht sein können – in einem Park: dem Londoner Regent's Park. Eine »Freundin« – auch da wollte Philby nicht so genau sein, um wen es sich handelte – hatte das Treffen vermittelt.

Wie wir heute wissen, fand die Begegnung am 19. Juni 1934

statt, und die Freundin hieß Edith Tudor-Hart. Obwohl Tudor-Hart einen imposanten englischen Doppelnamen führte, war sie alles andere als ein Produkt der britischen Oberschicht. Ihr Mädchenname lautete Edith Suschitzky, sie war eine Wiener Kommunistin, die strategisch geheiratet hatte, um mit ihrem britischen Mann nach London kommen zu können. Sie stellte Philby nun einem anderen Wiener vor – ihrem alten Kampfgefährten Arnold Deutsch.

Zwei Stunden lang musste Philby für dieses Vorstellungsgespräch mit Edith kreuz und quer durch London fahren – von Bussen in Taxis, in die U-Bahn umsteigen und dann wieder in Busse, bis sie sicher sein konnten, dass ihnen niemand folgte. Dann trafen sie »zufällig« Arnold im Park. So nannte Philby ihn Jahrzehnte später in seinem Vortrag für die jungen KGB-Anwärter: Arnold. Er gebrauchte nicht seinen Codenamen Otto, er nannte ihn nicht Dr. Deutsch. Er war für ihn Arnold geworden.

Zu diesem Zeitpunkt war Arnold Deutsch zwar bereits seit Jahrzehnten verschollen, aber Philby hielt ihn mit seinen Vorträgen am Leben. Bei ihrer ersten Begegnung 1934 hatte Deutsch sein Leben für immer verändert. Er hatte einen Mann getroffen, der ihm wesensverwandt war. Der all das, was Philby gerade durchlebte, bereits durchlebt und durchdacht hatte und der ihm helfen konnte, es zu verstehen. Was hätte verführerischer sein können? Über vierzig Jahre nach der Begegnung beschrieb Philby in seinem KGB-Vortrag, wie faszinierend Deutschs Idealismus und Mut auf ihn gewirkt hatten.

Was er nicht erwähnte, war, dass Deutsch für ihn das Gegenteil seines egomanischen Vaters verkörperte, der sich immer nur dafür interessiert hatte, was sein Sohn *leistete*. Arnold wollte wissen, was er *fühlte*. Er war ein guter

Psychologe, der schnell erkannte, dass Kim Philby einen Übervater hatte, an dem er litt. Aus diesem Grund gab er Kim den passenden Codenamen »SÖHNCHEN«. In seinem Bericht nach Moskau fasste Deutsch zusammen, wie wichtig SÖHNCHEN werden könnte:

»SÖHNCHEN kommt aus einer merkwürdigen Familie. Sein Vater (zurzeit Berater von König Ibn Saud von Saudi-Arabien) gilt als der beste Experte der arabischen Welt [...] Er ist ein ehrgeiziger Tyrann, der aus seinem Sohn einen bedeutenden Mann machen will. Er unterdrückte alle Wünsche seines Sohnes. Deswegen ist SÖHNCHEN eine sehr ängstliche Person. Er stottert etwas, und das verstärkt noch seine Schüchternheit.«

Anfangs schien Deutsch sogar viel mehr am Vater als am Sohn interessiert zu sein. Jack Philby war ein einflussreicher Berater in einer der ölreichsten Gegenden der Welt. Informationen von ihm wären für den sowjetischen Nachrichtendienst daher nützlich gewesen.

Der Vater stellte also den Hauptgrund für die Rekrutierung des Sohnes dar. Kim war 1934 nur ein idealistischer junger Mann, und niemand ahnte damals, was für eine große berufliche Zukunft er noch vor sich hatte. Ob Kim seinen Vater bespitzelte und Informationen über ihn an Arnold Deutsch lieferte, konnte bis heute nicht belegt werden. Es ist jedoch durchaus möglich, denn Deutsch kam in seinem Bericht zu dem Fazit, dass SÖHNCHEN alles für die Sowjetunion tun würde. Tatsächlich empfahl Kim bei diesem ersten Treffen gleich zwei weitere Kandidaten, die Deutsch ansprechen sollte: seine Studienfreunde Guy Burgess und Donald Maclean.

Am Ende des Parkgesprächs fragte Deutsch seinen neuen Agenten, wie er denn jetzt nach Hause kommen würde. Kim hatte geplant, einfach nur den Bus zu nehmen, aber Deutsch lachte und sagte: »Nein, nein, es geht alles wieder von vorne los. Zu deiner eigenen Sicherheit musst du mindestens zwei Stunden lang durch die Stadt fahren, damit dir niemand folgen kann.« Kim hatte bereits sein ganzes Geld für die komplizierte Hinfahrt mit Edith ausgegeben und nur noch einen Shilling übrig. Arnold schenkte ihm ein Pfund. Es war das einzige Gehalt, das Philby vom sowjetischen Geheimdienst annahm. Er würde für die Sowjetunion umsonst arbeiten.

Um zu verstehen, warum dieses Parkgespräch ein so großer Erfolg war, ist es wichtig, sich Arnold Deutsch genauer anzusehen. Ihm und seinem Vorgesetzten Orlow war es zu verdanken, dass die Sowjetunion fast dreißig Jahre lang das beste Spionagenetz in Großbritannien hatte, das man sich wünschen konnte.

Deutsch war ein Produkt der Habsburger Monarchie, und vielleicht war es kein Zufall, dass seine Codenamen Otto und Stephan einen K.u.k.-Klang hatten – sie erinnerten an den ewigen Thronfolger Otto von Habsburg und natürlich an Ungarns Stephanskrone. Die Wahl dieser Codenamen entbehrte nicht einer gewissen Ironie, denn Deutsch war alles andere als ein Monarchist.

Er wurde am 21. August 1904 in Wien als Sohn jüdischer Eltern geboren. Die Familie lebte im Zweiten Bezirk, den die Wiener nur die »Mazze-Insel« nannten. In gewisser Weise war es tatsächlich eine Insel. Hier wohnte die jüdische orthodoxe Bevölkerung, und hier gab es in den Bäckereien an Feiertagen Matzebrote zu kaufen. Außerhalb der Insel regierten Karl Lueger, Wiens antisemitischer Bürgermeister, und seine zahlreichen Anhänger. Für die Juden im Zweiten Bezirk war Lueger ein Schreckgespenst, für Adolf Hitler sollte er zu einem wichtigen Stichwortgeber werden.

Es zeugte von Deutschs Durchsetzungskraft und hoher

Intelligenz, dass er es trotz Diskriminierung schaffte, seine Doktorarbeit in Chemie mit vierundzwanzig Jahren abzuschließen.
Dass er einer Minderheit entstammte, die permanent um Anerkennung kämpfen musste, gab Arnold Deutsch von Anfang an einen anderen Blick auf die Welt. Dieser Blick wurde noch geschärft durch die Besonderheiten der Habsburgermonarchie. Im Zentrum eines Vielvölkerstaates aufzuwachsen verschaffte ihm eine gewisse Weltläufigkeit. Er hatte früh gelernt, über den ethnischen und nationalen Tellerrand hinauszublicken. Da er seine jüdischen Wurzeln als Belastung empfand, wurde er ein Außenseiter in mehreren Welten. Das muss einer der Gründe gewesen sein, warum er und Kim Philby einander auf Anhieb erkannten. Auch Philby war durch sein Pendeln zwischen Empire und England mit dem Gefühl der Ortlosigkeit vertraut. Deutsch verstand das sofort. Er selbst fühlte sich schon lange nicht mehr jüdisch oder österreichisch, als er Philby im Regent's Park traf. Er hatte sich ein völlig neues Leben geschaffen. Der Kommunismus war für ihn seine Familie, seine Heimat und sein einziger Glaube geworden. Philby bewunderte diese Radikalität an Arnold, und er würde ihm in jeder Hinsicht folgen.
Als Deutsch auf einer Parkbank Kim Philby rekrutierte, war er selbst erst dreißig Jahre alt. Trotzdem hatte er bereits das auslaugende Leben eines achtzigjährigen Schwerstarbeiters hinter sich.
Arnold Deutsch gehörte zu einer Pioniergeneration von Agenten, die ganz von vorne anfangen mussten. Nach dem Sturz des zaristischen Spionagenetzwerks 1917 sollte ein sowjetisches aufgebaut werden – zwangsläufig mit neuem Personal. Anfangs wurden alle Ressourcen auf die Aufspürung von Weißgardisten gerichtet. Später erhielt die Verfolgung

Trotzkis und seiner Mitverschwörer Priorität vor der Auskundschaftung feindlicher Regierungen. Deutsch spezialisierte sich ausschließlich auf die Rekrutierung von neuen Agenten.
Er war ein »Illegaler«, das hieß, er besaß keinen sowjetischen Diplomatenpass und damit keine Immunität im Fall einer Verhaftung. Auf diese Weise lebte er permanent am Rande des Abgrunds, und natürlich unterliefen ihm anfangs Fehler. Sie halfen ihm, besser zu werden. Wenn man konspirativ arbeitete wie Deutsch, musste man Fehler gemacht und überlebt haben. Seine Spezialität wurde Großbritannien. Er reiste immer ganz legal ein – als Arnold Deutsch. Der Name brachte Vorteile. Sein Onkel war ein wohlhabender englischer Geschäftsmann, Besitzer einer Kinokette, die bis heute in Großbritannien existiert. Der nichtsahnende Onkel konnte jederzeit Empfehlungsschreiben für seinen Neffen Arnold ausstellen.
Die Empfehlungen waren nützlich, denn Deutsch richtete sein Augenmerk auf die Universitäten. Er hatte mit seinem Vorgesetzten Orlow einen langfristigen Plan entwickelt, eine Vision, die erst in fünf oder zehn Jahren Früchte tragen würde. Er wollte junge Leute rekrutieren, die sich für den Kommunismus begeisterten und die eines Tages, nach ihrem Studium, Schlüsselpositionen in der englischen Gesellschaft erklimmen würden. Um ihnen näherzukommen, immatrikulierte Deutsch sich an der Universität London in seinem Lieblingsfach Psychologie. Da sich Deutsch anfangs nicht im englischen Hochschulsystem auskannte, hatte er gedacht, die Universität London müsse die entscheidende Einrichtung sein, an der eine neue Generation von Führungskräften ausgebildet wurde. Erst mit der Zeit stellte er fest, dass die elitärsten Einrichtungen des Landes Oxford und Cambridge waren, und so fing er an, dort nach geeigneten Personen Ausschau zu halten.

Zwanzigjährige zu beeindrucken ist für einen intelligenten Dreißigjährigen nicht sonderlich schwer. Besonders wenn es sich um Zwanzigjährige handelte, die in einem Kokon aus guten Schulen und Universitäten aufgewachsen waren und keine anderen Welten kannten. Für sie wurde Deutsch der ältere Bruder, der ihnen die Augen öffnete, ein Reisender aus vielen Welten. Er hörte den jungen Leuten zu, er nahm sie ernst, und er bot ihnen eine gefährliche, aber aufregende Alternative für ihr weiteres Leben.

Die Sowjetunion war für junge Briten etwas Exotisches, Verbotenes, das von ihren Eltern verteufelt wurde. Durch Arnolds Erzählungen hörten die Studenten von einer anderen, verlockenden Sowjetunion. Und Arnold war ein guter Erzähler. Bei der Rekrutierung achtete er darauf, die dunklen und die hellen Seiten der menschlichen Seele anzusprechen. Rachegefühle interessierten ihn genauso wie die Hoffnung auf eine bessere Welt. Kim Philby und seine Generation von jungen Studenten litten unter den sozialen Ungerechtigkeiten ihrer Gesellschaft. Der Hass auf die alten Männer, die den Weltkrieg nicht verhindert hatten, saß tief. Diese unfähige Vätergeneration hatte ihre Söhne auf die Schlachtfelder geschickt, während sie sich im Casino ihre Zigarren ansteckte. Nachdem die Söhne abgeschlachtet worden waren, hatte man für die Überlebenden keine gerechtere Gesellschaftsordnung geschaffen. Nach dem Krieg hatte die Vätergeneration da weitergemacht, wo sie 1914 aufgehört hatte. Für Kim Philbys Generation war dies der größte Verrat. Es war auch ein guter Ansatz für Arnold Deutsch. Bei seiner Rekrutierung spezialisierte er sich auf idealistische junge Männer, die sich – wie wohl alle jungen Männer zeit- und generationenübergreifend – nach einer gerechteren Welt und nach freier Liebe sehnten (wobei die Rangordnung von Fall zu Fall variierte).

Wie perfekt er Schwächen erkannte und nutzte, zeigte sich unter anderem an den Codenamen, die er seinen Spionen gab. Anders als seine eigenen Decknamen »Stephan« und »Otto« entbehrten sie jeder Ironie. Deutsch stellte den berühmten Shakespeare-Satz »Was ist ein Name?« einfach auf den Kopf. Über seine Cambridge Fünf sagten die Codenamen alles aus. Sie waren sogar so offensichtlich, dass sie – aus Sicherheitsgründen – im Laufe der Jahre geändert werden mussten.

Auf Philby passte der Name SÖHNCHEN perfekt. Der zweite Cambridgestudent, den Deutsch mit Philbys Hilfe rekrutierte, war Donald Maclean, Sohn eines angesehenen Politikers. Maclean hatte gerade seinen Vater verloren, als er Arnold Deutsch empfohlen wurde. Seine Verletzlichkeit machte ihn interessant. Er bekam den Codenamen WAISE. Ein weiterer wichtiger Rekrut, Philbys Freund Guy Burgess, wurde nach seiner sexuellen Orientierung benannt. Er erhielt den Codenamen MÄDCHEN, was an seine Homosexualität erinnerte. Guy Burgess' Liebhaber Anthony Blunt wurde TONY – eine Abkürzung seines Vornamens, die er selbst nie toleriert hätte –, und Cairncross, der letzte Rekrut in dieser Reihe und Experte für französische Literatur, war MOLIERE. Mehrere Codenamen, die Deutsch erfand, konnten bis heute nicht entschlüsselt werden. Wer zum Beispiel war der PROFESSOR? In der Forschungsliteratur wurde immer wieder vermutet, es handele sich hier um den marxistischen Wirtschaftswissenschaftler Maurice Dobb. Dobb war der berühmteste Kommunist in Cambridge und zeitweise Kim Philbys wissenschaftlicher Betreuer. Er war jedoch so sichtbar, dass er nie im Geheimen für die Sowjetunion hätte arbeiten können. Dobb agierte zwar als Talentsucher, der gelegentlich Studenten empfahl, aber sicher nicht als wichtiger Spion für

Arnold Deutsch. Wenn man das System der Namen ernst nahm, dann konnte es sich bei dem »Professor« auch deshalb nicht um Dobb handeln, weil er kein Professor war. Als Kommunist hatte er keine Chancen auf einen Lehrstuhl und blieb zeit seines Lebens im universitären Mittelbau hängen.
Es musste also ein anderer Professor in Cambridge für die Sowjetunion arbeiten.
Wer auch immer dieser Professor war, er wurde nie so erfolgreich wie Kim Philby.

Wera legte ihr Kapitel über Arnold Deutsch zur Seite. Wenn Hunt recht hatte, dann war Kims Beziehung zu seinen zwei Vätern – Arnold Deutsch und Jack Philby – entscheidend für sein späteres Handeln. Es war offensichtlich, dass Kim Arnold Deutsch bewundert hatte. Aber was hatte er für seinen richtigen Vater empfunden? Soweit Wera es beurteilen konnte, war der alte Jack Philby in jeder Hinsicht ein typisch viktorianischer Vater. Er agierte als Alleinherrscher, er erklärte seine Befehle nicht, er ordnete an. Das waren die Verhältnisse, in die Kim Philby hineingeboren wurde, und er musste sie wohl akzeptieren – zumindest vordergründig.

Gleichzeitig waren es aber auch Verhältnisse, die jeden Sohn dazu bringen konnten, den Vater zu hassen. Jack Philby hatte seine Familie im Stich gelassen, er war ein Egomane, der seine Ehefrau und seine zahlreichen Kinder immer wieder demütigte, und all diese Kinder schienen unglückliche Erwachsene zu werden. Wera hatte gelesen, dass eine Schwester Philbys sich später zu Tode trank. Auch Philby wurde alkoholabhängig. Vielleicht hatte Arnold Deutsch also recht? Philby fürchtete seinen Vater, der die Familie tyrannisierte? Auf jeden Fall hasste Kim

Saudi-Arabien, das Land, das sein Vater sich zur Heimat auserkoren hatte. In seiner Autobiografie hatte Wera dazu eine interessante Stelle gefunden:

»Der grenzenlose Raum, die klaren Nachthimmel und alles Übrige sind in kleinen Dosen genossen nicht schlecht. Aber für mich wäre ein Leben dort einfach unerträglich. Ignoranz und Arroganz sind eine schlechte Kombination, und die Saudi-Araber haben beides im Übermaß. Wenn dazu noch Unfreundlichkeit kommt, ist die Mischung geradezu widerlich.«

Sicher hätte er nie zugegeben, dass er eifersüchtig auf das Land war, das sein Vater sich als neue Heimat ausgesucht hatte. Aber der alte Philby hatte das sonnige Leben in Saudi-Arabien ganz offensichtlich einem Leben mit seiner Familie im tristen England vorgezogen. Das schien Kim nicht vergessen zu können. Gleichzeitig brauchte er seinen Vater und benutzte ihn mehrfach. Er bat ihn um Hilfe bei seinen ersten Jobbewerbungen. Jack Philby tat, was wahrscheinlich die meisten Eltern für ihre Kinder tun, er versuchte für seinen Sohn alle Kontakte zu nutzen, die er hatte. Er würde das immer wieder tun, Briefe für ihn schreiben, mit ehemaligen Kollegen reden – alles, um Kim auf der Karriereleiter nach oben zu helfen. In diesem Punkt war er ein guter Vater. Ein guter Mensch war er sicherlich nicht.

Wera hatte in einer Biografie gelesen, dass Jack Philby sich bei einem seiner seltenen Englandbesuche im Juli 1939 als Kandidat für die British People's Party aufstellen ließ. Es war eine semi-faschistische Partei, die einen Krieg mit Deutschland verhindern wollte und antisemitisches Gedankengut propagierte. Jack Philby verlor zwar die Wahl, aber er verlor nicht seinen Kampfgeist. Nachdem der Krieg ausgebrochen war, erklärte er jedem, dass Hitler ein bedeutender Mann wäre und die Briten einen schweren Fehler begingen, gegen ihn zu kämpfen. Unbeirrt setzte er seine Brieffreundschaften mit anderen faschistischen Sympathisanten in Großbritannien fort.

Die Frage stellte sich also, ob ein überzeugter Kommunist wie Kim ernsthaft einen Vater lieben konnte, der politisch am äußersten rechten Rand stand?

Doch trotz aller Gegensätze zwischen Vater und Sohn behauptete Kim Philbys dritte Ehefrau Eleanor in ihrem Buch »Kim Philby – The Spy I loved«, die Beziehung der beiden wäre ausgesprochen gut gewesen. Eleanor beschrieb ausführlich, wie sehr Kim seinen berühmten Vater bewunderte und wie er ihn noch kurz vor seinem Tod besuchte, um seine verworrenen Lebensverhältnisse zu ordnen.

Auch Kim Philbys letzter Interviewpartner, der britische Journalist Phillip Knightley, war der Ansicht, der Sohn habe den Vater bewundert. Schon als Kind habe er ihm unbedingt gefallen wollen.

Der Führungsoffizier der Cambridge Fünf, Yuri Modin, behauptete in seinen Memoiren ebenfalls, die Vater-Sohn-Beziehung sei gut gewesen. Modin sprach erst in Moskau mit Kim über dieses Thema und kam zu dem Schluss, dass die beiden Philbys vieles gemeinsam hätten. Auch Jack Philby habe den britischen Imperialismus abgelehnt und sei daher ein überzeugter Gegner Großbritanniens geworden. Seinem Sohn habe er eingeimpft, bis zuletzt für seine Überzeugungen einzutreten und niemals aufzugeben – ein Rat, den Kim definitiv befolgte.

Tatsächlich hatten Vater und Sohn noch weitere Punkte gemeinsam – sie hassten das britische Establishment, sie hassten Moralvorstellungen, und sie interessierten sich nicht für Geld. Jack hätte mit seiner Vermittlerarbeit für amerikanische Ölkonzerne in Saudi-Arabien Millionen verdienen können, und sein Sohn hätte sich von der Sowjetunion fürstlich bezahlen lassen können. Stattdessen entwickelten beide eine bewundernswerte Verachtung für Geld – in ihren Augen war es »bourgeois«, überhaupt an so ein Thema zu denken. Dass ihre Ehefrauen und Kinder dadurch ständig in finanzielle Schwierigkeiten gerieten, interessierte sie nicht. Beide Männer waren vor allem mit sich selbst beschäftigt.

Wie sein Sohn war auch der alte Philby ein Frauenheld. In mehreren Büchern wurde erwähnt, wie er kurz vor seinem fatalen Herzinfarkt auf einer Party seiner Gastgeberin einen eindeutigen Antrag machte (sie lehnte ab). Und wie sein Sohn brauchte er neben libidinöser auch ständige intellektuelle Stimulation. Seine letzten Worte auf dem Sterbebett lauteten: »Bringt mich weg, es ist langweilig hier.«

Es existierten also viele Gemeinsamkeiten, und es gab mehrere Leute, die mit Kim ausführlich über seinen Vater geredet hatten: Drei von ihnen kamen zu einem positiven Schluss und nur Arnold Deutsch zu einem negativen.

In der Sekundärliteratur fand Wera keine weiteren Antworten. Jeder Autor schien eine andere Deutung der Vater-Sohn-Beziehung zu entwickeln. Soweit sie es beurteilen konnte, sagten die Deutungen mehr über die Autoren und ihre eigenen Vaterbeziehungen aus als über die Philbys.

Kim selbst wehrte sich gegen alle Interpretationen von Psychologen und Journalisten. Die Idee, er wäre von seinem Vater stark beeinflusst worden, spielte er herunter. In seiner Autobiografie schrieb er:

»Man braucht nur wenig zu forschen, um zu sehen, dass mein Vater an allen entscheidenden Wendepunkten meines

Lebens Tausende von Meilen weit weg war. Hätte er etwas länger gelebt und so die Wahrheit erfahren, dann wäre er wie vom Donner gerührt gewesen, hätte es aber nicht missbilligt. Ich war vielleicht der einzige von allen Menschen, die er kannte, zu dem er nie grob war und dessen Ansichten er immer mit Respekt anhörte – selbst die über seine herrliche arabische Welt. Ich habe das nie unkritisch als Kompliment betrachtet. Es heißt – vielleicht stimmt es nicht –, dass Winston Churchill die Ansichten seines Sohns Randolph sehr ernst genommen habe.«

Diesen Seitenhieb auf die unkritische Vaterliebe von Winston Churchill fand Wera durchaus angebracht. Churchill liebte seinen Sohn Randolph, obwohl Randolph ein arroganter Alkoholiker war, der überall, wo er auftauchte, Schaden anrichtete. Kim identifizierte sich sicherlich nicht mit dem Scheusal Randolph, aber dass Vaterliebe eine Form von Eigenliebe sein konnte, war für ihn offensichtlich. Trotzdem kamen Wera diese Stellen in seiner Autobiografie nicht besonders hilfreich vor. Wie in allem war Kim Philby auch hier ein Künstler der Auslassungen. Den ihrer Ansicht nach wichtigsten Punkt in seiner Vaterbeziehung erwähnte er nicht.

Der Vater war noch am Leben, als die ersten Vermutungen aufkamen, dass Kim ein Spion sein könnte. Hatte der alte Mann nach dem berühmten Fernsehinterview von 1955 seinen Sohn nie gefragt, ob er für die Sowjetunion arbeitete? Es wäre naheliegend. Die ganze Welt fragte sich, ob Kim Philby ein Verräter war, und sein Vater sollte ihm diese Frage nicht gestellt haben? Und was hätte Kim ihm geantwortet? Ihn angelogen, so wie er alle anlog? Für diese Fähigkeit rühmten ihn seine russischen Betreuer, es hieß, Kim Philby würde sich nie jemandem anvertrauen. Und wahrscheinlich auch nicht seinem Vater, denn der hätte dann verstanden, dass sein Sohn ihn jahrzehntelang für seine Zwecke benutzt hatte. Damit wäre die Vater-Sohn-Beziehung beendet gewesen. Aber zu so einem Bruch kam es nie. Der Vater stand weiterhin zu seinem Sohn. Er half ihm sogar nach dem Skandal 1955, neue Kontakte im Nahen Osten aufzubauen. Er stellte ihm wichtige Leute vor, unter anderem den Präsidenten des Libanon. Über all diese Leute berichtete Kim nach Moskau.

Wera fragte sich, ob Hunt das gemeint hatte. Waren es der geheime Hass auf den Vater und die Verehrung für Arnold Deutsch, die Kim zu dem gemacht hatten, was er war?

17

November
Cambridge

Hinter jedem guten Spion steht jemand, der ihn dazu gemacht hat. Dieser Mann oder diese Frau sind Talentsucher, immer auf der Ausschau nach neuem Menschenmaterial. Ein Talentsucher sollte vor allem ein gutes Gespür für menschliche Abgründe haben. Der Abgrund muss möglichst tief sein, denn es gilt, Irrtümer zu vermeiden. Ein Fehler bei der Talentauswahl kann weitreichende Folgen haben. Rekrutiert der Talentsucher jemanden, der der Aufgabe nicht gewachsen ist, gefährdet er damit die gesamte Operation. Sie war sehr früh einem Talentsucher aufgefallen, genau wie Kim Philby vor vielen Jahrzehnten Arnold Deutsch aufgefallen war. Natürlich konnte man ihren Entdecker nicht mit Arnold Deutsch vergleichen. Deutsch war eine Ausnahmefigur gewesen. Aber auch sie hatte viel von ihrem Führungsoffizier gelernt. Die erste Lektion war es gewesen, dass man alles daransetzen musste, in entscheidenden Situationen übersehen zu werden. Keine teure Kleidung, keine besonderen Auffälligkeiten, einfach in der Menge untergehen. Die perfekte Mimikry. Es war nicht so schwer, wie sie anfangs gedacht hatte. Die meisten Leute waren so mit sich beschäftigt, sie bekamen sowieso nicht mit, was um sie herum geschah. Sie starrten auf Handys oder hörten irgendetwas über Kopfhörer. Nur wenige nahmen ihre Umgebung überhaupt noch wahr. Großstädte waren daher für Treffen ideal, und sie hätte am liebsten alles in London erledigt. Aber sie lebte nun einmal in Cambridge, und deswegen musste sie die meisten Dinge hier organisieren. Sie sorgte jedoch dafür, dass sie für jedes Treffen gut vorbereitet war. Sie nannte es das Room-Reading. Einen Raum zu betreten und instinktiv zu spüren, ob er sicher war. Wenn sie ein Lokal oder Geschäft für ein Treffen aufsuchte, hatte sie gelernt, die Atmosphäre des Raumes sofort zu erfassen. Verhielten sich die Leute in diesem Raum, wie man es erwarten konnte, oder stimmte etwas nicht? Es waren Kleinigkeiten, die zählten. Wieso schaute diese unscheinbare Hausfrau da drüben einen Katalog für Sportwagen an? Wieso vermied der Mann in der Lederjacke jeglichen Blickkontakt mit ihr?

Wenn sie das Gefühl hatte, dass es kein sicherer Ort war, ging sie sofort wieder. Sie verließ sich auf ihre Intuition. Vielleicht war sie zu misstrauisch und bildete sich gelegentlich Gefahren ein, die nicht existierten, aber es war besser, misstrauisch zu sein, als etwas zu riskieren. Es gab ein klares Protokoll für die Treffen. Wenn ein Termin nicht wahrgenommen werden konnte, dann hatte man mindestens zwei Ausweichtermine, die an anderen Orten angesetzt waren. Den zweiten Termin hielt sie fast immer ein. Es war ihr noch nie passiert, dass sie auf Termin drei hätte ausweichen müssen.

18

8. November 2014
Waitrose-Supermarkt
Trumpington

Jasper konnte es nicht fassen. Diese Stadt war verflucht, sie war gegen ihn in jeder Hinsicht. Zuerst die Sache mit Hunt in der Bibliothek und jetzt das hier. Er war den ganzen Weg zum Waitrose-Supermarkt nach Trumpington geradelt, um sich sein Lieblingsmikrowellenfertiggericht zu kaufen, weil der englische Collegefraß nicht länger zu ertragen war. Bei Waitrose hatte er sein neues, teures Mountainbike an ein Gitter gekettet, und jetzt war es verschwunden. Er hatte es sich erst vor drei Wochen nach langem Überlegen gekauft. Cambridge war nicht Stanford, das hatte er mittlerweile begriffen. In Stanford besaßen alle Studenten Autos, um nach San Francisco zu fahren und ein bisschen Spaß zu haben, aber hier in Cambridge hatte man kein Auto, man hatte ein *Rad*. Selbst alte Säcke wie Hunt fuhren hier Rad. Neulich hatte Jasper eine Oma, die freundlich geschätzt wie hundertacht aussah, auf einem knallgelben Rad gesichtet. Die Alte hätte ihn beinahe überholt. Wahrscheinlich war sie im Zweiten Weltkrieg bei irgendeiner Spezialeinheit gewesen. In dieser Stadt konnte man nie sicher sein, was die alten Leute früher so getrieben hatten.

Egal welchen Alters, Radfahren schien für alle hier so

eine Art Kult zu sein. Der Historiker Richard Evans twitterte seiner Leserschaft, wenn er einen Radunfall hatte, und Professor Mary Beard, die mit ihren wirren grauen Haaren unbegreiflicherweise ein Medienstar in diesem Land war, schrieb sogar Artikel darüber, warum man am Cambridger Bahnhof dringend mehr Fahrradständer aufstellen solle.

Diese Leute waren Jaspers Meinung nach alle nicht bei Verstand. Radfahren in Cambridge war lebensgefährlich. Es gab kaum Radwege, aber jede Menge wahnsinniger Autofahrer, die ihr sadistisches Vergnügen daran hatten, Radfahrer zu schneiden. Und ganz offensichtlich gab es auch jede Menge Fahrraddiebe. Man hatte ihn davor gewarnt, dass so etwas passieren könnte, und er hatte sich deswegen extra dieses teure Schloss für dreißig Pfund gekauft. Augenscheinlich war das Teil nicht stark genug. Es lag auf dem Boden, der Dieb musste es mit einem Bolzenschneider aufgeknackt haben.

Jasper überlegte keinen Moment lang, zur Polizei zu gehen. Seiner Erfahrung nach brachte das nie etwas, und es war sowieso besser, nicht aufzufallen. Eine Versicherung hatte er nicht, er würde also morgen ein neues Rad kaufen müssen, möglichst ein sehr altes, das kein Mensch klauen wollte. Es war wirklich eine Scheißsituation. Er musste jetzt mit den schweren Einkaufstüten den ganzen Weg zurück zu seinem College laufen. Alles kotzte ihn hier langsam an. Das Wetter, die arroganten Briten, die ganze Uni. Die Sache mit den Röhrchen in der Bibliothek war allerdings am schlimmsten. Es war ihm immer noch nicht klar, wie Hunt darauf reagieren würde. Würde er es dem College melden, oder würde er es ignorieren?

Jasper erinnerte sich daran, dass Hunt dieser Hippiegeneration der Siebzigerjahre angehörte, die ständig gekifft hatte. Und er hatte sie neulich alle zu einem Wodka eingeladen. Vielleicht konnten ihn Drogen also doch nicht schocken? Idealerweise war er selbst einmal wegen Drogenmissbrauchs mit dem Gesetz in Konflikt geraten. Es würde schwer sein, das nach so langer Zeit in Erfahrung zu bringen. Aber es war immerhin eine Möglichkeit. Es gab sicher noch eine Studentenzeitung aus der Zeit. Vielleicht wurde Hunt ja in den Ausgaben der 1970er-Jahre erwähnt. Es würde mühsam sein, das ganze alte Zeug zu lesen, aber je mehr er über Hunt wusste, umso besser. Nicht, dass er ihn erpressen wollte, er brauchte einfach nur eine Rückversicherung – für alle Fälle.

Die Einkaufstüten waren schwer, aber er hatte es jetzt endlich zum College geschafft. Durch die Fensterscheiben des Fitnessraums konnte er Wera am Ergometer trainieren sehen. Sie schien seit Neuestem ein Ruderfan zu sein, wahrscheinlich lag das an David. Mit seinen melancholischen Augen hatte der Junge anscheinend bei allen Frauen Erfolg. Jasper überlegte kurz und entschied sich dann, in den Fitnessraum zu gehen.

»Sieh an, sieh an. Seit wann ruderst du, Wera?«

Er stellte seine Tüten ab und setzte sich neben sie. Sie schien nicht begeistert zu sein, ihn zu sehen. Wahrscheinlich konnte sie nicht beides – reden und rudern. Er nahm eine Wasserflasche aus seinen Einkaufstüten und bot sie ihr an. Sie griff dankbar danach.

»Anstrengender, als ich dachte.«

Jasper nickte. Sport interessierte ihn nicht. »Sag mal, du hattest doch gerade eine Supervision mit Hunt. Wie alt ist er eigentlich?«

»Wieso, willst du ihn kochen?«

»Sehr witzig.«

»Ich habe keine Ahnung, Jasper. Irgendwas über sechzig.«

»Ja, er muss schon in den Siebzigerjahren hier gewesen sein.«

Wera atmete schwer. »Das ist die Zeit, über die du arbeitest?«

»Ja, mich interessieren Protestbewegungen in den Siebzigerjahren. Da war in Großbritannien einiges los. Es gab endlose Gewerkschaftsstreiks, und die Studenten gingen auf die Straße. Heute haben die Revoluzzer von damals die fetten Posten.«

Wera fing wieder an zu rudern. »Du meinst, auch Hunt war … ein Revoluzzer?«

»David müsste das genauer wissen. Er ist doch in Cambridge aufgewachsen.«

Es dauerte eine Weile, bis Wera zwischen den Zügen wieder antworten konnte. »Er ist dreiundzwanzig … was sollte er über die Siebzigerjahre wissen?«

»Von seinem Vater. Warst du mal bei ihm zu Hause?«

»Er lebt noch zu Hause?«

Jasper seufzte. »Was weißt du eigentlich? Ist dir das nicht aufgefallen? David ist der Einzige von uns, der in keinem College wohnt.«

Wera schien aus dem Rhythmus zu kommen. »Wieso?«

»Seine Mutter ist vor einem Jahr gestorben, und er wohnt seitdem wieder bei seinem Vater.«

»Davon wusste ich nichts.«

Jasper grinste. »Du magst ihn.«

Wera ignorierte die Bemerkung. »Ich kann nicht reden und trainieren.«

»Ach komm, dieser Ergometer ist doch monotoner Scheiß, da muss es was Besseres geben. Im Fernsehen sieht das irgendwie interessanter aus als bei dir – dieser Ruderwettkampf Oxford gegen Cambridge.«

»Das sind olympiareife Ruderer«, schnaubte Wera, »die trainieren sechs Stunden am Tag.«

»Zeitverschwendung«, meinte Jasper. »Lass uns was trinken gehen, und ich erzähl dir alles über Davids Liebesleben.«

»Nein danke.«

»Glaubst du, du kannst ihn mit Rudern beeindrucken?«

»Schwirr ab, Jasper!!«

Er zuckte mit den Achseln. »Schon gut, aber wenn du dir einen Muskelfaserriss holst, dann heul dich nicht bei mir aus.«

19

20. November 2014
Arts Picture House
Cambridge

David und Polina warteten bereits am Kinoeingang. Wera wollte ihnen gerade etwas zurufen, als sie die merkwürdige Körperhaltung der beiden bemerkte. David hatte den Kopf gesenkt, während Polina wütend auf ihn einredete. Die ganze Szene dauerte nur ein paar Sekunden, dann drehte sich Polina um und verschwand Richtung Innenstadt. Wera wartete eine Weile, bevor sie die Straße überquerte und auf David zuging. Er zerriss gerade eine Kinokarte.

»Bin ich zu spät?« Sie versuchte so normal wie möglich zu klingen.

»Was?«

»Ist Jasper schon hier?«, fragte Wera.

»Nein. Ich glaube nicht. Vielleicht wartet er drinnen auf uns.«

Sie bewunderte seine Selbstkontrolle.

»Ein streng geheimes Leben.«

»Ein was?«, fragte David.

»Der Titel des Films, er klingt merkwürdig.«

»Da Jasper ihn ausgesucht hat, sind meine Erwartungen gering«, meinte David.

Wera versuchte die Aggression in seiner Stimme zu

überhören. »Jasper meinte, es könnte hilfreich sein für meine Recherchen.«

»Was hat der Film denn mit deinem Kim-Philby-Thema zu tun?«

»Das ganze Umfeld damals interessiert mich. Es soll um dieses Cambridgegenie gehen, das im Zweiten Weltkrieg den deutschen Code geknackt hat.«

David seufzte. »Ja, ich weiß, Alan Turing. Mein Vater kann dir unendlich lange Vorträge über ihn halten. Turing ist sein großes Vorbild, die Idee, dass nur eine Maschine eine Maschine knacken kann und dass … Scheiße, Jasper! Willst du uns überfahren?«

Jasper hatte mit einem verrosteten Fahrrad haarscharf neben ihnen gebremst.

»Kannst du nicht aufpassen? Was ist los? Gehen deine Bremsen nicht oder was?«

Jasper lachte. Er schien die Situation komisch zu finden.

»Das ist ein Sammlerstück. Jahrgang 1990.«

»Was ist mit deinem anderen Rad passiert?«, fragte David.

»Lange Geschichte. Wo ist Polina?«

David zögerte nur einen kurzen Moment.

»Sie kann nicht kommen, irgendwas mit ihrer Gastfamilie.«

Es klang überzeugend. Wera war überrascht, wie gut David lügen konnte.

»Wie lange seid ihr eigentlich schon zusammen?«, fragte Jasper.

»Keine Ahnung, ungefähr ein Jahr oder so.« Es war offensichtlich, dass David nicht darüber reden wollte.

»Im Ernst? Das sind ja eheähnliche Zustände. So lange habe ich es noch nie mit einer Frau ausgehalten.«

»Das überrascht mich jetzt nicht wirklich.«

Bevor die beiden anfangen konnten, sich zu streiten, mischte sich Wera ein. Sie wedelte mit ihrem Kinoprogramm.

»Ich muss jetzt unbedingt diesen Film sehen. Kommt ihr endlich?«

20

10. Dezember 2014
Davids Haus
Glisson Road
Cambridge

In Cambridge waren die Vorlesungszeiten kurz und intensiv. Das erste Semester von Oktober bis Anfang Dezember nannte sich *Michaelmas Term*, das zweite von Januar bis März *Lent Term*, und das dritte von Mitte April bis Juni wurde *Easter Term* genannt. Alle drei Semester dauerten nur acht Wochen.

Wenn Leute fragten, warum sie so kurz waren, kam als Antwort meistens, dass kein Student ein längeres Semester durchhalten könne, von den Professoren ganz zu schweigen.

Tatsächlich waren es jedoch nur die jungen BA-Studenten, die hart arbeiten mussten. Von den Doktoranden wurde nicht jede Woche eine Hausarbeit zu einem neuen Thema erwartet, und sie hatten sehr viel mehr Freiheiten. Wera fühlte sich Anfang Dezember noch längst nicht erschöpft, und sie war überrascht, dass ihr erstes Semester schon vorbei war.

Ihren Heimflug hatte sie erst für den 20. Dezember gebucht, und sie machte sich Sorgen, in den kommenden zehn Tagen vereinsamt durch die leeren Colleges laufen zu müssen. Doch dann lag Davids Einladung zu seiner »Potluck«-Weihnachtsparty in ihrem Postfach. Jeder sollte etwas zum Essen mitbringen, für Getränke sei gesorgt.

Als Wera Davids Haus in der Glisson Road sah, verstand sie, warum er seine Freunde bisher nicht zu sich eingeladen hatte. Es erinnerte sie an einen Satz, den ihr Vater manchmal sagte, wenn er durch Privathäuser ging, um Antiquitäten von Verstorbenen zu taxieren. Er nannte es »den steinigen Gang durchs Trauerhaus«.

Davids Haus hatte etwas von einem Trauerhaus. Die Düsterheit mochte mit dem Tod seiner Mutter zu tun haben, aber wahrscheinlich hatte das Haus immer schon so abweisend und trist gewirkt. Von außen sah es wie ein typisch viktorianisches Monstrum aus, dreistöckig, aus dunklen Steinen erbaut. Sogar der Vorgarten wirkte deprimierend. Statt eines Rasens hatte man billige Betonsteine gepflastert.

Alles an diesem Haus schien zu sagen: Komm mir nicht zu nahe. Selbst die Klingel war in der Dunkelheit nicht zu finden. Nach langem Suchen benutzte Wera einfach den Türklopfer. Erst dann schaute sie auf die Uhr. Sie war viel zu früh. Immer diese typisch deutsche Pünktlichkeit, die sie sich einfach nicht abgewöhnen konnte.

Es dauerte ein paar Minuten, bis David im Bademantel die Tür aufmachte. Sie stand vor ihm mit ihrem deutschen Weihnachtsstollen und fühlte sich schrecklich spießig. Aber David gab ihr sofort das Gefühl, willkommen zu sein. Er zeigte ihr das Wohnzimmer, schenkte ihr einen Punsch ein und rannte dann nach oben, um sich anzuziehen.

Wera hatte gehofft, dass das Innere des Hauses etwas

farbenfroher sein würde, aber auch hier herrschte eine dunkle Strenge vor. Ihr Vater hatte ihr beigebracht, in jedem Haus, das sie betraten, die Möbel zu taxieren. Manchmal empfand sie diese Taxierung als einen Fluch, besonders in Häusern wie diesem. Andere Leute ihres Alters kannten nur IKEA-Kataloge und hatten ein rein funktionales Interesse an Möbeln. Aber sie musste stattdessen bei allen Einrichtungsgegenständen nach Hinweisen suchen. Nichts, so hatte ihr Vater ihr immer wieder erklärt, sagte mehr über Menschen aus als ihre Möbel. Sie erzählten eine Geschichte. Wera wusste nicht, was sie von Davids Zuhause erwartet hatte, aber seine Möbel boten eine enttäuschende Geschichte.

Er war so viel interessanter als die anderen Studenten, und vielleicht hatte sie gehofft, das auch an seinem Zuhause zu erkennen. Sie hatte eine verrückte Skulptur erwartet oder einen selbst gezimmerten Tisch, irgendetwas Besonderes. Stattdessen war das Haus eine Mischung aus lieblos zusammengestellten braunen Kaufhaussofas und Tischen, wie man sie wahrscheinlich in Tausenden von englischen Wohnzimmern fand.

Sie konnte es nicht anders beschreiben als das Wohnzimmer eines Langweilers. Es war nicht einmal chaotisch, das hätte wenigstens noch einen gewissen Charme gehabt. Stattdessen wirkte es septisch und durch und durch belanglos. Sie erinnerte sich daran, dass Davids Vater an Computerprogrammen arbeitete und wahrscheinlich kein Interesse an ästhetischen Dingen hatte. Vielleicht hatte er sein Haus nach dem Vorbild einer amerikanischen Hotellobby eingerichtet. Wera trat auf den Korridor hinaus und schaute sich nach anderen Zimmern um. Gegenüber dem Wohnzimmer befand sich ein Esszimmer, in dem ganze

Batterien von Getränken und Chipsschalen aufgestellt waren. Daran angrenzend lag ein dunkles Nebenzimmer. Sie tastete nach dem Lichtschalter und sah die endlosen Bücherregale. Schon allein die Farbenvielfalt der Buchrücken war eine Erleichterung. Vor ihr standen rund zweitausend Bücher dicht aneinandergedrängt. Die Auswahl überraschte sie. Sie hatte gedacht, dass Davids Vater als Informatiker sicher kein Interesse an Romanen haben würde, aber hier waren sie alle – zerlesene spanische, französische und englische Ausgaben von Klassikern. Und dann sah sie Hunts Bücher. Alle Bücher, die er je geschrieben hatte, standen hier. Wahrscheinlich gehörten sie David und nicht seinem Vater. Sie nahm eines davon in die Hand und sah, dass es eine Erstausgabe war. Hunts Dissertation von 1976, er hatte sie einer gewissen Jenny gewidmet. Der Name Jenny war von David mehrmals schwarz unterstrichen worden. Aber vielleicht gehörte das Buch doch seinem Vater?

Als es 1976 erschienen war, war David noch gar nicht auf der Welt gewesen, und diese Erstausgabe gab es nicht einmal mehr im Internet zu kaufen. Als Wera sie durchblätterte, fiel ein Foto heraus. Es war eines dieser Siebzigerjahre-Fotos mit Gelbstich, ein Gruppenfoto aus einiger Entfernung aufgenommen. Warum die Leute damals immer aus der Entfernung fotografierten und nicht nahe ranzoomten, war ihr schleierhaft. Aber vielleicht hatte es damals noch keine Zooms gegeben?

Das Foto musste im Spätherbst aufgenommen worden sein, die Bäume waren fast kahl. Im Hintergrund stand ein Collegegebäude, das Wera bekannt vorkam. Wo war es aufgenommen worden? War das der Innenhof von New College oder der von Trinity?

Es waren drei Leute auf dem Foto zu sehen. In der Mitte stand eine hübsche junge Frau, die ihre Arme um zwei Jungen gelegt hatte. Sie trug ein ärmelloses buntes Kleid; ihre Begleiter hatten diese furchtbaren Siebzigerjahre-Schlaghosen an, kombiniert mit grellfarbigen Sweatshirts. Der eine von ihnen schaute nicht in die Kamera, sondern auf das Mädchen, während der andere den Fotografen anlachte. Der Gesichtsausdruck kam ihr bekannt vor. War das ein sehr junger Hunt mit Davids Vater? Aber das konnte nicht sein. Sie hatte die beiden beim Collegedinner beobachtet – sie hatten kein Wort miteinander gewechselt. Wer war das Mädchen? Und wer hatte das Foto gemacht? Auf der Rückseite stand keine Jahreszahl, kein einziger Hinweis, wer diese gelbstichigen Leute waren. Wera wusste, dass sie es nicht tun sollte, aber sie steckte das Foto schnell in ihre Hosentasche. Dieses Mal war ihr Timing gut gewesen. Jemand hämmerte den Türklopfer, und David rannte die Treppe hinunter, um die Gäste hereinzulassen.

David war in Cambridge aufgewachsen, und seine Gäste spiegelten seine Lebensphasen vom Kindergarten bis zum Studenten wider.

Da waren zuerst einmal die höheren Söhne und Töchter, mit denen er auf eine teure Cambridger Privatschule namens Perse gegangen war, dann eine internationale Mischung aus Cambridgestudenten und am Ende eine große Zahl von Einheimischen, die er bei seinen diversen Sommerjobs kennengelernt hatte. Die Einheimischen kamen aus einer völlig anderen Welt als die Perse- und Unileute – vom Bau, aus einer Autowerkstatt und dem Pub, in dem David samstags manchmal aushalf. Wera fand es komisch zu beobachten, wie die teuer gekleideten Perse-

Mädchen sich um eine Gruppe von gut aussehenden jungen Bauarbeitern scharten. Die meisten Männer, ob Bauarbeiter oder nicht, blickten allerdings immer wieder in Polinas Richtung. Sie hatte einen Klapptisch aufgebaut und mixte Cocktails in Blau, Grün und Rot. Ausnahmsweise trug sie nicht einen ihrer schlichten Pullover, sondern ein enges rotes Minikleid mit einem beigen Pelzkragen. Sie sah aus wie die Penthouse-Version einer sexy Weihnachtselfin und war ganz offensichtlich der unangefochtene Star des Abends. Ihre makellos langen Beine steckten in kleinen Stiefeletten, und Wera versuchte, nicht auf diese perfekten Beine zu starren. Natürlich hatte Jasper ihren Blick bemerkt.

»Kennst du den Spruch ›Ein Narziss ist jemand, der besser aussieht als du‹?«

»Ist das von dir?«, fragte Wera.

»Nein, von Gore Vidal. Aber es könnte von mir sein.«

Sie lachte. »War Gore Vidal nicht schwul?«

»Seit wann bist du homophob?«

»Ich bin nicht homophob, aber schwul kamst du mir nie vor.«

Jasper grinste. »Und ich dachte nicht, du könntest auf ein armes russisches Au-pair-Mädchen eifersüchtig sein.«

Zu ihrem Ärger spürte Wera, dass sie rot anlief.

»Polina und ich sind befreundet!«

»Das glaubst du doch selbst nicht.«

Jasper drehte sich ab und tänzelte auf Polinas Cocktailstand zu. Wera spürte immer noch die Röte in ihrem Gesicht. Vielleicht würde ein Glas Wasser helfen. Sie schob sich langsam durch die Menschentrauben im Wohnzimmer und machte sich auf die Suche nach der Küche.

Wie in vielen viktorianischen Häusern, die im Laufe der

Jahre nicht modernisiert worden waren, befand sich die Küche im Keller. Die Treppe nach unten war steil und schmal. Wera fragte sich, wie es die armen Dienstmädchen des neunzehnten Jahrhunderts geschafft hatten, hier rauf- und runterzurennen, ohne sich die Knöchel zu brechen.

Sie ging die Treppe langsam hinunter und kam in einer großen, chaotisch aussehenden Küche an. Kleider hingen neben einer Waschmaschine, Stapel von Kisten standen neben ungewaschenen Töpfen. Diese Küche entsprach sicher nicht den üblichen Hygienestandards, aber noch verwirrender war, dass Davids Vater Stef am Herd stand.

Wenn Wera in Deutschland eine Party gab, schickte sie ihre Eltern immer aus dem Haus, aber Stef war ganz offensichtlich nicht ausgegangen. Er schien etwas zu kochen. Wera hatte keine Lust, sich in ihrem angetrunkenen Zustand mit einem Elternteil zu unterhalten, aber wenn sie an den Wasserhahn wollte, musste sie an Stef vorbei. Sie hoffte, er würde sie nicht wiedererkennen. Aber natürlich drehte er sich um und sagte:

»Wir kennen uns. Wera, nicht wahr?«

»Ja, Wera, genau.«

»Ich bin Stef. Davids Vater.«

»Ja, natürlich«, sagte Wera.

»Wie ist die Party?«

»Oh, es läuft gut.«

»Es ist unsere erste Party seit langer Zeit.«

Wera versuchte, besonders enthusiastisch zu klingen: »Sie läuft wirklich sehr gut. Sie müssen sich keine Sorgen machen.«

»Eltern machen sich immer Sorgen.«

Wera nickte. »Wem sagen Sie das. Meine mailen mir ständig.«

»David hat viel von Ihnen erzählt, Wera.«

»Sie meinen sicher nicht mich, Sie meinen Polina.«

»Nein, er hat von Ihnen erzählt. Das macht er sonst selten. Wir reden nicht mehr so viel miteinander wie früher.« Er klang deprimiert, und Wera wünschte sich, sie wäre nie in die Küche gegangen.

»Er ist sicher sehr mit seiner Doktorarbeit beschäftigt.«

»Vielleicht.«

»Und Ihre Arbeit? Wie geht es den …«, sie versuchte, ein anderes Wort für Drohnen zu finden, »… Computerprogrammen?«

Stef lächelte. »Denen geht es gut. Mit dem richtigen Programm kann man einige Fragen beantworten.«

»Was für Fragen?«

Er wechselte abrupt das Thema.

»Es ist sicher sehr warm da oben. Wollen Sie vielleicht etwas Wasser trinken, Wera?«

»Nein, nein danke, ich habe eigentlich nur die Toilette gesucht.«

»Die Treppe hinauf rechts, gleich neben der Haustür.«

Wera rannte fast die Stufen hinauf. Hoffentlich hatte er nicht bemerkt, wie angetrunken sie war.

ZWEITES SEMESTER (LENT TERM)

13. Januar bis 13. März 2015

21

13. Januar 2015
Churchill-Archiv
Cambridge

Jasper erzählte jedem, der es hören wollte, wie froh er war, dass dieses »fucking Weihnachten« endlich vorbei war. Seine Finanzen hatten nicht ausgereicht, um zu seiner Familie nach Kalifornien zu fliegen, und er hatte stattdessen in der Windhölle von Cambridge festgesessen. Die Zumutung, Weihnachten in einer studentenleeren Kleinstadt zu verbringen, empfand er als demütigend genug, aber noch mehr deprimiert hatte ihn die Auswertung seiner bisherigen Archivfunde. Er war zu dem Schluss gekommen, dass er unbedingt sensationelleres Material für seine Arbeit brauchte. Sein Plan war es, etwas völlig Neues über britische Protestbewegungen in den Siebzigerjahren zu schreiben. Besonders die Studentenproteste waren damals wichtig gewesen, und Jasper vermutete, dass sich nicht nur der britische, sondern auch der sowjetische Geheimdienst für protestierende Studenten interessiert hatte. Wenn es also wirklich sowjetische Geheimberichte darüber gab, dann mussten sie irgendwo in den Mitrochin-Papieren versteckt sein.

Nach langem Bitten erklärte sich Polina bereit, noch einmal mit ihm ins Churchill-Archiv zu gehen, um die Papiere einzusehen. Auch Polinas Weihnachten schien alles andere als erfreulich verlaufen zu sein. Ihre Gasteltern hatten sich am Weihnachtstag gestritten, und Polina hatte auf die verstörten Zwillinge aufpassen müssen. Jasper fand das Gastelternehedrama amüsant, und er wollte von Polina jedes Detail hören. Es gefiel ihm besonders gut, dass der Auslöser des Streits ein Rührmixer gewesen war.

»Der Mann hat ihr einen Rührmixer geschenkt?«, fragte Jasper. »Das ist der Klassiker für Ehemänner! Hatte er so eine Art Todeswunsch?«

Sie saßen im Lesesaal des Churchill-Archivs, und Jasper sah Polina zu, wie sie die ersten Akten durchblätterte. Sie schien die Geschichte alles andere als komisch zu finden.

»Was ist falsch an einem Rührmixer?«

»Ich weiß nicht, wie das bei euch in Russland ist, aber wenn ein West-Mann einer West-Frau Haushaltsgeräte zu Weihnachten schenkt, dann ist das ein klarer Fall von sexuellem Desinteresse. Da kann er gleich zugeben, dass er jemand anderen fickt.«

Der Archivar schaute zu ihnen hinüber. Jasper sagte etwas leiser: »Wusstest du, wie gut beschäftigt Familienanwälte nach Weihnachten sind? Der Januar ist ein gigantisches Geschäft für sie, alle wollen sich scheiden lassen, ändern plötzlich ihr Testament oder fallen einfach tot um. Auch Umzugsfirmen haben gut zu tun. Die Familienhölle schlägt immer an Weihnachten zu.«

Polina warf Jasper einen genervten Blick zu. »Ich dachte, wir sind hier, um zu arbeiten? Wenn du weiter über kaputte Beziehungen redest, kann ich mich nicht konzentrieren.«

»Ach ja? Ärger im Paradies?«, fragte Jasper begeistert.

»Ich weiß nicht, was du meinst.«

»Ach komm, Polina. Mir kannst du es ruhig erzählen.

David ist sicher nicht einfach. Mir kommt er immer leicht depressiv vor.«

»Er ist nicht depressiv. Seine Mutter ist gestorben.«

»Das war vor über einem Jahr!«

»Nicht jeder ist so hart im Nehmen wie du, Jasper.«

»Du kennst meine Mutter nicht. Wenn die tot umfallen würde, also davon könnte ich mich relativ schnell erholen.«

»Das überrascht mich jetzt gar nicht.«

»Du hast doch sicher noch andere Angebote? Wenn nicht, wir könnten auf jeden Fall viel Spaß haben. Ich habe auch was zur Auflockerung dabei.«

Jasper zog ein paar bunte Pillen aus seiner Hosentasche.

»Fuck off, Jasper!!«

»Okay, okay, war ja nur ein Vorschlag, aber du kannst jederzeit darauf zurückkommen. Also Themawechsel. Steht etwas Interessantes in den Akten? Irgendwelche Sensationen?«

»Dich interessieren nur Geheimdienstberichte aus den Siebzigerjahren?«

»Ja, die ganze Protestszene in England.«

Polina blätterte in den Unterlagen.

»Hier ist eine Liste von Briten, die in den Siebzigern für den KGB gearbeitet haben. Sie scheinen als Studenten rekrutiert worden zu sein. Es sind nur Codenamen, ohne irgendwelche Hinweise auf ihre Klarnamen: Euston, Liverpool Street, Paddington, Victoria, King's Cross.«

»Das sind alles Namen von Londoner Bahnhöfen.«

»Also nutzlos«, meinte Polina.

»Vielleicht sind die Namen ein Hinweis, woher diese Studenten kamen.«

»Du meinst, Liverpool Street Station steht für einen Beatle, weil die aus Liverpool kamen?«

Jasper ignorierte die Ironie in Polinas Stimme. »Natürlich kein Beatle, aber jemand mit Bezug zu Liverpool.«

Polina lachte. »Und King's? Für was? Für ein Mitglied der königlichen Familie?«

»Vielleicht für einen Studenten am King's College?«

»Ja, vielleicht aber auch für einen Studenten, der bei Burger King jobbte. Das ist doch so gut wie unentschlüsselbar, Jasper.«

»Könnten das nicht Treffpunkte sein? Dass sie sich an diesen Bahnhöfen für Übergaben getroffen haben?«

»Das sind Agentennamen, nicht Treffpunkte.«

Jasper wollte nicht so schnell aufgeben. »Okay, man muss es dann aus dem Kontext rekonstruieren. Das Material, das sie nach ihrem Studium an die Russen geliefert haben, gibt sicher Rückschlüsse darauf, wo sie arbeiteten. Kannst du rausfinden, über was genau sie nach Moskau berichtet haben?«

»Das ist eine Wahnsinnsarbeit, Jasper, das kann ewig dauern. Es gibt ja keinen Sachindex für dieses Archivmaterial, ich müsste alles nach den Bahnhofsnamen durchgehen.«

»Wir könnten das ganze Material abfotografieren, einscannen und dann mit der Suchhilfe arbeiten«, meinte Jasper.

»Und ich muss dann alles lesen und übersetzen?«

»Ich zahle mehr.«

»Wie viel?«

Jasper zögerte einen Moment.

»Zwölf Pfund die Stunde?«

»Das ist nicht viel.«

»Beim Putzen verdienst du sicher weniger.«

»Das ist nicht wie putzen, das zu lesen ist schwere

Arbeit. Dieser Mitrochin ist nicht gerade Tolstoi. Er schreibt ein total verquastes Russisch.«

»Fünfzehn Pfund.«

»Achtzehn.«

»Sechzehn.«

»Meinetwegen.«

22

Januar 2015
Cambridge

Einen Schreibtisch zu durchsuchen erfordert Konzentration. Vor allem diesen Schreibtisch. Auch wenn er chaotisch aussah – zwei Laptops, Papiere verstreut, sechs Schubladen, drei links, drei rechts –, schien hinter all dieser Unordnung ein System zu stecken. Ein System, das man erst erfassen musste, um es dann anschließend detailgetreu zu rekonstruieren.

Die Laptopinformationen waren schnell auf zwei Sticks heruntergeladen. Aber es war sehr viel wahrscheinlicher, dass der entscheidende Teil nicht auf der Festplatte gespeichert war. Laptops konnten jederzeit gestohlen werden, und wenn man etwas wirklich Wichtiges verstecken wollte, dann nicht an einem derart offensichtlichen Ort. Die Tiefen eines chaotischen Schreibtisches waren sehr viel sicherer.

Man musste sich also die Anordnung der Papiere genau einprägen. Am besten ein Foto davon machen. Dann Blatt für Blatt durcharbeiten. Auf keinen Fall festlesen, so viel Zeit gab es nicht. Sie war fast fertig, als sie den blauen Stick sah.

23

21. Januar 2015
New College
Cambridge

Hunts Ansicht nach gab es keinen schlechteren Weg, als das neue Semester mit einer Sitzung zu beginnen. Sitzungen waren etwas für Wissenschaftler, die nicht mehr schreiben konnten. In Sitzungen fanden diese Leute einen letzten Sinn für ihre kreative Impotenz. Hunt war der festen Überzeugung, dass die schlechtesten Wissenschaftler die längsten Sitzungen leiteten. Noch schlimmer als Professoren schienen allerdings ehemalige Politiker zu sein. Denys, der Master von Hunts College, zog es vor, endlos lange Sitzungen anzusetzen.

Wie zu erwarten war, leitete er nun auch diese überflüssige Veranstaltung in seiner gewohnt drögen Art. Trotzdem wäre es falsch gewesen, nicht hinzugehen. Da Denys als Langweiler bekannt war, traute man ihm kein machiavellistisches Handeln zu. Graue Männer wie er wurden in der Regel übersehen. Das war Hunts Ansicht nach äußerst gefährlich, und er hörte dem Master daher besonders aufmerksam zu. In seinen Augen war Denys' Drögheit ein geschicktes Täuschungsmanöver. Der Mann hoffte, seine Zuhörer in den Schlaf zu lullen, um dann Entscheidungen an ihnen vorbeizuschmuggeln. Nur mit dieser Taktik war es zu erklären, dass er im Laufe seines Lebens eine so große Karriere gemacht hatte.

Was die Netzwerkarbeit betraf, hatte sich die britische Gesellschaft bis heute kaum verändert. Sie gehörte, nach einer kurzen Öffnungsphase in den Siebzigerjahren, wieder zu einer der ungleichsten in der westlichen Welt. Die wichtigsten Dinge waren käuflich – Bildung und Gesundheit. Wer seine Kinder auf Privatschulen schickte, hatte eine dreimal höhere Chance, dass sie an einer guten Universität studierten, wer privat krankenversichert war, verdoppelte damit seine Überlebenschancen und landete bei Krebsverdacht nicht auf einer monatelangen Warteliste. Auch der Nepotismus hatte sich kaum verändert, der einzige Unterschied war, dass es mittlerweile nicht mehr nur ein konservatives, sondern auch ein linkes Netzwerk gab. Die Methoden voranzukommen waren in beiden Milieus die gleichen. Hunt verachtete sie allesamt.

Bevor Denys zum Master dieses Colleges gewählt worden war, hatte er eine erfolgreiche politische Karriere in der Konservativen Partei absolviert. Das war umso erstaunlicher, als Denys kein Politiker »zum Anfassen« war. Er hatte keine Babys für Wahlkampffotos geküsst oder im Pub mit den Wählern Bier getrunken. Die Klitoris der Konservativen Partei fand er nie – Stimulation war nun mal nicht seine Stärke. Alles, was Denys als Politiker leistete, glich einem lieblosen Gefummel. Doch auch wenn er seiner Partei keinen einzigen Höhepunkt verschaffen konnte, so war er selbst immer ans Ziel gekommen. Er hatte alle Top-Positionen erreicht, die ein mäßig begabter Politiker sich erhoffen konnte. Das lag natürlich auch an seiner Frau. Die gute alte Georgina hatte ihm unermüdlich geholfen. Ihren Mann zu promoten kostete sie zahllose Dinner,

Luncheinladungen und Gartenpartys, aber die Investition hatte sich ganz offensichtlich gelohnt. Denys war als Krönung seiner Laufbahn zum Master eines angesehenen Colleges ernannt worden. Dieses Paar hatte alles richtig gemacht, und in gewisser Weise bewunderte Hunt Georgina dafür. Aus einem Nichts wie Denys etwas so Erfolgreiches zu erschaffen war eine Kunst.

Jetzt fehlte nur noch, dass man Denys demnächst in den Ritterstand erheben würde. Jeder in Cambridge, auch wenn er sich noch so links gab, wollte deswegen auf der Neujahrsliste der Queen stehen. Nur Stephen Hawking hatte bisher einen Titel abgelehnt.

Jedes Jahr las Hunt am 1. Januar mit Sorge die Neujahrsliste. Das schönste Neujahrsgeschenk war es für ihn dieses Jahr gewesen, dass Denys wieder einmal leer ausgegangen war. Er hatte keinen Order of the British Empire erhalten und schon gar keine Erhebung in den Ritterstand. Es war für Hunt ein ausgesprochen zufriedenstellendes Ergebnis.

Sie waren bereits bei Punkt zwei der Tagesordnung angelangt. Es ging mal wieder um das scheußliche neue Gebäude, an dem das College seit Jahren baute und für das kein Geld vorhanden war. In der Planungsphase vor zwei Jahren hatte der Master versprochen, reiche Spender aufzutreiben, aber das war natürlich utopisch geblieben. Jetzt saß das College auf einem Minus von zwei Millionen Pfund. Niemand wagte jedoch, den Master dafür verantwortlich zu machen. Ihn zu verärgern konnte schließlich karriereschädigend sein.

Hunts Kollegen zogen es in der Regel vor, finanzielle Realitäten zu ignorieren. Auch jetzt schienen sie das wirtschaftliche Desaster des Colleges als eine Art höhere Fügung zu erdulden – eine unvorhersehbare Naturkatastrophe. Die meisten von ihnen hatten sowieso kaum Ahnung von Geld und nickten alles ab, was man ihnen vorlegte. Die Summen überstiegen einfach ihr Vorstellungsvermögen. Anders als der Master und Georgina war keiner von ihnen reich. Sie kamen zwar durchweg aus Mittelschichtsfamilien, aber Cambridge war eine teure Stadt. Fast alle Kollegen von Hunt plagten sich mit hohen Hypotheken für ihre überteuerten Häuser und mit exorbitanten Gebühren für die Privatschulen ihrer Kinder. Geld war daher in ihren Augen ein deprimierendes Thema, das sie schnell hinter sich bringen wollten. Dabei mussten auch sie in ihrem tiefsten Innern erahnen, dass diese ganze Bauidee von Anfang an unverantwortlich gewesen war. Sie erinnerte Hunt an die Bauleidenschaft von Fürsten. Eine Form von Größenwahn bei Leuten, die sonst nichts geleistet hatten und irgendetwas für die Ewigkeit hinterlassen wollten. Natürlich ging es dem Master bei diesem idiotischen Projekt allein um die Eröffnungszeremonie, bei der er im Mittelpunkt stehen würde. Georgina könnte es sicher schaffen, für die Einweihung jemanden aus der Royal Family zu rekrutieren – irgendeinen Cousin der Queen –, und sie würden das Band dann gemeinsam durchschneiden.

Als Hunt noch Student gewesen war, in den Siebzigerjahren, hatte man zahllose unattraktive Collegegebäude hochgezogen, die alle aussahen wie Parkgaragen. Sie waren ihm damals nicht weiter aufgefallen. Mittlerweile schmerzte ihn der Anblick dieser Gebäude. Er war nicht der Einzige, der unter ihrer Hässlichkeit litt. Sogar die Cambridger Aussichtsbusse fuhren jetzt einen Umweg, damit die Touristen diese Bauten nicht sehen mussten. Ähnlich würde es Denys' neuem Gebäude ergehen, falls es jemals fertiggestellt werden würde.

Um das Defizit auszugleichen, schlug der Master jetzt vor, dass der Bibliothek fünfzig Prozent der wissenschaftlichen Zeitschriften gestrichen werden sollten und dass die Collegedienstboten in den nächsten zwei Jahren um ein Drittel reduziert werden müssten. Hunt konnte kaum glauben, was er hörte, doch keiner seiner Kollegen schien sich gegen diese Streichungen zu wehren. Er hatte irgendwo gelesen, dass Menschen mit wenig Serotonin im Blut besonders gnadenlose Entscheidungen trafen. Vielleicht sollte man in Zukunft vor jeder Sitzung erst einmal Schokolade ausgeben, um die Verbitterung der Teilnehmer zu senken.

Der nächste Punkt der Tagesordnung waren die Stipendien für bedürftige Studenten. Auch hier hatte der Master einen perfiden Plan parat. Die Tochter des Präsidenten von Sri Lanka hatte bereits ein Commonwealth-Stipendium bekommen, und man wollte ihr das Leben jetzt noch mit einem großzügigen Collegestipendium versüßen. Hunt konnte sich ein zynisches Lachen nicht verkneifen. Das Mädchen stammte aus einer der reichsten Familien Sri Lankas und war auf jeder Party anzutreffen. Seiner Meinung nach hatte sie bisher nur zwei Vorlesungen besucht. Da sie jedoch aus einem Drittweltland kam (und eines Tages sicher selbst dort Präsidentin werden würde), konnte sie dem College viel Prestige bringen. Er sah es schon vor sich, wie sie in dreißig Jahren nach Cambridge zurückkehren würde, um eine Ehrendoktorwürde einzusammeln und bei einem festlichen Collegedinner einen launigen Vortrag über ihre »ereignisreiche« Studienzeit zu halten (ohne die Behandlung wegen Gonorrhö zu erwähnen). Es war so typisch, was der Master hier tat. Ganz egal, ob es sich um die englische, srilankische oder japanische Oberschicht handelte, man hielt zusammen. Es war schon lange eine globale Oberschicht geworden, und man sorgte rührend füreinander.

Auch jetzt widersprach niemand dem Master. Leute mit anderer Hautfarbe schienen für Hunts Kollegen nur in exotischen Ländern zu existieren. Keiner von ihnen brachte die Fantasie oder Energie auf, die düsteren Straßen von Cambridge hinunterzugehen, in Richtung der Sozialbaugegend King's Hedges. Dort gab es jede Menge Schwarze, denen man Stipendien geben könnte. Einheimische Schwarze waren natürlich nicht so attraktiv-exotisch wie Drittweltländerschwarze mit einflussreichen Eltern. Und die Chance, dass eine Schwarze aus King's Hedges eines Tages Präsidentin werden würde, war ebenfalls minimal.

Nachdem seine Kollegen geschlossen für die Reduzierung des Collegepersonals und ein Stipendium für die Tochter des Präsidenten von Sri Lanka gestimmt hatten, ging Hunt ins nächste Pub. Wie immer war er die einzige Gegenstimme gewesen. Und wie immer hatte der Master ihn aus seinen Reptilienaugen beobachtet und nichts dazu gesagt. Hunt mochte außerhalb des Colleges eine Berühmtheit sein, aber im College galt das Wort des Masters.

Es musste wohl am Alter liegen, aber die Sitzung hatte Hunt angestrengt. Bis jetzt hatte er sich immer für ausgesprochen abgebrüht gehalten. Nichts konnte ihn noch schockieren. Aber das heute war einfach zu viel gewesen.

Er bestellte ein Pint.

24

21. Januar 2015
Professor Hunts Räume
New College
Cambridge

Pro Jahr werden rund sechsundzwanzigtausend Menschen in Großbritannien mit Messern bedroht und verletzt. Anders als in den USA ist es in Großbritannien außergewöhnlich schwierig, an eine Schusswaffe zu gelangen. Folglich werden bei Straftaten Messer benutzt. Sie sind in jedem Haushaltsgeschäft käuflich zu erwerben und können im Bedarfsfall genauso effektiv genutzt werden wie Schusswaffen. Nur bei der Entfernung gibt es einen Unterschied. Mit einem Messer muss man naturgemäß näher an sein Opfer herangehen als mit einer Schusswaffe. Es ist daher eine sehr viel intimere Art, einen Mord zu begehen.

Auch wenn Messerstechereien in Großbritannien häufiger vorkommen als Schießereien, sind sie in den letzten Jahren zurückgegangen. Die Wahrscheinlichkeit, in Großbritannien erstochen zu werden, ist daher statistisch gesehen relativ gering.

Wera kannte die britische Statistik über Messerstechereien nicht, aber sie sah, dass es ein Messer war. Ein großes Küchenmesser.

Er lag auf dem Boden und schien sie anzusehen, mit

großen, weit aufgerissenen Augen. Wera kannte die Verhaltensregeln für den Umgang mit Sterbenden nicht, aber zu ihrer eigenen Überraschung kniete sie sich neben ihn und nahm seine Hand. Sie versuchte, etwas zu sagen, das beruhigend klingen sollte. Sie hatte in diesem Moment vergessen, dass sie in einem fremden Land war und er sicher kein Deutsch verstand, und trotzdem sagte sie immer wieder: »Alles wird gut, alles wird gut.«

Es war ein dummer Klischeesatz, und während sie ihn sagte, wusste sie, dass nichts mehr gut werden würde. Vielleicht sagte sie den Satz nicht nur für ihn, sondern auch für sich.

Erst als seine Augen starrer wurden, hörte sie auf zu reden. Sie wartete noch ein paar Sekunden und fing dann an, Laute von sich zu geben. Es waren sehr merkwürdige Laute, die sie noch nie an sich gehört hatte. Sie hatten etwas Tierartiges, eine Mischung aus vogelartigem Schreien und bizarrem Schluchzen, und Wera konnte später nicht mehr genau sagen, ob Worte darunter gewesen waren oder nur diese merkwürdigen Töne. Was auch immer es war, sie wurden gehört. Irgendwann, sie wusste nicht genau, wie lange es dauerte, kam dann eine Ansammlung von Leuten. Ein paar trugen Uniform und warfen einen professionellen Blick auf die Situation. Eine Polizistin versuchte, Wera dazu zu überreden, die Hand des Toten loszulassen. Sie weigerte sich, die betuliche Stimme der Frau gefiel ihr nicht. Es war dieser unechte, pseudo-freundliche Tonfall, den man wahrscheinlich in einem Psychologieseminar lernte.

Wera hatte vor ein paar Jahren einen Erste-Hilfe-Kurs für ihren Führerschein gemacht und konnte sich gut vorstellen, wie man dieser Polizistin in einem teuren Fortbildungskurs die Verhaltensregeln in Krisensituationen beigebracht hatte.

Regel Nummer eins: Wenn Sie mit traumatisierten Menschen in Kontakt kommen, reden Sie sehr langsam und voller Wärme in Ihrer Stimme. Versuchen Sie, die traumatisierte Person behutsam vom Ort des Geschehens zu entfernen.

Regel Nummer zwei: Legen Sie der traumatisierten Person eine Decke um die Schultern, da der Körper in Schocksituationen einen Temperaturabfall erfährt. Neben dem Wärmeeffekt wird die Decke der traumatisierten Person das Gefühl des Schutzes geben.

Die Decke war in Ordnung, aber Wera weigerte sich trotzdem, seine Hand loszulassen, und sie weigerte sich auch, mit der Frau zu reden. Am liebsten hätte sie ihr entgegengeschleudert, dass sie nicht auf dem neuesten Stand war, dass Psychologen mittlerweile der Ansicht seien, man solle traumatisierte Menschen nicht sofort vom Ort des Geschehens entfernen, sondern alles tun, um sie dort zu lassen, damit sie sich langsam an diesem Ort besser fühlen konnten. Nur so hatten sie eine Chance, das Trauma des Tatortes zu überwinden.

Wera zumindest war davon überzeugt, dass es besser war, sitzen zu bleiben. Sie sah ganz deutlich vor sich, was es für ihr weiteres Leben bedeuten würde, zufällig zu diesem Zeitpunkt an diesem Ort gewesen zu sein.

Am Ende mussten zwei Polizisten mit Gewalt ihre Hand von der Leiche entfernen und sie hinaustragen. Es war ihnen sichtlich unangenehm, aber sie sagten, es ginge nun mal nicht anders, sie brauchten Platz, um bessere Tatortfotos von Stefs Leiche machen zu können.

25

21. Januar 2015
Master's Lodge
New College
Cambridge

Denys sah die Hauptaufgabe eines Masters darin, den guten Ruf seines Colleges zu schützen. Am New College hatte er vor über vierzig Jahren als junger Student angefangen, und hier wollte er eines Tages seine Karriere erfolgreich beenden. Es war ein Kreis, der sich dann schließen würde, und die Nahtstellen sollten so ordentlich wie möglich verlaufen.

New College war nicht nur sein College gewesen, schon sein Vater und Großvater hatten hier studiert. Für Denys war es daher mehr als ein Arbeitsplatz – mit dem College verband ihn eine lange Familientradition. Er würde es auf keinen Fall dulden, dass dieses College während seiner Amtszeit mit negativen Berichten in die Medien geriet.

Aus diesem Grund hatte er außergewöhnlich schnell reagiert. Nachdem die Rettungsdienste und die Polizei das College verlassen hatten, rief er Anne Winter an. Es war eine seiner Stärken, dass er immer wusste, wen man in welcher Situation anrufen musste. Schon während seiner Zeit als Politiker hatte er in mühevoller Kleinarbeit das beste Adressbuch von Whitehall angelegt. Georgina war dabei unverzichtbar gewesen, jede private Handynummer hatten sie sich gemeinsam erarbeitet. Dafür mussten sie nicht enden wollende Konzertabende, Galerieausstellungen und Wohltätigkeitsfeste über sich ergehen lassen. Am schlimmsten war es gewesen, als er für einen Minister gearbeitet hatte, der ein Wagnerfanatiker war und mit dem er grauenhaft lange Stunden im Royal Opera House hatte vergeuden müssen. Er konnte seitdem keine Note aus dem Ring mehr hören, ohne einen Anflug von Übelkeit zu verspüren. Aber das waren nun mal die Dinge, die man ertragen musste, wenn man etwas bewirken wollte. Seine Kontakte aus dieser Zeit waren ihm bis heute nützlich. Selbst in den Regierungszeiten von Labour-Premiers wie Tony Blair und Gordon Brown hatte er sein Adressbuch vergrößern können. Es war ein weit verbreiteter Irrtum, dass Abgeordnete der Konservativen nicht mit Labourleuten sprachen. Seine besten Helfer hatte er häufig in der gegnerischen Partei angetroffen.

Natürlich verlief nicht immer alles am New College so erfolgreich wie in seiner Zeit als Politiker. Ein Adressbuch in Cambridge aufzubauen konnte eine komplexe Herausforderung sein. Wissenschaftler waren schwierigere Charaktere als Politiker und sehr viel unberechenbarer in ihren Entscheidungen. Aber am Ende funktionierten alle Institutionen nach einer klaren mathematischen Formel – es war ein Geben und Nehmen. Und mittlerweile schuldeten ihm einige einiges. Natürlich gab es allerorten Renegaten wie Hunt, der diese Formel stoisch boykottierte. Der Mann mischte sich in alles ein, und mit seinem ewigen Genörgel hatte er oft genug jede noch so notwendige Collegeentscheidung blockiert. Überall wo Hunt auftauchte, brach eine Woche später die Revolution aus. Es war eine frustrierende

Situation, da man zumindest vorgeben musste, ihm zuzuhören. Hunt war nun einmal für die Öffentlichkeit das bekannteste Mitglied von New College. Und ausgerechnet in seinem Zimmer war Stef ermordet worden. Denys blieb jetzt erst einmal nichts anderes übrig, als Hunt vor der Presse zu schützen. Anne Winter würde ihm dabei helfen können. Sie war die Dekanin der Historischen Fakultät und damit – theoretisch – auch Hunts Vorgesetzte.

Der Master hatte Anne in mehreren Kommissionssitzungen als vernünftige Frau erlebt und somit als das völlige Gegenteil von Hunt. Sie war Mitte vierzig und für eine Wissenschaftlerin ungewöhnlich attraktiv. Er wusste, sie würde ihn nicht enttäuschen. Eine halbe Stunde, nachdem er sie angerufen hatte, stand sie in seinem Arbeitszimmer. Sie schien etwas außer Atem zu sein, und ihre langen braunen Haare waren nicht so akkurat frisiert wie sonst.

»Es war nicht einfach, ins College zu kommen. Sie haben am Eingang drei Kamerateams aufgebaut.«

»Das tut mir sehr leid, Anne. Wir lassen außer Studenten niemanden mehr rein.«

Er reichte ihr ein Glas Wasser, das sie dankbar annahm.

»Wie kann ich jetzt helfen?«

»Wir müssen eine Stellungnahme für die Presse erarbeiten. Diese Journalisten werden alles über Professor Hunt ausgraben, was es auszugraben gibt. Es wäre daher besser, ich wüsste, ob etwas gegen ihn vorliegt. Hat es an der Fakultät in letzter Zeit schon einmal Beschwerden über ihn gegeben?«

»Nein.«

Denys war überrascht. »Sind Sie sicher, Anne?«

Sie dachte kurz nach. »Nur wegen der Einkäufe. Manchmal nimmt er seine Studenten einfach mit.«

»Er kauft mit ihnen ein?«

»Er scheint überall mit Studenten arbeiten zu können. Während seines wöchentlichen Großeinkaufs bei Aldi und vor allem im Kaffeehaus. Sein letztes Buch widmete er der Kellnerin im Starbucks. Die meisten Studenten fühlen sich geehrt, von ihm zum Kaffee eingeladen zu werden. Nur in diesem Beschwerdefall ging es um einen saudi-arabischen Studenten, der es als Verletzung seines Ehrgefühls empfand, dass Professor Hunt ihn auf dem Weg zur Apotheke über seine Dissertation beraten hat.«

»Er hat dort Kondome eingekauft?«, fragte Denys besorgt.

»Nein, Zahnpasta. Er musste am nächsten Tag den Acht-Uhr-Flug nach Washington nehmen, und ihm war eingefallen, dass er noch Zahnpasta brauchte. Der arabische Student war gekränkt, dass Hunt ihm – während sie an der Kasse anstanden – mitteilte, er halte nichts von seinem Schlusskapitel. Nachdem die Dissertation von zwei Gutachtern mit »genügend« beurteilt worden war, nahm sich der Student einen Anwalt. An der Note sei Professor Hunts mangelhafte Betreuung schuld gewesen. Die Zahnpastageschichte wurde als Beleg angeführt.«

»Bekommt man Zahnpasta nicht bei Langstreckenflügen geschenkt?«, fragte Denys.

»Anscheinend nicht die mit seinem Lieblingsgeschmack Orange. Das Problem für unsere Fakultät lag darin, dass der Student mit der saudischen Königsfamilie verwandt war. Wir konnten am Ende einen Vergleich ausarbeiten, aber die Familie lässt uns seitdem keine Spenden mehr zukommen.«

Es passte ins Bild. Hunt hatte auch bei Collegesitzungen immer wieder gegen die Vorzugsbehandlung von privilegierten Studenten angekämpft. Denys war sich nicht sicher, wo Hunt mittlerweile politisch stand. War er immer noch der Linke aus seiner Jugend, oder wollte er einfach nur überall Ärger verursachen?

»Falls er tatsächlich etwas mit diesem Mord zu tun hat, was ich sehr bezweifle, dann ist es eine Geschichte unter ehemaligen Studienkollegen. Er hatte keine gute Beziehung zu Stef.«

Jetzt schien Anne überrascht.

»Das wusste ich nicht.«

»Ja, leider. Stef und ich waren Studienfreunde, und er hat oft über Hunt gesprochen.« Denys zögerte einen Moment. »Ich habe versucht, Hunt zu erreichen, aber sein Handy ist ausgestellt. Ich weiß nicht, was er sich dabei denkt. Er kann nicht einfach untertauchen. Er muss mit uns und der Polizei reden.«

Anne nickte. »Es wäre klug von ihm.«

Der Master warf ihr einen wissenden Blick zu. Sie waren Veteranen des akademischen Geschäfts. Sie würden ihr Bestes für den Kollegen tun, aber sie würden es auf keinen Fall zulassen, dass er sie auf seiner Fahrt in den Abgrund mitriss.

26

21. Januar 2015
Professor Hunts Haus
Jubilee Avenue
Newnham

Hunt lebte in Newnham, dem Cambridger Akademikerviertel. Obwohl die schmalen Häuser hier dicht aneinanderklebten und nur handtuchschmale Gärten aufwiesen, beliefen sich die Hauspreise im Durchschnitt auf siebenhunderttausend Pfund. Die meisten Newnhamer nahmen große Kredite auf und verschuldeten sich auf Jahre hinaus, um in dieser Gegend leben zu können.

Warum Newnham als etwas Besonderes galt, hätte ein Außenstehender nur schwer nachvollziehen können, aber hier wohnte nun einmal die intellektuelle Elite von Cambridge. Sie stellten ihre Fahrräder mit Weidenkorb vor die Tür, stopften die kleinen Räume mit Büchern voll und vernachlässigten demonstrativ den Garten. In Newnham zu wohnen war eine teure Art zu sagen, dass einen Geld nicht interessierte.

Bewohner von Newnham gingen jeden Morgen zum kleinen Co-op an der Ecke, um dort Milch und den *Guardian* zu kaufen. Auch das war ein demonstratives Understatement. Man zeigte, dass man nicht in den teuren Supermärkten von Cambridge einkaufte, wo Softwaremillionäre sich ihre Saucen mixen ließen, sondern im dürftig sortierten Co-op von Newnham. Der wirkliche Grund für den Einkauf war, dass dieser Laden als Kontaktbörse besonderer Art diente. Hier konnte man dem ehemaligen Bischof von Ely beim Einkaufen zusehen oder mit dem Biografen von Engels einen Plausch halten. Früher hatte man auch noch Stephen Hawking im Rollstuhl antreffen können, aber seit seiner zweiten Scheidung kam er nicht mehr so häufig vorbei.

Es gab in Newnham eine elegante Straße, die von allen anderen Newnhamern demonstrativ gemieden wurde: Millington Road, die Millionärszeile. Die Häuser dort waren groß und geräumig und überstiegen die Zwei-Millionen-Grenze. Noch vor einer Generation war diese Straße voller Wissenschaftler gewesen, jetzt konnten sich nur noch Banker diese Häuser leisten. Sie wohnten neben so illustren Leuten wie dem ehemaligen Chef des MI6, Sir Richard Dearlove, und dem Sohn des Herzogs von Kent.

Theoretisch hätte sich Hunt in der Millington Road ein Grundstück kaufen können, nachdem zwei seiner Bücher zu Bestsellern geworden waren. Es hätte ihn durchaus amüsiert, mit einem Umzug den Neid seiner Kollegen zu verstärken, aber so viel Aufwand war ihm die Sache dann doch nicht wert gewesen. Er blieb in seinem kleinen Haus in der Jubilee Avenue, einer besonders engen Straße von Newnham.

Die Journalisten hatten nicht lange gebraucht, um seine Anschrift ausfindig zu machen. Jeder kannte ihn in Newnham, und die Befragung der Nachbarn war bereits in vollem Gange. Hunt besaß keine Gardinen, hinter denen er sich verstecken konnte. Sein Logenplatz war daher das Toilettenfenster im ersten Stock geworden. Von hier aus konnte er beobachten, wie mehrere Presseleute an der Nebentür klopften. Ausgerechnet bei seinem Nachbarn Oliver. Da würden sie wenig Glück haben. Oliver war ein berühmter Botaniker mit Aspergersyndrom. Er würde entweder nicht die Tür aufmachen oder sich nicht an Hunts Namen erinnern können. Sie kannten sich mittlerweile seit zwanzig Jahren, und Hunt hatte es immer als angenehm empfunden, neben einem Mann zu leben, der sich ausschließlich für Pflanzliches interessierte.

Seine Nachbarn zur Rechten waren etwas schwatzhafter, aber auch sie würden als überzeugte *Guardian*-Leser kein Wort mit der Schundpresse reden. Und was hätten sie auch erzählen können? Dass er häufig Damenbesuch hatte und nachts laut Rockmusik hörte? Nebbich. Welcher Mann seiner Generation tat das nicht?

Jetzt klingelten sie wieder bei ihm. Für wie blöd hielten die ihn eigentlich? Er hatte gleich nach seiner Rückkehr alle Stecker herausgezogen, Telefon, WLAN et cetera – aus seinem Haus kam kein Ton mehr. Natürlich wäre es klüger gewesen, sofort nach London zu verschwinden, aber er hatte nicht mit der Schnelligkeit der Presse gerechnet. Sie hatten schon vor dem Haus gestanden, bevor er seine Reisetasche finden konnte.

Die Reporter schienen von der dritten Garde zu sein. Übergewichtig, Junkfood fressend. Sie waren offensichtlich Veteranen, die einander lange kannten und gemeinsam bereits mehrere Belagerungen durchgeführt hatten. Einige hatten früher wahrscheinlich Telefone gehackt. Seit das britische Parlament die Leveson-Untersuchung eingesetzt hatte, wurde Telefonabhören mit hohen Strafen geahndet. So etwas durften im großen Stil nur die Nachrichtendienste.

Klatschreporter schienen sich daher wieder auf die alten Methoden zu verlegen: Mülltonnen durchwühlen, Nachbarn belagern und im Glücksfall als Gasableser ins Haus gelassen werden, um schnell ein paar Familienfotos mitgehen zu lassen.

Hunt hatte irgendwo gelesen, dass die alte Reporternummer, sich als Pfarrer zu verkleiden, schon lange nicht mehr zog. Kein Mensch schien einem Journalisten abzunehmen, er sei ein Pfarrer – auch wenn das Kostüm noch so gut war. Selbst wenn es geklappt hätte, die meisten Leute hielten Pfarrer sicher nicht mehr für Vertrauenspersonen, die man ins Haus lassen sollte. In einer säkularisierten Gesellschaft wie Großbritannien kannte man einen Pfarrer sowieso nur noch aus dem Fernsehen.

Hunt wusste genau, was diese Journalisten jetzt herausfinden wollten. Ob er trank oder schwul war. Eine Eifersuchts-Schwulengeschichte mit Stef wäre ideal für sie. Die Online-Story stand wahrscheinlich schon, ganz egal, ob er nun aus seiner Tür trat oder nicht:

»Cambridge-Prof ersticht ›Freund‹ im Elfenbeinturm.« So in der Art. Man würde es für die Printausgabe variieren können.

Hunt hatte, wie jeder Intellektuelle in Cambridge, bisher die Medien verachtet und benutzt. Dank der Lobeshymnen, die die Zeitungen über seine Sendungen verfasst hatten, konnte er gute TV-Verträge aushandeln, und die Begleitbücher zu seinen Fernsehdokumentationen verkauften sich ausgezeichnet. Jetzt allerdings bereute er jedes einzelne PR-Foto, das jemals von ihm veröffentlicht worden war. Im Kontext des Todes wirkten alle diese Bilder frivol. Sicher wurden sie bereits ausgegraben und erschienen auf den Websites der Blogger: Hunt grinsend bei einem Dinner im

Londoner Prominentenlokal Ivy mit einer überdimensionalen Champagnerflasche in der Hand; Hunt mit einem triumphierenden Blick bei einer Preisverleihung; Hunt mit einem süffisanten Lächeln neben der Kultur-, Medien- und Sportministerin; Hunt umgeben von adorierenden Studenten bei einer Exkursion in Washington. Er würde auf all diesen Bildern wie ein arroganter Dreckskerl aussehen.

Wussten sie, dass er im Haus war? Wussten sie es definitiv? Wenn er jetzt hinausging, was für ein Bild würde das ergeben?

Er sah im Moment nicht besonders gut aus. Noch vor wenigen Stunden hatte er sich jung gefühlt, wie ein Vierzigjähriger. Natürlich, manchmal schlief er schlecht, seine Füße schmerzten gelegentlich, und die vielen Collegefeste hatten bei ihm immer öfter Sodbrennen ausgelöst. Diese Zeichen des nahenden Alters kamen viel zu früh, und er hatte sich vorgenommen, mehr Sport zu treiben. Bisher hatte er allerdings nie die Zeit dazu gehabt. Seit heute bereute er das. Was vor ein paar Stunden passiert war, hatte alles verändert. Sein ganzer Körper schmerzte, jeder Knochen tat ihm weh.

Jetzt machte Oliver doch tatsächlich dieser Meute die Tür auf! In der Hand schien er eine Pflanze zu halten. Die Reporter redeten auf ihn ein, aber Oliver starrte nur ausdruckslos auf ihre redenden Münder. Nach einer Weile deutete er auf den Rasen. Anscheinend war die Meute auf irgendeine seiner Vorgartenpflanzen getreten. Sie schienen sich dessen erst langsam bewusst zu werden und blickten nach unten. Einer von ihnen versuchte, einen umgeknickten Rosenstock wieder aufzurichten, während die anderen wie ertappte Kinder Rasenfetzen von ihren Schuhsohlen zupften. Während sie noch damit beschäftigt waren, machte

Oliver bereits wieder die Tür zu. Die Situation entbehrte nicht einer gewissen Komik, aber Hunt konnte im Moment selbst das nicht mehr genießen.

Es war mittlerweile acht Uhr abends. Die Idioten standen immer noch draußen. Er verließ seinen Platz am Toilettenfenster und ging in die Küche. Licht wollte er nicht anmachen, aber er brauchte dringend etwas zu essen. Die Situation war lächerlich, er schlich durchs Haus wie Anne Frank. Würde man das Kühlschranklicht von der Straße aus sehen können? Er musste es riskieren. Wenigstens war noch etwas Käse da. Er hätte einkaufen sollen, aber wer rechnet schon damit, belagert zu werden?

Er setzte sich in sein dunkles Arbeitszimmer und wartete. Er wusste, sie würden irgendwann jemanden von der Polizei schicken, und er wollte nicht im Bett überrascht werden. Ein Mann im Bett sah schwach aus, nicht vorbereitet, überrumpelt. Er war in den letzten Stunden genug überrumpelt worden, er wollte wenigstens etwas Kontrolle über sein Leben zurückgewinnen. Für einen kurzen Moment überlegte er, Anne Winter anzurufen. Sie hatten seit ein paar Jahren ein sporadisches Verhältnis, nichts Ernstes, Anne war verheiratet und hatte zwei anstrengende Teenagerkinder. Er verwarf die Idee. Ihre Beziehung beruhte nicht auf gegenseitigem Trost, sie war rein physischer Natur.

Es war jetzt stockdunkel draußen, aber diese Idioten von der Presse schienen immer noch nichts Blöderes zu tun zu haben, als rumzustehen. Wahrscheinlich hatten sie auch einen ihrer Leute im Hintergarten platziert. Gab es nicht irgendwo einen Terroranschlag, Ebolarückfall oder eine neue Bankenkrise? Wer kümmerte sich jetzt um Griechenland und den IS? War das nicht alles wichtiger? Was interessierte sie der Mord an einem Informatiker? Wenn es nicht in einem Cambridger College passiert wäre, sondern in einer Sozialbauwohnung in King's Hedges, hätte kein Hahn danach gekräht. Aber Cambridge und Oxford hatten immer diesen Mythos, es war das Refugium der Elite, hier witterte jeder einen saftigen Skandal. Die Leute hatten einfach zu viele Folgen von Inspektor Morse gesehen.

Als sein Adrenalinkick mehr und mehr nachließ, war er dann doch irgendwann eingeschlafen. Es war gegen zwei Uhr früh, als Jenny vor ihm stand. Zuerst hatte er es nicht ganz begriffen. Wieso Jenny? War sie gekommen, um sich an seinem Elend zu weiden, oder vertrat sie die Univerwaltung? Um zwei Uhr früh? Unwahrscheinlich. Er kannte keinen, der dort nach vier Uhr nachmittags noch arbeitete.

Sie stand in seinem Arbeitszimmer, dick eingepackt in Wollschal und Wintermantel. Wie Mary Poppins schien der Wind sie hereingefegt zu haben, und er fragte sich, wie sie an den Journalisten vorbeigekommen war und seit wann sie einen Schlüssel hatte. Trotz des Wintermantels sah sie sehr viel schmaler aus als bei diesem Collegedinner im letzten Oktober. Sie schaute ihn auch nicht mehr wütend an, eher freundlich, wie eine Hundemutter, die ihr verlorenes Junges betrachtet.

»Was ist passiert, Hunt?«

Er war verschlafen und verwirrt: »Seit wann bist du bei der Polizei, Jenny?«

»Für diesen Fall interessiert sich nicht nur die Polizei.«

Er verstand überhaupt nichts. »Wer noch?«

»Fünf.« Jennys Stimme klang immer noch ungewohnt freundlich.

»MI5?«, fragte Hunt ungläubig.

Langsam, viel zu langsam für einen Mann seiner Intelligenz, verstand er. Stef war nicht irgendein Informatiker gewesen. Darüber hatten sie alle immer gemunkelt – dass Stef an Regierungsprojekten arbeitete. Es bedeutete, dass der Mord eine Angelegenheit für den Geheimdienst war. Aber Jenny als Mitarbeiterin des MI5? Die überzeugteste Gegnerin des Establishments arbeitete für das geheimste Innere des Establishments? Ausgerechnet Jenny? Er hatte unendliche Diskussionen mit ihr geführt, sie war politisch immer die Radikalste von allen gewesen, auf jeder Demonstration dabei. Wann hatte sie die Seiten gewechselt? Oder war sie schon immer auf einer Seite gewesen und hatte nur eine perfekte Vorstellung geliefert?

Hunt war verärgert und beeindruckt zugleich. Welch ein kluger Schachzug, sie zu schicken. Niemand kannte ihn besser. Sie würde ihn nicht davonkommen lassen. Wahrscheinlich existierte bereits eine Strategie, um alle außer ihn aus der Sache rauszuhalten. Er sah sie an in ihrer Mary-Poppins-Verkleidung. Aus alter Gewohnheit heraus versuchte er es auf die süffisante Art.

»Du arbeitest für den MI5? Wer hätte gedacht, dass du dich in solche Niederungen begibst.«

Sie lächelte ihn an.

»Du wirst meine Hilfe brauchen, Hunt.«

»Haben sie dich als Putzfrau geschickt, Jenny? Um nach dem Mord an Stef aufzuräumen? Das ist komisch. Die linke Jenny macht die Säuberungsarbeiten für den MI5. Als wir zusammenlebten, hast du kein einziges Mal geputzt.«

»Und du hast es nie so billig gegeben.«

Ihre Überlegenheitsnummer ging ihm noch mehr auf die Nerven als das freundliche Hundelächeln. Seit wann war sie so ruhig und gelassen?

»Du kannst es mir wirklich glauben, Jenny, ich empfinde keine besondere Freude daran, wenn jemand in meinem Collegezimmer niedergemetzelt wird.«

»Was genau ist passiert?«

»Woher soll ich das wissen? Ich war ja nicht da. Ich hatte um sechzehn Uhr einen Termin mit der kleinen Wera in meinem Zimmer. Du weißt ja, wie die Deutschen sind, immer pünktlich. Sie muss schon um fünfzehn Uhr fünfundfünfzig da gewesen sein, als ich mich noch von einer Collegesitzung erholen musste.«

»Wo hat die Erholung stattgefunden, im Pub?«

Er ignorierte die Bemerkung.

»Warum Stef in meinem Zimmer war, ist mir schleierhaft. Wir haben das letzte Mal 1970 mehr als vier Worte miteinander gewechselt. Er konnte mich nicht ausstehen, warum auch immer. Vielleicht lag es daran, dass ich aus Versehen ein paar Mal mit seiner Frau geschlafen habe, aber wer hatte das nicht?«

Jenny schien kurz zusammengezuckt zu sein. Es freute ihn, dass er sie doch noch überraschen konnte. Sie zog jetzt endlich ihren Mantel aus und setzte sich auf einen Stuhl.

»Er war in deinem Zimmer, weil du ihn eingeladen hast.«

»Ich habe was?«

Sie zog eine Karte aus ihrer Manteltasche und las vor:

»›Muss dich sprechen. Mittwoch drei Uhr bei mir im College.‹«

Hunt spürte, wie sein ganzer Körper sich verkrampfte. »Das ist nicht von mir.«

»Vielleicht. Es ist auf jeden Fall sehr gut gemacht.«

Seine Muskeln schmerzten jetzt.

»Wo habt ihr es gefunden?«

»Zu Hause in Stefs Küchenabfalleimer.«

»Das ist alles vollkommen verrückt!«

»Ist es das?«, fragte Jenny.

»Natürlich ist es das! Wer könnte ein Interesse daran haben, Stef zu ermorden?«

Jenny schien zu zögern, bevor sie antwortete.

»Abgesehen von dir gibt es noch ein paar Alternativen. Vielleicht weißt du es nicht, aber Cambridge ist führend in der Entwicklung neuer Computertechnologien. Das wird dich nicht interessieren, weil es nichts mit deinem Fach zu tun hat. Aber wenn du mal dein geschütztes Revier verlassen und einen Ausflug in den Cambridge Science Park machen würdest, würde dir auffallen, dass hier mittlerweile ein neues Silicon Valley entsteht.«

»Mit dem Thema hat Stef uns doch bei diesem Dinner letzten Herbst alle gelangweilt. Er hat Drohnen oder so etwas gebaut.«

»Da musst du dich verhört haben.«

»Also was dann?«

»Uns interessieren neue Arten von Waffen.«

Hunt lachte. »Ich hätte nie gedacht, dass jemand wie du so gelassen über die Waffenindustrie reden kann.«

Jenny ignorierte die Ironie in seiner Stimme.

»Sein Sohn, David, studiert bei dir?«

»Ja. Du kennst ihn doch auch.«

»Wieso hast du David als Doktorand angenommen, Hunt? Laut seiner Krankenakte leidet er seit dem Tod seiner Mutter unter Depressionen.«

»Ihr habt Zugang zu seiner Krankenakte? Ist gar nichts vor euch sicher?«

»Komm mir jetzt nicht mit dieser klebrigen Poesiealbum-Moral, Hunt.« Jennys Stimme klang ungehalten. »Wir leben in Zeiten des Terrors, und das fällt jemandem wie dir nur auf, wenn dein Flug in die Algarve annulliert wird. Dann regst du dich maßlos auf. Für dich findet das doch alles nur virtuell statt. Du hast keine Ahnung, was da draußen wirklich los ist – dass dein Disneyland jederzeit abbrennen kann.«

Er lachte. Jetzt hatte er sie.

»Sag mal, Jenny, bist du das wirklich? Eine Verteidigerin des Überwachungsstaates? Was ist mit den Bürgerrechten, für die du so gekämpft hast? Oder war das all die Jahre über nur eine gute Theatervorstellung?«

»Noch mal. Warum hast du David als Doktorand angenommen?«

»Natürlich hat er noch eine leichte Depression! Er hat dafür ja einen guten Grund, im Gegensatz zu den meisten meiner anderen neurotischen Studenten. Seine Mutter hatte zwar, soweit ich mich an sie erinnern kann, nichts Mütterliches an sich, aber er scheint sie zu vermissen. Das ist das Normalste der Welt. Er brauchte Ablenkung, und er ist stabil genug, um wieder zu studieren. Er ist nun mal der intelligenteste Student, den ich zurzeit habe. Und nein, ich weiß, was jetzt kommt. Ich habe darüber nie mit Stef geredet. Ich hätte ihm nie so eine Karte geschickt, selbst wenn wir noch miteinander reden würden. Ich kontaktiere keine Eltern, wenn es Probleme gibt. Die Studenten sind über achtzehn. Wenn es ernst wird, wende ich mich an den behandelnden Arzt.«

»Aber das hast du nicht.«

»Nein, Jenny, das habe ich nicht. Weil es nichts zu reden gab. David ist in Ordnung. Das heißt, bis jetzt war er das.«

»Er ist labil.«

»Welcher Student ist das heutzutage nicht? Ich habe in

den letzten Jahrzehnten Studenten in allen Facetten erlebt. Sensibel, stark, reif, unreif. Am aggressivsten waren immer die Pazifisten. Das sind furchteinflößende Fanatiker. Der Großteil der Studenten hier besteht aus verwöhnten kleinen Egomanen, die sich für begnadet halten und wütend werden, wenn die Welt nicht so funktioniert, wie sie es wollen. Sie schmeißen in ihrer Wut jedoch nicht mehr die Scheiben ein, wie wir das damals gemacht haben, sondern kaufen sich mit der elterlichen Kreditkarte ein paar weiche Drogen. Aber warum interessiert dich ausgerechnet Davids Psyche? Er hat seinen Vater sicher nicht umgebracht. Ich denke, du konzentrierst dich auf irgendwelche Waffenspione im Science Park?«

»Ich verstehe nicht, warum Stef in deinem Zimmer umgebracht wurde.«

»Da sind wir dann schon zu zweit.«

Jenny schaute auf die Uhr. Es war mittlerweile halb drei Uhr früh, und sie wirkte müde. »Wir müssen uns auf eine Linie für die Presse und die Unileitung einigen, Hunt.«

»Was konkret wollt ihr von mir? Soll ich vor laufenden Kameras um einen ehemaligen Studienfreund weinen, der mich nicht ausstehen konnte?«

»Etwas Gefühl wäre gut. Wenn du es schaffst.«

»Erspar mir das.«

»Wir haben etwas vorbereitet. Du hältst dich am besten an dieses Memo.«

Sie legte ein Blatt Papier vor ihn hin. Wie bei dem Collegedinner vor ein paar Monaten fing sie auch jetzt wieder stark zu schwitzen an. Es irritierte ihn.

»Bist du in deinem Alter immer noch in der Menopause? Ich dachte, es gibt gute Medikamente dafür.«

Zu seiner Überraschung wurde sie nicht wütend. Sie

lächelte ihn an, als ob er aufrichtiges Interesse an ihrem Zustand gezeigt hätte.

»Man sollte keine Hormonpräparate nehmen, wenn man Krebs im dritten Stadium hat.«

Er sah sie an. Er kannte sie, seit er siebzehn war. Zu seiner Überraschung musste Hunt feststellen, dass seine Hände anfingen zu zittern.

27

22. Januar 2015
8 Jesus Lane / Caffè Nero
Cambridge

»Wera, mach die Scheißtür auf!«

Jasper trommelte so laut gegen Weras Zimmertür, bis sie aus dem Bett aufstand und ihm aufmachte. Er schaute mit einer gewissen Verachtung auf ihren Snoopy-Schlafanzug.

»Was ist los mit dir? Bist du auf einem embryonalen Rückzugstrip oder was?«

»Es geht mir nicht gut.«

»Ach komm, stell dich nicht so an! Du musst hier raus, sonst wirst du mit der Sache nie fertig.«

»Jasper …«

»Ich lad dich ein, okay? Großes Frühstück im Caffè Nero. Polina wartet schon auf uns.«

Jasper hatte das Caffè Nero in der King's Parade absichtlich ausgesucht. Jemand hatte ihm erzählt, dass Professor Christopher Clark hier regelmäßig seinen Kaffee trank. Angeblich hatte Clark mithilfe besonders starker Espressi sein gesamtes Buch über den Ersten Weltkrieg hier zu Ende schreiben können. Jasper hatte Clark zwar noch nie im Nero gesehen, aber er wollte auf ein Treffen gut vorbereitet sein. Er brauchte jetzt dringend einen neuen Doktorvater und vorzugsweise einen skandalfreien. Was auch immer bei den Ermittlungen herauskam, Hunts Name war von nun an toxisch.

Das Café war dunkel, und Jasper wählte den einzig gut beleuchteten Tisch. Er setzte sich strategisch mit Blick auf die Eingangstür und drapierte Polina und Wera links und rechts von sich in die braunen Clubsessel. Wera schien verstummt zu sein, also wandte er sich zuerst an Polina.

»Wie geht es David?«

»Was glaubst du, wie es ihm geht?«

»Soll man ihn besuchen?«, fragte Jasper.

Polina schaute ihn verständnislos an. »Besuchen?«

»Einen Kondolenzbesuch machen oder wie man das nennt? Was sagt er denn zu alldem? Was, glaubt er, ist passiert? Er muss doch eine Theorie haben.«

»Bist du jetzt Polizist geworden?«, fragte Polina.

Jasper ignorierte die Verachtung in ihrer Stimme. »Fragst du dich das denn nicht auch? Warum wird Davids Vater ausgerechnet im Zimmer von Hunt umgebracht? Wie wahrscheinlich ist das?«

Wera richtete sich in ihrem Sessel auf. »Hunt und Davids Vater haben vor langer Zeit zusammen studiert.«

»Ja sicher«, sagte Jasper ungeduldig, »das weiß ich auch. Aber sie konnten sich nicht ausstehen. Sie waren Konkurrenten.«

»Der eine ist Historiker, der andere Informatiker. Worum sollen sie konkurrieren?«, entgegnete Wera.

»Du hast wirklich keine Ahnung von Männern, wir konkurrieren um alles. Aber in diesem Fall steckt noch viel mehr dahinter. Habt ihr schon mal von dem Garden-House-Aufstand gehört? Das Garden House ist ein Hotel hier in Cambridge, es hat mittlerweile seinen Namen geändert und heißt jetzt Doubletree. Im Februar 1970 gab es da eine Studentenrevolte. Ich hab das in alten Studentenzeitungen nachgelesen.«

»Wieso liest du alte Studentenzeitungen?«, fragte Wera.

»Recherche für meine Dissertation. Also, Davids Vater war bei dieser Demo dabei und wurde wegen schwerer Körperverletzung verhaftet. Die Sache konnte nicht bewiesen werden, aber er verlor am Ende seinen Studienplatz.«

Wera schaute ihn verständnislos an. »Was hat das jetzt mit Hunt zu tun?«

Jasper antwortete ihr sehr langsam, als ob er einer Dreijährigen etwas erklären müsste: »Hunt war damals der Anführer der Demonstranten. Aber Stef wurde am Ende von der Uni geworfen, und Hunt konnte bleiben. Wenn du mich fragst, hat Hunt einen Deal mit der Polizei gemacht.«

Wera schien nicht überzeugt. »Nennst du das gute Quellenarbeit, Jasper? Es könnte hundert andere Gründe geben, warum sie sich zerstritten haben.«

»Nenn mir einen«, sagte Jasper.

Wera zog ein Foto aus der Tasche.

»Vielleicht wegen einer Frau? Dieses Foto ist im Hof von New College aufgenommen worden: Hunt, eine junge Frau und Stef.«

Polina lehnte sich nach vorne, um das Bild besser sehen zu können.

»Woher hast du das?«

»Es lag in einem Buch, in dem ich bei Davids Party geblättert habe. Eine Erstausgabe von Hunts Dissertation.«

»Und wer hat das Foto gemacht?«, fragte Jasper.

Wera zuckte mit den Achseln. »Keine Ahnung.«

»Okay, es muss also eine Gruppe von Freunden gegeben

haben, die an der Garden-House-Demo beteiligt waren, und diese Frau war wahrscheinlich auch dabei. Ich muss nachsehen, ob Studentinnen in den Berichten erwähnt werden. Es gab Verurteilungen wegen Hausfriedensbruch und Sachbeschädigung. Nur Davids Vater wurde zusätzlich wegen Körperverletzung angeklagt.

»Und Hunt?«, fragte Wera.

»Das ist ja das merkwürdige an der Sache. Hunts Name taucht nirgends auf. Weder als Beschuldigter noch als Zeuge.«

»Aber vielleicht liegt das daran, dass er einfach nichts gemacht hat!«

Jasper zog aus seiner Tasche Fotokopien der alten Studentenzeitungen hervor. »Hier, schau dir das an: Hunts erster Artikel über die Brutalität der griechischen Junta wurde am 4. Februar 1970 publiziert. Und eine Woche später, am 12. Februar, erschien sein Aufruf an alle Cambridgestudenten, gegen das griechische Obristenregime vor dem Garden-House-Hotel zu protestieren. Und du glaubst, er war in der entscheidenden Nacht nicht aktiv?«

Wera griff nach den Fotokopien und fing an zu lesen.

»Hunt ist genauso wie David«, murmelte Jasper, »zieht immer diese intellektuelle Überlegenheitsnummer ab und kommt mit allem davon.«

»Spinnst du jetzt?« Polina war aufgestanden; sie sah wütend aus. »Wie kannst du so etwas sagen! David ist seit gestern Vollwaise! Und ich kenne euren Hunt zwar nicht, aber soviel ich weiß, ist er ein Mann, der gegen ein Unrechtsregime protestiert hat. Ich weiß nicht, was daran schlecht ist. Er hat ganz offensichtlich mehr im Leben geleistet als du, Jasper. Deine Art, Leute mit Dreck zu bewerfen, finde ich jämmerlich!«

»Wieso mit Dreck? Ich stelle doch nur ein paar legitime Fragen.«

»Ich weiß nicht, welche Pillen du heute eingeworfen hast«, sagte Polina, »aber mir reicht das jetzt.«

Sie ging zur Tür. Wera stand auf, um ihr zu folgen, aber Jasper zog sie in den Sessel zurück. Er wollte auf keinen Fall, dass zwei Frauen von seinem Tisch flüchteten. Jeden Moment könnte Professor Clark hereinkommen.

»Was meinte Polina mit ›Pillen‹?«, fragte Wera.

»Was weiß ich, was diese Hysterikerin sich zusammenfantasiert. Ich verstehe wirklich nicht, warum sie David immer noch verteidigt. Ist doch schon lange klar, dass er mit ihr Schluss machen will.«

»Wieso will er mit ihr Schluss machen?«

»Keine Ahnung. Sie haben sich doch andauernd gestritten.«

»Das ist dir auch aufgefallen?«

»Ich bin nicht blind, Wera.«

»Aber warum? Warum haben sie sich gestritten?«

Jasper hatte kein Interesse, die Sache zu analysieren.

»Was weiß ich. Wahrscheinlich, weil sie nie Zeit für ihn hat.«

»Ja, sie muss sehr viel arbeiten.«

»Deine Naivität ist wirklich rührend, Wera! Das hat nichts mit Arbeit zu tun. Frauen wie Polina haben immer mehrere Männer gleichzeitig laufen.«

»Das ist nicht dein Ernst!«

»Können wir jetzt mal zu etwas Wichtigerem kommen? Als du Davids Vater gefunden hast, hat er da noch gelebt?«

Wera zuckte zusammen. Sie brauchte eine Weile, bis sie antworten konnte.

»Ja.«

»Aber er hat nichts gesagt, oder?«

»Nein.«

»Und da war sonst niemand außer euch in Hunts Zimmer, absolut niemand?«

»Wir waren allein.«

»Scheiße.«

Jasper schloss die Augen. Es war alles komplizierter, als er dachte. Er brauchte jetzt dringend einen Aufheller. Gott sei Dank hatte er für den Notfall immer etwas dabei. Wera sah schlecht aus und hätte sicher auch etwas in der Art nötig, aber das konnte er nicht riskieren. Sie war der unschuldige Typ, der sicher noch nie Drogen genommen hatte. Wahrscheinlich würde sie sich furchtbar aufregen, wenn er ihr was anbot. Stattdessen schenkte er ihr Kaffee nach und machte sich auf den Weg zur Toilette. Er sah nicht mehr, dass Christopher Clark ins Kaffeehaus kam und einen Espresso zum Mitnehmen bestellte.

28

Januar
Cambridge

Die Entdeckung von Stefs Stick hatte alles verändert. Über Monate war es ein Leichtes gewesen, ihn regelmäßig abzuschöpfen, seine Firma war ein einziges löchriges Sieb. Es war beinahe zu einfach gewesen. Und dann auf einmal schien er aufgewacht zu sein. Sein plötzliches Misstrauen hatte dazu geführt, dass er alles und jeden in seiner Umgebung infrage gestellt hatte. Sogar die Geschichte aus den Siebzigerjahren war hochgekommen. Er schien sie als eine Art Ausgangspunkt zu sehen, als hätte damit alles angefangen und als würde er seitdem permanent von allen hintergangen. Er glaubte an eine Kontinuität des Verrats.

Obwohl es jetzt endlich vorbei war, fühlte sie immer noch die Anspannung. Sie versuchte zur Ablenkung ein paar Zeitungen durchzuarbeiten. Das war nicht ihre Aufgabe, die Auswertung von offenen Quellen erledigten andere, aber sie wollte zumindest gut informiert sein. Sie übersprang die Berichte über den Mord. Auch die langen Artikel über die Erinnerungsfeierlichkeiten zum Ersten Weltkrieg interessierten sie nicht. Seit Wochen berichteten die britischen Medien über kaum etwas anderes. Die ganze Nation warf sich mit wahrer Wucht in eine Mischung aus

Trauer und Siegesfeier. Es war ein einziger patriotischer Gefühlsrausch, jeder schien demonstrieren zu wollen, wie ergriffen er war. Sie fand es ekelhaft.

Es dauerte eine Weile, bis sie endlich auf einen interessanteren Artikel stieß: *Verteidigungsministerium warnt vor Sexreisen nach Russland.*

Laut dem Artikel schien das britische Verteidigungsministerium seit einiger Zeit stark beunruhigt zu sein. Es wies alle seine Mitarbeiter an, unter keinen Umständen irgendwelche Kontakte mit attraktiven Frauen aus China und Russland aufzunehmen. Vor allem die chinesischen Nachrichtendienste hätten einen »unstillbaren Hunger auf jede Art von Informationen – politische, militärische, kommerzielle, wissenschaftliche und technische«. Ihr Konzept sei es, langfristig Freundschaften mit westlichen Geschäftsleuten und Amtsträgern aufzubauen. Laut dem Artikel spezialisierten sie sich nicht auf Agentenführung, sie schafften sich »Freunde«.

Zu diesem Zweck existiere, neben den professionellen chinesischen Nachrichtendienstlern, mittlerweile ein Heer von ganz normalen Chinesen, die Informationen weiterleiten würden. Diese ganz normalen Chinesen wären vor allem Studenten und Geschäftsleute. Sie würden langfristig an ihren westlichen Kontakten arbeiten, Interesse an China wecken, an seiner Kultur und seiner Geschichte, und wären, laut *Sunday Times*, »Könner auf dem Gebiet der Schmeichelei«. Hinter all dem Aufwand stünden klare Ziele.

Von besonderem Interesse für die Chinesen sei zurzeit der britische F-35-Kampfjet:

»Die Chinesen wollen nicht mehr einfach nur Technologien stehlen, sie wollen ein genaues Wissen über die Produktionsschritte in Erfahrung bringen. Das bedeutet einen schweren wirtschaftlichen Schaden für Großbritannien.«

Sie musste darüber lächeln. Es war wirklich nichts Neues, sie taten es doch alle seit Jahrzehnten – Chinesen, Russen, Amerikaner. Im Grunde war das Thema so alt wie der Beruf des Spions. Auch ihr großes Vorbild Kim Philby hatte damit zu tun gehabt. Zwei seiner Kollegen aus der Cambridgegruppe, John Cairncross und Donald Maclean, hatten zusammen mit anderen Agenten eines der wichtigsten Kriegsprojekte an die Russen weitergegeben, das Manhattan-Projekt, den Bau der Atombombe. Es war eines ihrer größten Verdienste gewesen, und die Sowjetunion war ihnen und ihren Mithelfern bis heute dankbar dafür.

Der Artikel erwähnte diesen berühmtesten Spionagefall natürlich nicht, aber er warnte auch vor russischer Spionage. Anders als die Chinesen würden die Russen altmodischere Methoden bevorzugen. Dem Artikel zufolge war die alte Honeytrap, die Sexfalle, jetzt wieder im Einsatz.

Als Beispiel wurde die Geschichte eines hochrangigen britischen Militärs angeführt. Auf einer Konferenz in St. Petersburg war er von einer »unglaublich attraktiven Blondine Anfang dreißig« angesprochen worden. Sie sei sehr sympathisch gewesen, habe über seine Witze gelacht – anscheinend passierte ihm das selten – und ihm von ihrem großen Hobby erzählt: dem Sammeln von Oldtimern. Zufälligerweise waren Oldtimer auch das Hobby dieses Militärs, der daraufhin misstrauisch wurde. Welche normale Frau interessierte sich schon für alte Autos?

Die Geschichte klang so dumm, sie hätte am liebsten die Zeitung zerrissen. So plump arbeiteten sie nicht. Natürlich schliefen die Kollegen immer noch mit Zielpersonen, aber die Anbahnung verlief um einiges subtiler. Darin waren sie immer noch unschlagbar.

29

23. Januar 2015
Professor Hunts Haus
Jubilee Avenue
Newnham

Die Journalisten hatten die Belagerung aufgegeben und ihre Zelte an interessanteren Krisenorten aufgeschlagen. Für Anne Winter war es daher kein Problem gewesen, unerkannt in Hunts Haus zu kommen.

»Wieso ist er ausgerechnet in deinem Collegezimmer ermordet worden, Hunt?«, fragte Anne.

»Weil es die beste Aussicht auf den Cam hat?«

»Das ist nicht witzig!«

»Was erwartest du von mir? Ich habe keine Ahnung, warum.«

Er würde ihr auf keinen Fall etwas von der Einladungskarte in Stefs Mülleimer erzählen. Wenn jede Frau, mit der er in Cambridge geschlafen hatte, ihm in den nächsten Wochen die Frage nach seinem Zimmer stellen würde, könnte es unangenehm werden. Vielleicht lag es daran, dass sie alle sein Collegezimmer sehr gut kannten. Er hatte sich dort oft mit seinen Freundinnen verabredet, und sie schienen ganz offensichtlich sentimentale Erinnerungen mit dem Ort zu verbinden. Diese Irrationalität erinnerte ihn an seine Exfrau, die es aus irgendeinem unerfindlichen

Grund besonders aufgeregt hatte, dass er sie irgendwann einmal auch im gemeinsamen Ehebett betrogen hatte. Er hatte das Gewese darum nie verstanden. War es nicht egal, *wo* es stattfand? War die Tat nicht entscheidender als der Ort? Aber Frauen dachten in diesem Punkt irrational. Der Ort schien ihnen heilig zu sein. An bestimmten Orten durfte man keinen Sex haben und natürlich auch keinen Toten finden. Es war lächerlich. Er versuchte Anne langsam auszuziehen, aber sie redete immer noch.

»Der Master sagt, du hast das Opfer gut gekannt.«

Der BH-Verschluss schien zu klemmen.

»Ja, natürlich habe ich Stef gekannt. Aber ›Master Denys‹ kannte ihn sehr viel besser. Nachdem man Stef aus der Uni warf, war Denys rührend um ihn bemüht.«

Anne half ihm mit dem Verschluss.

»Und was war falsch daran?«

»Du glaubst, Denys macht irgendetwas ohne einen Hintergedanken? Der Mann ist ein Opportunist.«

»Nur weil ihr politisch nicht einer Meinung seid …«

»Das hat nichts mit Politik zu tun. Denys hat in seinem Leben keine einzige politische Überzeugung gehabt. Als wir in den Siebzigerjahren alle hier studierten, war er anfangs auch bei unseren linken Treffen dabei, doch als der Wind sich drehte, wurde er stockkonservativ. Du findest Leute wie Denys immer dort, wo gerade die Mächtigen sind. In der Sowjetunion hätte er es sicher in das ZK geschafft.«

»Das ist lächerlich, Hunt.«

»Und der Grund, warum er Kontakt mit Stef hielt, war alles andere als altruistisch. Dein neuer Freund Denys wusste, wie begabt Stef war, mit oder ohne Studienabschluss. Er hat ihm später sogar geholfen, Regierungsaufträge zu bekommen. Wahrscheinlich hat er dafür einen netten Bonus eingesteckt.«

»Er ist nicht *mein neuer Freund,* und das klingt alles nach einer großen Verschwörungstheorie.«

Sie ging ihm mit diesem Überlegenheitsgetue mittlerweile stark auf die Nerven. Ihre Beziehung basierte nicht auf Reden. Jeden Tag mussten sie beide mit unzähligen Leuten reden – Studenten, Kollegen, den Leuten aus der Verwaltung. Sie hatten abgemacht, wenn sie zusammen waren, kein Reden. Nur Sex.

Er hatte sie fertig ausgezogen, und sie hörte endlich auf mit ihren Fragen. Da lag diese Frau vor ihm, trotz ihrer fünfundvierzig Jahre immer noch der Inbegriff einer englischen Rose mit alabasterfarbener Haut. Er liebte diesen Alabaster, niemand hatte eine Haut wie Anne.

Später fragte er sich, wie das hatte passieren können. Von einer Sekunde auf die andere. Ihre wunderschöne blasse Haut, die ihn sonst immer so erregte, hatte ihn plötzlich an diese gespenstischen Bilder der Präraffaeliten erinnert, an John Everett Millais' »Ophelia«, die weibliche Wasserleiche, und das wiederum hatte ihn an Stef erinnert, und dann hatte er nicht aufhören können, an Stefs Leiche zu denken, und seine Erektion war weg gewesen.

Anne war sehr verständnisvoll gewesen. Sie hatte gesagt, sie wäre sowieso nur vorbeigekommen, um ihn über die Unterredung mit Denys zu informieren. Natürlich hatte er geahnt, dass es bloß ein Mitleidsfick gewesen wäre, aber er hatte gedacht, ihre Motive seien ihm egal, Hauptsache Sex. Es hatte nicht gereicht. Er wollte gewollt werden, das hatte ihn immer erregt, dass Frauen ihn wollten, brauchten, gierig auf ihn waren. Er wollte kein Mitleid.

30

24. Januar 2015
Glisson Road
Cambridge

Zweimal war Wera bereits auf dem Weg zu Davids Haus gewesen und hatte es dann wieder aufgegeben. Sie wusste einfach nicht, was sie ihm sagen sollte. Am Ende schaffte sie es doch. Gegen sechs Uhr abends stand sie vor der Haustür in der Glisson Road. Es war jetzt ganz offiziell ein Trauerhaus geworden. Falls es überhaupt möglich war, schien es eine noch stärkere Düsterheit auszustrahlen als zuvor.

David machte ihr auf, er war wieder im Bademantel wie damals bei der Weihnachtsparty. Aber dieses Mal rannte er nicht nach oben, um sich umzuziehen. Er ging wortlos ins Wohnzimmer und setzte sich auf eines der braunen Sofas.

Wera fragte sich, ob er seit dem Tod seines Vaters die ganze Zeit hier gesessen hatte, im Bademantel. Zumindest musste ihm jemand Essen gebracht haben, überall standen Teller mit Essensresten und leere Gläser herum. Sie setzte sich neben ihn auf das Sofa und schwieg. Es war kein unangenehmes Schweigen, es war immer gut, in seiner Nähe zu sein, selbst jetzt. Nach einer Weile nahm sie seine Hand. Sie hatte erwartet, dass er sie kurz drücken und dann loslassen würde, aber stattdessen umklammerte er sie immer fester. Danach ging alles sehr schnell. Er griff, umschlang, klammerte sich an ihren ganzen Körper, und sie war so überrascht davon, dass sie keinen Widerstand leistete. Es war kalt im Wohnzimmer, aber sie versuchte, nicht an die Kälte zu denken, als sie sich in seiner Umklammerung so gut sie konnte auszog. Sie wusste nicht, ob er mit ihr schlief, weil er verzweifelt war, weil er am Leben sein wollte oder weil er sie begehrte. Aber sie wusste, dass sie ihn vor etwas bewahrt hatte.

31

26. Januar 2015
John-Lewis-Kaufhaus
Cambridge

Jenny nahm Beruhigungsmittel, aber sie halfen nichts. Da war diese unbeschreibliche Wut in ihr. Warum hatte ausgerechnet sie diese Scheißkrankheit bekommen? Warum nicht ihre Nachbarin, eine Kollegin oder Georgina?

Sie hatte immer gesund gelebt, nicht geraucht, sogar das Trinken hatte sie vor langer Zeit aufgegeben. Unzählige Reformhäuser hatten seit Jahrzehnten an ihr verdient. Und jetzt das. Sie war dafür nicht bereit. Sie hatte andere Dinge zu tun, als sich um den Verfall ihres Körpers zu kümmern. Er interessierte sie nicht mehr, er hatte sie im Stich gelassen, nein, schlimmer, er hatte sich gegen sie entschieden und angefangen, sie sukzessive zu zersetzen. Bis dahin hatte sie sich immer auf diesen runden, festen Körper verlassen können. Kompakt und voll funktionsfähig. Sie hatte nie wie andere Frauen unter ihrem Körper gelitten, nicht einmal als Achtzehnjährige. Sie kannte nicht den Reigen aus makabren Diäten, Bulimie, Anorexie, all das war ihr immer fremd gewesen. Ihr Körper hatte ihr Lust verschafft, und nicht nur ihr. Es gab einige Männer, denen sie gezeigt hatte, was man mit diesem Körper machen konnte. Und jetzt war er abgetrennt worden von ihr, abgetrennt von ihrem Kopf. Sie kannte ihn nicht mehr. Er war innerhalb von vier Monaten hager geworden, ohne dass sie irgendetwas dafür getan hatte. Keine Diät, keine Pillen, nichts. Fünfzehn Kilo waren verschwunden, und sie sah plötzlich Knochen an Stellen hervorschießen, wo sie keine vermutet hätte. Überall spürte sie jetzt diese Knochen. In ihrer Familie war man nicht knochig. Man war füllig und stark bis zuletzt. Man hatte keinen Krebs. Das war sie nicht, dieser neue Körper. Nichts passte ihr mehr. Alles hing jetzt an ihr herunter, ihre Hosen und Röcke waren zu weit, in ihren Pullovern verschwand sie fast. Die schlabbrig gewordenen Kleider ließen sie noch dünner und verletzlicher wirken, und sie wollte auf keinen Fall verletzlich aussehen. Sie hatte sich lange dagegen gewehrt, mit Georgina zum Kleidereinkauf zu gehen, aber jetzt war es nicht mehr zu vermeiden. Es kam ihr wie eine unbeschreibliche Niederlage vor. Solange sie noch gesund gewesen war, hätte sie einem »Einkaufsbummel«, wie Georgina es nannte, nie zugestimmt. Georgina war die Inkarnation von Spießigkeit, die biederste Frau, die man sich vorstellen konnte. Eine Frau, die immer noch Twinsets mit Perlenkette trug und ihre blütenweiße Unterwäsche bei Marks & Spencer kaufte. Diese Frau hatte den Geschmack der 1950er-Jahre verinnerlicht. Anders als in der Fernsehserie »Mad Men« trug sie ihre Retro-Kleidung jedoch ohne Ironie und in der festen Überzeugung, dass sie ihr stand. Jenny hatte Georgina noch nie in einer Hose gesehen, schon gar nicht in einer Jeans. Und jetzt musste Jenny mit ihr in diesem spießigen John-Lewis-Kaufhaus Kleider einkaufen gehen, weil sie zu schwach war, um sich in die trendigen Läden nach London zu schleppen. Selbst ein Einkauf in Cambridge strengte sie mittlerweile an; die überfüllten Geschäfte, die desinteressierten Verkäuferinnen und die kalten Umkleidekabinen machten ihr Angst. Sie fragte sich, ob es in dieser Stadt wirklich keine besseren Läden gab als die Damenabteilung der John-Lewis-Filiale. Das gesamte Sortiment schien nur aus Braun und Lila zu bestehen. War das jetzt ihr Schicksal, Braun anzuziehen? War sie so tief gesunken?

Noch schlimmer als die Kleider war Georginas forsche Fröhlichkeit. Die Frau gehörte wirklich nicht zu der sentimentalen Sorte. Jenny wollte kein Mitleid von anderen, sie hatte genug Mitleid mit sich selbst. Aber Georgina schien so zu tun, als wäre Krebs nur eine kleine Erkältung. Sie kannte natürlich nicht diese Angst, die vor allem nachts kam, wenn niemand da war, der einen ablenken konnte. Wenn man allein im Bett lag und am liebsten schreien würde vor lauter Angst. Was man natürlich nicht tat, weil es einem noch mehr Angst machen würde.

»Glaubst du, er war's?« Georgina reichte ihr gerade eine besonders scheußliche Bluse zur Ansicht.

»Wer war was?«, fragte Jenny irritiert.

»Hunt. Hat er Stef umgebracht? Du weißt doch am besten, wie jähzornig er werden kann.«

»Das ist lächerlich, Georgina. Er ist nie in seinem Leben gewalttätig geworden.«

»Im Alter verstärken sich die Charaktereigenschaften von Menschen. Selten zum Besseren.«

Jenny konnte es nicht fassen, in welch einem beiläufigen Plauderton Georgina über die Sache sprach.

»Und was wäre sein Motiv?«

»Die alten Rivalitäten. Was hältst du von dieser Bluse? Du magst doch Grün.«

Jenny fragte sich manchmal, warum sie mit einer Frau wie Georgina seit über vierzig Jahren befreundet war. Nicht nur, wenn es um Kleidung ging, trennten sie Welten. Wenn Jenny ehrlich mit sich war, dann musste sie zugeben, dass sie Georgina vor allem deswegen zu ihrer Freundin gemacht hatte, weil sie sich ihr überlegen fühlte. Sie würde nie vergessen, wie sie damals in ihrer ersten Woche als Studentin die junge, verängstigte Georgina in der Collegebar getroffen hatte. Ein pummeliges achtzehnjähriges Mädchen, das seinen Hund vermisste und von den Pferden zu Hause erzählte. Georgina war so entsetzlich unsicher gewesen, dass Jenny ihre eigenen Ängste sofort vergessen konnte. Sie hatte Georgina adoptiert wie einen jungen verlorenen Welpen. Sie hatte sie mitgenommen zu politischen Diskussionsabenden und Rockkonzerten, auf denen sie Pot geraucht hatten. Georgina war ihr Projekt gewesen, aber am Ende war das Projekt gescheitert.

Ausgerechnet Denys hatte sich Georgina als Ehemann ausgesucht, einen blassen Jurastudenten, der bis dahin nie jemandem ernsthaft aufgefallen war. Denys hatte etwas Asexuelles an sich, und man konnte sich nicht vorstellen, dass er jemals irgendjemanden freiwillig berührt hätte. Aber Georgina schien genau das gesucht zu haben, sie hatte fast eine Aversion gegen Sex. Einmal – Jenny konnte sich gut daran erinnern, es musste 1971 gewesen sein – war Georgina während einer Collegeparty in eines der Badezimmer gekommen, in dem sie mit Hunt gerade etwas ausprobiert hatte. Es war Hunts Experimentierphase gewesen, und die Stellung, in der sie sich befanden, hatte Georgina so schockiert, dass sie schreiend weggerannt war. Hunt fand das damals unwahrscheinlich komisch, und es war zwischen ihnen zu einem Insider-Witz geworden: Hast du Lust auf die Georgina-Nummer?

Vierzig Jahre später lagen die Dinge anders. Die brave

Georgina, die immer den sicheren Weg gewählt hatte, war dafür belohnt worden. Sie hatte sich nie verausgabt, weder körperlich noch seelisch. Jetzt war sie die Gesunde, die nicht mit Krebs bestraft wurde. Jenny ahnte, dass Georgina sie um viele Jahre überleben würde. Bis ins hohe Alter würde diese Frau umringt sein von Blumen, Landschaftsbildern, ihren Hunden und ihrem treuen Ehemann (der im Grunde kaum von den Hunden zu unterscheiden war). Auch Hunt könnte alt werden. Es war ein Fehler gewesen, ihm von ihrer Krankheit zu erzählen. Seine Hände hatten angefangen zu zittern, und das hatte sie in Panik versetzt. Es war wie eine Bestätigung, dass sie wirklich sterben würde. Natürlich wusste sie das, die Ärzte waren heutzutage schonungslos offen, aber wenn es Hunt jetzt auch wusste, dann war es Realität, und es gab kein Entkommen mehr. Was für ein Fehler, eine echte Schwäche nach all den Jahren der Stärke. Sie hatte ihm nie gezeigt, wie hart es gewesen war, ihn zu verlieren. Die Siebzigerjahre waren eine schlechte Zeit für Beziehungen gewesen. Dem allgemeinen Konsens folgend, lebte man promiskuitiv. Sie hatte einfach keine Chance gehabt, ihn zu halten.

Wenn sie sich jetzt nicht so schlecht fühlen würde, dann hätte sie gerne noch einmal mit ihm geschlafen. Es wäre eine Art Abschluss gewesen, aber ihr verhasster Körper hatte sie mittlerweile zu einem asexuellen Wesen gemacht. Nur nachts, da war sie frei von diesem kaputten Körper und träumte von nichts anderem.

Kurz nachdem sie es Hunt gesagt hatte, in der Nacht nach Stefs Tod, hatte sie diese verschreckten Augen bekommen. Bambiaugen. Sie schaute in die Spiegel der neonbeleuchteten Umkleidekabine. Da war er wieder, dieser neue Gesichtsausdruck, ein Ausdruck, den sie an sich nicht kannte. Sie war nie verschreckt gewesen. Verzweifelt und unglücklich, ja, aber nie verschreckt. Jetzt sah sie diese großen Bambiaugen, und sie machten ihr noch mehr Angst. Die Umkleidekabine war voll davon. Sie musste jetzt sofort hier raus. Sie überlegte, ob sie etwas erfinden sollte, um diesen Kleiderkauf zu beenden, plötzliche Übelkeit oder etwas in der Art, aber Georgina würde ihr kein Wort glauben. Sie kannten sich schon zu lange. Sie würde sie zwingen, weiter nach scheußlichen Kleidern zu suchen. Es war einfacher, irgendwas zu kaufen, am besten die furchtbare grüne Bluse, um endlich hier rauszukommen. Jenny raffte ein paar Kleider zusammen und trat aus der Umkleidekabine. Sie hatte nicht mehr viel Zeit.

32

27. Januar 2015
Professor Hunts Collegeräume
New College
Cambridge

Es war schwer für Hunt, wieder sein College zu betreten. Er wollte auf keinen Fall dem Master oder Georgina in die Arme laufen. Er konnte sich vorstellen, wie die beiden sich in den letzten Tagen an der ganzen Sache ergötzt hatten. Ohne Zweifel war er jetzt zum wichtigsten Thema bei ihren Abendeinladungen geworden – jedes Detail über den langen Aufstieg und schnellen Fall von Professor Hunt wurde begierigen Zuhörern bei Aperitif, Hauptgang und Dessert serviert. Endlich hatte er Georgina die Geschichte geliefert, auf die sie schon so lange gewartet hatte.

Als Hunt am Eingang Robert, den diensthabenden Pförtner von New College, stehen sah, fühlte er sich etwas besser. New College hatte fünf Pförtner, die abwechselnd Dienst taten, und Robert war sein Lieblingspförtner. Wenn Hunt genauer darüber nachdachte, waren die Pförtner die einzig normalen Menschen in diesem College. Anders als seine Kollegen dachten sie nicht Tag und Nacht über ihren Status und ihre Publikationsliste nach, sondern sorgten sich um relativ normale Dinge, wie Benzinpreiserhöhungen oder Parkplatzprobleme.

Es hatte etwas Beruhigendes, Robert jetzt hier zu sehen. Hunt wusste instinktiv, dass seine Anteilnahme echt war.

»Keine gute Woche, Professor Hunt.«

»Ich habe bessere erlebt.«

»Ihr Zimmer haben wir aufgeräumt. Die Polizei hat eine Menge Dreck gemacht.«

Robert sprach von Polizisten immer mit einer gewissen Herablassung. Wie die meisten Collegepförtner war er früher bei der Armee gewesen und blickte auf Streifenpolizisten mit Verachtung herab.

»Sie haben uns alle befragt.«

»Das tut mir leid«, meinte Hunt.

»Reine Routine, nehme ich an. Aber wenn Sie mich fragen, waren das nicht die Hellsten. Erst die zweite Truppe, die kam, wollte mehr wissen.«

»Die zweite Truppe?«, fragte Hunt.

»MI5. Mit denen hatte ich zu Armeezeiten mal zu tun. Die sind nicht zu unterschätzen.«

Hunt nickte. Wenn der MI5 Leute wie Jenny einstellte, dann war man vor nichts mehr sicher. Er nahm die Post aus seinem Fach und stieg die steile Treppe zu seinem Collegezimmer hinauf. Es roch nach Putzmitteln, und er versuchte, nicht an Stef zu denken.

Er fing an, seine Post durchzusehen. Wera hatte ihm das erste Kapitel ihrer Kim-Philby-Recherchen geschickt. Er hoffte, die Lektüre könnte ihn für kurze Zeit ablenken.

Kim Philby
Erster Zwischenbericht für Professor Hunt

Kim Philby gehörte nicht zu den Leuten, die später sentimentale Erinnerungen an ihre Studentenzeit mit sich herumtrugen. Im Gegenteil. Cambridge war ihm fremd geblieben. Es war die Stadt seines Vaters: Jack Philby hatte in Cambridge studiert, und Kim musste seinem Beispiel folgen. Er gehorchte, so wie er es bisher immer getan hatte. Es war das letzte Mal, dass er auf seinen Vater hören würde. Während der drei Jahre in Cambridge zeigte Kim kein außerordentliches Interesse an seinem Studium, und seine Abschlussnoten waren dementsprechend durchschnittlich. Er hatte anderes zu tun, als sich auf sein Examen vorzubereiten, er wollte die Welt verändern. Während die Mehrheit seiner wohlhabenden Mitstudenten sich in Ruderclubs oder bei Festen amüsierte, schloss sich Kim einer anderen, sehr viel kleineren Gruppierung an. Sie bestand aus einer Handvoll idealistischer Studenten, die angeekelt waren von der Ungerechtigkeit der britischen Gesellschaft und der Armut um sie herum. Gemeinsam mit seinem Freund Guy Burgess erlebte Kim die *Hungermärsche*, einen nicht enden wollenden Zug von Arbeitslosen, der durch Cambridge marschierte. Die meisten dieser arbeitslosen Männer kamen aus dem Norden, ihre verhärmten, fast schon kadaverösen Gesichter sagten alles. Beim Anblick dieser Gesichter erschien es Philby und Burgess obszön, ihre Zeit mit Partys zu vergeuden. Sie wollten soziale Gerechtigkeit.

Aber als Philby sich um eine Mitgliedskarte bei der Kommunistischen Partei bewarb, bekam er sie nicht. Die Genossen hatten eine bessere Idee. Nützlicher wäre ein junger, privilegierter Mann wie Philby, wenn er inoffiziell für die Partei arbeiten würde. Um seine Tauglichkeit zu testen, schickten sie ihn 1934 auf eine erste geheime Mission nach Wien.
Es existieren zwei Versionen, warum es ausgerechnet Wien sein musste. In der offiziellen Version, die Kim damals seiner Familie erzählte, wollte er nach Wien zur Verbesserung »seiner Deutschkenntnisse«, damit er sich auf die diplomatische Laufbahn vorbereiten konnte. Sein Vater war von der Idee begeistert. Er hatte die ehrgeizigsten Pläne für Kim und sah ihn bereits als Botschafter. Für den alten Philby war Wien eine besonders gute Wahl, weil er dort Kontakte hatte, die hilfreich für seinen Sohn sein konnten. Aber Kim war nicht an den Geschäftskontakten seines Vaters interessiert, und er wusste auch schon genau, was er in Wien tun würde. Sein inoffizieller Reisegrund war sich als Untergrundkämpfer zu beweisen. Die Partei wiederum sorgte dafür, dass dieser junge, unerfahrene Mann bei der Beweisführung nicht ganz auf sich gestellt war. Sie gaben ihm eine kluge Frau an die Seite, eine Mischung aus Aufpasserin und Lehrerin. Sie war darüber hinaus auch noch jung und attraktiv: die Wienerin Alice Friedmann.
Über Alice, genannt Litzi, gibt es eine Vielzahl von Geschichten. Die meisten sind falsch. Zu diesem Schluss kommt die Schriftstellerin Barbara Honigmann. Obwohl Honigmann lange nach dem Krieg geboren wurde und Philby nie traf, lebte sie doch nah an der entscheidenden Quelle. Als Litzis Tochter versuchte sie, die Geschichte ihrer Mutter zumindest ansatzweise zu rekonstruieren. Honigmanns Version der Litzi-Geschichte ist daher sicherlich die authentischste, nicht nur wegen des literarischen Niveaus ihres Buches,

sondern vor allem, weil es ihr gelingt, etwas Licht in das Chaos der Versionen zu bringen. Das ist umso erstaunlicher, da Honigmann keine Historikerin ist und ihre Hauptquelle, das heißt ihre Mutter, sich alles andere als kooperativ zeigte.
Sie erzählte wenig. Bis zuletzt spielte Litzi Kohlmann-Friedmann-Philby-Honigmann mit den Wahrheiten, ganz so wie ihr Exehemann Kim Philby. In diesem Punkt bildeten Litzi und Kim eine verschworene Gemeinschaft.
Litzi wurde am 2. Mai 1910 geboren und war damit zwei Jahre älter als Kim Philby. Jahrzehnte später, nach ihrem Umzug in die DDR, änderte sie ihr Geburtsdatum zum 1. Mai. Am Tag der Arbeit geboren zu sein hatte einfach eine größere politische Symbolik; nebenbei erleichterte es die Partyorganisation. Litzi liebte Partys, und ihre Geburtstagsparty schloss sich jedes Jahr nahtlos an die staatlich organisierte Maiparade an. Über diese Art von Frivolität wären Litzis Eltern wahrscheinlich entsetzt gewesen. Laut Honigmann stammte Litzi aus einer unauffälligen ungarisch-jüdischen Familie, die sich in Wien niedergelassen hatte. Litzi emanzipierte sich früh von diesem kleinbürgerlichen Leben. Sie war auf der Suche nach einer Mission. Zuerst suchte sie diese Mission im Zionismus. Sie heiratete einen Zionisten namens Friedmann, wandte sich jedoch kurz darauf vom Zionismus (und Friedmann) ab und dem Kommunismus zu. Anfangs war sie so unerfahren in illegaler Arbeit, dass sie vorübergehend in Untersuchungshaft landete. Aber sie lernte schnell. Als Kim Philby 1934 vor ihrer Tür stand, war sie erst dreiundzwanzig Jahre alt, aber durchaus lebenserfahren. Sie arbeitete zu diesem Zeitpunkt als Herbergsmutter für die Rote Hilfe. In ihrer Wiener Dreizimmerwohnung in der Latschkagasse 9 versteckte sie politische Flüchtlinge vor der Polizei. Es überrascht nicht, dass Kim Philby sich in dieses aufregende Leben und die

Wohnungsinhaberin verliebte. Aber, und darauf bestand Litzi in den Gesprächen mit ihrer Tochter später immer wieder, sie habe Kim Philby nicht zum Kommunisten gemacht, das war er schon lange vor Wien. Und was noch wichtiger war, sie habe ihn nicht für den Nachrichtendienst rekrutiert, das hätten andere erledigt. In beiden Punkten sagte sie die Wahrheit. Trotzdem wurde sie Jahrzehnte später in all den Büchern, Fernseh- und Radiosendungen über Kim Philby immer wieder als eine Mata-Hari-Figur porträtiert. Sie allein sei die erotomanische Frau gewesen, die den unschuldigen Engländer in die sexuelle und politische Abhängigkeit geführt habe. Den Autoren dieser Version war vielleicht nicht bewusst, dass sie hier das alte Naziklischee von der geilen Jüdin bedienten, die sexbesessen einen unschuldigen Arier in ihr Bett zog. So unschuldig war Philby jedoch nie gewesen. Als Produkt der elitären Jungenschule, Westminster, hatte er seine ersten sexuellen Erfahrungen bereits mit Jungen gemacht. Philbys Biograf Phillip Knightley beschreibt, dass in Westminster Homosexualität üblich war, und kommt zu dem Schluss: »Philby wurde gefickt, und er fickte zurück.« Knightley glaubte, dass Philby dabei keine schweren Schäden davongetragen habe. Trotzdem scheint es aus heutiger Sicht brutal, wie früh Philby mit Sex konfrontiert wurde: Er kam als Achtjähriger nach Westminster und verließ die Schule mit siebzehn. Sein Vater hatte dieselbe Schule besucht. Wusste er, was dort vor sich ging? Hatte er die gleichen Erfahrungen gemacht? Hatte er seinen Sohn trotzdem nach Westminster geschickt und ihn damit bewusst diesem Missbrauch ausgesetzt? War das Teil des Abhärtungsprogramms? Kim Philby zog auf jeden Fall seine eigenen Schlüsse daraus. Er lernte, sexuell benutzt zu werden, und er lernte, Sex zu benutzen. Er würde auch später, lange nachdem er seiner

Schule entkommen war, nicht unbedingt mit Leuten schlafen, die er mochte. Nur Litzi schien eine Ausnahme gewesen zu sein. Sie war seine erste und vielleicht einzige sentimentale Liebe. Im Moskauer Exil erinnerte er sich daran, was für ein Erlebnis es damals gewesen war, als er und Litzi sich das erste Mal im Schnee geliebt hatten. Aber Litzi Friedmann verschaffte dem jungen Kim Philby nicht nur romantische Höhepunkte. Da Litzi konspirativ arbeitete, begleitete er sie bei ihren nächtlichen Aktionen. Für einen jungen Mann, der bisher nur ein stark reglementiertes Leben kannte, muss es befreiend gewesen sein, alle Regeln hinter sich zu lassen. Vor allem bewunderte er Litzis Courage. Sie war das Gegenteil der weltfremden Oberschichtmädchen, mit denen er bisher zu tun gehabt hatte. Litzi setzte ihr Leben bei Zusammenstößen mit der Polizei aufs Spiel, sie war ständig in Schwierigkeiten und immer wieder kurz vor der Verhaftung. Sie führte ein gefährliches und aufregendes Leben. Philby wollte es mit ihr teilen. Im Februar 1934 erlebten sie gemeinsam die blutigen Zusammenstöße zwischen den Sozialdemokraten und den Austrofaschisten, bei denen eintausendsechshundert Menschen starben. Philby und Litzi taten alles, um ihren Freunden zu helfen. Am besten dokumentiert ist die Geschichte, wie Philby während der Straßenkämpfe bei einem britischen Journalisten in Wien auftauchte und dessen Kleiderschrank leer räumte. Er brauchte die Anzüge für Kämpfer, die sich vor der Polizei verstecken mussten. Es war eine noble Geste, aber natürlich musste Philby sich nie der gleichen Gefahr aussetzen wie Litzi und ihre kommunistischen Freunde. Sie waren Österreicher, die nur schwer eine Einreisegenehmigung in ein anderes Land erhalten hätten, während Philby einen britischen Pass besaß, der ihn schützte. Er war sich dieses Privilegs bewusst und nutzte es.

Als Litzi wieder einmal vor der Verhaftung stand, heiratete er sie und brachte sie außer Landes. Doch als die frisch verheirateten Philbys im Mai 1934 in London eintrafen, fiel der Empfang dürftig aus.
Philbys Mutter war von der Heirat alles andere als begeistert. Ihr Sohn brachte eine mittellose Ausländerin nach Hause, die alles andere als unschuldig wirkte. In einem Brief an ihren Mann beschrieb sie die Braut als »hart und dominant«.
Besonders belastend war Litzis Herkunft. In der britischen Gesellschaft galt eine jüdische Ehefrau, wenn sie nicht Rothschild oder Montefiore hieß, als Makel. Eine kommunistische Jüdin wie Litzi zu heiraten war noch schlimmer, der komplette gesellschaftliche Selbstmord.
Die Ablehnung der Schwiegermutter stellte nicht das einzige Problem dar. Das Paar hatte kein Geld und hauste in einem Zimmer im damals noch preiswerten Londoner Stadtteil Hampstead, später fanden sie eine noch billigere Unterkunft in Maida Vale. Heute sind diese Gegenden hoch gefragt und teuer, damals galten sie als wenig attraktiv. Litzi erzählte ihrer Tochter lange nach dem Krieg, dass Kim immer wieder aus der Wohnung floh, um mit seinen Freunden Guy Burgess und Donald Maclean aufs Land zu fahren.

Hunt legte das Kapitel zur Seite, um sich einen Tee zu kochen. Litzi erinnerte ihn an Jenny, ein Kämpferinnentyp, der immer in irgendwelche Schwierigkeiten geriet. Zumindest hatte er Jenny bis vor ein paar Tagen für so einen Typ gehalten. Dass sie für den MI5 arbeitete, konnte er immer noch nicht begreifen. Es war genauso verrückt wie die Geschichte mit Stef. Wenn er darüber nachdachte, dann gab es zumindest eine Parallele zu der Philby-Geschichte. In den Siebzigerjahren hatten auch sie als idealistische

Weltverbesserer angefangen, wie die Cambridge Fünf. Die Frage war jetzt allerdings, was aus ihnen geworden war. Er beschloss, Weras Text weiterzulesen.

Die Aufgabe, die Arnold Deutsch Philby 1934 gestellt hatte, lautete, so viele »Freunde« wie möglich zu rekrutieren. Gemeinsam arbeiteten sie an der Erschaffung einer Gruppe von Agenten – der Cambridge Fünf. Der Name erinnert an einen Abenteuerroman für Jugendliche – die »fabelhaften Fünf«. Fünf Freunde, die sich Anfang der 1930er-Jahre trafen, allesamt Idealisten, die für eine gerechtere Welt kämpfen wollten und am Ende zu den berühmtesten Spionen des zwanzigsten Jahrhunderts wurden.
Bis heute gibt es jedoch in dieser Abenteuergeschichte viele Lücken und Widersprüche, die nur teilweise entschlüsselt worden sind. Das liegt daran, dass der sowjetische »Arbeitgeber« der Fünf nur selektiv Material freigegeben hat, und es liegt natürlich auch daran, dass die fünf selbst allen Grund hatten, nie die ganze Wahrheit zu erzählen. Es gibt in ihren wenigen Interviews und Memoiren viele verschiedene Versionen der Ereignisse und unzählige verwirrende Zeitangaben. Vernebelungstaktik blieb ihr zweites Naturell. Alle fünf inszenierten bis zum Schluss einen perfekten »Fog of War«, um den Gegner und die Öffentlichkeit zu verwirren, und natürlich auch, um ihre Mithelfer und ihre Arbeitsmethoden für sich zu behalten.
Es stellt sich daher zuerst einmal die Frage, ob es überhaupt eine Gruppe von nur fünf Leuten war. Je mehr Kämpfer man für die gemeinsame Sache gewinnt, umso besser. Philby lehnte eine Zahlenangabe immer ab. Das geschah nicht nur aus Eitelkeit. Er wusste natürlich, dass die eigentliche Gruppe aus sehr viel mehr Mitgliedern bestand und diese Bezeichnung

seinen anonymen Mitstreitern nicht gerecht wurde. Aber er schwieg über ihre Identität.

Tatsächlich versuchte er mit Arnold Deutsch auch eine Oxfordgruppe aufzubauen. Ein paar dieser Spione wurden zwar in den 1980er- und 1990er-Jahren enttarnt, doch die meisten sind bis heute unentdeckt geblieben. Sie starben unerkannt als brave Familienväter und Mütter. Dass man einige nicht enttarnte, lag wohl auch daran, dass ihre Arbeit unwichtig blieb. Sie hatten keine großen Karrieren gemacht, keine regierungsnahen Schlüsselpositionen erklommen und daher nie Zugang zu geheimen Unterlagen erhalten. Für Moskau waren sie eine Enttäuschung.

Die Cambridge Fünf hingegen schafften es – dank ihrer Intelligenz und ausgezeichneten Beziehungen – bis ganz nach oben. In ihrer über zwanzigjährigen Tätigkeit hatten sie Zugang zu den wichtigsten Staatsgeheimnissen Großbritanniens und der USA.

Auch wenn es verführerisch wäre, sie als eine enge Gruppe von Freunden zu porträtieren, kann das ebenfalls in die Irre führen. Die Dynamik innerhalb der Gruppe variierte. Einige Mitglieder standen einander näher als andere. Aber in einem Punkt folgten sie tatsächlich dem Motto der drei Musketiere »Einer für alle, alle für einen«: Sie halfen und – am Ende – retteten einander.

Was sie, trotz großer charakterlicher Unterschiede, immer zusammenhielt, war der Kampf für die gemeinsame Sache. Alles andere, persönliche Abneigungen und Affinitäten, ordneten sie dieser Sache unter.

Wer waren also Philbys Mitkämpfer für die gemeinsame Sache? Da war zuerst natürlich einmal sein bereits erwähnter Freund Guy Burgess. Burgess hatte das überbordende Selbstbewusstsein eines Mitglieds der britischen Oberschicht. Alles im Leben schien ihm leichtzufallen. Er war gut aussehend, er war witzig, er war klug. Er schrieb brillante Aufsätze, hatte unerschöpfliche Ideen und verführte seine Mitstudenten nicht nur mit seinem enormen Wissen, sondern auch mit überwältigendem Charme. Zu verführen sah er als seine entscheidende Lebensaufgabe an. Zuerst einmal natürlich die sexuelle Verführung – jeden Mann, den er attraktiv fand, musste er besitzen, ob der nun hetero- oder homosexuell war. Burgess hatte überraschend großen Erfolg damit, und obwohl er seine Eroberungen schnell wieder fallen ließ, nahm ihm das kaum einer übel. Man konnte »Guy« nicht lange böse sein. Aber er verführte nicht nur Männer. Sein Charme wirkte auch auf Frauen. Er musste dafür nicht unbedingt mit ihnen schlafen, sie wollten einfach nur in seiner Gesellschaft sein und seinen Aperçus lauschen. Eine halbe Stunde mit Guy, und sie fühlten sich leichter, schöner und klüger. Das galt nicht nur für die Damen und Herren der englischen Oberschicht – Guy Burgess begeisterte alle Schichten. Später würde man ganze Heerscharen von Putzfrauen, Hausmeistern und Sekretärinnen verhören, weil sie ihn gut gekannt hatten. Er hatte sich mit ihnen über ihre Probleme unterhalten, sie ernst genommen und bezaubert. Im Gegenzug erzählten sie ihm alles, was sie bei ihrer Arbeit gesehen und gehört hatten. Sie waren kein bezahltes »Agentennetz«, wie die Presse später vermutete, sondern Menschen, die genauso berauscht von ihm waren wie alle anderen auch. Niemand widerstand dem jungen Guy Burgess. Erst später, als er den Alkohol nicht mehr so gut vertrug, sollte sich das ändern. Burgess sah in seiner Jugend gut aus, aber schon damals beschrieb ihn ein Zeitgenosse als eine Art schwarzen Engel: Von der Ferne attraktiv, doch bei näherem Hinsehen bemerkte man die dunklen Zähne, die er selten putzte, die schwarzen Fingernägel und den Spermafleck auf der Hose.

Es ist bis heute nicht ganz klar, ob er mit zwei Mitgliedern der Cambridge Fünf ein Verhältnis hatte. Da war zuerst einmal der ebenfalls gut aussehende (und sehr viel hygienischere) Donald Maclean, ein unentschlossener Bisexueller. Ob er von Burgess nun verführt wurde oder nicht, ihre Beziehung blieb eng. Politische Aufklärungsarbeit brauchte Maclean auf keinen Fall von Burgess. Er war von Anfang an der rigideste Ideologe der Gruppe. An Großbritannien hasste er die Arbeitslosigkeit, die Niedriglöhne, die Militärausgaben, die Privatschulen, die Schundliteratur und vor allem »den Snobismus der Vororte«. Nach Donald Macleans Meinung war die westliche Gesellschaft am Ende und die britische Regierung semikriminell. Nur der Kommunismus bot noch einen Ausweg. Sein erklärter Traum war es, Dorfschullehrer für russische Kinder zu werden – ein Karrierewunsch, der sich nicht erfüllte. Stattdessen wurde Maclean einer der wichtigsten Spione des zwanzigsten Jahrhunderts.

Seine engste geistige und körperliche Beziehung hatte Burgess zu einem anderen Mitglied der Gruppe – Anthony Blunt. Beide waren Mitglieder bei den elitären Apostles und im Pitt Club. Ursprünglich wollte Blunt in Cambridge Mathematik studieren, aber er merkte schon bald, dass er dafür nicht gut genug war. Er wechselte zum Studiengang Moderne Sprachen und machte sich auf die Suche nach einer Lebensaufgabe.

Blunts fromme Eltern hatten ihr Leben der Armenhilfe gewidmet. Ihrem Sohn brachten sie früh bei, dass man Opfer für andere erbringen musste. Die Vorstellung, sozial Schwachen zu helfen, war sicher eines der besten Motive, die Blunt von seinen Eltern übernahm. Ihre Religion fand er jedoch erdrückend. Der Kommunismus hingegen versprach bessere Lebensbedingungen für die Armen ohne religiöse Fesseln. Blunt war von dieser Möglichkeit fasziniert, und seine

Liebesbeziehung zu Burgess verstärkte diese Faszination noch. 1935 reiste er sogar in die Sowjetunion, um sich anzusehen, wie erfolgreich das kommunistische Experiment verlaufen war. Später gab er zu Protokoll, diese Reise habe ihn völlig desillusioniert, doch in Wirklichkeit arbeitete er kurz darauf für Arnold Deutsch. Er wurde der Talentsucher für die Cambridgegruppe.

Das war möglich, weil Blunt schon sehr jung eine Forschungsstelle am Trinity College in Cambridge bekommen hatte.

Als Dozent konnte er diskret Studenten auf ihre politischen Überzeugungen hin testen und gegebenenfalls rekrutieren.

Der berühmteste seiner Rekruten wurde John Cairncross.

Die Presse nannte Cairncross später den fünften Mann, weil er 1990 als Letzter enttarnt wurde. Die Öffentlichkeit fand ihn jedoch alles andere als interessant. Nichts an Cairncross war glamourös. Er kam aus keiner berühmten Familie, so wie die anderen Mitglieder der Gruppe. Auf seinen Jugendfotos sah er aus wie ein Kleinkrimineller kurz nach der Verhaftung – er gehörte zu der Sorte von Männern, die erst mit zunehmendem Alter attraktiver werden. Schon seinen sowjetischen Führungsoffizier hatte es verwundert, dass ein Meisterspion wie Cairncross so schäbig angezogen war. Cairncross bügelte seine Hemden selten. Er hatte andere Prioritäten.

John Cairncross kam aus relativ bescheidenen Verhältnissen und war damit Lichtjahre von der unumstößlichen »Parkettsicherheit« seiner Mitstreiter entfernt. Aber er hatte eine Gemeinsamkeit mit ihnen – den brillanten Verstand.

Für Cairncross muss Cambridge ein Kulturschock gewesen sein. Über Nacht wurde er aus seinem spartanischen Elternhaus in das palastartige Trinity College katapultiert. Der Kontrast hätte kaum größer sein können. Zu Hause wurde von seiner Mutter niemals ein Stück Brot weggeworfen, und in den

Collegespeisesälen sah er, wie verwöhnte Studenten bei ihren legendären »Food fights« Brötchen als Geschosse einsetzten. Cairncross' Verachtung für seine Umgebung kam folglich nicht überraschend. Cambridge verwandelte ihn in einen überzeugten Kommunisten. Anthony Blunt wollte diese Wandlung für seine Zwecke nutzen.

Als John Cairncross das erste Mal in Blunts Collegeräumen auftauchte, passte er nicht in die elegante Umgebung, und der Ästhet Blunt konnte Cairncross' Kleidungsstil nur schwer ertragen. Zwischen den beiden herrschte Antipathie auf den ersten Blick, aber Blunt war klug genug zu erkennen, dass dieser Student Potenzial hatte. Cairncross trieben zwei Leidenschaften an – seine Liebe zur französischen Sprache und seine Begeisterung für den Sozialismus. Mit Leidenschaften kannte Blunt sich aus. Er sorgte dafür, dass Cairncross in die richtigen Hände geriet.

Wir wissen bis heute nicht, welche anderen Mitglieder damals noch von Arnold Deutsch rekrutiert wurden, aber 1936 waren auf jeden Fall Philby, Burgess, Maclean, Blunt und Cairncross zu einer Gruppe geworden.

Ihr Übergang vom Studenten zum erfolgreichen Agenten verlief jedoch alles andere als reibungslos. Das wichtigste Ziel der Cambridge Fünf musste es sein, ihre linke Vergangenheit vergessen zu machen. Leugnen war zwecklos, die gesellschaftlichen Kreise, in denen sie sich bewegten, waren eng gezogen.

Auch heute noch ist Cambridge ein Nest. Man kann in kein Restaurant, keinen Buchladen und keine Bäckerei gehen, ohne in jemanden hineinzulaufen, den man kennt. In den 1930er-Jahren war die Stadt noch kleiner, die Universitätskreise noch enger, die soziale Kontrolle noch stärker. Die Colleges hatten eine Handvoll Dozenten und wenige Studenten. Man kannte sich, und man kannte sich gut. Das war ein Problem für die Cambridge Fünf.

Als Kim Philby nach seinem Wiener Auslandsjahr in London auftauchte, traf er dort überall auf ehemalige Cambridgestudenten. Und sie erinnerten sich an ihn: Kim, das war der Sohn eines berühmt-berüchtigten Mannes, und er hatte sich während seines Studiums für die Kommunisten engagiert. Wer würde einen solchen Mann einstellen wollen?

Tatsächlich verbrachte Philby die nächsten Jahre damit, seine linke Vergangenheit in Vergessenheit geraten zu lassen. Und es gab viel zu vergessen. Nicht nur seine politischen Aktivitäten in Cambridge, sondern auch seine Heirat mit einer jüdischen Kommunistin. In seiner Autobiografie erklärt er mit knappen Worten, wie er versuchte, sich 1934 eine neue Identität aufzubauen:

»In wenigen Wochen hatte ich mich von allen meinen bisherigen politischen Freunden zurückgezogen, und ich begann, an Empfängen der deutschen Botschaft teilzunehmen. Ich trat der [Anglo-German Fellowship] bei und lief mir die Hacken ab bei dem vergeblichen Versuch, mit deutschen Geldmitteln eine Handelszeitung zu gründen, die gute Beziehungen zwischen Deutschland und England pflegen sollte. Trotz all meiner Bemühungen scheiterte dieses Unternehmen, weil eine andere Gruppe uns überrundete. Aber während der Verhandlungen fuhr ich mehrmals zu Besprechungen ins Propagandaministerium und zur Dienststelle Ribbentrop nach Berlin.«

Unter den alten Freunden, mit denen Philby keinen Kontakt mehr haben wollte, waren zwei Kohlegrubenarbeiter und sein wissenschaftlicher Betreuer in Cambridge Maurice Dobb, der ihn für die Kommunistische Partei begeistert hatte. Als die Kohlegrubenarbeiter ihn in London besuchen wollten, war

Philby »außer Haus«, und als Dobb Kontakt mit ihm suchte, war er telefonisch nicht mehr zu erreichen. Seine neue Begeisterung für Nazi-Deutschland sollte überzeugend aussehen. Und es funktionierte. Kims alte Freunde ließen ihm ausrichten, »es sei traurig zu sehen, in welch schlechte Gesellschaft er geraten sei«.

Philbys Frau Litzi fand es fast komisch, wie leicht sie alle zu täuschen waren. Zu ihrer Tochter sagte sie später: »Die Engländer waren ja so naiv, so naiv!«

Naivität konnte man Litzi nie vorwerfen. Sie akzeptierte sogar, dass sie Teil von Philbys Säuberungsaktion wurde. Arnold Deutsch hatte beschlossen, dass Philby sich eine britische Bilderbuchkarriere aufbauen müsse, um für die Sowjetunion nützlich zu werden. Eine zukünftige Stütze des Establishments war jedoch nicht mit einer Kommunistin wie Litzi verheiratet. Aus diesem Grund musste sie »entsorgt« werden. Offiziell lebten die beiden seit 1937 nicht mehr zusammen. Tatsächlich arbeitete Philby weiter mit Litzi und gab ihr uneingeschränkten Zugang zu seinem Bankkonto.

Obwohl Philby sein Privatleben neu ordnete, war sein Berufsleben noch lange nicht erfolgreich. Gemeinsam mit Arnold Deutsch entwickelte er unzählige Pläne, wie man am besten in die Nähe von politischen Entscheidungsträgern gelangen könnte. Seine große Hoffnung war, im Foreign Office angenommen zu werden, doch dieser Versuch scheiterte kläglich. Sein ehemaliger Cambridgebetreuer Dennis Robertson weigerte sich, ihm ein Empfehlungsschreiben auszustellen. Er glaubte Philby seine politische »Konvertierung« nicht und hielt ihn für einen Fanatiker. Damit zeigte er eine größere psychologische Kennerschaft, als es zahllose MI5- und MI6-Beamte in den folgenden Jahren tun würden.

Ohne das Empfehlungsschreiben von Robertson war eine

Aufnahme im Foreign Office jedoch unmöglich. Philby schlug sich daher erst einmal als Journalist für kleinere Zeitungen durch und wartete auf seine Chance.
Ähnlich erging es anfangs auch den anderen Mitgliedern der Cambridgegruppe. Sie hatten alle eine gute Ausbildung vorzuweisen, und trotzdem fiel es ihnen nicht leicht, beruflich Fuß zu fassen. Die Dreißigerjahre waren eine Zeit der wirtschaftlichen Depression, und selbst Mitglieder der oberen Mittelschicht mussten sehr viel härter um die wenigen guten Positionen kämpfen, als sie es erwartet hatten. Darüber hinaus hatten Maclean, Burgess und Blunt auch noch das Problem, von ihrer linken Vergangenheit verfolgt zu werden. Genau wie Philby waren sie in Cambridge aufgefallen. Viele ihrer Kommilitonen erinnerten sich an ihre Mitgliedschaft im kommunistischen Studentenverband und natürlich an ihre leidenschaftlichen politischen Reden.
Da Guy Burgess Extreme liebte, ging er auf die bewährt extreme Art vor, um seine linke Vergangenheit vergessen zu machen. Er behauptete, er habe eine Art religiöses Saulus-Paulus-Erweckungserlebnis gehabt. Über Nacht sei er plötzlich eines Besseren belehrt worden und habe seinen kommunistischen Neigungen für immer abgeschworen. Er bezeichnete sich jetzt als rechts außen. Seinen Sinneswandel demonstrierte er überdeutlich, indem er – nach längerer Jobsuche – der persönliche Assistent des Politikers Jack Macnamara wurde. Macnamara gehörte zum äußersten rechten Rand der Konservativen Partei und unternahm gerne »Forschungsreisen« nach Nazi-Deutschland. Burgess spielte von nun an den perfekten Reisebegleiter. Beide teilten eine Leidenschaft für hübsche Hitlerjungen und erforschten auch auf diese Weise intensiv das Dritte Reich. Burgess hatte viel Spaß an diesem Doppelspiel und lernte dank Macnamara nicht

nur deutsche Nazis, sondern auch viele britische Hitlersympathisanten kennen. Er war bald so eifrig mit seiner Nazi-Metamorphose beschäftigt, dass er von seinen sowjetischen Auftraggebern zurückgerufen werden musste.
Während Philby und Burgess sich in Nazi-Sympathisanten verwandelten, hatte Cairncross andere Probleme. Er war ein gesellschaftlicher Niemand, an dessen Studentenzeit sich keiner erinnerte. Das hatte Vor- und Nachteile. Der Vorteil war, er wurde lange Zeit von den Sicherheitsbehörden übersehen. Der Nachteil war, dass das Establishment einem gesellschaftlichen Niemand keinen wichtigen Posten anvertrauen wollte. Es war daher nicht überraschend, dass Cairncross nach seinem Einserexamen keinen Erfolg in seiner ersten Stelle hatte.
In einer klassenbesessenen Gesellschaft wie der britischen grenzte es an Masochismus, dass Cairncross ausgerechnet versuchte, in die snobistischste Bastion der Oberschicht einzudringen – das Foreign Office. Er folgte damit einem Auftrag aus Moskau, wo man nur wenig Ahnung von den Feinheiten der britischen Gesellschaft hatte. Das Ergebnis war vorhersehbar.
Im Foreign Office wurde Cairncross demonstrativ von seinen Kollegen geschnitten. Sein heimlicher Mitstreiter Donald Maclean, der problemlos dort als Diplomat avancierte, hielt das für normal. Er erklärte es mit dem atemberaubend arroganten Satz: »Cairncross passte nicht.«
Es war eine gekonnte Untertreibung. Obwohl er das britische Klassensystem verabscheute, konnte der erfolgreiche Diplomat Maclean in solchen Momenten seine eigene Überlegenheit nur schwer unterdrücken. Er stammte schließlich aus einer englischen Oberschichtfamilie (deren Respektabilität er später restlos zerstören würde) und passte immer.
Maclean war in den Dreißigerjahren am problemlosesten

innerhalb der englischen Gesellschaft aufgestiegen. Seine einflussreichen Verwandten hatten ihm geholfen, wo sie nur konnten.

Hunts Tee war mittlerweile kalt geworden. Es überraschte ihn, wie gut Wera die soziale Kontrolle in den Dreißigerjahren beschrieben hatte. Vor allem Kim Philbys Studentenzeit musste klaustrophobische Züge gehabt haben. Cambridge war tatsächlich auch heute noch ein Kaff – jeder kannte hier jeden –, langfristig konnte man einander nicht entkommen. Hunt ahnte, dass das in Zukunft auch sein Hauptproblem sein würde. Alle hier würden ihn nach der Sache mit Stef meiden. Gestern, als er im Co-op einkaufen gewesen war, hatte ihn ein Kollege gesehen und daraufhin fluchtartig den Laden verlassen. Hunt konnte den Kerl sowieso nicht ausstehen, aber die Frage stellte sich, wie er in Cambridge weiterleben sollte. Er wusste, er würde sie alle jeden Tag sehen, und alle würden ihn mit ihren verdruckssten Mienen an die Sache erinnern.

Er warf einen Blick auf die Zeitungen, die in seinem Fach gelegen hatten. Die Medien wollten immer noch ihn als Hauptverdächtigen. Er hatte irgendwann einmal gehört, dass Medienattacken im Durchschnitt acht Tage andauerten. Stadium eins – die Verfolgung durch die Journalisten – hatte er bereits nach einem Tag hinter sich gelassen. Seine Geschichte war jetzt auf Seite zehn der Zeitungen gelandet.

Stadium zwei – die gesellschaftliche Ausgrenzung – würde sicher sehr viel länger andauern.

Er schaute sich wieder Weras Text an. Es war idiotisch, aber er hatte plötzlich das Gefühl, darin eine Antwort auf seine Probleme finden zu können.

Im Juli 1936 brach in Spanien der Bürgerkrieg aus. Es war nicht nur ein Krieg, der die Spanier ins Chaos stürzte, es war auch ein Stellvertreterkrieg. Nazi-Deutschland gab General Franco Waffenhilfe, während die Sowjetunion versuchte, die republikanische Volksfront zu unterwandern. Philby war Teil dieser Unterwanderung. Spanien wurde sein großer Auftrag. Er kannte Madrid bereits. 1935 hatte er dort mit Litzi einen Kurierauftrag ausgeführt und seine Reise als »Urlaub« getarnt. Zwanzig Jahre später würde ihm dieser »Urlaub« große Schwierigkeiten bereiten – die britischen Verhörspezialisten wollten wissen, wie er sich solch kostspielige »Ferien« hatte leisten können. Die Frage war berechtigt, und Philby hatte große Mühe, sie überzeugend zu beantworten. In Wahrheit hatten seine sowjetischen Auftraggeber die Reise bezahlt, aber Philby behauptete, er habe damals seine Büchersammlung verkauft. Ein so lukrativer Bücherverkauf klang alles andere als überzeugend, und die Verhörspezialisten glaubten ihm kein Wort.

Für seine weiteren Spanienreisen hatte Philby allerdings eine sehr viel einleuchtendere Erklärung. Offiziell war er als Journalist unterwegs gewesen. Er hatte all seine Kontakte in Bewegung gesetzt, um eine Einreisegenehmigung in das Kriegsgebiet zu erhalten. Anfangs war er zwar nur als freiberuflicher Kriegsreporter an der Front, aber seine Artikel fielen bald der *Times* auf, und so wurde er 1937 einer ihrer Korrespondenten. Philby berichtete ausschließlich von der franquistischen Seite und ausschließlich positiv.

Am Ende schaffte er es sogar, Francos Pressesprecher Luis Bolín kennenzulernen. Bolín mochte Philby und nannte ihn »einen echten Gentleman«. Ähnliches dachten auch andere Francoanhänger, die Philby im Laufe der nächsten drei Jahre kennenlernte. Er legte sich sogar eine passende Geliebte mit

den besten Beziehungen zu: Ihr Name war Frances Lindsay-Hogg. Sie war eine Anhängerin Francos, die schon länger in Spanien lebte. Ihre Freunde nannten sie »Bunny«; sie war attraktiv, experimentierfreudig, und was noch viel wichtiger war, sie glaubte Kim seine Rolle eines guten Faschisten.
Bunny half ihm, in die »besten« spanischen Kreise zu gelangen. Im Gegenzug gab er vor, ihrem trivialen Geplappere über Franco mit Begeisterung zuzuhören. Sex mit Leuten zu haben, die man nicht ausstehen konnte, war für Philby bereits Routine. Bunny war hilfreich, um an Informationen heranzukommen, aber noch hilfreicher war ein Zufall: Zum Jahreswechsel 1937/38 reiste Philby mit drei Journalisten zu einem Frontabschnitt. Es war als kurzer Recherchetrip geplant, aber ihr Wagen wurde völlig unerwartet von einer explodierenden Granate getroffen. Eine besondere Ironie daran war, dass es sich um eine russische Granate handelte und Philby somit beinahe von seinen eigenen Auftraggebern in die Luft gejagt worden wäre.
Der dreiundzwanzigjährige Journalist Bradish Johnson war sofort tot. Edward Neil von der Nachrichtenagentur AP und Richard Sheepshanks von Reuters starben ein paar Stunden später im Krankenhaus. Philby war der Einzige, der den Angriff überlebte. Obwohl selbst verwundet, hatte er seine Kollegen aus dem brennenden Wagen gezogen und Erste Hilfe geleistet. Für diesen heroischen Einsatz verlieh ihm General Franco ein paar Monate später das Militärverdienstkreuz. Es war ein enormer Glücksfall. Von nun an hatte Philby bei den Franquisten eine Art Heldenstatus.
Doch all seine Arbeit war am Ende umsonst. 1939 siegte Franco, und Philby kehrte deprimiert aus Spanien zurück. Er war jetzt nicht nur ein arbeitsloser Journalist, er war vor allem verzweifelt über Francos Sieg. Nichts davon konnte er sich

anmerken lassen, schließlich war er offiziell ein Anhänger faschistischer Kreise. Der einzige Mensch, mit dem er offen über seine Verzweiflung reden konnte, war Guy Burgess. Und es gab viel zu bereden. Da war die Angst vor den Faschisten auf der einen Seite, aber auch das verwirrende Verhalten der Sowjetunion. Stalins Säuberungsaktionen betrafen alle Teile der sowjetischen Gesellschaft und hatten besonderen Schaden im Militär und Nachrichtendienst angerichtet. Obwohl die Cambridgegruppe nicht ahnen konnte, was genau in Moskau vor sich ging, fiel ihren Mitgliedern doch auf, dass der Kontakt mit ihren Führungsoffizieren immer schwieriger geworden war. Ihren Entdecker, Arnold Deutsch, hatten sie zuletzt 1937 gesehen. Deutsch war eine Ausnahmeerscheinung gewesen, ein Kosmopolit, der seine Agenten mit sicherer Hand führte. Ihm hatten sie ohne Bedenken ihr Leben anvertraut. Nachdem er verschwunden war, musste sich die Cambridgegruppe jahrelang mit qualitativ minderwertigen Nachfolgern zufriedengeben. Die neuen Führungsoffiziere hatten dringendere Probleme, als mit den Cambridge Fünf über die Weltlage zu diskutieren, sie fürchteten um ihr Leben. In Moskau wurden ihre Kollegen reihenweise von Stalin als »Verräter« angeklagt, und keiner konnte sicher sein, das Jahresende noch zu erleben. Sie wussten, dass eine plötzliche Abberufung in die russische Heimat für sie entweder einen Orden oder die sofortige Hinrichtung bedeuten konnte. In der Regel war es Letzteres. In dieser Atmosphäre der Angst blieb kaum mehr Zeit, die Cambridgegruppe ernsthaft zu betreuen. Sie wurden völlig vernachlässigt.

Vernachlässigte Agenten neigen jedoch dazu, unruhig zu werden. Die Cambridge Fünf waren seit ihrer Rekrutierung zu waghalsigen Akrobaten geworden, die ganz oben auf einem Seil balancierten. Nun mussten sie erleben, wie ihre Trainer mit

Leiter und Netz zum Ausgang marschierten. So einsam hatten sie sich diesen Hochseilakt dann doch nicht vorgestellt. Die Frage stellte sich, ob die Trainer noch einmal zurückkehren würden. Philby glaubte fest daran. Er hatte sich von Anfang an für den Seilakt ohne Netz entschieden, und es war vor allem sein unerschütterlicher Glaube an den sowjetischen Geheimdienst, der die Gruppe zusammenhielt.

Philby bestand darauf, dass seine russischen Freunde wiederkommen würden, wenn sie ihre »Probleme« gelöst hätten. Wobei er natürlich nie über die Art dieser Probleme – die Schauprozesse, die Hinrichtungen – reflektierte. Kritik an der Sowjetunion durfte auch im engsten Kreis nicht geäußert werden. Selbst als im August 1939 Stalin einen Nichtangriffspakt mit Hitler abschloss, fand Philby eine Erklärung dafür. Dieser Pakt mit den verhassten Nationalsozialisten sei rein taktischer Natur und nicht von Dauer.

Und dann kam der Krieg, den sie alle erwartet hatten. Für die Cambridgegruppe war es die große Karrierechance. Über Nacht brauchte man in Großbritannien junge, intelligente Leute für kriegswichtige Aufgaben. Die Cambridge Fünf, die in Friedenszeiten noch Jahrzehnte gebraucht hätten, um an die entscheidenden Schaltstellen zu gelangen, wurden jetzt nach oben katapultiert. Türen, die ihnen bisher verschlossen waren, wurden hektisch für sie aufgerissen. Darunter waren auch die schwersten Feuertüren – die Eingänge zum Auslandsgeheimdienst MI6 und zum Inlandsgeheimdienst MI5. Der Grund für die hektische Türöffnung lag mit daran, dass dieser Krieg nicht nur auf den Schlachtfeldern, sondern auch an der Geheimdienstfront gekämpft werden musste.

Bei der Rekrutierung von neuen Talenten konnte man keine Rücksichten darauf nehmen, ob sie irgendwann einmal in ihrer

Studentenzeit eine rote Fahne geschwenkt hatten oder ob sie, wie Burgess, regelmäßig mit Matrosen in Toiletten aufgegriffen wurden. Über diese Dinge wurde nun hinweggesehen und das Wesentliche in den Blick genommen – wie dieser Krieg an der Geheimdienstfront zu gewinnen war.

Es war eine Chance für die Cambridgespione und gleichzeitig eine große Gefahr für den britischen Nachrichtendienst. MI5 und MI6 waren von jetzt an so damit beschäftigt, nach außen zu schauen, dass sie vergaßen, nach innen zu blicken. Ihr Verhalten erinnert an ängstliche Hausbesitzer, die vom Wohnzimmerfenster aus unablässig ihren Vorgarten bewachen. Sie leben in ständiger Angst, jemand könnte über den Zaun springen und ins Haus marschieren. Dabei entgeht ihnen völlig, dass der Feind schon lange im Haus sitzt. Er ist ein enger Freund, der bereits in der Küche Platz genommen hat. Er plant als Nächstes, das Schlafzimmer aufzusuchen, um an den Tresor mit all den mühsam erarbeiteten Schätzen zu kommen.

Tatsächlich mussten die Cambridge Fünf nicht lange in den hinteren Räumen des britischen Nachrichtendienstes herumlungern. Der Hausherr persönlich führte sie in das Schlafzimmer und bald auch zum Tresor.

Guy Burgess sorgte dafür, dass er schnell alle Tresorschlüssel besaß. Er wurde aufgrund seiner politischen Kontakte als Erster vom MI6 eingestellt und holte Kim einfach nach.

All die mühsamen Umwege hatten sich am Ende gelohnt, Philby war an seinem Ziel angelangt. Er würde noch Jahrzehnte später bedauern, dass Arnold Deutsch diesen Erfolg nicht mehr mit ihm feiern konnte. Stattdessen feierte er mit seinen Freunden Burgess und Blunt. Sie hatten allen Grund dazu, die Champagnerflaschen zu entkorken. Gemeinsam hatten sie es geschafft, das System zu infiltrieren.

Von nun an verfasste Philby seine Berichte nach Moskau unter einem neuen Decknamen. Da er nie sicher sein konnte, ob diese Berichte nicht auch von einem potenziellen sowjetischen Überläufer gelesen würden, schrieb er über sich selbst in der dritten Person. Er berichtete zum Beispiel, dass »Philby bei der Sitzung sehr still gewesen« sei oder dass »Philby den folgenden Kommentar abgegeben« hätte. Es war eine kluge Art, seine Identität zu schützen.

Philby schrieb diese Berichte meistens nachts, und man merkt ihnen an, dass er dabei getrunken haben musste. Die Beschreibungen seiner MI6-Kollegen sind witzig-böse und erinnern an manchen Stellen an die Satire einer Schülerzeitschrift. Ob seine russischen Leser diesen Humor goutierten, ist fraglich, sie lebten in einer völlig anderen Welt und wussten wenig von britischem Schülerhumor. Gleichzeitig zeigen die Berichte, wie sehr Philby seine Kollegen verachtete. Er beschrieb sie als dumm oder eitel und bezeichnete unter anderem seinen Mitarbeiter Nicholas Elliott als »potthässlich«. Das war zwar nicht völlig ungerechtfertigt, doch auf eine besondere Art grausam. Elliott verehrte Philby und glaubte jahrzehntelang, dass er sein bester Freund sei. Er unterstützte ihn auch finanziell und bezahlte später unter anderem die teuren Privatschulen von Philbys Kindern. Philby hingegen sah Elliott vor allem als nützlichen Idioten. Seine Loyalität galt allein den Genossen.

Der Text deprimierte Hunt. Mit kaputten Idealen kannte er sich zu gut aus. Er fragte sich, ob er vielleicht auch so ein nützlicher Idiot für Jenny gewesen war wie Elliott für Philby. Hatte sie ihn bespitzelt? War das ihr erster großer Auftrag gewesen? Aber wieso? Sie hatte ihn damals geliebt, zumindest in dem Punkt war er sich sicher.

Er stellte seinen Computer an, zum ersten Mal seit einer

Woche. Die Menge an Hass-Mails überraschte ihn. Es war eine Wucht, ein Shitstorm, aber es waren nicht nur die üblichen Verrückten, die den Fall zu einer Generalattacke auf »perverse Professoren« nutzten. Es existierte anscheinend auch eine Cambridger Studentenplattform, die den Mord ausführlich diskutierte. Mehrere von Hunts ehemaligen Studenten hatten sich namentlich zu Wort gemeldet und ihn als »arrogant« und »eiskalt« beschrieben.

Hunt hatte immer gewusst, dass man auf keinen Fall unterschätzen durfte, wie schnell die Adorierung der eigenen Schüler in Hass umschlagen konnte. Es schien allerdings eine besondere Gruppe von jungen Männern zu sein, die ihn ablehnten. Nicht diese ganz jungen BA-Studenten, die mit achtzehn nach Cambridge kamen und für die das Leben ihrer Dozenten so uninteressant war wie ein Bingoabend im Altersheim. Nein, unter seinen Kritikern waren die älteren Studenten, drei Ehemalige und sogar Jasper, sein neuer Doktorand. Alles Leute, die selbst eine akademische Karriere anstrebten. Er wusste natürlich, dass Doktoranden eine ungesunde Obsession für ihre Doktorväter entwickeln konnten. Es war eine universitäre Form des Ödipuskomplexes. Leute wie Jasper hielten sich für besser, klüger und begabter als ihre Lehrer. Alles, was vor ihnen existiert hatte, musste minderwertig sein, und sie gierten danach, möglichst schnell und möglichst ohne viel Aufwand alles zu bekommen, was die Alten bereits besaßen: ihren Lehrstuhl, ihren Status, ihren Ruhm – ihr Leben. Sie wollten auf Buchempfängen bejubelt werden, im Londoner Prominentenrestaurant Ivy ihre Wissenschaftspreise feiern und dann von Harvard, Princeton, Yale Lehrstühle angeboten bekommen. Es war ihr Recht. Es stand ihnen zu, und es verlangte den Vatermord.

Hunt war in ihrem Alter genauso gewesen. Er hatte damals keine Ahnung gehabt, was es kosten würde, so weit zu kommen, und wenn man es ihm vor vierzig Jahren gesagt hätte, er hätte es nicht geglaubt. Er war selbst mit seinem Doktorvater in einer Art Hassliebe verbunden gewesen. Und trotzdem hatte er aus dieser Erfahrung nichts gelernt. Er hatte die Fehler seines Doktorvaters einfach wiederholt. Er hatte seine Schüler herausgefordert und kritisiert, damit sie besser wurden. Damit sie an ihre eigene Schmerzgrenze gingen. Sie hatten es ihm offenbar nicht verziehen. Im Internet bezeichneten sie ihn jetzt als einen »Mörder der Worte«, was auch immer das bedeutete.

Wenn er ehrlich mit sich war, hatte er sie aus rein egoistischen Gründen an sich herangelassen. Weil er durch sie weiterleben wollte. Weil sie Teil seines Ruhms werden sollten. Er wollte nicht nur jetzt, sondern noch in vierzig Jahren gelesen werden, er wollte Standardwerke schreiben, die seine Zunft prägten, und dafür brauchte er Studenten, die besten, die klügsten, die ihm diesen Nachruhm sicherten. Aber er hatte sich mit ein paar von ihnen ganz offensichtlich verrechnet. Zumindest mit denen, die jetzt im Internet über ihn herzogen. Gott sei Dank waren David und Wera nicht darunter. Er hasste sich selbst dafür, dass er diesen Schund jetzt las, diesen ganzen Internetmüll. Ein großer Teil seiner »Zöglinge«, diese undankbare Brut, hatte sich ganz offiziell im Internet von ihm scheiden lassen. Und das war sicher erst der Anfang. Wenn schon seine Doktoranden über ihn herfielen, dann würde sich seine Karriere von diesem Skandal mit Sicherheit nie mehr erholen. Er sah jetzt auch, dass irgendein Idiot bereits seinen Wikipedia-Eintrag geändert hatte:

»Im Januar 2015 wurde der Informatiker Stefan Ferguson

tot in Professor Hunts Collegeräumen aufgefunden. Professor Hunt steht seitdem unter Mordverdacht.«

Es klang wie ein schlechter Krimi. Vielleicht sollte er eine Stellungnahme abgeben, dass die Polizei ihn zwar vernommen hatte, aber bisher keine Hinweise auf ihn vorlagen? Nein, das klang zu defensiv. Er würde gar nichts sagen. Hunt schaute sich noch einmal den Wikipedia-Eintrag an. Selbst wenn er auf einer Änderung bestehen würde, diese Geschichte war nicht mehr zu löschen. Sie würde noch in seinem Nachruf auftauchen.

Er griff nach Weras Text wie nach einem Rettungsanker.

Im Idealfall vermeiden Spione einander, damit sie sich im Ernstfall nicht gefährden. Die Cambridge Fünf brachen diese Regel mehrfach. Dass sie einander in Cambridge gekannt hatten, war eine Tatsache, die sie nicht leugnen konnten. Dass sie jedoch auch nach ihrer Studienzeit immer wieder zusammentrafen, wäre vermeidbar gewesen. Schuld an dieser permanenten Regelverletzung war vor allem Guy Burgess. Burgess wollte von möglichst vielen gleichgesinnten Freunden umgeben sein, um mit ihnen nächtelang zu trinken und zu diskutieren. Am liebsten hätte er eine Spionage-WG eröffnet, und für kurze Zeit war er nahe daran, etwas Derartiges zu erreichen.

Bei Kriegsausbruch lebten Guy Burgess und Anthony Blunt in einer bohemienartigen Wohngemeinschaft in der Londoner Bentinck Street. Das Haus gehörte ihrem reichen Freund Victor Rothschild, der nur eine nominelle Miete verlangte. Eine weitere Mitbewohnerin war Teresa Mayor (Tess), ebenfalls Cambridgestudentin und bis heute unter Verdacht stehend, für die Sowjetunion gearbeitet zu haben. Es ist sehr wahrscheinlich, dass Blunt sie schon in Cambridge rekrutierte. Er war immer auf der Suche nach interessanten jungen Leuten. Mit Tess scheint er Erfolg gehabt zu haben. Sie liebte Anthony Blunt und versuchte mehrmals, ihn zur Heterosexualität zu bekehren. Ihre Bemühungen blieben jedoch erfolglos, und am Ende heiratete sie ihren »Vermieter« Victor Rothschild. Mit Rothschild feierten Tess, Blunt, Burgess und Philby während des Krieges viele Partys in der Bentinck Street. Damals dachten sie noch nicht daran, dass ihr Zusammenleben eines Tages gegen sie verwendet werden könnte. Sie hielten sich für unverwundbar und ihren Gegnern intellektuell weit überlegen. Tatsächlich waren die Leistungen, die die Cambridge Fünf in den Kriegsjahren erbrachten, so groß, dass ihre Vorgesetzten in Moskau sie dafür mit etwas Besonderem auszeichnen wollten: Man bot ihnen eine große Summe Geldes oder eine lebenslange Pension an. Für die Fünf war es eine Frage der Ehre, so etwas abzulehnen. Sie ließen sich ihre Gehälter lieber vom Klassenfeind bezahlen.

Der Klassenfeind sorgte auch für die Beförderungen.

Dank einer Mischung aus Charme, Intrige und Patronage schaffte Kim Philby es 1944, den wichtigsten Job innerhalb des britischen Nachrichtendienstes zu erlangen. Er wurde zum Chef der Sektion IX ernannt. Sektion IX war zuständig für die Abwehr von kommunistischen Agenten.

Von nun an lebte er eine noch schizophrenere Existenz als zuvor. Als vermeintlicher »Kämpfer« gegen die Sowjetunion verlangte er von seinen Vorgesetzten mehr und mehr Geld, Personal und Ausstattung, mit dem Ziel, so viel britische Steuergelder wie möglich zu verschwenden. Verschwenden wollte er auch das Leben der ihm anvertrauten Agenten, die er auf Missionen schickte, welche er postwendend an Moskau verriet. Philby war mit vielen dieser britischen Agenten persönlich befreundet und wusste, dass sie ihm bedingungslos

vertrauten. Er hatte trotzdem keine Probleme damit, sie zu verraten.
In seinen Augen waren tote britische Agenten der unvermeidliche Kollateralschaden des Kalten Krieges. Ähnlich sah es auch Philbys Führungsoffizier Yuri Modin. Er stellte Jahre später voller Stolz fest, dass die meisten britischen Agenten, die Philby verraten hatte, sofort liquidiert wurden. Nur ein paar ließ man laufen, damit es nicht zu offensichtlich wurde, woher die Informationen kamen. Wie wichtig solche Vorsichtsmaßnahmen waren, zeigte sich schon sehr bald. Philby, der jahrelang alle verraten hatte, geriet ein paar Monate nach Kriegsende in Gefahr, selbst verraten zu werden.
Es entbehrt nicht einer gewissen Ironie, dass die größte Bedrohung für Philby nicht seine ahnungslosen Arbeitgeber beim MI6 waren, sondern seine Freunde in Moskau. Natürlich wusste Philby, dass die Russen alles taten, um seine Identität zu schützen. Trotzdem konnten sie ihm nie absolute Sicherheit garantieren. Er musste immer in Sorge leben, dass ein russischer Überläufer ihn und den Rest der Cambridge Fünf verraten würde. Genau das passierte im August 1945.
Eigentlich hätte der Sommer '45 wunderschön für Philby werden können. Der Krieg war endlich vorbei, Kim frisch befördert und auf Reisen. In seinen Memoiren schrieb er: »Es war ein denkwürdiger Sommer für mich, weil ich da zum erstenmal Rom, Athen und Istanbul sah. Aber meine herrlichen Eindrücke von Istanbul wurden davon beschattet, dass ich immer daran denken musste, dass dies vielleicht der letzte denkwürdige Sommer war, den ich erleben sollte.«
Der Grund, warum er im schönen Istanbul gelandet war und um sein Leben fürchtete, hieß Konstantin Wolkow.
Wolkow war ein NKWD-Agent, der zur Tarnung als Vizekonsul am sowjetischen Generalkonsulat in der Türkei arbeitete.

Gemeinsam mit seiner Frau wollte er in den Westen überlaufen. Seine Hoffnung war, dass ihm der Vizekonsul an der britischen Botschaft, ein Mr. Page, dabei helfen könne. Page kannte Wolkow bereits seit einiger Zeit und mochte ihn. Eines Tages tauchte Wolkow hochnervös bei Page auf und erzählte ihm, seine Frau wäre nervlich am Ende und müsse unbedingt in den Westen gebracht werden. Im Gegenzug würde er den Briten die Namen eines großen Spionagenetzwerks verraten. Er bat Page, dieses Angebot auf keinen Fall nach London zu telegrafieren, da die Russen den britischen Code lesen könnten. Page hielt sich an diese Anweisung, und das Angebot wurde mit einem zuverlässigen Kurier nach England geschickt. Von Anfang an war Wolkow damit in Gefahr. Seine Befürchtung, dass die Russen den britischen Code lasen, stimmte zwar nicht, aber es stimmte natürlich, was Wolkow über die Spione im MI6 gesagt hatte. Dass ausgerechnet einer von ihnen seinen Fall bearbeiten würde, war unglaubliches Pech für Wolkow.

Wolkow wusste zwar von Philbys Existenz, aber er kannte nicht dessen Namen. Wie bei allen NKWD-Agenten war Wolkows Zugang zu Codenamen eingeschränkt, alle Informationen, die er hatte, bekam er auf einer »Need to know«-Basis. In der russischen Zentrale, der Lubjanka, gab es anders als beim MI6 keine Kantine, in der man sich zum Tee traf und indiskrete Gespräche führte. Doch obwohl jede Art von Flurfunk streng verboten war, hatte Wolkow es trotzdem geschafft, brisante Informationen zu sammeln.

In seinem ersten Gespräch mit Page gab er an, er könne sieben Verräter enttarnen, die während des Krieges im britischen Nachrichtendienst beschäftigt gewesen seien, wobei einer von ihnen es bis nach ganz oben geschafft habe. Damit war eindeutig Kim Philby gemeint.

In seinen Memoiren beschrieb Philby später den Moment, als er zum ersten Mal von seinem Chef über Wolkows Aussage informiert wurde:
»Lange starrte ich auf die Akte und überlegte, was zu tun sei. Ich musste der Sache mutig ins Auge sehen. Ich sagte dem Chef, ich glaubte, das sei eine sehr wichtige Sache. Ich würde gerne etwas Zeit haben, um herauszubekommen, was dahinterstecke, um dann vorschlagen zu können, wie man vorgehen solle.«
Philby war klar, dass er seinem Chef natürlich nichts anderes raten konnte, als einen Deal mit Wolkow zu machen. Aber sobald er diesen Rat ausgesprochen hätte, wäre ein Kollege in Istanbul mit dem Auftrag betraut worden, und er hätte keinen weiteren Einfluss mehr gehabt. Er musste also zwei Dinge versuchen: erstens selbst nach Istanbul geschickt zu werden und zweitens Zeit zu gewinnen.
Zeit brauchte er, um seine russischen Kollegen in Bewegung zu setzen. Wolkow musste so schnell wie möglich umgebracht werden, bevor er noch einmal mit Page in Kontakt treten konnte.
In seiner Autobiografie schilderte Philby den Wolkow-Fall detailliert, nur einen entscheidenden Teil ließ er aus – seinen Mordauftrag. Tatsächlich erteilte er ihn so schnell wie möglich. Das sollte Philby viele Jahre später zum Verhängnis werden.
In seinen Memoiren heißt es:
»Zwei Tage nachdem die Information über Wolkow London erreicht hatte, hatte der Funkverkehr des NKWD zwischen London und Moskau auffallend zugenommen und danach auch der zwischen Moskau und Istanbul.«
Warum, so wurde Philby Jahre später von britischen Verhörspezialisten gefragt, ging der Funkverkehr von dem Moment an in die Höhe, nachdem er über den Wolkow-Fall informiert

worden war? Philby gab daraufhin die einzig mögliche Antwort – er habe keine Ahnung, warum das passiert sei. Mit ihm habe es sicher nichts zu tun gehabt.
Nachdem er die Russen informiert hatte, versuchte er als Nächstes darauf zu bestehen, nach Istanbul zu fliegen und die Operation selbst zu leiten. Aber sein Vorgesetzter hatte bereits eine andere Idee. Er wollte einen erfahrenen Mann namens Roberts schicken. Das einzige Problem war jedoch, dass Roberts unter akuter Flugangst litt und darauf bestand, das Schiff nach Istanbul zu nehmen. Jedem war klar, dass man so lange nicht warten konnte, und so schlug Philby großzügig vor, er könne gerne anstelle von Roberts fliegen. Der Vorschlag wurde angenommen und das Flugticket gekauft. Doch Philby musste immer noch darauf achten, Zeit zu gewinnen. Er wollte auf keinen Fall einem lebenden Wolkow gegenüberstehen, den er dann in Gegenwart eines ganzen Botschaftsteams befragen müsste. Er wusste nicht, wie lange seine russischen Freunde brauchen würden, um Wolkow entweder außer Landes zu schaffen oder gleich vor Ort umzubringen. In seinem Spiel um Zeit hatte er am Ende Glück. Im Chaos der Nachkriegsmonate waren Direktflüge selten, und aufgrund von vielerlei Problemen wurde sein Flug nach Istanbul immer komplizierter. Es gab ständige Fluganullierungen, und seine Maschine musste mehrmals umgeleitet werden. Nach all den Zwischenstopps kam er endlich mit großer Verspätung in Istanbul an. Er verbrachte erst einmal ein angenehmes Mittagessen mit dem Botschafter auf seiner Yacht, und nach langen Besprechungen über die richtige Vorgehensweise kamen alle zu dem Schluss, dass Mr. Page jetzt wieder Kontakt mit Wolkow aufnehmen solle. Es war schließlich Page gewesen, der ursprünglich von Wolkow angesprochen worden war, und für die Außenwelt wirkte es wie ein normaler

Vorgang, dass Page und Wolkow sich trafen, sie hatten schon früher immer wieder konsularische Angelegenheiten miteinander besprochen.

Was dann geschah, schildert Philby in seinen Memoiren mit unverhohlenem Sadismus. Er saß in Pages Büro und hörte zu, als dieser versuchte, Wolkow anzurufen.

»Page wurde mit dem sowjetischen Generalkonsulat verbunden und verlangte Wolkow. Man hörte eine leise Männerstimme, aber aus dem, was Page sagte, wurde ich nicht klug. Pages Gesicht sagte mir jedoch, dass da ein Haken war. Als er den Hörer auflegte, blickte er mich an und schüttelte den Kopf. ›Kann er nicht kommen?‹, fragte ich. ›Komisch.‹ ›Es ist viel komischer, als Sie denken‹, antwortete Page. ›Ich habe Wolkow verlangt, und es kam ein Mann an den Apparat, der sagte, er sei Wolkow. Aber es war nicht Wolkow. Ich kenne Wolkows Stimme ganz genau. Ich habe Dutzende Male mit ihm gesprochen.‹«

Philby ermutigte Page, nicht aufzugeben und es noch einmal zu versuchen. Die Nachrichten wurden nicht besser. Page war wieder abgeblitzt. »Was sagen Sie dazu? Ich habe Wolkow verlangt, und das Mädchen antwortete: ›Wolkow ist in Moskau.‹ Dann vernahm man merkwürdige Geräusche, und schließlich war die Leitung tot.«

Philby gab vor, tief erschüttert zu sein, und dankte Page für all seine Hilfe. Anscheinend waren sie zu spät gekommen. All die Mühe umsonst, es war alles wirklich zu bedauerlich.

Als Nächstes schrieb Philby dann einen deprimierten Bericht nach London. Seine Mission sei leider gescheitert, warum, sei noch unklar. Vielleicht habe Wolkow die Nerven verloren und dann doch seinen Vorgesetzten alles gebeichtet. Wie auch immer, es war alles ein großes Rätsel.

Philby ahnte natürlich, dass Wolkow und seine Frau zu diesem

Zeitpunkt schon längst tot waren. Man hatte die Sache »diskret« gelöst. Den Wolkows wurden Injektionen verabreicht, und man verfrachtete sie in ein Flugzeug.
In Moskau angekommen, wurden sie nach intensiven Verhören geräuschlos liquidiert.

Hunt fragte sich plötzlich, wann genau Wera diesen Text geschrieben hatte. Lange bevor sie Stef gefunden hatte? Es war eine ausgesprochen ironisch-kühle Beschreibung eines Mordes, völlig distanziert. Vielleicht war sie doch nicht so unschuldig, wie er gedacht hatte? Er las den Text jetzt auch, um etwas über sie zu erfahren. Was dachte dieses Mädchen?

Nach seiner Rückkehr aus Istanbul wurde Philby in keinster Weise für das Desaster verantwortlich gemacht. Seine Kollegen im MI6 bedauerten den Ausgang der Affäre, und auch der Inlandsgeheimdienst MI5 kam zu dem Schluss, keiner habe Schuld an diesem Debakel.
Auch wenn er noch einmal davongekommen war, hatte die Affäre Wolkow Philbys Nerven mehr strapaziert, als er zugeben wollte. Seit 1939 war er in ständigem Einsatz gewesen. Auch die anderen Mitglieder der Cambridgegruppe waren während des Krieges an die Grenzen ihrer Belastbarkeit gestoßen. Nicht nur die Bombenangriffe auf London hatten ihre Nerven zerrüttet. Seit Jahren lebten sie eine schizophrene Existenz, in der sie sich keinen Fehler erlauben konnten. Ihr Doppelleben verlangte absolute Konzentration und eine Gelassenheit in Momenten, in denen kein normaler Mensch gelassen ist.
Als Zwanzigjährige war ihnen die Doppelexistenz leichtergefallen. Wenn man jung ist, will man sich ausprobieren und kann schneller Identitäten annehmen und ablegen. Aber wie

wird das, wenn man älter wird? Wenn es einem nicht mehr so leichtfällt, sich zu verändern, wenn alles, was man tut, mehr physischen Aufwand und emotionale Energie verlangt?

In den zahlreichen Büchern über die Cambridge Fünf werden die Gruppenmitglieder immer als Peter-Pan-Figuren beschrieben, die sich im Laufe ihrer zwanzigjährigen Karriere als Spione kaum veränderten. Sie sind die ewig fanatischen Studenten, die mit einundzwanzig Jahren die gleichen Verhaltensweisen haben wie mit einundvierzig. Als hätten sie nie mit den Problemen und Ängsten des Älterwerdens kämpfen müssen. Aber natürlich veränderten das Alter und die Kriegserfahrung sie. 1945 hatten sie ihre Unschuld restlos verloren und Dinge getan, die nicht mehr rückgängig zu machen waren.

Alle fünf hatten sich in Schlüsselpositionen hochgearbeitet, und es stand jetzt sehr viel mehr für sie auf dem Spiel als am Anfang. Sie hatten nicht nur beruflich große Karrieren gemacht, auch ihre privaten Lebensumstände hatten sich verändert. Die Heterosexuellen unter ihnen, wie Philby und Maclean, gründeten Familien, obwohl sie natürlich wussten, dass sie ihren Kindern nie Sicherheit bieten konnten. Sie lebten auf ständigem Abruf, und das bedeutete, dass sie in Kauf nahmen, ihre Kinder eines Tages verlassen zu müssen. Vielleicht verdrängten sie diese Möglichkeit, vielleicht war es in ihren Augen auch kein besonders großes Opfer. Natürlich hofften sie auf die Ewigkeit. Alle fünf versuchten, sich so gut wie möglich zu schützen, und es gelang ihnen auch für weitere neun Jahre.

Nachdem er Wolkow hatte umbringen lassen, konnte Philby ungehindert im MI6 weiterarbeiten. In seiner langen Karriere unterwanderte er mindestens sieben wichtige britische und amerikanische Einrichtungen: FO (das britische Auswärtige

Amt), HO (das britische Innenministerium), MOD (das britische Verteidigungsministerium), OSS (der Vorläufer der CIA), CIA und das State Department (das amerikanische Auswärtige Amt).

Die CIA zu unterwandern wurde für Philby möglich, als er 1949 in die Vereinigten Staaten geschickt wurde. Seine neue Aufgabe lautete, als britischer Verbindungsmann mit der CIA und dem FBI zusammenzuarbeiten. Man hatte dem Einbrecher einen weiteren Tresorschlüssel anvertraut.

Bevor er seine Familie mitsamt den Möbeln nach Amerika verschiffte, erledigte er noch ein paar Mordaufträge. Natürlich beschreibt er das nicht so in seiner Autobiografie:

»Kurz vor meiner Ankunft in Washington hatten die englische und amerikanische Regierung eine geheime Operation im Prinzip gutgeheißen, deren Ziel es war, ein osteuropäisches Land aus dem sozialistischen Block herauszulösen. Die Wahl fiel aus mehreren Gründen auf Albanien. Es war der kleinste und schwächste der sozialistischen Staaten. [...] Die Operation war natürlich von Anfang an vergeblich. Unsere Männer konnten nur etwas erreichen, wenn sie in die Städte eindrangen, die fest in kommunistischer Hand waren.«

Philby vergaß hier zu erwähnen, dass die Operation allein deshalb schon »vergeblich« war, weil er sie von Anfang an an seine russischen Freunde verraten hatte.

Er endet seine Beschreibung mit den Worten: »[...] ein paar Mitgliedern der Gruppe gelang es schließlich, sich nach Griechenland durchzuschlagen.«

Hier vergisst er zu erwähnen, dass die anderen Mitglieder, die es nicht bis Griechenland schafften, ermordet wurden. Da Philby diese Männer als Abschaum sah, berührte ihr Tod ihn nicht sonderlich. Er hatte genug innere Härte entwickelt, um gleich nach der »gescheiterten« Aktion neue zu planen.

Auch Burgess war nach dem Krieg um einige Grade härter geworden. Die Cambridge Fünf nahmen von der Sowjetunion zwar nie ein Gehalt für ihre Arbeit an, aber Guy Burgess ließ sich gerne immer mal wieder etwas zustecken. Er hatte eine Schwäche für Dinners im Ritz, und die Rechnungen läpperten sich. Sein Champagnerkonsum barg nicht nur finanzielle Risiken. Burgess entwickelte zunehmend Probleme, den Alkoholzufluss unter Kontrolle zu halten. Da er immer seltener nüchtern war, beging er immer häufiger Fehler. In seinem »Beruf« waren solche Fehler jedoch ausgesprochen gefährlich. Das spielte insofern eine Rolle, als Burgess in der Nachkriegszeit noch einmal wichtig geworden war. Während Philby sich mit den Operationen in Albanien und der Ukraine beschäftigte, hatte Burgess andere Probleme zu lösen. 1946 hatten die Russen ihm den neuen Codenamen »Hicks« gegeben (was wahrscheinlich nichts mit seinem Alkoholkonsum zu tun hatte). Burgess/Hicks war für die Russen von großer Bedeutung, weil er im Foreign Office eine Position in der unmittelbaren Umgebung des britischen Außenministers Ernest Bevin erklommen hatte. Über Guy Burgess' Schreibtisch ging nun das gesamte geheime Material zur NATO-Gründung. Es kamen so viele Dokumente zusammen, dass Burgess sie in Koffern transportieren musste. Ein Problem wurde jedoch, dass er mit dem Transport allzu nonchalant umging. Burgess' Führungsoffizier Modin beschreibt in seinen Memoiren, dass bei der Übergabe immer häufiger Missgeschicke passierten. Mal fielen Burgess Dokumente mit dem Stempel »Top secret« in einem Pub auf den Boden, ein anderes Mal ließ er sie auf einer öffentlichen Toilette fallen. Modin war davon besonders entsetzt. Gott sei Dank sei der Toilettenboden sauber gewesen, meldete er, da es sonst doch etwas unangenehm gewesen wäre, diese Papiere anzufassen. Dass es sich dabei um hochsensibles Material handelte, sagte später auch der russische Überläufer Wladimir Petrow aus. Er erzählte dem MI6, Burgess habe so viele Schriftstücke geliefert, dass die Mitarbeiter an der sowjetischen Botschaft mit der Verschlüsselung nicht mehr nachgekommen seien. Unverschlüsselt konnten sie die Papiere nicht nach Moskau schicken, und so mussten sie aufgrund von Burgess' Produktivität endlose Überstunden machen. Petrow beschreibt in seinen Gesprächen mit dem MI6 einen fanatischen Guy Burgess, nicht den exzentrisch-sympathischen Bonvivant, der gerne mal ein Gläschen trank, sondern einen Besessenen, der für Informationen jeden hinterging.

Hunt legte das Kapitel zur Seite. Wera schien sich fast zu gut mit dieser Geheimdienstwelt auszukennen. Unschuldig wirkte sie nicht mehr auf ihn. Er brauchte jetzt dringend etwas Stärkeres als Tee. Irgendwo in seinem Zimmer hatte er noch eine halb volle Whiskyflasche.

Er leerte sie in einem Zug.

33

Januar
Cambridge

Sie dachte jetzt nicht mehr an den Mord. Sie hatte ja nur einen Auftrag gegeben, genauso wie Kim Philby vor vielen Jahrzehnten den Auftrag für den Wolkow-Mord erteilt hatte.

Einen Auftrag zu geben machte die Angelegenheit einfacher, eleganter. Sie hätte es auch selbst ausführen können, aber sie war froh, dass es ihre »rechte Hand« erledigt hatte. Sie mochte den Begriff »rechte Hand«, er klang altmodisch, aber respektabel, als würden sie gemeinsam in einem Büro arbeiten. Bisher war sie immer eine Einzelgängerin gewesen, und jetzt hatte sie plötzlich eine rechte Hand. Die Verantwortung teilen zu können war eine neue Erfahrung, vor allem die Verantwortung für einen Mord.

Bis vor Kurzem hatte sie nichts von ihrer rechten Hand gewusst. Sie lebten in derselben Stadt, mit dem fast identischen Auftrag, und waren sich nie begegnet. Es entsprach den Vorschriften und hatte wohl auch etwas mit den Erfahrungen zu tun, die man vor Jahrzehnten mit der Cambridgegruppe gemacht hatte. Agenten mussten einander meiden, aber die Fünf hatten diese Sicherheitsregel mehrmals gebrochen und am Ende damit den eigenen Niedergang ausgelöst. Das war ihr einziger Fehler gewesen, dass sie nicht voneinander hatten lassen können in den Jahrzehnten, seitdem sie Cambridge verlassen hatten. Sie hatten Schutz beieinander gesucht, vor allem während des Krieges, in diesem Haus in der Londoner Bentinck Street. Burgess trug die Hauptschuld daran, er hatte einfach nicht ohne seine Freunde sein können. Er hatte die Nähe zu Kim Philby, Donald Maclean und Anthony Blunt gebraucht.

Sie konnte das gut verstehen. Sie hatte sich auch nach einem Austausch mit Gleichgesinnten gesehnt, einer gegenseitigen Bestärkung, dass man auf dem richtigen Weg war, dass man nicht aufgeben durfte und all den Versuchungen, Schwäche zu zeigen, widerstehen musste.

Ihre rechte Hand gab ihr dieses Gefühl jetzt, ohne sie damit zu gefährden. Sie lebten in völlig verschiedenen Welten, und niemand würde je die Verbindung zwischen ihnen herstellen können.

34

27. Januar 2015
Am Cam

Es war eine Überwindung gewesen, sich anzuziehen und das Haus zu verlassen. David wusste, dass seine Depression wieder da war und dass ihn von nun an alles große Anstrengungen kosten würde. Er hatte sich zwingen müssen, an den Fluss zu kommen, und er würde sich jetzt auch zwingen müssen, mit Jenny zu reden. Konversation zu machen war das Allerschwierigste, man musste sich auf die andere Person konzentrieren und versuchen, die richtige Tonlage zu halten. Er wusste nicht, was Jenny von ihm wollte. Er mochte sie, sie war eine alte Freundin seiner Eltern gewesen und immer ein wenig anders als die anderen Erwachsenen, exzentrisch und unberechenbar. Sie war auf keinen Fall eine Frau für die üblichen Kondolenzgespräche.

»Wie geht es dir, David?«

Jenny stand vor ihm und sah so ausgemergelt aus, dass er dachte, die Frage sei falsch gestellt. Sie war ganz offensichtlich in einem sehr viel schlechteren Zustand als er. Er versuchte, es nicht zu zeigen, wie sehr ihr Anblick ihn erschreckte.

»Laut den Aussagen meines Arztes bin ich nicht suizidgefährdet.«

Sie setzte sich neben ihn auf die Parkbank und schaute auf den Fluss.

»Was war in letzter Zeit mit Stef los?«

Einen Moment lang wusste David nicht, ob er die Kraft hatte, all das zu erklären.

»Er hat das Haus ausgeräumt. Damit ging es vor einem Jahr los. Nach Mamas Tod hat er angefangen, ihre Papiere zu ordnen, und fand all diese Briefe von Hunt an sie. Ich wollte wirklich nicht wissen, was zwischen denen irgendwann mal los war. Sie war meine Mutter.«

»Und dann?«

»Und dann ist er völlig ausgerastet. Hat alle ihre Möbel rausgeworfen, Sofas, Stühle, Lampen. Alles, bis auf die Bücher. Redete nur noch von Hunt und wie der sein Leben ruiniert hätte, über Jahrzehnte hinweg, seit der Garden-House-Revolte. Wie er ihm immer alles genommen hätte.«

Jenny nickte. »Er hat dir von der Garden-House-Revolte erzählt?«

»Lauter wirre Theorien. Ich wollte es nicht wissen.«

»Was für Theorien?«

»Keine Ahnung, Hunt als Studentenspitzel für irgendwelche Geheimdienste, es klang vollkommen durchgeknallt.«

Jenny schwieg, dann sagte sie: »Was wirst du jetzt tun?«

»Sie haben mir Medikamente gegeben, Beruhigungszeug. Die machen einen vor allem müde und langsam.«

Einen Moment lang überlegte er, ob er sie fragen sollte, was für Medikamente sie gegen die Angst nahm. Vielleicht waren es die gleichen. Wenn er mehr Energie gehabt hätte, hätte er jetzt mit ihr die Nebenwirkungen vergleichen können. Auf eine makabere Weise wäre das komisch gewesen, aber sein Sinn für Komik war ihm in letzter Zeit abhandengekommen. Auch Jenny schien ihren Humor verloren zu haben.

»Wie geht es deiner Freundin? Ihr Name ist Polina, richtig?«

Er war überrascht, dass sie sich daran erinnerte. »Das ist vorbei.«

Nach eine Weile sagte Jenny: »Das Ende einer Liebe erhöht die Sehschärfe.«

»Ist das von dir?«

»Arthur Schnitzler.«

»Hat er auch etwas über Todesfälle gesagt?«

»Es wird besser werden, David«, sagte Jenny.

Er hatte mehr erwartet als diesen Klischeesatz, aber sie war nicht mehr die alte Jenny, dieser sprühende Geist, der auf jeder Party seiner Eltern die Leute unterhalten hatte. Sie war ganz offensichtlich eine sehr kranke Frau, und er konnte sich in etwa vorstellen, was sie hatte. Plötzlicher Gewichtsverlust, hageres Gesicht, es erinnerte ihn an die letzten Monate seiner Mutter. Es tat ihm physisch weh, Jenny anzusehen, aber mittlerweile tat ihm sowieso alles weh.

Sie versuchte jetzt langsam von der Parkbank aufzustehen und schwankte dabei so stark, dass er Angst hatte, sie könnte jeden Moment umfallen. Er sprang auf, um sie aufzufangen, und dann fing er an zu weinen.

35

27. Januar 2015
Master's Lodge
New College
Cambridge

Georgina hatte von ihrem Fenster aus Hunt ins College gehen sehen. Seine Körperhaltung schien sich verändert zu haben. Er war nicht mehr dieser stolze, starke Bärentyp, den sie seit ihrer Studienzeit kannte, sondern erinnerte eher an einen müden Tiger. Sie nahm sich vor, ihn eine Zeit lang zu meiden. Auf keinen Fall würde sie mit ihm über den Vorfall sprechen, das war Denys' Aufgabe als Master des Colleges. Offiziell hatte Georgina als Frau des Masters keine Funktion. Sie wurde weder bezahlt, noch hatte sie ein Mitspracherecht, wenn es um Entscheidungen innerhalb des Colleges ging. Doch obwohl sie keine Rechte hatte, gab es eine Vielzahl von Pflichten, die sie erfüllen musste. Diese Pflichten waren nirgendwo festgeschrieben, und theoretisch konnten sie ignoriert werden. Es hatte daher im New College immer wieder Ehefrauen gegeben, die das getan hatten und damit grandios gescheitert waren. Georginas Vorgängerin hatte die Master's Lodge, das Wohnhaus des Masters auf dem Collegegelände, für dreihunderttausend Pfund mit neuen Möbeln und teuren Vorhängen ausstaffiert und nach den Umbauarbeiten keine einzige Essenseinladung für die empörten Fellows gegeben. Die einzigen Besucher, die ihre teuren Vorhänge gesehen hatten, waren Damen ihres Bibelclubs gewesen. Die Fellows hatten zügig dafür gesorgt, dass sie samt Ehemann ausgewechselt wurde.

Georgina war anders. Sie wusste, was von ihr erwartet wurde. Als Denys 2011 zum neuen Master von New College gewählt wurde, geschah dies in erster Linie wegen seiner Frau. Georgina wurde von sämtlichen Fellows als große Hoffnungsträgerin bewertet, denn sie hatte alles, was die Frau eines Masters brauchte: Sie war bekannt für ihre großzügigen Abendeinladungen, sie engagierte sich für mehrere Wohltätigkeitsorganisationen, und sie war Kirchgängerin. Darüber hinaus war sie früher einmal selbst Studentin am New College gewesen und musste nicht mühsam in die Traditionen des Hauses eingeführt werden. Auch wenn sie keine Kinder hatte, wirkte sie durch und durch mütterlich. Dieser Punkt war für das College besonders wichtig, sie wollten eine Mutterfigur an der Seite ihres neuen Masters sehen, eine patente Frau, die sich um die Studenten kümmerte, wenn die wieder einmal in Schwierigkeiten gerieten.

Tatsächlich hatte Georgina alle Erwartungen auf märchenhafte Weise erfüllt. Nachdem Denys zum Master gewählt worden war, hatte sie die Master's Lodge geschmackvoll, aber sparsam eingerichtet und zum »open house« erklärt. Sie gab fast jeden zweiten Abend eine Einladung, entweder für die Fellows und ihre Ehepartner oder für potenzielle Geldgeber, die das College dringend brauchte. Alle Studenten wurden nach dem Alphabet sortiert eingeladen; am Ende des Jahres hatte jeder von ihnen ein Abendessen und ein Mittagessen in der Lodge erleben dürfen.

Georgina ging darüber hinaus jeden Sonntag mit Denys

in die Collegekapelle und sang sogar im Collegechor mit. Sie war eine besonders enge Freundin des Collegepfarrers geworden und redigierte seine Predigten. Im Gegensatz zu einigen ihrer Vorgängerinnen hatte sie noch nie das Personal angeschrien. Sie arbeitete in stiller Harmonie mit dem Butler, dem Küchenchef und den Putzfrauen, die man in Cambridge »bedder« nannte, obwohl sie schon seit Jahrzehnten nicht mehr die Studentenbetten machten, sondern nur durchwischten. Georgina kannte all diese Traditionen. In letzter Zeit hatte sie öfter an ihre eigene Studentenzeit gedacht. Damals hatten sie alle zusammengehört: Stef, Hunt, Denys und Jenny. Jenny war die Berufsrevoluzzerin gewesen, seit ihren Studientagen hatte sie gegen alles rebelliert, was nach Ordnung aussah. Auch im Alter schien sie sich nicht verändert zu haben, sie wollte immer noch schockieren mit ihren feministischen Büchern, mit ihrer Kleidung und mit ihrer Sprache. In Georginas Augen war das alles eine einzige ermüdende Pose. Sie kannte ihre Jenny besser als jeder andere. Sie hatten sich damals, in ihrem ersten gemeinsamen Semester 1969/70, angefreundet und nie aus den Augen verloren. Seit fünfundvierzig Jahren schien Jenny etwas darzustellen, was sie nicht war. Georgina kannte die richtige Jenny, das Mädchen aus konservativem Hause, das in Cambridge ankam und sich neu erfinden wollte (wie abgedroschen dieser Begriff mittlerweile war, »sich neu erfinden«, aber er passte zu Jenny). Tief im Inneren war Jenny immer dieses wohlerzogene Mädchen geblieben. Sie hatte davon geträumt, mit Hunt zusammenzuleben, mit ihm eine Familie zu gründen, es war der Traum von einem gemeinsamen Leben in einem kleinen Cottage gewesen, irgendwo auf dem Land gelegen, die Eingangstür von Rosen umrankt. Hier hätten Jennys und Hunts Schreibtische Seite an Seite gestanden, und hier hätten sie ihre großen Bücher geschrieben.

Natürlich wollte Jenny heute nicht mehr an diesen Traum erinnert werden, aber Georgina hatte ihn nicht vergessen. Die Tragik von Jennys Leben war, dass die Siebzigerjahre eine solche Idylle nicht zugelassen hatten. Es war eine Zeit gewesen, in der Intellektuelle, die etwas auf sich hielten, keine Familie gründeten, um sich hinter ihr zu verschanzen. Cyril Connolly hatte es damals auf den Punkt gebracht: »Es gibt keinen düstereren Feind der Kunst als den Kinderwagen im Flur.«

Es war keine Zeit für Mädchen wie Jenny und Georgina gewesen. Georgina hatte das damals richtig erkannt. Sie wollte nicht erleben, was Jenny erlebte. Zu oft hatte sie ihre beste Freundin gesehen, tränenüberströmt, zum hundertsten Mal von Hunt gedemütigt. Er hatte nie mitgespielt in diesem Rosentraum. Acht Jahre lang hatte Jenny seine Untreue ausgehalten, hatte sogar sein Kind abgetrieben, weil er es so gewollt hatte, und am Ende war er doch gegangen. Alles, was die große Feministin Jenny getan hatte, war ein Akt der sinnlosen Unterwerfung gewesen. Wie ein Pawlow'scher Hund hatte sie sich seitdem von einer ungesunden Beziehung zur nächsten gehangelt, bis ihre Krebserkrankung das nun alles endgültig beendet hatte.

Georgina hatte sich selbst von Anfang an einen derartigen Leidensweg erspart. Sie hatte einen Mann gefunden, der das Gegenteil von Hunt war. Ein Mann, der nicht in die Siebziger passte. Schon als junger Student hatte Denys wie ein Vierzigjähriger gewirkt. Nicht alle hatten das anziehend gefunden. Er war ein Mann gewesen, der aus der Zeit gefallen schien, der die Tweedanzüge seines Vaters trug, Bücher über Cricket sammelte und eine traditionelle

Vorstellung von seiner Zukunft hatte. Er hatte Georgina einen klaren Weg geboten, und sie war diesen Weg mit ihm gegangen – bis an die Spitze. Sie waren in Chequers eingeladen gewesen – mehrmals –, als Margaret Thatcher und John Major Premierminister wurden. Sie hatten auch in Zeiten der Labourregierung auf den entscheidenden Einladungslisten Londons gestanden.

Georgina hatte nie Kinder gewollt, aber manchmal hatte sie sich nach mehr Nähe gesehnt, nach mehr Zuwendung. Denys war nie leidenschaftlich gewesen, und Georgina hatte lernen müssen, damit zu leben. In ihren Dreißigern und Vierzigern war das sehr viel schwerer gewesen als heute. Erst die Menopause hatte diese Sehnsucht langsam verringert. Es war fast eine Befreiung gewesen, nicht mehr so häufig an diese Dinge denken zu müssen. Sie hatte sich manchmal gewünscht, dass sie es nie erlebt hätte, dass sie nie erfahren hätte, was es bedeutete, einen Orgasmus zu haben. Einen allumfassenden, nie enden wollenden Orgasmus. Sie war an diesem Tag nicht mehr sie selbst gewesen, sie hatte den totalen Kontrollverlust erfahren. Es hatte minutenlang gedauert, es waren mehrere Wellen hintereinander gewesen, und sie hatte Farben gesehen, unendlich viele Farben, und nachdem es vorbei gewesen war, hatte sie noch lange diese starken Farben gesehen, alles schien ihr voller Farben.

Hunt hatte darüber nur gelacht, sein verhasstes Wolfslachen. Sie konnte damals nicht lachen, aber sie war sich der Ironie der Situation durchaus bewusst. Den größten Orgasmus ihres Lebens hatte sie mit einem Mann erlebt, den sie verabscheute.

36

27. Januar 2015
Denys' Büro
New College
Cambridge

»Wir werden dich beurlauben, Hunt.«

Sie saßen in Denys' Büro. Hunt stellte wieder einmal mit Genugtuung fest, wie geschmacklos es eingerichtet war. Wuchtige viktorianische Möbel, die Denys von seinen philisterhaften Vorfahren geerbt haben musste. Sie passten in ihrer Düsternis perfekt zu Denys' Charakter.

»Du willst mich vom College beurlauben? Ist das dein Ernst?«

Denys machte diesen verletzten Gesichtsausdruck, den er immer aufsetzte, wenn er sich persönlich angegriffen fühlte.

»Ich dachte, du bist bereits von deiner Fakultät beurlaubt worden. Anne deutete an, dass …«

»Anne hat gar nichts angedeutet. Ich bin von niemandem beurlaubt worden.«

»Es geht hier in erster Linie um die Reputation unseres Colleges.«

»Ja sicher. Und was sagen deine alten Parteifreunde dazu? Werden sie dich jetzt auch beurlauben?«

»Wie bitte?«, fragte Denys.

»Stef hat doch für dich gearbeitet. Regierungsaufträge ausgeführt, die du an Land gezogen hast.«

»Was hat das jetzt mit dem Mord zu tun, Hunt?«

»Was habe ich mit dem Mord zu tun? Ich hatte in den letzten Jahrzehnten keinen Kontakt mit Stef. Du hingegen hast ständig mit ihm gesprochen.«

»Allerdings. Weil ich ihn nicht fallen gelassen habe. Weil Georgina und ich zu ihm gestanden haben, als er von der Universität geworfen wurde.«

»Und damit stand er in deiner ewigen Schuld.«

»Ich weiß nicht, worauf du hinauswillst.«

»Was genau hat er da im Science Park für euch entwickelt? Cyberwaffen? Klingt nicht ungefährlich. Ich frage mich, wen so etwas interessieren könnte.«

»Die Ermittlung ist Aufgabe der Polizei.«

»Aber es wird nicht von der Polizei ermittelt, Denys. Das solltest du als gut informierter Mann eigentlich wissen. Es ist mittlerweile ein Fall für Fünf.«

Denys schien einen Moment überrascht zu sein. Hunt fragte sich, ob er es wirklich nicht gewusst hatte.

»Für den MI5?«

»Ja, und da mich bis jetzt niemand verhaftet hat, weigere ich mich, beurlaubt zu werden. Übrigens, deine Vitrine da drüben solltest du mal untersuchen lassen. Sie hat meines Erachtens Holzwürmer.«

37

8. Februar 2015
Universitätsbibliothek
Cambridge

In der Bibliothek waren fast alle Plätze belegt, aber Wera fand einen Tisch hinter einer Säule. Sie wollte in ihrem deprimierten Zustand auf keinen Fall von irgendjemandem gesehen werden. David hatte sich seit jener Nacht nicht mehr gemeldet, und sie wusste mittlerweile nicht, welches Gefühl stärker war, das der Wut auf ihn oder der Sehnsucht nach ihm.

Auch Jasper schien es nicht mehr zu interessieren, wie es ihr ging. Er hatte ihr all die Kopien von Professor Hunts Siebzigerjahre-Studentenartikeln in die Hand gedrückt und dann seine idiotische Anti-Hunt-Internetkampagne gestartet. Was er damit bezwecken wollte, war Wera nicht klar – sollte der Rufmord Hunt zu einem Geständnis bewegen? Diese alten Artikel bewiesen doch überhaupt nichts. Professor Hunt war wie so viele Studenten seiner Generation gegen Vietnam, Nixon und eben auch diese griechischen Obristen gewesen und hatte deswegen zu Demonstrationen aufgerufen. Was war daran spektakulär? In seiner Generation war so etwas doch gang und gäbe gewesen. Es bewies gar nichts, und Wera würde auf keinen Fall Jasper bei seiner idiotischen Jagd unterstützen. Mit seiner Fragerei im Caffè Nero hatte er noch einmal all diese schrecklichen Bilder von Stef in ihr heraufbeschworen. Und David war im Grunde genauso rücksichtslos wie Jasper. Er hatte ganz offensichtlich nie die Absicht gehabt, Polina zu verlassen. Vielleicht war es ja auch sein Stil, zwei Frauen parallel laufen zu lassen. Das ganze egoistische Benehmen der beiden hatte Wera an Philby und seine Frauenbeziehungen erinnert. Ihr neues Kapitel ging jetzt um die Art, wie Philby im Laufe seines Lebens Frauen ausgenutzt hatte.

Philbys Frauen

Zeit seines Lebens waren Frauenbeziehungen für Kim Philby ein Mittel zum Zweck gewesen: zum Stressabbau, aber auch um an Informationen zu gelangen. Im Spanischen Bürgerkrieg begann er das Verhältnis mit der begeisterten Francofanatikerin »Bunny«; später verführte er gelegentlich Sekretärinnen, die ihm Material beschafften. Das machte ihn zu einer Art Romeo-Agenten, lange bevor der Spionagechef Markus Wolf in der DDR diesen Berufszweig professionalisierte und gut aussehende Ostspione auf einsame Bonner Sekretärinnen ansetzte.

Philby war allerdings nur ein Gelegenheits-Romeo. Mit Frauen zu schlafen war für ihn lediglich eine von vielen Methoden. Wie auch Burgess verführte er Leute auf unterschiedliche Weise, wobei er die Kunst entwickelte, es nie mechanisch aussehen zu lassen. Je nach Typ simulierte er echte Seelenverwandtschaft. Nicht nur seine diversen Ehefrauen schienen von dieser Simulation lange Zeit überzeugt zu sein. Philby hatte kein Interesse an der Ehe, aber im MI6 wurde erwartet, dass man verheiratet war. Ohne eine vorzeigbare Ehefrau konnte der berufliche Aufstieg sehr viel langsamer verlaufen. Die Ehefrau war ein essenzielles Accessoire, und Philby war daher immer verheiratet. Bis zu seiner Flucht nach Moskau 1963 ging er insgesamt drei Mal zum Standesamt (in Russland kam dann Ehefrau Nummer vier hinzu). Diese Häufigkeit an Eheschließungen war ungewöhnlich für einen

Briten aus der gehobenen Mittelschicht. Scheidungen wurden in Philbys Kreisen nur im äußersten Notfall vollzogen. Ehepartner gingen häufig ihre eigenen Wege, aber sie hielten bis zum Ende durch. Der berühmte Satz von Dame Sybil Thorndike »Mord ja, Scheidung nie« hatte bis in die 1960er-Jahre seine Gültigkeit. Philby hielt sich nicht an diese Regel, und überraschenderweise nahm ihm das niemand übel.
Jede seiner Ehefrauen erfüllte einen besonderen Zweck – und jede stand für eine in sich abgeschlossene Lebensphase. Nachdem ihm die kommunistische Litzi offiziell »abhandengekommen« war, fand er eine unverdächtige Vorzeigeehefrau namens Aileen Furse. Aileen ist bis heute die vergessene Ehefrau, kein Biograf hat sich sonderlich für sie interessiert. Obwohl sie Philby zahlreiche Kinder schenkte und mit ihm über zwanzig Jahre zusammenlebte, schien niemand viel über sie zu wissen. In den Erinnerungen von Philbys Weggefährten wird sie als die »klammernde Ehefrau« beschrieben. Sie schien permanent schwanger zu sein und bei Dinnerpartys wenig Intelligentes zur Konversation beizutragen. Genau wie die Ehe mit Litzi war auch diese Verbindung für Philbys Freunde ein Rätsel, wenn auch aus völlig anderen Gründen. Litzi wirkte auf eine interessante Art attraktiv, Aileen Furse hingegen war völlig unscheinbar.
Auf Fotos aus den Fünfzigerjahren sieht Aileen fast androgyn aus, ihre Haare sind praktisch kurz geschnitten, die Kleidung ist einfach. Sie blickt meist erschöpft und traurig in die Kamera. Zeitzeugen beschrieben sie als kränklich und introvertiert. Einige spekulierten, dass Aileen vielleicht eine Art Mutterersatz für Philby darstellte. Doch obwohl sie wie eine gute Hausfrau aussah, verhielt Aileen sich weder mütterlich noch hausfraulich. Von ihren eigenen Kindern schien sie später permanent überfordert zu sein. Angeblich existierte eine starke sexuelle

Anziehungskraft zwischen Aileen und Philby, aber nach einer besonders befriedigten Frau sah sie auf keinem der Fotos aus.
Wieso hatte ein erfolgreicher, attraktiver Mann wie Kim Philby eine solche Frau geheiratet?
Ein paar Gemeinsamkeiten schienen die beiden zu verbinden. Wie Kim war Aileen in Indien geboren und kam aus einer zerbrochenen Kolonialfamilie. Auch sie hatte eine unglückliche Kindheit erlebt und als Teenager Depressionen entwickelt. Aus diesem Grund war ihre Familie zu dem Schluss gekommen, sie brauche eine sinnvolle Aufgabe, einen Beruf, der sie ablenken könne. Ihre Freundin Flora Solomon verschaffte Aileen eine Stelle im Warenhaus Marks & Spencer. In ihren Memoiren beschreibt sie Aileen als durch und durch »county« – was im Englischen so viel bedeutet wie »höhere Tochter vom Lande«, mit Reitstiefeln und englisch-patriotischer Grundeinstellung.
Es entbehrt nicht einer gewissen Ironie, dass Aileens Werte das absolute Gegenteil von Philbys waren. Genau das machte sie für ihn wohl attraktiv. Aileen war absolut skandalfrei und damit das perfekte Alibi für einen Mann, der demonstrieren wollte, dass er – nach jugendlichen Irrungen und Wirrungen – immer stärker nach rechts tendierte. Sie bot die Fassade für eine neue Karriere.
Flora Solomon machte die beiden ausgerechnet am 3. September 1939 miteinander bekannt, an dem Tag, an dem Großbritannien Deutschland den Krieg erklärte. Es war, wie Philby später verbittert anmerkte, ein Tag, »der für die Welt und für mich persönlich desaströs war«. Obwohl Philby zu dieser Zeit noch verheiratet war, wurde Aileen in der gleichen Nacht seine Geliebte. Sie war fügsam und wohlerzogen, genau die richtige Frau, mit der man Kinder bekam. Es wurden fünf: John, Josephine, Tommy, Miranda und Harry.

In seiner Autobiografie erwähnt Philby seine Kinder kein einziges Mal. Das ist nicht unbedingt ungewöhnlich, in seiner Generation redete man nur selten über Privates. Trotzdem verwirrt diese völlige Ausblendung seiner Familienverhältnisse den Leser. Wenn Philby zum Beispiel in seinen Memoiren davon spricht, er habe trotz finanzieller Engpässe ein größeres Haus mieten müssen, ist nicht ganz klar, warum (wegen der fünf Kinder hatte er ständige Platz- und Geldprobleme).
Auch seine Ehefrauen spielen in der Autobiografie eine untergeordnete Rolle, und er »vergisst« sogar seine dritte Ehefrau Eleanor zu erwähnen, ganz zu schweigen natürlich von den unzähligen Geliebten, die er im Laufe der Jahre ansammelte.
Aber auch wenn Ehefrau Nummer zwei, Aileen Furse, in den Hintergrund geraten ist, so war sie doch auf ihre Art ungewöhnlich. Es war überraschend mutig von einer konservativen Frau wie Aileen, mit einem Mann zusammenzuziehen, der noch verheiratet war. Noch mutiger war es, mit ihm uneheliche Kinder zu bekommen. Als er sie 1946 endlich heiratete, war sie gerade mit dem vierten Kind schwanger. Warum ein Mann auf Abruf, der ständig damit rechnen musste, enttarnt zu werden, fünf Kinder in die Welt setzte, ist schwer nachzuvollziehen. Selbst die mütterliche Freundin der Philbys, Flora Solomon, schien über die vielen Schwangerschaften Aileens verwundert. In ihren Augen war Aileen eine fragile Frau, für die die physischen und psychischen Belastungen einer Großfamilie zu viel waren. Dass Aileen am Ende mit diesen Herausforderungen tatsächlich nicht zurechtkam, wurde von allen Biografen als Erklärung für ihren Niedergang gesehen. Sie beschrieben Philbys zweite Ehefrau als latent hysterisch. Ob Aileen wirklich von Anfang an hysterisch war oder ob das Leben mit Philby sie dazu machte,

ist im Nachhinein schwer zu beurteilen. Das Zusammenleben mit einem Mann wie Kim Philby hätte wahrscheinlich auch die stabilste Frau an den Rand des Nervenzusammenbruchs gebracht.
Philby hatte zwei Vollzeitbeschäftigungen und musste folglich doppelt so viel arbeiten. Gleichzeitig hielt er einen Teil seiner Arbeit vor Aileen geheim. Nach Kriegsausbruch teilte er ihr lediglich mit, er habe wichtige Arbeiten für das Foreign Office zu erledigen. Damit erklärte er jahrelang seine Abwesenheiten, sein nächtliches Verschwinden und andere merkwürdige Begebenheiten. Aber in Aileens Augen erklärte das nicht seine permanente Angespanntheit. Für die Außenwelt überspielte er sie, doch seine innere Unruhe wurde für Aileen früh sichtbar. Während die zahlreichen Besucher der Philbys den unterhaltsamen Gastgeber genossen, kamen Aileen im Laufe der Jahre immer mehr Zweifel.
Philbys russischer Führungsoffizier Modin schrieb in seinen Memoiren, dass Aileen nichts von der Arbeit ihres Mannes für die Sowjetunion gewusst habe. Aber sie muss zumindest etwas geahnt haben. Sie war besonders eifersüchtig auf die enge Beziehung zwischen Kim und Guy Burgess. Sie spürte, dass Burgess nicht irgendein Freund war, sondern der Seelenverwandte ihres Mannes. In ihren Augen war Burgess eine große Gefahr, und sie würde recht behalten.

Den Burgess-Teil würde Wera noch genauer recherchieren müssen, aber mit dem Frauenkapitel war sie zufrieden. Sie versuchte sich jetzt auf das Bibliotheksbuch vor ihr zu konzentrieren. Es war gerade erst erschienen und hatte den Titel »A Spy amongst friends«. Der Autor listete darin all die alkoholischen Abstürze der Cambridgegruppe auf. Tatsächlich war es verblüffend, welche Mengen an Alkohol

Philby und seine Freunde ununterbrochen konsumiert hatten. Zu jeder Tageszeit wurde getrunken, es war, als ob diese Leute in einem permanenten Rausch lebten. Vielleicht erklärte sich das aus der nervösen Anspannung der Kriegsjahre heraus, in der man Betäubungsmittel jeder Art brauchte, um den nächsten Bombenangriff zu überstehen. Oder es war das Leben als Spion, die ständige Angst, entdeckt zu werden, die sie zur Flasche greifen ließ. Niemand schien an die Folgen zu denken, die Möglichkeiten, im Suff alles auszuplaudern, und natürlich die Leberzirrhose.

Wera hatte bereits achtzig Seiten gelesen, als mit einem Mal David vor ihr stand. Sie versuchte ruhig zu bleiben. Ohne aufzusehen, sagte sie:

»Kim Philby hat nicht nur sein Land verraten, er hat all seine Freunde permanent hintergangen. Es muss bei ihm chronisch gewesen sein. Man könnte es Betrugskrankheit nennen.«

»Können wir reden, Wera …«

»Er sah es sicher als ein Spiel, so eine Art Adrenalinstoß. Egal, wer und was – Hauptsache betrogen.«

David unterbrach sie: »Das mit Polina ist vorbei.«

Sie ignorierte ihn. »Und jede seiner Ehefrauen hat fest an ihn geglaubt, man muss sich das mal vorstellen, sie haben ihn trotzdem geliebt.«

»Wera …«

»Aber ihm war das natürlich egal. Er hatte nur eine Liebe – zum Kommunismus. Alles andere war sexueller Stressabbau.«

»Hör auf, Wera.«

»Der Mann war tragisch, sicher aber noch tragischer war, was er mit anderen machte.«

»Ich wollte dich nicht hineinziehen in all meine Probleme – das Ende mit Polina, mein Vater, alles, was im Moment in meinem Leben schiefläuft.«

Sie sah jetzt zu ihm auf, sie war so wütend, dass sie ihre Stimme nicht mehr unter Kontrolle halten konnte.

»Du wolltest mich nicht hineinziehen? Ich habe deinen Vater gefunden, ich war bei dir. Ich bin mittendrin, David!«

»Genau das wollte ich nicht.«

»Erklär mir das. Du wolltest nicht, dass ich deinen Vater finde, oder du wolltest vor zwei Wochen nicht mit mir schlafen? Was genau wolltest du nicht?«

»Ich will dich.«

»Was?«

Er nahm ihr das Buch aus der Hand. Das Lesezeichen fiel heraus. Es war das Siebzigerjahre-Foto von Hunt und Stef.

38

8. Februar 2015
Professor Hunts Haus
Jubilee Avenue
Cambridge

»Kennst du das Foto?«

David hatte es auf Hunts Küchentisch geworfen.

»Wer hat es gefunden?«

»Wera.«

»Wo hat sie es her?«

»Es lag bei uns zu Hause in einer Erstausgabe deiner Dissertation. Mein Vater hatte alles weggeworfen, was an dich erinnerte, aber die Bücher hatte er vergessen.«

»Ich hätte nie gedacht, dass Stef meine Bücher gelesen hat.«

»Sicher nicht aus Bewunderung.«

»Das auf dem Foto sind Stef, Jenny und ich, 1969 oder '70.«

»Ja, ich dachte mir, dass es Jenny ist.«

»Deine Mutter kannten wir damals noch nicht.«

»Sie war immer eine Randfigur?«

»Sie hatte mit unserer Gruppe nichts zu tun.«

»Aber mit dir, mit dir hatte sie etwas zu tun?«

»Das war sehr viel später, und es ist eine ganz andere Geschichte, David.«

»Wer hat das Foto damals aufgenommen?«

»Denys oder Georgina. Wir waren zu fünft, eine kurze Zeit lang.«

»Und dann?«

»Dann haben wir's vermasselt.«

»Du hast es vermasselt?«

»Ja, wahrscheinlich.«

Hunt sah ihn an. Wenn ihm jemand etwas bedeutete, dann David.

»Wera hat mir die Artikel gezeigt, die du damals geschrieben hast. ›Kampf den neuen Faschisten‹ et cetera.«

»Das ist altes Zeug.«

»Was ist in deinem Collegezimmer passiert?«

»Ich weiß es nicht, David. Wenn ich es wüsste, würde ich es dir sagen.«

»Alle glauben, du warst es.«

»Was glaubst du?«

David musste sich setzen. Die Tabletten lösten gelegentlich ein Schwindelgefühl aus, und er hätte sie am liebsten abgesetzt. Aber sie dämpften zumindest die Schuldgefühle.

»Ich hab nur noch von dir geredet. Ich hatte keine Ahnung, wie sehr ich meinen Vater damit verletzt habe. Er hat mich großgezogen, er saß an meinem Bett, wenn ich krank war, er hat mich zur Schule gebracht und mir das Essen gekocht, wenn es Mama wieder mal schlecht ging. Er hat alles für mich getan, und ich habe seit Mamas Tod nur noch von dir gesprochen und was für ein großer Historiker du bist und wie sehr ich dich bewundere.«

»Ich weiß, was du jetzt …«

»Ich habe ihn fallen gelassen, einfach so. Und jetzt ist er tot, und ich kann nichts mehr ändern. Nichts mehr! Nie wieder!!!«

»David …«

»Wie konnte ich glauben, dass du so viel besser bist?«

»Er wird verstanden haben, dass es nur eine Phase war. Alle Jugendlichen machen …«

»Warum hast du dich plötzlich so um mich bemüht?«

»Weil ich sehr viel von dir halte und glaube, dass du …«

»War es, um ihn zu verletzen? Um ihm auch noch seinen Sohn zu entfremden, nachdem du ihm die Frau genommen hattest?«

»David, das mit deiner Mutter war wirklich keine ernste Sache …«

»Bei dir ist nie was ernst, oder? Aber die Kosten, die Kosten, die für uns andere entstehen, die sind dir egal. Einfach scheißegal.«

David wartete auf keine Antwort. Er rannte aus Hunts Haus die Jubilee Avenue hinunter.

39

12. Februar 2015
Professor Plovers Haus
Cambridge

Polina reinigte mit Essig. Das hatte sie von ihrer Großmutter gelernt, und es war ihrer Meinung nach sehr viel gesünder und effektiver als westliche Putzmittel. Wenn Polina ein Haus putzte, verwandelte sie sich auch äußerlich in eine jüngere Version ihrer Großmutter. Sie steckte die langen Haare hoch, zog einen alten Kittel an und summte irgendetwas vor sich hin. Das Summen half ihr, nicht an die anderen Dinge zu denken. Sie war gut im Verdrängen, es war Teil ihres Lebens geworden. Auch wenn sie sich zum Putzen zwingen musste, so versuchte sie es zumindest als eine Art Therapie zu sehen. Es lenkte eine Zeit lang ab von all den anderen Dingen.

Zuerst fing sie immer mit der Küche an. Es war gut, mit dem Schlimmsten zu beginnen und sich dann langsam zu verbessern. Badezimmer zu reinigen war schon etwas erträglicher als Küchen, auch wenn Polina es hasste, die Toilette zu putzen. Sie musste dann immer an die Leute denken, die auf dieser Toilette gesessen hatten, und der Gedanke war alles andere als gut.

Die Arbeitszimmer waren ohne schlechte Assoziationen, aber meistens so chaotisch, dass sie hier besonders viel

Zeit verbrachte. Erst ganz am Ende nahm sie sich dann Wohnzimmer und Schlafzimmer vor. Wenn man erst einmal den Krimskrams vom Boden geräumt hatte, war das Durchsaugen schnell erledigt, und sie konnte sich der Wäsche widmen. Für das Haus der Plovers brauchte Polina etwa zwei Stunden täglich, bei ihren anderen Putzstellen variierte es. Die meisten schaffte sie im Durchschnitt innerhalb von sechs Stunden die Woche. Cambridger Akademiker waren nicht besonders anspruchsvoll, was Sauberkeit betraf, und sie gab sich nicht bei allen gleich große Mühe. Keiner von ihnen bemerkte, ob alle Ecken wirklich gut durchgereinigt waren. Ihre Arbeitgeber schienen froh zu sein, sie gefunden zu haben, und zahlten manchmal mehr als die geforderten zehn Pfund die Stunde. Polina hatte noch nie eine Beschwerde gehört. Trotzdem hasste sie ihre Arbeit. Sie fragte sich, wie ihre Großmutter das hatte aushalten können. All die Jahre lang für Leute zu putzen, die sie nicht ausstehen konnte. Sie hatte sich ihren Körper dabei ruiniert und war mit Ende fünfzig eine alte, ausgelaugte Frau gewesen. Polina wusste, dass ihr so etwas nicht passieren würde.

40

15. Februar 2015
YO! Sushi
Cambridge

Schnee war eine Seltenheit in Cambridge, aber für einen kurzen Morgen im Februar hatte sich die Stadt in einen weißen Postkartentraum verwandelt. Die Studenten zückten ihre Handys und machten Selfies vor einem schneebestäubten King's College, und am Fluss filmte der Lokalsender die verzuckerten Collegegärten für die Mittagsnachrichten. Jenny war extra einen Umweg durch King's College gegangen, um den Schnee zu sehen, doch mittlerweile bereute sie diese Entscheidung. Jede längere physische Anstrengung war eine Herausforderung geworden. Sie hätte lieber ein Taxi nehmen sollen, sie würde völlig außer Atem ankommen, und das machte keinen guten Eindruck. Sie fragte sich, ob es Zufall war, dass ihr MI5-Kollege sie ausgerechnet heute treffen wollte – am Jahrestag ihrer Rekrutierung. Er könnte es irgendwo in ihren Unterlagen gelesen haben, es musste ja der allererste Bericht sein, der vor fünfundvierzig Jahren über sie geschrieben worden war. Es war im Februar 1970 gewesen, als sie zum ersten Mal im University Arms Hotel gesessen hatte. Daphne Parson, die Frau, die sie damals rekrutiert hatte, war in den 1980er-Jahren gestorben. Auch das University

Arms Hotel gab es nicht mehr in seiner alten Form. Irgendwann hatte man dort Asbest entdeckt, und seit einem Feuer wurde es jetzt völlig renoviert. Falls die Investoren nicht noch Konkurs anmeldeten, würde es erst 2017 wieder eröffnet werden. Jenny glaubte nicht, dass sie die Neueröffnung noch erleben würde.

Es war wahrscheinlich eine gute Idee ihres neuen Kollegen, sich in einem so hypermodernen Kettenrestaurant wie YO! Sushi zu treffen. Die Leute saßen hier auf Barhockern und starrten auf das Fließband mit den farbigen Sushischalen vor ihnen. Niemand blieb lange, und niemand beachtete die anderen Gäste. Um die Mittagszeit war das Restaurant immer voll. Jenny sah, dass der Kollege einen der wenigen Tische im hinteren Teil des Restaurants ergattert hatte und ihr zuwinkte. Für einen unbeteiligten Betrachter musste das Ganze wie ein Treffen von zwei Arbeitskollegen wirken. Auf keinen Fall sahen sie wie ein Liebespaar beim Rendezvous aus, dafür war der Altersunterschied zu groß. Jennys Kollege war zwanzig Jahre jünger. Er wirkte jungenhaft und voller Enthusiasmus, und einen Moment lang überlegte Jenny, ob man ihn für ihren Sohn halten könnte. Der Gedanke war deprimierend.

»Ist der Schnee nicht wunderschön?«, fragte er fröhlich.

»Das Cambridge der Weihnachtspostkarten.«

Er schien den Sarkasmus in ihrer Stimme nicht zu bemerken. »Sie haben Glück, in dieser Stadt zu leben.«

»Ja, sicher.«

Daphne Parson, ihre alte Vorgesetzte, hätte nie mit ihr über das Wetter palavert. Im Gegensatz zu diesem jungen Mann hatte Daphne jegliche Klischees gehasst. Wahrscheinlich dachte der Kollege, Frauen erwarteten immer ein Vorspiel, selbst bei einem Arbeitsgespräch. Er schien zu vergessen, dass sie seit ihrem siebzehnten Lebensjahr dabei war und mittlerweile so ziemlich alles gesehen hatte. Was man mit ihr damals gemacht hatte, würde wahrscheinlich heute als eine Art Verführung Minderjähriger bezeichnet werden. Andererseits hatte sich in den letzten Jahrzehnten nicht so viel geändert. Die britische Armee schickte immer noch achtzehnjährige Soldaten in Kriegsgebiete. Man war eben nie zu jung, um seinem Land zu dienen. Oder dafür zu sterben.

Der Kollege schien langsam zu begreifen, dass sie nicht über die Schönheiten Cambridges reden wollte.

»Es sieht nicht gut aus für Ihren Freund.«

»Warum?«

»Wir hatten Mühe, die Polizei davon abzuhalten, ihn zu verhaften. Alles weist auf ihn hin. Die Einladung im Mülleimer, die alte Feindschaft mit dem Opfer, und dann hat er sich auch noch geweigert zu sagen, wo er zur Tatzeit war. Die Polizei wollte den Fall nicht an uns abgeben.«

»Aber wir haben den Fall, oder? Es ist unser Fall.«

Der Kollege zögerte, dann sagte er: »Ja, aber Sie stecken zu tief drin.«

»Was?«

»Sie sind raus. Es tut mir leid.«

»Er war es nicht.«

Er nickte verständnisvoll. »Wie lange haben Sie damals mit ihm zusammengelebt?«

»Acht Jahre.«

»Und Sie sind sich sicher, dass er keinen Kontakt mehr mit diesen … diesen Organisationen nach dem Vorfall von 1970 hatte?«

»Ja.«

»Wie sicher?«

Sie versuchte, nicht wütend zu werden. Sie war immer noch ein Profi.

»Er konnte nichts vor mir verheimlichen. Ich weiß alles über ihn. Jede Affäre, die er jemals hatte – während und nach unserer Zeit.«

»Das muss hart für Sie gewesen sein.«

Jenny war einen Moment lang irritiert. Sie kannte den Kollegen noch nicht sehr lange. War er schwul? Nur eine Frau würde so einen Satz zu einer anderen Frau sagen. Sie hatte keine Zeit für solche Kaffeeklatschsentimentalitäten.

»Das ist hundert Jahre her. Er hat später noch geheiratet, alles sehr bürgerlich und bieder. Im Moment schläft er mit Anne, der Dekanin seiner Fakultät.«

»Er hat den Ruf des ewigen Rebellen.«

»Alles nur Pose. Er ist ein Historiker, der gerne provoziert. Darauf hat er seine ganze Karriere aufgebaut.«

»Gut, was sind dann unsere Alternativen?«

»Das ist doch offensichtlich. Ihr wisst ja, was im Park los ist.«

Es war ein Euphemismus, den sie gebrauchten. Mit dem Park war der Science Park, das Hightechzentrum von Cambridge, gemeint.

»Ich melde euch seit Monaten nichts anderes. Die Chinesen, die Russen und sogar unsere lieben amerikanischen Freunde haben dort ihre Leute positioniert. Stefs Labor war nur eines von vielen Zielobjekten. Er hat es mir sogar selbst gesagt.«

»Wann?«

»Anfang November. Er war deprimiert, und er sagte, es gebe Sicherheitsprobleme in seiner Firma, und er nehme alles Wichtige nur noch mit nach Hause.«

»Nach Hause?«

»Ja, ich habe ihm auch gesagt, wie idiotisch das ist. Aber er meinte, ich als Historikerin verstünde ja nun wirklich nichts von Sicherheitsproblemen.«

Der Kollege lachte. »Das ist komisch.«

»Ja, bis vor ein paar Wochen fand ich das auch noch amüsant.«

»Wer hat Zugang zu seinem Haus?«

»Die Frage muss lauten: Wer hat keinen Zugang? Sein Sohn David und alle seine Freunde. Im Dezember hat David dann auch noch eine Weihnachtsparty gegeben. Da war halb Cambridge im Haus. Wir müssen rausfinden, wer auf Stef angesetzt war.«

Der Kollege nippte an seinem grünen Tee.

»Da sind wir noch dran.«

»Was ist mit dem Mädchen?«

»Sie ist eine Möglichkeit.«

»Eine Möglichkeit? Sie taucht hier auf, und wir wissen nichts über sie. Absolut nichts. Wer ist sie? Wer führt sie? Das kann doch nicht so schwer sein!«

Der Kollege nahm einen Sashimi-Teller vom Fließband und schüttete eine große Menge Sojasauce darüber.

»Gut. Ich kümmere mich darum.«

»Ja bitte.« Jennys Stimme klang sarkastisch. Er ging darüber hinweg und lächelte sie an.

»Eigentlich wollte ich heute mit Ihnen auch das Jubiläum feiern – fünfundvierzig Jahre.«

Sie war überrascht. Er wusste es also doch.

»Was bekomme ich? Eine goldene Uhr?«

Er lachte. »Wir hatten an ein silbernes Tablett gedacht. Nein, im Ernst, ich wollte Sie das immer mal fragen: Wie war Ihre Vorgesetzte damals, Daphne Parson? Sie ist ja mittlerweile eine Legende.«

»Sie zahlen?«

»Ja natürlich.«

Jenny nahm den teuersten Sushiteller vom Fließband.

»Parson war ein Scheusal.«

»Im Ernst?«

»Sie war die durchtriebenste, gerissenste und mutigste Frau, die ich je gekannt habe. Ich hätte so ziemlich alles für sie getan.«

»Alles?«

»Leider teilten wir nicht die gleiche sexuelle Orientierung. Aber sonst ja, alles.«

»Wie hat sie das geschafft?«

»Schauen Sie sich ihren Lebenslauf an. Im Krieg hat sie mit den Codebrechern in Bletchley Park die Enigmamaschine der Nazis geknackt. Das hat den Krieg um mindestens zwei Jahre verkürzt. Und als dann ihre Karriere als Mathematikerin vorbei war, mit Mitte vierzig, da hat sie einfach andere Aufgaben übernommen.«

»Wieso war ihre Mathematikerkarriere vorbei?«

»Diese Karrieren sind kurz, wie bei Sportlern. Ab vierzig verlangsamt sich bei vielen Mathematikern das Gehirn. Sie können dann in der Regel nicht mehr auf ganz hohem Niveau mithalten. Parson hat sich keine Illusionen darüber gemacht und nur noch unterrichtet.«

»Und unseren Job hat sie nebenher gemacht?«

»Sie hat mir gezeigt, wie man diese zwei Leben leben kann. Das der Dozentin und das andere.«

»Sie war Ihr Vorbild?«, fragte der Kollege.

»Welche Vorbilder hatten wir denn sonst? Unsere Hausfrauenmütter? Es gab nirgends Frauen, an denen wir Studentinnen uns orientieren konnten. Parson war die Art von Frau, mit der Sie jede Bombardierung überleben können.«

Er lächelte wieder. »Vielleicht sind Frauen für unser Metier also besser geeignet?«

Jenny sah ihn an. Er war definitiv schwul.

»Konzentrieren Sie sich auf das Mädchen.«

41

20. Februar 2015
National Archives
London

Jasper saß vor einem Karton voller Papiere und verfluchte David. Warum musste der Kretin ausgerechnet jetzt mit Polina Schluss machen? Sie war die Einzige gewesen, die ihnen mit den Mitrochin-Papieren helfen konnte. Aber seitdem David auf Wera umgeschwenkt war, wollte Polina mit niemandem mehr sprechen. Nicht einmal mit ihm. Dabei hatte er ja nun wirklich nichts mit dieser überflüssigen Beziehungsgeschichte zu tun. Er hatte David ganz sicher nicht dazu geraten, die Frauen zu wechseln. Wenn er eines in seinem Leben gelernt hatte, dann, dass man mit guten Freunden niemals Sex haben durfte. Sex mit Fremden war ungefährlicher. Und sie verlangten am nächsten Tag auch kein Frühstück.

Jasper schaute auf den großen Karton voller Akten. Das Monstrum war seine zweite Chance, gutes Material für seine Dissertation zu finden. Zugegebenermaßen keine besonders große. Vielleicht eher eine Hoffnung als eine Chance.

Er war auf die Idee gekommen, nachdem er die Enthüllungen über den berühmten Autor John le Carré auf einer Website gelesen hatte. Le Carré hatte während seiner Studienzeit in Oxford seine eigenen Kommilitonen für den MI5 bespitzelt. Das ergab Sinn. Die Briten waren ja nach der Enttarnung von Burgess, Maclean und Philby vorgewarnt und wollten eine solche Katastrophe nicht noch einmal erleben. Also fingen sie an, ihre eigenen Studenten zu überwachen. Und wer könnte unauffälliger Studenten bespitzeln als andere Studenten?

Das wiederum bedeutete, dass nicht nur die Russen, sondern auch die britische Seite Unterlagen über die Lage an den Universitäten sammelte. Auf dieses Material hoffte Jasper jetzt. Er starrte in das grelle Licht über ihm. Die National Archives waren ein besonders hässliches Archiv, ein wabenartiger Siebzigerjahre-Bau, an den man irgendwann einen etwas attraktiveren Neubau drangeklebt hatte. Im Parterre gab es eine überteuerte Cafeteria, und Jasper überlegte, ob er dort erst einmal einen seiner Aufheller mit Espresso herunterspülen sollte, bevor er sich den Karton ansah. Zumindest könnte das die potenzielle Enttäuschung noch etwas hinauszögern. Natürlich erwartete er keine Sensationen. Vor ihm lagen keine Geheimdienstakten, die waren alle noch gesperrt. Es waren die Akten des britischen Home Office, des Innenministeriums aus dem Jahr 1970. Aber hier könnten vielleicht Polizei- und Informantenberichte über linke Studentengruppen der 1970er-Jahre dabei sein. In erster Linie brauchte er das Material zwar für seine Dissertation, aber irgendwie hoffte er auch darauf, dass Hunt in diesen Akten auftauchte. Er und seine linken Freunde mussten doch damals observiert worden sein. Jasper kannte den Artikel, den Hunt kurz vor der Garden-House-Revolte für die Studentenzeitung geschrieben hatte, mittlerweile auswendig. Es klang wie der Aufruf zur Anarchie. Nach heutigen Maßstäben würde Hunt nach der Veröffentlichung eines solchen Artikels unter Terrorverdacht stehen. Jasper hatte sich immer wieder gefragt: Was, wenn Hunt einer der Bahnhofsnamen war, ein Student, der für die Sowjetunion spitzelte und sich dann später als der große Liberale verkaufte? Hatte es so eine merkwürdige Verwandlung nicht auch bei Kim Philby gegeben? Wera hatte es ihm detailliert erzählt, sie redete ja von nichts anderem als ihrem Dissertationsthema. Dieser Philby war über Nacht von einem begeisterten linken Studenten zu einem ehrenwerten Mitglied der britischen Gesellschaft geworden. Diese Bekehrung schien auch Hunt durchlaufen zu haben. Nach seinem Studium war er plötzlich der große Liebling des Establishments geworden. Für seine Bücher interviewte er unzählige Politiker und hohe Beamte, er kannte jeden in London und schien an alle Informationen heranzukommen, die er brauchte. Bis zu Stefs Ermordung war er ein Fernsehstar gewesen, dem jeder vertraute. Jasper war sich sicher, er könnte beweisen, dass Hunts Leben auf einer Lüge aufgebaut war.

Er entschied sich, nicht in die Cafeteria zu gehen, und nahm den Kartondeckel ab.

42

23. Februar 2015
Weras Zimmer
8 Jesus Lane
Cambridge

Das winterliche Cambridge war alles andere als ein gesunder Ort. Entweder wurde man von anderen Studenten angehustet, oder die feuchte Kälte kroch einem in die Knochen. Wera hatte gelesen, dass Guy Burgess irgendwann einmal gesagt hatte, in Cambridge wäre permanent der 17. Februar. Zumindest in diesem Punkt hatte er recht. Der Grund dafür waren sicher die Flachheit des Landes, über das ständig ein eisiger Wind wehte, und die Feuchtigkeit, die vom Fluss hochzog. Die gefühlte Kälte in dieser Stadt kam Wera auf jeden Fall um mehrere Grade tiefer vor, als der BBC-Wetterbericht es vermuten ließ. Sie hatte sich wieder einmal ins Bett geflüchtet und fröstelte. Wahrscheinlich hatte sie sich bei dem endlosen Rudertraining mit David eine Erkältung geholt. Sie konnte es einfach nicht fertigbringen, ihm zu sagen, wie sehr sie dieses ständige Rudern erschöpfte. Sie wollte ihn auf keinen Fall verletzen, er hatte schließlich seinen Vater verloren, und sie musste Geduld haben. Aber sie war sich manchmal nicht ganz klar darüber, wie sie ihre Beziehung jetzt bezeichnen sollte. Waren sie ein Liebespaar? Wenn ja, dann ein ungewöhnliches. Ihre Beziehung schien rückwärts zu verlaufen – sie hatte mit Sex begonnen und sich dann in eine Art altmodische Werbungsphase zurückentwickelt. David fand es beruhigend, mit ihr ganz in der Früh, wenn der Nebel noch über dem Cam hing, zum Bootshaus zu radeln und einen der Doppelzweier hinauszutragen. Sie ruderten dann schweigsam eine Stunde lang den Fluss hinunter. Es schien ihm zu helfen, und Wera wagte nicht zu sagen, wie kalt ihr war und dass sie lieber in einem Kaffeehaus mit ihm sitzen würde. Wenn er wenigstens über seinen Vater geredet hätte, wäre das schon ein Fortschritt gewesen, aber nichts Wichtiges wurde besprochen.

Sie setzte sich im Bett auf und schaltete ihren Laptop ein. Auf den Webseiten der britischen Zeitungen fand sie nur Meldungen, die ihre Februarstimmung verstärkten. Kämpfe in Syrien, Chaos in britischen Krankenhäusern und immer neue Kindesmissbrauchsfälle. Sie wusste, dass sie davon Albträume bekommen würde, und trotzdem fing sie an, die Artikel über die Missbrauchsfälle zu lesen. Es schien jeden Tag schlimmer zu werden, was herauskam, und alle waren darin verwickelt: Politiker und sogar Leute von der BBC. Bis in die 1970er-Jahre konnten diese Missbrauchsfälle mittlerweile zurückverfolgt werden. Jahrelang schienen die britische Polizei und die Justiz weggeschaut zu haben, jetzt waren alle Zeitungen voll davon.

Wera war so in die Berichte vertieft, dass sie zuerst das Klopfen nicht hörte. Als sie die Tür aufmachte, hatte sie einen Moment lang das Gefühl, dass vor ihr auch ein Opfer stand – Davids und ihr Opfer. Polina schien ihre Nervosität zu bemerken.

»Ich war in der Gegend. Montags haben wir immer unser Au-pair-Treffen im Pizza Express nebenan.«

»Die haben eine gute Champignonpizza.«

Polina machte eine wegwerfende Handbewegung.

»Es ist lächerlich, zehn Pfund für eine Pizza zu zahlen. Wir gehen da nur hin, weil die Mädchen es eleganter finden als Pizza Hut.«

Polina ging an Wera vorbei zum Fenster. Es war ein trüber Abend, und alles, was man sehen konnte, waren eine Straßenlaterne und die gegenüberliegende Mauer. Wera versuchte ihre Nervosität zu überspielen, indem sie den Touristenführer gab.

»Das da drüben ist Sidney Sussex College, du kennst ja sicher die Geschichte, die besitzen angeblich Oliver Cromwells Kopf, und nur der Master weiß, wo genau das Teil beerdigt ist. Und mein Zimmer hier hat eine verrückte Geschichte. Es war Kim Philbys Studentenzimmer.«

»Das hast du mir schon mal erzählt.«

»Die Inspiration kommt trotzdem nicht.«

Polina schaute sie an: »Vielleicht liegt das an den Ablenkungen, denen du seit Neuestem nachgehst?«

»Die Mitrochin-Papiere?«, fragte Wera. Sie versuchte normal zu klingen, aber sie wusste, sie hatte keine Chance. Polina hatte allen Grund, wütend zu sein.

»Nein. Ich meine David.«

»Es … es geht ihm nicht gut.« Weras Stimme drohte wieder zu kippen.

»Und du tröstest ihn aufopfernd.«

»Er kann nicht darüber reden, was passiert ist … Wir rudern zusammen.«

»Romantisch«, sagte Polina.

»Es ist furchtbar kalt auf dem Fluss.«

Polina warf ihr einen abschätzigen Blick zu.

»Du hast keine Ahnung, was Kälte ist, Wera. Warst du

schon mal in Russland? Da kannst du etwas über Kälte lernen, und ich meine nicht die Außentemperaturen. Wir haben dort heute einen hohen Feiertag, 23. Februar, Tag des Verteidigers des Vaterlandes. Sie werden alle in den Restaurants sitzen und Putin feiern.«

»Wirst du zurückgehen?«, fragte Wera.

»Solange Putin lebt, sollte ich das besser nicht tun.«

Wera wusste einen Moment lang nicht, was sie dazu sagen sollte. Polinas Leben war wohl noch schlimmer, als sie geahnt hatte.

»Du hattest Schwierigkeiten?«

»Teilnahme an Demonstrationen. Nichts Spektakuläres. Aber es wurde zunehmend kälter in meiner Umgebung. Das ist echte Kälte, Wera, aber die wirst du nicht kennen.«

»Weiß David davon?«

»Ich spiele nicht die Mitleidskarte.«

»Es tut mir sehr leid, Polina, du hast mir so geholfen mit dem Mitrochin-Archiv, mit den Übersetzungen …«

»Und das ist deine Art, Dankbarkeit zu zeigen.«

»Polina, ich …«

»Aber im Krieg und in der Liebe ist ja alles erlaubt. Napoleon, korrekt? Ich habe auch Geschichte in der Schule gehabt.«

Wera versuchte sich zu fangen.

»Napoleon war ein Massenmörder, ich glaube nicht, dass …«

»Aber mit Mördern kennst du dich doch aus, Wera, nicht wahr?«

»Was?«

»Wir wissen alle, was Kim Philby getan hat. Die Frage ist, was macht er mit dir?«

»Ich verstehe nicht, was du …«

»Du bist doch sonst nicht so langsam. Die Frage ist: Was hat deine krankhafte Beschäftigung mit Philby aus dir gemacht?«

Sie stand jetzt vor Weras Computer und schaute auf den Bildschirm. Die Überschrift der Daily Mail lautete: »Pädophile unter uns«.

»Findest du es nicht etwas makaber, dass du dich mit Leuten wie Philby beschäftigst, mit diesen dreckigen Spionagedingen, und dann auch noch die Leiche von Stef findest? Wer bist du, Wera? Eine Voyeurin, die sich an diesem Dreck aufgeilt? Oder vielleicht etwas sehr viel Schlimmeres? Eine von ihnen?«

Polina ging zur Tür, ohne eine Antwort abzuwarten.

»Du solltest dieses Zimmer dringend lüften. Es stinkt.«

43

14. März 2015
The Orchard Tea Room
Grantchester

Wera und David hatten Jasper seit Wochen nicht mehr gesehen. Er schien die Universitätsbibliothek zu meiden und war auch in keiner Vorlesung aufgetaucht. Sie vermuteten, dass er in den Tiefen eines ausländischen Archivs verschwunden war, wie immer auf der Suche nach der sensationellen, alles erklärenden Quelle. Wera vermisste Jaspers Hyperaktivität nicht – aber sie vermisste ein wenig seine unbeirrbare Zuversicht, dass es für alles im Leben eine Erklärung gab. Ihr waren Erklärungen in letzter Zeit abhandengekommen. Mit David konnte sie nicht darüber reden. Jedes Mal, wenn sie versuchte, über Stefs Tod zu sprechen, wechselte er das Thema.

Und dann hatte vor ein paar Tagen in Weras Postfach eine Karte gelegen, mit Jaspers schwungvoller Handschrift und einem einzigen Befehlssatz:

Orchard Tea Room, Samstag 15 Uhr, BEIDE!

Es war typisch für Jasper, dass er die Karte nicht einmal unterschrieben hatte. Er musste der festen Überzeugung sein, dass seine Handschrift unverwechselbar war und jeder automatisch einer Anordnung von ihm Folge leisten würde.

Wera zeigte David die Karte. Auf der Vorderseite war ein Luftbild von Grantchester abgebildet, einem kleinen Dorf außerhalb von Cambridge. Es sah aus wie die Location für einen Rosamunde-Pilcher-Film: eine normannische Kirche, umgeben von strohbedeckten Häusern und satten Wiesen.

David weigerte sich, nach Grantchester zu radeln. Seiner Meinung nach hatte die Tourismusindustrie das Dorf in den letzten Jahren völlig ruiniert. Wenn er das Wort Grantchester aussprach, dann klang es wie ein versunkenes Arkadien seiner Kindheit, das es so nicht mehr geben konnte und daher keinen Besuch wert war. Schuld an Grantchesters Niedergang war seiner Interpretation zufolge die neue Fernsehsendung »Grantchester«, in der ein junger Pfarrer Mordfälle löste. Seit der Ankunft des Filmteams hätten die alten strohbedeckten Pubs sich den neuen Zeiten angepasst und wären teurer geworden; selbst der Orchard Tea Room, der eine Institution in Grantchester gewesen sei, hätte seine Unschuld verloren.

Am Ende konnte Wera ihn doch überreden mitzukommen. Sie kannte die Fernsehserie »Grantchester« nicht, aber sie wollte den Orchard Tea Room sehen, in dem berühmte Schriftsteller und Wissenschaftler wie Virginia Woolf, Bertrand Russell und John Maynard Keynes in den 1920er-Jahren Tee getrunken hatten. Vielleicht war ja auch Philby einmal hier gewesen, an einem Sonntagnachmittag im Sommer. Oder war Tee trinken unter einem Apfelbaum zu banal für ihn? Eine typisch bourgeoise Idylle, das Bilderbuchengland, das er so verachtete?

Als Wera den Orchard sah, war sie froh, einen Bilderbuchgeschmack zu haben. Das hölzerne Teehaus sah nicht so kommerziell aus, wie David behauptet hatte, und die Liegestühle unter den Apfelbäumen wirkten alt und verwaschen. Alles hatte einen leicht verwunschenen Charme, und selbst David musste zugeben, dass sich nicht so viel verändert hatte. Der Tea Room schien zwar seine Preise stark erhöht zu haben, aber er bot immer noch die gleichen Kuchensorten an wie in Davids Kindheit – neben Scones gab es Karotten-, Schokoladen- und Apfelkuchen.

Gemeinsam luden sie mehrere Stücke davon auf ihre Tabletts und gingen in den Apfelhain, um Jasper zu suchen. Er lag mit verschränkten Armen in einem der Liegestühle und schien in keinster Weise in die Idylle zu passen.

»Alles okay, Jasper?«, fragte Wera.

Er schaute sie aus geröteten Augen an.

»Nichts ist okay. Ich habe Heuschnupfen. Es blüht hier alles, Cambridge im Frühling ist die Hölle. Bald werden die durchgeknallten Engländer auch noch anfangen, Tag und Nacht ihre beschissenen Rasen zu mähen. Es kann nur noch schlimmer werden.«

David ignorierte die Bemerkung über durchgeknallte Engländer.

»Welche Medikamente nimmst du?«

Jasper starrte in den Apfelbaum: »Irgend so einen Dreck, der einen müde macht. Auch wenn sie sagen, es hat keine Nebenwirkungen. Es hat natürlich fucking Nebenwirkungen. Ich muss ständig noch was nehmen, um wach zu bleiben.«

»Vielleicht sollten wir nicht unter einem Baum sitzen?«

»Die ganze Gegend hier ist pollenverpestet«, meinte Jasper. »Es ist egal, wo man sich den Dreck reinzieht.«

»Wo warst du die ganze Zeit, Jasper?«, fragte Wera.

»Kann ich erst mal was von eurem Karottenkuchen haben?«

Wera reichte ihm einen Teller mit einem extra großen Stück.

»Wir haben uns Sorgen gemacht. Wo warst du?«

»Ich habe einen interessanten Roman gelesen. Kennt ihr den ›History Man‹?«

David rollte die Augen. »Ich glaube nicht, dass Wera ihn kennt, aber ich musste den Roman schon in der Schule lesen.«

Jasper biss in den Kuchen: »Ja sicher, ihr Briten liebt ja so etwas. Also hier ist eine Zusammenfassung für dich, Wera. Das Buch ist eine Uni-Satire. Die Kirks, ein junges, spießiges Studentenpärchen, werden in den Siebzigerjahren plötzlich sexuell und politisch erweckt. Mr. Kirk verwirklicht sich als linksradikaler Dozent an einer Provinzuni, während er seiner Frau die Kinder und Hausarbeit überlässt. Er schläft mit Studentinnen und Kolleginnen, ganz egal. Mrs. Kirk versucht das auch, aber am Ende unternimmt sie einen Selbstmordversuch.«

Wera schien nicht ganz zu verstehen.

»Und das ist eine Satire?«

»Die Nebenfiguren sind witzig. Es gibt eine Psychologin, die als ›Recherche‹ mit Männern schläft, um ihnen ihre besten Ideen zu klauen, und mehrere verklemmte Kollegen, die Kirk dazu überredet, ihre Frauen zu betrügen.«

Wera nickte. »Jetzt verstehe ich, warum du das Buch magst.«

»Ich habe das nicht zum Spaß gelesen«, meinte Jasper. »Es ging mir um Hunt.«

Wera merkte, wie sich Davids Körper bei der Nennung von Hunts Namen verkrampfte.

»Was hat das Buch denn mit Hunt zu tun?«, fragte sie.

Jasper wurde von einem Niesanfall geschüttelt und brauchte einen Moment, um Luft zu holen. »Hunt ist ein totales Produkt der Siebzigerjahre. Eine Art Kirk-Doppelgänger. Hatte lauter Frauengeschichten und war der große linke Revoluzzer.«

Wera konnt den ironischen Unterton in ihrer Stimme nicht unterdrücken: »Ich dachte, er hat einen Deal mit der britischen Polizei gemacht? Hattest du vor ein paar Monaten im Caffè Nero nicht die Theorie, er hätte Stef 1970 verraten, um nicht von der Universität geworfen zu werden?«

Jasper schloss für einen Moment seine geröteten Augen. »Sicher, das war eine Theorie. Aber ich habe mittlerweile was Besseres gefunden.«

»Und was ist es jetzt?«

»Was, wenn er damals für die Sowjetunion arbeitete?«

Wera lachte: »Das ist nicht dein Ernst!«

»Pass auf! Bevor ihr Idioten Polina hintergangen habt, hat sie für mich die Siebzigerjahre-Akten im Mitrochin-Archiv durchgesehen. Da sind lauter Agenten mit Codenamen verzeichnet, die für die Russen gearbeitet haben. Alles Engländer, die die Sowjetunion liebten.«

Weras Stimme troff vor Sarkasmus. »Lass mich raten, einer hieß ›Hunt der History Man‹?«

»Nicht ganz. Sie hatten alle Namen von Bahnhöfen.«

»Im Ernst?«, fragte Wera.

»Ja, King's Cross, Victoria, Paddington, Liverpool und so weiter.«

»Das ist verrückt, Jasper. Wie willst du jemals die Klarnamen hinter diesen Bahnhöfen herausbekommen?«

Er zögerte einen Moment. »Du klingst schon wie Polina, total defätistisch. Aber einer von diesen Typen muss in

Cambridge rekrutiert worden sein. Die Akten des britischen Innenministeriums waren ebenfalls eine spannende Lektüre. Anscheinend gab es schon bei der Garden-House-Revolte den Verdacht, dass die Russen einen Provokateur beauftragt hätten. Einen Studenten, den sie wahrscheinlich in Cambridge rekrutiert hatten.«

»Was meinst du mit Provokateur?«, fragte David.

»Solche Provokateure gab es damals überall. Habt ihr mal von dem Ohnesorg-Mord gehört? Das war ein Fall in Berlin 1967 während der deutschen Studentenunruhen. Der Student Benno Ohnesorg wurde erschossen, von einem Polizisten in Zivil. Die Umstände wurden nie ganz geklärt. Erst 2009 stellte sich dann heraus, dass der Mörder von Ohnesorg, dieser Polizist, den alle für einen rechtsradikalen Drecksack hielten, für die Stasi arbeitete. Sein Mordauftrag war allerdings direkt aus Moskau gekommen.«

»Das klingt verrückt«, sagte Wera.

»Ja, aber es ist wahr. Der Mann sollte die Studentenunruhen anheizen, und das hat gut funktioniert. Die deutschen Studenten waren klarerweise entsetzt über den Mord an Ohnesorg, und einige radikalisierten sich danach. Wieso sollte das nicht auch bei dem Aufstand im Garden House so gelaufen sein? Einer der demonstrierenden Studenten hatte den Auftrag, die Dinge eskalieren zu lassen.«

»Und das war Hunt?«, fragte Wera ungläubig.

»Ich bin mir ziemlich sicher.«

»Und wie willst du ihn dazu bringen, das zu gestehen?«

»Dazu brauche ich euch.«

David war jetzt aufgestanden. »Vergiss es. Ich glaube kein Wort von diesem Scheiß.«

DRITTES SEMESTER (EASTER TERM)

21. April bis 12. Juni 2015

44

22. April 2015
London

Die Osterferien waren vorbei, und Wera fuhr jetzt einmal die Woche in das Nationalarchiv. Die Zugfahrt von Cambridge nach London dauerte nur fünfzig Minuten, doch die Weiterfahrt innerhalb Londons konnte endlos werden. Es war eine dröge U-Bahn-Strecke – die erste Hälfte unterirdisch, die zweite Hälfte oberirdisch an hässlichen Vororthäusern vorbei. Die Monotonie der Fahrt konnte Wera nur mit Kopfhörern und einer großen Musikauswahl ertragen. Meist hörte sie eine alte Adele-CD, während die berühmten Namen der Stationen an ihr vorbeizogen: Russell Square, Covent Garden, Leicester Square. Sie saß auf ihrem unterirdischen U-Bahn-Sitz und versuchte nicht an David zu denken. In den Osterferien hatten sie sich kaum gesehen. Angeblich musste er für die May Bumps, die College-Ruderwettkämpfe, trainieren. Aber es war ganz offensichtlich, dass das Gespräch in Grantchester ihn aufgeregt hatte. Wera hatte gehofft, dass Jaspers Theorie, so verrückt sie auch war, David endlich dazu bringen würde, über Stefs Tod zu reden. Aber das Gegenteil war der Fall, er war noch verschlossener geworden.

Die U-Bahn blieb in einem Tunnel stehen, es gab wieder einmal ein Signalproblem. Wera starrte in ihr Spiegelbild in den dunklen Fensterscheiben. Sie hatte nicht einmal das Gefühl, wirklich in London zu sein. Das richtige London, das interessante London, zog überirdisch an ihr vorbei, während sie auf ihrem Weg ins Vorortarchiv zuckelte. Die Vorstellung, ins Archiv gehen zu müssen, kam ihr plötzlich so deprimierend vor, dass sie beschloss, beim nächsten Halt einfach auszusteigen. Der Zug fuhr in Piccadilly Circus ein, einer chaotischen Station voller Touristen. Bevor die Türen sich wieder schließen konnten, sprang Wera hinaus. Es war verrückt, aber sie fühlte sich sofort besser. Hier zu stehen war ein wenig wie Schuleschwänzen. Die Station war stickig und hektisch, die Menschen rannten fast zu den vielen Ausgängen, um an die frische Luft zu kommen. Wera merkte, dass sie selbst anfing, schneller zu gehen, obwohl sie nicht wusste, wohin. London kannte sie vor allem aus Büchern über die Cambridge Fünf. Das London der Fünf war allerdings eine völlig andere Welt gewesen, eine graue Nachkriegsstadt mit Bombenschäden. Noch bis 1951 hatte es in Großbritannien Lebensmittelkarten gegeben, ein Jahr länger als in Westdeutschland. Trotzdem schien es für die Fünf immer eine stimulierende Stadt gewesen zu sein, die sie nie verlassen wollten. Besonders Burgess war ein begeisterter Londoner gewesen, dessen Leben sich ausschließlich im West End abspielte – zwischen den respektablen Herrenclubs in der Pall Mall und den weniger respektablen Schwulenclubs in Soho. Es war ein kleiner geografischer Radius, der auch seine Arbeitsstellen in Whitehall und bei der BBC in Bush House mit einschloss und den er nur ungern verließ. Als sein Führungsoffizier ihn einmal in einem Londoner Vorort treffen wollte, sagte Burgess wahrheitsgemäß, dass er noch nie in einem Londoner Vorort gewesen sei und nicht wüsste, wie man dorthin käme.

Auf seiner mentalen Landkarte existierten einfach keine Vororte.

Es musste daher besonders grausam für ihn gewesen sein, die letzten Jahre seines Lebens in einem drögen Vorort von Moskau zu verbringen.

Wera stand jetzt im Zentrum von Burgess' Welt, am Piccadilly Circus. Vielleicht war sie deswegen hier ausgestiegen, ohne sich dessen bewusst zu sein. Sie ging auf den Eros zu, das Wahrzeichen von Piccadilly Circus, an dem sich alle Reisegruppen der Welt verabredeten. Es war ein lauter Platz, voller Verkehr und blinkender Reklamen. Gegenüber dem Eros lag ein Restaurant, das Wera von Fotografien her kannte: das Criterion. Hier hatte sich in den 1930er-Jahren der britische Faschistenführer Oswald Mosley mit seinen Anhängern getroffen.

Philby und Burgess hatten in diesem Restaurant mit Mosleys Leuten gegessen, als sie sich 1936 eine neue Identität zugelegt und Interesse für rechtsradikale Bewegungen vorgetäuscht hatten. Anschließend war Burgess dann vielleicht in seinen Club spaziert, die Regent Street hinunter zur Pall Mall. Wera ging jetzt in die gleiche Richtung. Sie hatte noch nie einen dieser Clubs aus der Nähe gesehen, aber sie wusste, wie wichtig das Londoner Clubleben für die Cambridge Fünf gewesen war. Heute bedeutete »Clubbing«, durch Clubs zu ziehen, Musik zu hören und zu tanzen. Für Männer der Oberschicht symbolisierten Clubs etwas völlig anderes. Sie galten als ein Statussymbol, aber vor allem waren sie ein Fluchtort – für verheiratete Männer vor ihren Familien, für Unverheiratete vor ihrer Einsamkeit.

Jeder Club war ein eigener Mikrokosmos, so wie es Jules Vernes in seinem Roman »Reise um die Erde in achtzig

Tagen« beschrieben hatte: Hier saßen Männer beim Kartenspiel, diskutierten, schliefen über ihren Zeitungen ein oder verbrachten ihre Zeit damit, groteske Wetten abzuschließen. An diese exklusive Adresse konnte man sich Post nachsenden lassen, hierhin konnte man seine Freunde zum Essen einladen. Wera hatte gelesen, dass es bis heute in den Clubs nicht erlaubt war, Unterlagen in den Speisesaal mitzubringen. Wenn man Geschäftspapiere oder Memos austauschen wollte, musste man in einen Vorraum gehen oder ein separates Zimmer buchen. Clubs sollten eine Sphäre der Entspannung bleiben, in denen man keine profanen Verträge abschloss. Aber dieses Idyll konnte nicht ganz stimmen. Wera war sich nach der Lektüre mehrerer Biografien ziemlich sicher, dass die Clubs nicht nur Orte des Eskapismus, sondern vor allem der perfekten Nachrichtenvermittlung waren. Sie konnten für ihre Mitglieder von großem gesellschaftlichen und beruflichen Nutzen sein. Auch wenn man keine Papiere austauschen durfte, wurden hier auf diskrete Weise Geschäfte gemacht, Karrieren geschaffen – und beendet. In Clubs wurde beraten, wer für welchen Posten geeignet war und wer den Abstieg fürchten musste. Am besten zeigte sich das an Philbys Karriere. Seine Aufnahme in den MI6 wurde in einem Club besprochen, und auch im Leben von Burgess und Maclean spielte ein Club die letztlich entscheidende Rolle.

Wera lief jetzt die Pall Mall hinunter. Hier waren sie alle, die besten Gentlemen-Clubs Londons – Athenaeum, Travellers, der Oxford und Cambridge Club und der Reform Club. Sie sah Männer in dunklen, maßgefertigten Anzügen in die Clubs hineingehen. Es waren vor allem Männer und nur vereinzelt Frauen. Bis heute nahmen einige Clubs noch immer keine Frauen auf – Wera hatte gelesen, dass der Erzbischof von Canterbury seine Mitgliedschaft im Travellers Club demonstrativ gekündigt hatte, nachdem sich die anderen Mitglieder geweigert hatten, Frauen zuzulassen.

Wera interessierte sich im Moment jedoch nur für die Geschichte eines ganz bestimmten Clubs: des Reform Club. Es war der Ort gewesen, an dem Burgess und Maclean ihre Flucht geplant hatten. Beide waren dort seit Jahren Mitglieder, und es wirkte daher ganz normal, dass sie sich hier im Mai 1951 zum Lunch verabredeten. Die Vorgeschichte dieser »völlig normalen« Verabredung war jedoch alles andere als normal. Guy Burgess hatte einiges unternehmen müssen, um überhaupt nach London kommen zu können. Er war für dieses eine Mittagessen extra aus Amerika angereist. Es sollte seine letzte Reise auf Staatskosten werden.

Wera stand jetzt vor dem Reform Club. Sie kannte Fotos des Clubs aus den Fünfzigerjahren. Die Fassade schien sich nicht verändert zu haben, sie war immer noch ein schmutziges Grau. Trotz allem war es ein beeindruckendes Gebäude, um das Jahr 1830 erbaut, drei hohe Stockwerke mit georgianischen Fenstern und einer breiten Treppe, die zum Eingang führte. Genau hier hatten sich Burgess und Maclean im Mai 1951 zu dem entscheidenden Mittagessen getroffen.

Wera setzte sich auf die Treppenstufen des Clubs und holte ihren Laptop aus der Computertasche. Sie wollte ein paar Sätze über den Reform Club in ihr Burgess-Kapitel einbauen.

Flucht

Im August 1950 war Burgess an die britische Botschaft in Washington versetzt worden. Seine Vorgesetzten im Foreign Office hatten ihm signalisiert, dass dies seine endgültig letzte Chance wäre. Kurz zuvor hatte er im angetrunkenen Zustand einen Mann zu Tode gefahren und einen Kollegen krankenhausreif geschlagen. Der Kollege hatte den Fehler begangen, sich positiv über die Amerikaner zu äußern, was Burgess so in Rage versetzt hatte, dass er nicht mehr hatte aufhören können, auf ihn einzuschlagen. Ein Grund für seine Wut war – abgesehen von seinem Alkoholismus – der Beginn des Koreakrieges. Burgess machte die Amerikaner für den Krieg verantwortlich und teilte jedem, der es hören wollte, mit, dass die USA ein Verbrecherland wären. Anfangs konnten seine Ausfälle noch vertuscht werden, aber die Beschwerden über Burgess' Benehmen rissen nicht ab. Es war offensichtlich, dass er London verlassen musste.

Ihn ausgerechnet nach Washington zu versetzen schien jedoch eine bizarre Entscheidung zu sein. Niemand verstand, warum ein lautstarker Antiamerikaner wie Burgess ausgerechnet jetzt in die USA geschickt wurde. War dies von seinen Vorgesetzten als humorvolle oder als zutiefst sadistische Entscheidung gedacht?

Antiamerikanismus hatte zwar in Großbritannien in linken wie in rechten Kreisen eine lange Tradition, aber von einem Berufsdiplomaten erwartete man dann doch, seine persönlichen Antipathien zu drosseln. Burgess erlegte sich derartige Hemmungen nicht auf, und wie die meisten seiner Freunde vorausgesagt hatten, verlief das »Burgess-geht-nach-Washington-Experiment« von Anfang an negativ.

Philby war mittlerweile in Washington gut etabliert. In seinen Memoiren erzählt er, wie er 1950 einen Brief von Guy Burgess erhielt, der mit dem Satz begann:
»Ich habe schlechte Nachrichten für dich, ich bin gerade nach Washington versetzt worden.« Burgess bat dann im nächsten Satz, ein paar Wochen bei Philby und seiner Familie in der Washingtoner Nebraska Avenue wohnen zu dürfen. Noch Jahre später bereute Philby, ihm diese Bitte erfüllt zu haben.
Ein Grund für Philbys Entscheidung, Guy Burgess in seinem Washingtoner Haus aufzunehmen, waren Guys »persönliche Probleme«. In seinen Memoiren schrieb er darüber:
»Bei mir konnte er viel weniger Dummheiten machen als in einer Junggesellenwohnung, wo er sich jeden Abend austoben konnte.«
Doch ganz egal in was für einem schlechten mentalen Zustand Burgess sich befand, der KGB konnte sich für die Idee der »Wohngemeinschaft« überhaupt nicht begeistern.
Die Situation muss die Russen an die späten 1930er-Jahre erinnert haben, als Burgess mit Blunt und Philby in Rothschilds Haus in London Partys gefeiert hatte. Es war ein gefährliches Experiment, diese Wohngemeinschaft wieder aufleben zu lassen. Burgess' amerikanische Wohnungswahl verärgerte nicht nur den KGB, sie stürzte auch Philbys Familie ins Chaos.
Sobald Burgess angekommen war, gab es Probleme. Zum Frühstück erschien er selten und wenn, dann schwer ramponiert. Er trank schon tagsüber und zog dann durch die Washingtoner Schwulenszene. Die Ehe der Philbys galt zu

diesem Zeitpunkt bereits als äußerst fragil, und Burgess schien besonderen Spaß daran zu haben, die Situation noch zu verschlimmern. Es überrascht daher nicht, dass Aileen Philby ihren unberechenbaren Hausgast zu hassen begann. Die Kriegsgeneration trank zwar Unmengen von Alkohol, und Mrs. Philby war in dieser Hinsicht einiges gewöhnt (sie selbst entwickelte im Laufe der Jahre ein schweres Alkoholproblem), aber Burgess verletzte sie auf eine andere Art. Er schien eine besondere Nähe zu ihrem Mann zu haben, und er demonstrierte ihr diese Nähe jeden Tag. Kim, der nie Zeit für seine Frau hatte, schien sich Burgess gegenüber zu öffnen, wie er sich ihr nie geöffnet hatte. Die beiden Männer verschwanden zusammen auf stundenlangen Autofahrten und schlossen alle aus ihren Gesprächen aus. Abgesehen davon machte Mrs. Philby sich wohl auch Sorgen darüber, welches Vorbild Burgess ihren Kindern bot. Sie wäre sicher noch wütender gewesen, wenn sie gewusst hätte, dass Burgess seinen KGB-Revolver unter dem Bett ihres ältesten Sohnes John versteckt hatte. John würde sich später nur noch daran erinnern, dass Burgess stark nach Knoblauch roch und nikotingelbe Fingernägel hatte, an denen er ständig kaute. Nachdem Burgess bei den Philbys eingezogen war, hatte Aileen plötzlich immer häufiger merkwürdige Unfälle. Philbys Freunde kamen zu dem Schluss, dass sie diese Unfälle selbst verursacht haben musste, um Aufmerksamkeit auf sich zu lenken. Diese Erklärung klang insofern logisch, als sie die Aufmerksamkeit ihres Mannes zu diesem Zeitpunkt restlos verloren hatte. Ihre Geschichte schien also dem klassischen Muster zu entsprechen – Ehemann vernachlässigt mit den Jahren langweilig gewordene Ehefrau, Ehefrau reagiert hysterisch. So weit, so vertraut. Bis auf einen wichtigen Punkt: Die langweilige Ehefrau wusste eine Menge über ihren

Ehemann, und sie war auf keinen Fall so diskret wie ihre Vorgängerin, die verschwiegene Litzi. Ganz im Gegenteil. Aileen machte immer häufiger Szenen, und es bestand die Gefahr, dass sie eines Tages Burgess bei seinen Vorgesetzten anschwärzen würde. Sie hätte allen Grund dafür gehabt, sich über ihn zu beschweren. Burgess zeigte seine Verachtung gegenüber Aileen mehr als deutlich. Er stand Frauen allgemein ambivalent gegenüber, besonders gegen Amerikanerinnen empfand er eine tiefe Aversion. Da er nun in Amerika lebte, wurde auch das zu einem ernsthaften Problem.
Ein Prototyp der amerikanischen Frau, den er nicht ausstehen konnte, war Libby Harvey. Libby war eine Washingtoner Gastgeberin und die Ehefrau des CIA-Gegenspionageexperten Bill Harvey. Sich Libby zum Feind zu machen war ausgesprochen unklug. Und genau diesen Fehler beging Burgess.
Am 19. Januar 1951 waren Libby und Bill Harvey bei den Philbys zu einem Abendessen in der Nebraska Avenue eingeladen. Es waren noch ein paar Bekannte von der CIA anwesend, unter anderem Philbys »bester« Freund James Angleton mit seiner Frau. Die Dinnerparty verlief normal, bis zu dem Zeitpunkt, als Burgess unerwartet ins Zimmer torkelte. Woher er genau an diesem Abend kam, war nicht klar, aber er wohnte immer noch bei den Philbys und war vielleicht nur auf der Suche nach seinem Bett. Libby Harvey schien begeistert zu sein, ihn kennenzulernen, und stürzte sich auf ihn. Sie war bereits leicht beschwipst und verlangte von Burgess jetzt, sofort und auf der Stelle gezeichnet zu werden.
Es war in Washington bekannt, dass Burgess ein Talent für kleine Porträtskizzen hatte. Er war schon oft gebeten worden, seine Gastgeber zu zeichnen, er benutzte es als seinen kleinen Partytrick. Das Problem an diesem Abend war jedoch, dass

Burgess nicht nur ziemlich betrunken, sondern auch sehr schlechter Laune war. Und so nutzte er die Gelegenheit, um Dampf abzulassen. Es war keine gute Idee, und Philby wie Burgess würden diesen Abend noch Jahre später bereuen. Die Karikatur, die er von Libby Harvey anfertigte, ist nicht erhalten geblieben, aber Erzählungen zufolge war sie durchaus erinnerungswürdig. Das Verletzende daran scheint nicht die Tatsache gewesen zu sein, dass er Libbys Gesicht zu grotesken Zügen verzerrte, sondern dass er sie halbnackt malte, mit breit gespreizten Beinen und einer alles andere als verlockenden Vagina.

Aus diesem Grund war es verständlich, dass Mrs. Harvey in Tränen ausbrach, und es war auch verständlich, dass Mr. Harvey sehr, sehr wütend wurde. Auch wenn er Philbys gestotterte Entschuldigung annahm, vergab er nichts. Ganz im Gegenteil. Er würde Philby einige Monate später beschuldigen, ein Sowjetagent zu sein. Das lag natürlich nicht nur an den umstrittenen Malkünsten von Burgess, sondern auch an einer genauen Analyse aller vorhandenen Indizien, die Bill Harvey nach diesem verhängnisvollen Dinner sammelte.

Das Abendessen ging in die Geschichte der Washingtoner Gesellschaft als eine der katastrophalsten Einladungen ein, die in dieser Stadt je stattgefunden hatten. Da an Washingtoner Abendessenstischen einiges vorfiel, war dies eine außergewöhnliche Leistung.

Abgesehen von Mrs. Philby und der gesamten Washingtoner Gesellschaft hatte Burgess sich auch seinen neuen Vorgesetzten, den Botschafter Sir Oliver Franks, zum Feind gemacht. Der Botschafter galt als relativ liberaler Chef, aber für Burgess war er sicher nicht liberal genug. Franks erhielt bald eine Kette von Beschwerden über seinen neuen Mitarbeiter. Die meisten kamen von der Washingtoner Polizei, die Burgess immer wieder betrunken aufgriff. In London hatten seine Freunde ihn in solchen Situationen schützen können, aber in Washington besaß Burgess kein derartiges Netzwerk. Seine Immunität als Diplomat bewahrte ihn vor dem Schlimmsten, doch es war nur eine Frage der Zeit, bis es zur Explosion kommen würde. Philby versuchte immer wieder, für Burgess zu vermitteln, seine Arbeit ließ ihm jedoch nicht viel Zeit. Da Amerika und Großbritannien sich mit der Sowjetunion im Koreakrieg befanden, waren Philbys Informationen in dieser Zeit für Moskau besonders wichtig. Gleichzeitig existierte ein Projekt, das die Amerikaner und Briten gemeinsam betrieben und das die Russen besonders beunruhigte – VENONA.

Die Steinstufen des Reform Club waren Wera mittlerweile zu kalt. Sie überlegte, ob sie versuchen sollte, in den Club hineinzukommen. Sie könnte dem Pförtner erzählen, sie schreibe an einer Doktorarbeit über Clubarchitektur des neunzehnten Jahrhunderts oder irgendetwas in der Art. Aber mit ihren Jeans und der Computertasche würde man sie wohl eher für eine fantasiebegabte Touristin halten. Sie entschied sich, in Richtung St. James's Park zu gehen und dort weiterzuarbeiten.

Das Geheimprojekt VENONA war der Grund dafür, dass Burgess im Mai 1951 im Reform Club einen Mittagstisch buchte.

Der Name Venona erinnert an eine Stadt in Italien, aber VENONA stand für ein neues Entschlüsselungsprogramm der Amerikaner und Briten. Ziel von VENONA war es, alle Nachrichten, die die sowjetischen Konsulate und Botschaften bis 1945 aus Amerika geschickt hatten, zu entschlüsseln. Wenn diese Entschlüsselung gelang, wäre es eine potenzielle

Katastrophe für viele KGB-Agenten, die im Westen arbeiteten. Der Mann, der VENONA am Ende zum Erfolg führte, war ein Amerikaner namens Meredith Gardner. Mit unendlicher Geduld hatten Gardner und sein Team seit 1946 die Puzzlesteine mehrerer verschlüsselter Botschaften zusammengesetzt. Philby unternahm alles, um zu erfahren, wie weit sie gekommen waren. Er tat, was er am besten konnte: Er versuchte, das Vertrauen von Meredith Gardner zu gewinnen. Wie so oft war der versierte Menschenfänger Philby ausgesprochen erfolgreich. Er schaffte es, Gardners bester neuer Freund zu werden, und besuchte ihn häufig bei der Arbeit. Gardner berichtete ihm stolz von seinen Fortschritten und zeigte ihm die neuesten Entschlüsselungen. Er hatte keinen Grund, Philby zu misstrauen. Schließlich arbeiteten sie an einem gemeinsamen amerikanisch-britischen Projekt, und es kursierte das Gerücht, Philby würde eines Tages vielleicht sogar Chef des MI6 werden. Mit einem einflussreichen Mann wie Philby befreundet zu sein war für den schüchternen Gardner daher nicht nur eine Freude, sondern möglicherweise sogar karrierefördernd. Ihre Freundschaft wurde umso intensiver, je mehr Material Gardner entschlüsselte.
Mittlerweile konnte er zahlreiche Nachrichten der Russen lesen, aber das bedeutete noch nicht, dass man sowjetische Spione sofort enttarnen konnte. Ihre Decknamen änderten sich zu oft. Wer zum Beispiel war dieser Engländer, den die Russen »Homer« nannten und der 1944 in der britischen Botschaft in Washington gearbeitet hatte?
Gardner konnte den Klarnamen nicht eruieren, aber Philby ahnte bald, dass hinter »Homer« Donald Maclean stecken musste. Er meldete seine Vermutung nach Moskau, wo man natürlich genau wusste, wer sich hinter Homer verbarg. Die entscheidende Frage, die der KGB jetzt beantwortet haben

wollte, war, wie lange es dauern würde, bis die Amerikaner hinter Homers Klarnamen kamen. Philby meldete Ende 1950, dass mittlerweile fünfunddreißig britische Diplomaten unter Verdacht stünden, Homer zu sein, und jede Woche mehr Verdächtige ausgeschlossen würden. Ein Rennen gegen die Zeit hatte begonnen. Im Januar 1951 war der Kreis der Verdächtigen bereits auf vier britische Diplomaten zusammengeschrumpft: Paul Gore-Booth, Roger Makins, Michael Wright und Donald Maclean. Gore-Booth galt als engster Favorit, da er sowohl ein Eton- als auch ein Oxfordabsolvent war. Das passte auf die Beschreibung eines russischen Überläufers, der 1937 ausgesagt hatte, die Sowjetunion hätte einen hohen Beamten im Foreign Office, der für sie spioniere und der in Eton und Oxford ausgebildet worden sei. Eine Schul- und Uniausbildung dieser Art war im Foreign Office zwar weit verbreitet (der Großteil der Diplomaten kam vom Balliol College, Oxford), aber Gore-Booth schien auch altersmäßig auf die Beschreibung zu passen. Dank der Verdächtigungen gegen Gore-Booth konnte Philby zumindest etwas Zeit gewinnen. Trotzdem befürchtete er, es könne sich jetzt nur noch um Wochen handeln, bis der richtige Homer enttarnt werden würde. Jemand musste Donald Maclean zur Flucht überreden. Aus Sicherheitsgründen hatten Philby und Burgess keinen sowjetischen Verbindungsmann in Washington, mit dem sie eine solche Flucht besprechen konnten. Burgess schlug daher vor, er könne nach London reisen, Maclean warnen und die Flucht vorbereiten. Philby war einverstanden, aber sie brauchten einen Grund für Burgess' Reise. Am unauffälligsten war ein Skandal. Da Burgess für sein skandalöses Benehmen bestens bekannt war, beschlossen sie, er solle es dieses Mal einfach zu weit treiben. Das verlangte von ihm kein großes schauspielerisches Talent. Mit Verve warf

er sich in die Vorbereitungen, ein besonders denkwürdiges Spektakel zu veranstalten.
Burgess hatte gerade eine Einladung zu einer Konferenz in South Carolina erhalten und nahm sich vor, ebendiese Einladung für seine Zwecke zu nutzen. Er beschloss mit dem Auto zur Konferenz zu fahren. Irgendwo auf dem Weg nahm er einen attraktiven Anhalter mit, dem er seine Fahrkünste demonstrierte. Das Paar verstieß gegen jede existierende Verkehrsregel und wurde dreimal wegen Geschwindigkeitsüberschreitung angehalten. Burgess war wie so oft betrunken Auto gefahren und beleidigte im Verlauf der Protokollaufnahme routiniert den Verkehrspolizisten. Am Ende ließ er seinen Anhalter irgendwo zurück und schaffte es gerade noch rechtzeitig zur Konferenz. Hier teilte er dann seiner Zuhörerschaft in klaren Worten mit, was er von der britisch-amerikanischen Freundschaft hielt (nicht viel).
Es dauerte nicht lange, bis bei der britischen Botschaft in Washington die Beschwerdebriefe eintrafen. Einer davon kam direkt vom Gouverneur von Virginia. Am 18. April wurde daher von Botschafter Sir Oliver Franks in Absprache mit dem Foreign Office entschieden, dass Burgess so schnell wie möglich nach Hause geschickt werden sollte.
Er hatte sein Ziel erreicht.
In seinen Memoiren beschrieb Philby, wie er und Burgess nun den Rettungsplan für Maclean ausarbeiteten:
»Wir gingen den Plan Punkt für Punkt durch. [Burgess] machte kein sehr glückliches Gesicht, und ich muss schon geahnt haben, was er vorhatte. Als ich ihn am nächsten Morgen zum Bahnhof fuhr, sagte ich halb scherzend zu ihm: ›Verschwinde nicht auch noch.‹«
Ob Philby diesen Satz wirklich so scherzhaft gesagt hatte, blieb fraglich. Viel wahrscheinlicher war, dass er den Satz eindring-

lich ausgesprochen hatte, denn er wusste genau, dass man ihn nicht mit Maclean in Verbindung bringen konnte, aber auf jeden Fall mit Burgess. Wenn Burgess verschwand, wäre das der Anfang vom Ende von Philbys Karriere.
Und genau das geschah.

Wera hatte sich für zwei Pfund sechzig einen Liegestuhl im St. James's Park gemietet. Es war ein schöner Frühlingstag, und am liebsten hätte sie jetzt etwas vor sich hin gedöst, aber sie wollte das Burgess-Kapitel zu Ende schreiben. Burgess und Maclean mussten oft in diesem Park spazieren gegangen sein, er lag ganz nah an ihrem Club. Hier konnten sie unbeobachtet reden. Wera versuchte sich die beiden vorzustellen, an diesem merkwürdigen Tag im Mai 1951.

Für seine Verhältnisse hatte Burgess eine relativ ruhige Rückreise auf der Queen Mary verbracht. Er lernte auf dem Schiff einen sympathisch-naiven Medizinstudenten namens Miller kennen, mit dem er ein Verhältnis anfing und den er nach seiner Ankunft in einem Londoner Hotel parkte. Er selbst quartierte sich bei seinem langjährigen On-off-Lebensgefährten Jack Hewit (der auch ein Liebhaber von Blunt gewesen war) in Nr. 10a New Bond Street ein. Mit der Wohnung in der New Bond Street blieb Burgess seinen alten Gewohnheiten treu.
Er bevorzugte immer die besten Gegenden der Stadt.
New Bond Street war nicht weit von Bentinck Street entfernt.
Hier hatte die Gruppe zehn Jahre zuvor ihren Marsch durch die Institutionen begonnen. Jetzt schienen sie kurz vor der Entdeckung zu stehen. 10a New Bond Street würde Burgess' letzte exklusive Anschrift sein.
Nachdem Burgess seine Koffer in der New Bond Street

abgestellt hatte, ging er zu Anthony Blunt. Er brauchte dringend seine Hilfe. Blunt und ihr gemeinsamer Führungsoffizier Yuri Modin sollten einen Plan entwickeln, um Donald Maclean so schnell wie möglich in die Sowjetunion zu bringen. Jahre später würde Blunt seine Rolle in dieser Geschichte abstreiten. In einem Fernsehinterview, das er nach seiner Enttarnung 1979 gab, wurde ihm die Frage gestellt, wer Maclean damals gewarnt habe. Seine Antwort lautete: »Philby.« Natürlich war dies nur die halbe Wahrheit. Philby saß in Washington und hatte keinen direkten Kontakt zu Maclean. Es waren Burgess und Blunt, die Maclean warnten und seine Flucht organisierten.

Im Anschluss an das Treffen mit Blunt ging Burgess betont nonchalant in das Foreign Office, um mit seinen Kollegen zu reden. Nach seinem Rauswurf aus Amerika gab es einiges zu besprechen, und irgendwann schaute Burgess auch in Macleans Büro vorbei. Er vermutete, dass der Raum bereits abgehört wurde, und schob Maclean einen Zettel zu. Sie sollten sich im Reform Club zum Mittagessen treffen. Niemand würde sie dort abhören können. Donald Maclean nickte nur. Er war zu diesem Zeitpunkt bereits in einem ausgesprochen schlechten Zustand und hochnervös.

Für einen Außenstehenden wäre diese Nervosität kaum verständlich gewesen. Maclean hatte schließlich alles, was man sich wünschen konnte: Mit seinen siebenunddreißig Jahren konnte er auf eine brillante Laufbahn zurückblicken. Seine Arbeit in Amerika, die ihn jetzt einholen würde, galt bis zu diesem Zeitpunkt als außergewöhnlich erfolgreich. Von 1944 bis 1948 genoss er als First Secretary an der britischen Botschaft in Washington das volle Vertrauen seiner Vorgesetzten. Gemeinsam mit seiner Frau Melinda konnte er große Erfolge in der Washingtoner und New Yorker

Gesellschaft vorweisen. In New York unterhielten die Macleans damals eine Art Zweitwohnsitz, angeblich, weil Melinda während ihrer ersten Schwangerschaft in der Nähe ihrer amerikanischen Mutter leben wollte. Tatsächlich war der Grund ein anderer. Maclean besuchte Melinda zu jener Zeit jedes Wochenende in New York. Nicht unbedingt, weil er ein rührend besorgter Ehemann war (die Ehe mit Melinda war absolut frei von Sentimentalitäten), sondern weil er hier unbeobachtet seinen neuen Führungsoffizier Gorsky treffen konnte. In Washington war es zu gefährlich, Material zu übergeben, in New York sehr viel einfacher.

1944 hatte es viele Gründe für Donald Maclean gegeben, Gorsky häufig zu treffen. Maclean hatte jede Menge hochbrisantes Material über den Bau der Atombombe weiterzureichen. Moskau führte bereits drei Leute in Los Alamos, die dieses Projekt auskundschafteten – Klaus Fuchs, Alan Nunn May und Theodore Hall. Diese drei Physiker besorgten die wissenschaftlichen Daten des Projekts, aber Donald Maclean war eine weitere wichtige Quelle, die über die Planungssitzungen in Washington berichten konnte. Es waren diese Berichte, die er als Homer von New York aus weitergegeben hatte und die jetzt, sechs Jahre später, Stück für Stück im VENONA-Projekt entschlüsselt wurden.

In den Jahren, in denen Maclean in New York und Washington arbeitete, hatte niemand etwas von seinem Geheimnisverrat geahnt. Ganz im Gegenteil, nach seiner »erfolgreichen Zeit« in Amerika war Maclean vom Foreign Office mit einer weiteren guten Stelle belohnt worden. 1948 bekam er die Vertretung in Kairo, eine besondere Ehre für einen noch relativ jungen Mann. Doch während sein britischer Arbeitgeber ihn unablässig förderte, schienen seine sowjetischen Auftraggeber ihn zu vernachlässigen. Gleich zu Anfang kam es zu Problemen zwischen Maclean und seinem neuen sowjetischen Führungsoffizier in Ägypten. Maclean hielt den Mann für unfähig und weigerte sich, mit ihm weiter zusammenzuarbeiten. Er spionierte zu dem Zeitpunkt seit fünfzehn Jahren für die Sowjetunion, in ständiger Angst vor Enttarnung. Mittlerweile war er psychisch am Ende. Von Kairo aus schrieb er einen Brief an die Moskauer Zentrale und bat, aussteigen zu dürfen. Er wolle mit seiner Familie in die Sowjetunion fliehen und alles hinter sich lassen. Der Brief wurde von der KGB-Zentrale nicht beantwortet. Die Konsequenz war, dass Maclean hemmungslos zu trinken begann. Und genau wie Burgess fing auch Maclean an, im betrunkenen Zustand Skandale zu verursachen. Eine seiner Sauftouren verlief besonders spektakulär. Er war mit dem britischen Journalisten Philip Toynbee im Nachtleben von Kairo unterwegs, als die beiden spontan beschlossen, die Wohnung einer Botschaftssekretärin zu zertrümmern. Warum sie sich ausgerechnet diese Sekretärin und ihre Wohnung ausgesucht hatten, konnte im Nachhinein nicht vollständig geklärt werden. Die Sekretärin arbeitete für den amerikanischen Gesandten in Kairo, und da Maclean – ähnlich wie Burgess – sowohl Amerikanern als auch Frauen gegenüber eine gespaltene Beziehung hatte, war diese Kombination für ihn wahrscheinlich unwiderstehlich. Gemeinsam mit Toynbee zerlegte er zuerst die Möbel der Sekretärin und machte sich dann an ihre Schränke. Sie zerrissen ihre Kleider und spülten sie die Toilette hinunter. Die Sekretärin konnte entkommen und alarmierte die Polizei. Maclean und Toynbee wurden vorübergehend festgenommen.

Das Foreign Office zeigte überraschend viel Verständnis für die Tat. Auch die Reaktion von Macleans Ehefrau schien ausgesprochen milde. Sie stellte sich hinter ihren Mann und argumentierte überzeugend, dass der arme Donald einfach überarbeitet sei und dringend Ruhe brauche. Er wurde aus Kairo abgezogen, und man schickte ihn zu einem Psychiater in London. Die Therapie schlug erwartungsgemäß nicht an. Natürlich war ein Erfolg schon allein dadurch unmöglich, weil Maclean nicht über sein Doppelleben sprechen konnte. Stattdessen redete er also stellvertretend bei den Sitzungen über eine andere Form von Doppelleben, das er führte, seine Bisexualität. Diese wurde nun vom Therapeuten zur Haupterklärung aller Probleme gemacht.

Melinda wusste seit ihrer Hochzeit alles über Donalds Arbeit als Spion, aber sie war verständlicherweise nur bereit, seine Bisexualität zu diskutieren. In einem Brief an ihre Schwester schilderte sie, dass Donald immer noch sehr »desorientiert und vage« sei, was seine sexuelle Orientierung betreffe, dass aber seine homosexuellen Sehnsüchte nur zum Vorschein kämen, wenn er getrunken habe. Dann würde er auch eine besonders starke Abneigung gegen Frauen empfinden (was erkläre, warum er die Wohnung der Sekretärin zertrümmert habe). In Wahrheit war seine Bisexualität natürlich Macleans geringste Sorge.

Sein sehr viel akuteres Problem bestand darin, dass er die Enttarnung als Spion fürchtete und der KGB lange nichts zu unternehmen schien, um ihn zu retten. Seine britischen Arbeitgeber verhielten sich hingegen rührend fürsorglich. Nachdem seine Sitzungen beim Psychiater als Erfolg bewertet wurden, machte das Foreign Office seinen Stardiplomaten Maclean 1950 zum Chef der amerikanischen Abteilung. Mit siebenunddreißig Jahren diese Stelle innezuhaben war ein großer Erfolg, besonders wenn man bedenkt, dass er nebenher noch viel Zeit in seine sowjetische »Nebentätigkeit« investieren musste.

Doch seinen neuen Job in der amerikanischen Abteilung konnte er auch deswegen kaum genießen, weil er kurz darauf unter Verdacht stand, Homer zu sein. Meredith Gardner hatte eine alte Nachricht vom Juni 1944 entschlüsselt, die klar zeigte, dass der Spion Homer eine schwangere Ehefrau hatte, die damals bei ihrer Mutter in New York lebte. Das traf nur auf Donald Maclean zu. Von diesem Zeitpunkt an wurde er vom MI5 überwacht. Einem Profi wie ihm konnten die dunklen Gestalten nicht entgehen, die nun überall auftauchten. Es waren MI5-Beamte, die sogenannten »Watchers«, die ihren Job mit offensichtlichem Unwillen erledigten und, wie sich später herausstellte, nicht besonders professionell agierten. Ihr Anblick verstärkte jedoch Macleans Angst.

Als Burgess im Mai 1951 auftauchte und ihm einen Zettel mit der Aufforderung zuschob, sie sollten sich im Reform Club treffen, wussten sie beide, dass ihnen nicht mehr viel Zeit zum Handeln blieb. Burgess hatte erfahren, dass Homer alias Maclean spätestens am Montag, den 28. Mai verhaftet werden sollte.

Es war bereits Freitag, der 25. Mai, Macleans achtunddreißigster Geburtstag. Dass er Geburtstag hatte, sollte sich als vorteilhaft erweisen. Anscheinend wollte man ihn mit Rücksicht auf seine Familie nicht an diesem besonderen Tag festnehmen.

Beim Mittagessen im Reform Club teilte Burgess ihm in knappen Worten den Fluchtplan mit. Ob Maclean danach noch viel essen konnte, bleibt fraglich. Im Anschluss an das Gespräch trennten sie sich demonstrativ. Burgess ließ einige Zeit verstreichen, bevor er den Pförtner bat, ihm eine Telefonverbindung mit einer Autovermietung herzustellen. Er mietete einen Wagen und vereinbarte, ihn am 4. Juni 1951 zurückzubringen.

Maclean war mittlerweile in einen anderen Club gegangen, den Travellers. Er hatte dort einen Scheck eingelöst. Das war nicht ungewöhnlich, er tat das jeden Freitag, um Melinda genügend Bargeld für die Haushaltskasse mitzubringen. Er hatte dann seine Vorgesetzten gebeten, Samstag freinehmen zu dürfen, um mit seiner Familie Geburtstag zu feiern (damals arbeiteten Beamte noch am Samstag). Der freie Tag sollte ihm den entscheidenden Vorsprung geben.

Burgess blieb nur noch wenig Zeit, um alles Weitere zu regeln. Er holte das gemietete Auto ab und redete mit seinem neuen Liebhaber, dem Medizinstudenten Miller. Er sagte ihm, dass sie jetzt leider doch keine gemeinsame Reise nach Frankreich unternehmen könnten, da er dringend einem Kollegen helfen müsse. Dann informierte er seinen alten Lebensgefährten, Jack Hewit. Hewit teilte der Polizei später mit, Burgess habe ihm gesagt, er müsse dringend verreisen. Er packte ein paar Kleidungsstücke ein, dreihundert Pfund in bar und eine Gesamtausgabe von Jane Austen. Hewit lieh ihm einen warmen Mantel, obwohl es Frühling war. Weder den Mantel noch Burgess würde er je wiedersehen.

In der Zwischenzeit hatte Maclean sich auf seinen üblichen Heimweg gemacht. Die Watchers folgten ihm und registrierten, dass er in den Vorortzug nach Kent einstieg. Maclean lebte mit seiner Familie in der Gartenstadt Sevenoaks, und der Zug nach Sevenoaks fuhr wie immer um 18.10 Uhr vom Bahnhof London Charing Cross ab. Die Watchers stiegen nicht mit ihm in den Zug, und von da an war Maclean ohne jede weitere Überwachung. Warum er nicht auch am Wochenende observiert wurde, konnte später niemand erklären.

Einen Agenten in ein feindliches Land einzuschleusen – zu »infiltrieren« – ist einfacher, als ihn zu »exfiltrieren«. Die

Exfiltration ist ein Zauberkunststück, und wie bei allen Zaubertricks verrät der Magier nicht gerne seine Methoden. Sie können schließlich ein Vermögen wert sein. Das traf auch auf die Flucht von Burgess und Maclean zu. Bis heute bleiben einige Fragen offen.

Maclean war gerade erst bei seiner Frau und den Kindern angekommen, als Burgess bereits an der Haustür klingelte. Die hochschwangere Melinda Maclean würde später aussagen, Burgess habe sich mit dem Namen Roger Stiles vorgestellt und angegeben, er sei ein Kollege ihres Mannes. Melinda war eine gute Geschichtenerzählerin, und sie würde bis Montagmorgen warten, bis sie dem Foreign Office die Geschichte von »Mr. Stiles« erzählte. Ihre Version lautete folgendermaßen: Da ihr Mann am Freitag Geburtstag gehabt hätte, habe sie vermutet, Mr. Stiles sei ein unerwarteter Geburtstagsgast. Man habe ihn daher zum gemeinsamen Geburtstagsessen eingeladen. Sie habe zur Feier des Tages einen großen Schinken gekocht (in Großbritannien war Fleisch bis 1954 rationiert, und daher wussten alle eine solche Delikatesse zu schätzen). Melinda schien es nicht merkwürdig zu finden, dass der ihr unbekannte Mr. Stiles einfach so vorbeigekommen war. Sie schien es auch nicht merkwürdig zu finden, dass ihr Mann nach dem Dessert schnell ein paar Sachen zusammenpackte. Er habe ihr erklärt, er müsse mit Mr. Stiles kurzfristig verreisen. Nachdem ihr Mann und Burgess verschwunden waren, brachte Melinda die Kinder ins Bett. Erst am Montag, den 28. Mai informierte sie dann das Foreign Office.

Melinda erwähnte gegenüber den entsetzten Beamten natürlich auch nicht, dass Donald nach dem Kofferpacken eine Postkarte zerrissen hatte – die eine Hälfte behielt er, die andere Hälfte gab er Melinda. Es war eine alte, aber ausgesprochen nützliche Methode unter Spionen. Melinda wusste, dass eines

Tages jemand mit einer Nachricht für sie kommen und ihr die andere Postkartenhälfte als Beleg mitbringen würde. Dann könnte sie die beiden Hälften wieder zusammensetzen. Sie würde Donald in die Sowjetunion folgen, und sie würden wieder eine Familie sein. Melinda war entschlossen, das nicht nur für die Kinder zu tun, sondern auch aus ideologischer Überzeugung. Macleans Arbeit für die Russen war der Hauptgrund gewesen, warum sie ihn nie verlassen hatte – hinter der Fassade der perfekt frisierten Diplomatenfrau steckte eine überzeugte Kommunistin.

Niemand im Foreign Office stellte Melindas Version infrage. Ganz im Gegenteil, man glaubte ihr jedes Wort. Sie war eine damenhafte Frau aus der amerikanischen Oberschicht, die die besondere Gabe besaß, ihre Gesichtszüge immer unter Kontrolle zu halten. Sie verlor auch jetzt nicht die Fassung, und das war eine Eigenschaft, die britische Beamte zu schätzen wussten. Eine hysterische Ehefrau hätte man kaum ertragen können. Melinda Macleans Affektkontrolle wurde rundum bewundert.

Wie der MI5 später herausfand, fuhren Burgess und Maclean nach dem »Geburtstagsessen« mit dem Mietauto nach Southampton. Dort ließen sie den Wagen stehen und nahmen dann ein Schiff mit dem Namen Falaise. Die Falaise war eine Art »Lustdampfer«, auf dem verheiratete Geschäftsleute ihre Sekretärinnen vernaschten und auf die Diskretion der Besatzung rechnen konnten. Niemand kontrollierte hier die Pässe, und es war auch leicht, beim Landgang in Frankreich einfach zu verschwinden. Genau das taten Burgess und Maclean, sobald das Schiff in Saint-Malo hielt. Sie nahmen ein Taxi, dann den Zug von Rennes nach Paris und anschließend von Paris nach Bern. In der Schweiz wartete man in der sowjetischen Botschaft schon auf sie. Hier gab man ihnen

falsche Pässe und Flugtickets nach Prag. Die beiden Männer flogen vom Züricher Flughafen in die Tschechoslowakei und verschwanden für den Rest ihres Lebens hinter dem Eisernen Vorhang.
Es war eine erfolgreiche Flucht, aber es gab ein Problem. Burgess' Auftrag war es zwar gewesen, Macleans Exfiltration zu organisieren, aber eines sollte auf keinen Fall geschehen: Er sollte *nicht* mit Maclean verschwinden. Das gefährdete die anderen Cambridgespione – vor allem natürlich Philby. Burgess und Philby galten als engste Freunde, und wenn Burgess verschwand, dann stand auch Philby unter Verdacht.
Vieles deutet darauf hin, dass Burgess nicht gehen wollte. Er wusste zwar, dass das Foreign Office ihn wegen seiner vielen Ausfälle jetzt endgültig entlassen wollte, aber er hatte bereits versucht, eine neue Stelle bei der BBC zu finden. Außerdem wollte er auf keinen Fall London verlassen. Zu Modin hatte er noch kurz vor der Flucht gesagt, er könne sich nicht vorstellen, irgendwo anders auf der Welt zu leben als in London. Außerdem könne er nicht fliehen, da er Philby fest versprochen habe zu bleiben. Auch Modin behauptete später, dass es ein Fehler gewesen sei, Maclean und Burgess gemeinsam verschwinden zu lassen. Aber die Instruktionen, die Modin aus der Lubjanka erhalten hatte, waren vage. Man hatte dort Burgess bereits abgeschrieben. Er war ein ausgebrannter Spion, bald auch kein Diplomat mehr, und seine Trinkerei machte ihn zu einem immer größeren Sicherheitsrisiko. Es schien an der Zeit für ihn, von der Bühne abzutreten. Burgess war zu diesem Zeitpunkt in solch einem schlechten psychischen Zustand, dass er keine klare Entscheidung mehr treffen konnte. Er nahm mittlerweile Morphium zum Einschlafen und Codein zum Aufwachen. Am Ende war er weder wach noch müde. Er war einfach nicht mehr bei Verstand, als er die Entscheidung traf,

mit Maclean hinter dem Eisernen Vorhang zu verschwinden. Vielleicht glaubte er in seinem Drogennebel tatsächlich, es gäbe für ihn eine Rückkehroption.
Als Philby am Dienstag nach der Flucht in die britische Botschaft in Washington kam, traf er auf seinen Kollegen Paterson, der aschfahl ein dechiffriertes Telegramm aus London in den Händen hielt. In seinen Erinnerungen beschrieb Philby diesen Moment sehr genau:
»›Kim‹, sagte Paterson, ›der Vogel ist weggeflogen.‹
Ich zeigte hoffentlich das entsprechende Entsetzen.
›Welcher Vogel? Doch nicht Maclean?‹
›Ja‹, antwortete er. ›Aber es ist da noch etwas Schlimmeres … Guy Burgess ist mit ihm gegangen.‹
Meine Betroffenheit darüber war nicht gespielt.«
Philby wusste, was das für ihn bedeutete. Von diesem Moment an stand er unter Verdacht. Er würde Burgess seine Flucht nach Moskau nie verzeihen. Mit dieser Flucht begann Kim Philbys Niedergang.

Wera klappte ihren Laptop zu. Mit der Burgess-Geschichte war sie ganz zufrieden. Vielleicht konnte David sie sich noch einmal ansehen und Vorschläge machen, falls er zwischen seinem endlosen Rudertraining für so etwas endlich einmal Zeit fand. Sie versuchte nicht darüber nachzudenken, wie kompliziert ihre Beziehung geworden war.

Es war jetzt Mittagszeit, und sie hatte Hunger. Sie verließ den St. James's Park und ging an den Clubs vorbei wieder Richtung Piccadilly Circus. Auf der Regent Street kam sie an mehreren Schnellimbissen vorbei, die interessant aussahen. Sie studierte die Speisekarte am Eingang von ITSU. Das Sushi hier schien relativ preiswert zu sein, sie könnte sich eine der größeren Boxen leisten. Durch die

Glasscheiben sah sie, dass das Restaurant fast voll war. Und dann entdeckte sie an einem der hinteren Tische Polina. Zuerst war sie sich nicht ganz sicher, ob es tatsächlich Polina war. Sie sah anders aus als in Cambridge, noch schöner, wenn so etwas überhaupt möglich war. Ihre Haare waren offen, und sie trug eine elegante dunkelblaue Bluse. Ihr gegenüber saßen eine Frau und ein Mann, von denen Wera nur die Rücken sah. Beide wirkten wie auf dem Sprung, sie trugen noch ihre Regenmäntel, und die Frau hatte einen Hut auf, was in einem Schnellimbiss etwas ungewöhnlich aussah. War das Polinas Mutter, die zu Besuch gekommen war? Aber das konnte nicht sein, eine solche Reise würde sie sich bestimmt nicht leisten können. Und warum war Polina überhaupt hier und nicht in Cambridge? Es war ein Wochentag, musste sie nicht auf die Kinder aufpassen? Irgendetwas an der ganzen Situation kam Wera merkwürdig vor. Wie hatte Hunt es damals bei der ersten Supervision ausgedrückt? »So erkennt man Fälschungen aus einer Mischung aus langjähriger Erfahrung und Instinkt.« War Polina eine Fälschung? Wera wusste nicht, ob es daran lag, dass sie gerade die Geschichte von Maclean und Burgess recherchierte, aber plötzlich hatte sie das Gefühl, dass alle um sie herum nur Theater spielten. Jeder hatte doch seine Geheimnisse, warum nicht auch Polina?

Wera wollte auf keinen Fall von Polina gesehen werden. Sie drehte sich um und rannte zur U-Bahn-Station Piccadilly Circus.

45

23. April 2015
Jamie's Italian Restaurant
Cambridge

»Sie war es eindeutig, Jasper. Ich hab sie gesehen.«

Wera und Jasper saßen in Jamie Olivers Restaurant im Zentrum von Cambridge. Es war ein hallender großer Raum, der völlig überfüllt war. Jasper sprach noch lauter als sonst, um die Konkurrenz zu übertönen.

»Du stalkst also Polina. Die Exfreundin deines Freundes. Pervers!«

»Nein! Ich habe in meinem ganzen Leben noch nie jemanden gestalkt!«, brüllte Wera zurück.

»Jetzt bin ich enttäuscht.«

»Was?«, fragte Wera.

Sie hatte sich Jamie Olivers Restaurant als etwas Elegantes vorgestellt. Tatsächlich erinnerte der große Speisesaal an einen Bahnhof, in dem selbst eine dröhnende amerikanische Stimme wie Jaspers übertönt wurde. Noch enttäuschender als die Akustik war das Essen. Wera hatte das Spezialgericht bestellt – laut Speisekarte handelte es sich um das Lieblingsgericht von Jamie Olivers Ehefrau Jules. Wera war kein Restaurantkritiker, aber selbst sie konnte erkennen, dass diese Nudeln arrabiata auf keinen Fall elf Pfund wert waren. Jules Oliver musste ein sehr langweiliges Leben führen, wenn sie ernsthaft glaubte, dieses Gericht sei »ein großes Abenteuer«.

Wera machte einen Anlauf, um noch mal zu Jasper durchzudringen.

»Es war Zufall. Ich war in der Pall Mall, und dann …«

»Was machst du in der Pall Mall?«, schrie Jasper.

»Da sind all diese Clubs und auch der, in dem Burgess und Maclean Mitglieder waren und …«

»Bist du reingegangen?«

»Nein, die hätten mich doch nicht reingelassen.«

»Du machst also die ganze Fahrt nach London zu dem Club, aber gehst nicht rein … Macht Sinn.«

»Ich wollte eigentlich ins Archiv. Wie auch immer. Auf dem Rückweg bin ich an einem Restaurant in der Lower Regent Street vorbeigekommen, und da war Polina mit diesen Leuten.«

»Mit was?«

»LEUTEN«, brüllte Wera.

»Was für Leuten?«

Einen kurzen Moment lang war es ruhiger im Restaurant geworden, und Wera sagte in normaler Lautstärke:

»Einer Frau und einem Mann, ich konnte die nicht genauer sehen, sie hatten mir den Rücken zugedreht. Aber die ganze Situation sah merkwürdig aus.«

»Wieso soll sie nicht in einem Londoner Restaurant sitzen?«

»Weil sie doch die ganze Zeit in Cambridge arbeitet und nie nach London fährt.«

»Vielleicht hatte sie einen freien Tag und hat einen neuen Freund, der in London lebt?«

Wera musste jetzt wieder schreien: »Nein, es waren ältere Leute.«

»Wieso ältere Leute, ich dachte, du hast nur ihre Rücken gesehen?«

»Ihre Kleidung war nicht jung. Die Frau hatte sogar einen Hut auf.«

»Das könnten Eltern sein, die sie als Kindermädchen einstellen wollen, hast du daran mal gedacht?«

»Nein.«

»Es ist das Naheliegendste. Sie will ihre Gastfamilie abstoßen und trifft sich heimlich für ein Vorstellungsgespräch mit den neuen. Es ist doch sicher viel lukrativer, für reiche Londoner zu arbeiten, als für diese verarmten Cambridgeakademiker. In London könnte sie vielleicht in so einer Villa in Kensington oder Notting Hill leben und das Dreifache verdienen.«

»Aber solche reichen Leute würden sie doch sicher in einer Agentur treffen. Oder bei sich zu Hause, um sie den Kindern vorzustellen?«

»Was weiß ich, wie Nannys in diesem durchgeknallten Land eingestellt werden! Warum redest du eigentlich nicht mit David darüber, oder ist es dir peinlich, dass du seine Exfreundin stalkst? Würde das die dunkle Seite der braven Wera zeigen – die eifersüchtige Wera?«

»Du bist ein Idiot, Jasper.«

»Ich hatte Psychologie im Nebenfach.«

»Wann hast du Polina zuletzt gesehen?«

Jasper gab einen grunzenden Laut von sich. »Vor Monaten! Sie ist immer noch sauer. Wahrscheinlich wegen euch, ich weiß es nicht. Ich habe ihr ein fantastisches Angebot gemacht, diese Papiere für viel Geld zu übersetzen, aber sie antwortet auf keine meiner E-Mails.«

»Ihr habt doch gemeinsam diese Bahnhofsnamen gefunden.«

»Ja, vor *drei* Monaten!«

»Vielleicht hat sie damals mehr in den Unterlagen gesehen, als sie dir erzählt hat?«

»Sicher, und das hat sie dann als gute Russin nach Moskau gemeldet?« Jaspers Stimme klang sarkastisch.

»Ich habe irgendwie das Gefühl, sie hat uns alle angelogen.«

»Gefühl. Sehr gut. Geht immer.«

»Wusstest du, dass die Russen das oft gemacht haben?«

»Au-pair-Mädchen als Agentinnen eingestellt? Wären Studentinnen da nicht besser? Was ist mit dir, Wera? Kommen deine Eltern vielleicht aus der ehemaligen DDR? Für wen arbeitest du? Würdest du es mir gestehen? Bitte gestehe, Wera!« Jasper lachte. Sein Gericht schien sehr viel besser zu sein als ihres. Vielleicht lag seine gute Laune auch am Alkohol. Er hatte bereits den dritten Gin Tonic bestellt.

»Es wäre keine neue Idee, solche Mädchen einzusetzen«, überlegte Wera. »Die Russen hatten zum Beispiel diese Agentin Maisie. Sie war eine echte Legende, hatte schon im Spanischen Bürgerkrieg mehrmals ihr Leben aufs Spiel gesetzt und wurde dann für eine neue Mission in Amerika ausgebildet.«

»Als Au-pair-Mädchen?«

»Besser. Als Kosmetikerin. Sie arbeitete in einem Schönheitssalon in Washington und machte den Damen der Gesellschaft die Facials. Und die plauderten hemmungslos über ihre Ehemänner. Sie hat auf diese Weise sogar 1961 die geplante Invasion in der Schweinebucht nach Moskau melden können.«

»Tolle Geschichte«, sagte Jasper. »Dann ist ja alles klar. Polina ist schuldig, eindeutig.«

»Verstehst du nicht? Es hat Tradition, solche Frauen einzusetzen. Da hat sich sicher nichts geändert. Polina ist viel zu schön und gebildet für eine Putzfrau.«

»Ich bin nicht sehbehindert, Wera. Aber was glaubst du, wie viele schöne Frauen heutzutage putzen müssen. Und wenn sie echtes Pech haben, dann gehen sie abends auch noch auf den Strich. Du willst, dass Polina für irgendwas schuldig ist, weil du dann kein schlechtes Gewissen wegen David mehr haben musst. Also siehst du überall Indizien. Das Wort dafür heißt Tunnelblick.«

»Sie hatte auch Zugang zu Stefs Haus«, erwiderte Wera.

»Was soll das jetzt? Willst du ihr auch noch einen Mord anhängen? Warum um Gottes willen sollte sie Stef umbringen?«

Wera schwieg. Sie wusste, wie unlogisch das alles klang.

»Also, jetzt drück mal die Stopptaste, Wera. Punkt eins: Die Bahnhofsnamen haben nichts mit Stef zu tun. Die sind meine Entdeckung, von der bisher nur Polina, du und David wissen. Punkt zwei: Stef ist nicht in seinem eigenen Haus ermordet worden – *zu dem wir übrigens alle Zugang hatten* –, sondern in Hunts Collegezimmer. Hatte deine Superspionin Polina also auch einen Collegeschlüssel?«

»Nein, natürlich nicht.«

»Und was noch wichtiger ist, wo ist ihr Motiv? Warum hätte sie Stef umbringen sollen? Bei David hätte sie ja einen Grund gehabt, Mord aus Leidenschaft oder irgend so ein Scheiß, aber bei seinem uralten *Vater?*«

Wera wusste, dass sie zu weit gegangen war, aber sie wollte gegenüber Jasper keine Schwäche zeigen.

»Okay, Jasper, du bleibst also dabei, dass es Hunt war. Aber warum ist er dann bisher nicht verhaftet worden?«

»Wahrscheinlich, weil die britische Polizei korrupt ist und die Elite schützt.«

»Okay, ich habe also einen Tunnelblick, und du hast keinen?«

Eine laute chinesische Reisegruppe betrat das Restaurant.

»Was hast du gesagt?«, schrie Jasper. »Ich verstehe gar nichts mehr!«

46

April
Cambridge

Die Sache mit Stef erinnerte sie immer ein wenig an die Geschichte von Donald Maclean. Nachdem aufgeflogen war, wer hinter dem Codenamen Homer stand, hatten Burgess und Philby alles in Bewegung gesetzt, um Maclean zu retten. Sie verstand das sehr gut. Das Gleiche hatten sie und ihre »rechte Hand« getan, nachdem Stefs Stick aufgetaucht war. Anfangs war es ein furchtbarer Schock für sie gewesen. Der Stick enthielt nicht die üblichen technischen Daten aus seiner Firma, sondern perfekte Übersetzungen und Analysen der Mitrochin-Papiere. Stef hatte ganz offensichtlich ein eigenes Computerprogramm entwickelt, das die Papiere systematisch nach Codenamen und den dazu passenden Arbeitsgebieten durchsuchte. Damit waren ihm nicht nur die Zusammenhänge von 1970 klarer geworden, sondern er stand auch kurz davor, all die »Bahnhofsnamen« zu entschlüsseln.

Von diesem Moment an hatte es keinen anderen Ausweg mehr gegeben, als Stef und seinen Stick loszuwerden. Man schützte seine eigenen Leute bis zuletzt. Dieser unbedingte Corpsgeist hatte eine lange Tradition, die bis auf die Anfänge des KGB zurückging. Burgess, Maclean, Blunt und Philby hatten in dieser Tradition gehandelt – Burgess bis zur Selbstaufgabe und Blunt und Philby im sicheren Wissen, damit ihre Reputation für immer zu gefährden. Alle vier hatten am Ende dafür einen hohen Preis zahlen müssen, aber es war die Sache wert gewesen.

Sie hatten Hunt für die Rolle des Mörders vorgesehen, und er hatte sich dieser Rolle durch einen idiotischen Zufall entzogen. Er war zur falschen Zeit am falschen Ort gewesen, und sie verstand nicht, wie er so viel Glück haben konnte. Sie gab die Hoffnung trotzdem nicht auf. Sie wartete, das konnte sie, darin war sie gut.

47

5. Mai 2015
Churchill-Archiv
Cambridge

Der Mai war windig und kalt geworden, die Straßen von Cambridge leerer als sonst. Die meisten Studenten saßen auf ihren Zimmern und tranken starken Kaffee. Es war Examenszeit und die Stimmung gedrückt. Nur Doktoranden wie Wera, David und Jasper hatten nichts zu befürchten. Sie würden ihren ersten Jahresbericht erst im Juli abgeben müssen.

Trotzdem hatte Wera versucht, David zu überreden, endlich mit seiner Arbeit weiterzumachen. Wenn er schon nicht über den Mord reden wollte, dann sollte er zumindest versuchen, an seiner Dissertation zu schreiben. Das war besser, als stundenlang auf dem Fluss vor sich hin zu rudern.

Sie saß jetzt seit einer halben Stunde vor dem Churchill-Archiv und wartete auf ihn. Um sich aufzuheitern, hatte sie sich den SPIEGEL gekauft. Zu ihrer Genugtuung war das ganze Magazin voll von dem Thema Spionage. Bisher hatte es ihre Landsleute nie sonderlich interessiert, dass es fernab ihres Alltags diese geheime Parallelwelt gab. Was früher ein Fall für Verschwörungsneurotiker gewesen war, schien nun seriöse Kommentatoren zu beschäftigen. Sie fragten sich plötzlich, was genau in dieser Parallelwelt geschah. Wer kontrollierte die Geheimdienste, oder waren sie schon lange außer Kontrolle geraten?

»Gehen wir rein?« David stand mit einem Mal vor ihr. Er versuchte fröhlich zu klingen, und sie merkte sofort, wie schlecht es ihm ging.

»Ist alles okay?«

»Alles bestens«, meinte David. »Also, was ist unser Arbeitsplan heute?«

»Wir müssen versuchen, einen neuen Übersetzer zu finden. Vielleicht hilft uns der Archivar dabei. Er kennt sicher russische Übersetzer, die früher schon mal für ihn gearbeitet haben.«

David versuchte zuversichtlich zu wirken. »Das regeln wir, mach dir keine Sorgen.«

Der Lesesaal des Churchill-Archivs war sehr viel leerer als bei ihrem ersten Besuch im Oktober. Vielleicht hatten die Mitrochin-Papiere bereits an Attraktivität verloren, und die Karawane der Spionageexperten war weitergezogen.

Der Archivar wirkte auf jeden Fall gelassener als damals. Er lächelte sie freundlich an.

»Wo ist Ihre hübsche Übersetzerin?«

»Leider kann sie nicht kommen«, log Wera.

Er schien enttäuscht zu sein und musterte ihre Collegeausweise: »Sie sind David Ferguson? Das hab ich Sie letztes Mal gar nicht gefragt. Sie sind nicht zufällig Stefan Fergusons Sohn?«

David nickte.

»Es tut mir sehr leid wegen Ihres Vaters.«

»Sie kannten meinen Vater?«

»Erst seit letztem Jahr. Es ist gut, dass Sie seine Arbeit fortsetzen.«

»Fortsetzen?«, fragte David.

Jetzt wusste der Archivar offensichtlich nicht, ob er einen Fehler gemacht hatte. »Sie wollen doch wieder die Mitrochin-Papiere einsehen? Genau wie Ihr Vater?«

Wera schaltete schneller als David.

»Ja, wir arbeiten an dem gleichen Thema wie Stef. Wir finden nur seine Bestellliste nicht mehr. In all dem Papierkram nach seinem Tod scheint sie untergegangen zu sein. Haben Sie vielleicht noch die Liste?«

Der Archivar lächelte. »Das ist kein Problem. Ich kann Ihnen einen Computerausdruck von all den Papieren geben, die er seit letztem Sommer bestellt hat.«

»Er war seit dem Sommer hier?«, fragte David ungläubig.

»Seitdem wir die Mitrochin-Papiere bekommen haben. Mittlerweile ist das Interesse abgeebbt, aber letztes Jahr schien sich jeder nur noch dafür zu interessieren. Es wird nicht lange dauern, wollen Sie warten?«

David setzte sich auf einen Stuhl im Leseraum. Er war sehr blass geworden.

»Ich kann es nicht fassen. Mein Vater wusste, dass ich mit dir und den anderen hier war. Und er hat mir kein Wort von seinen eigenen Recherchen erzählt.«

»Vielleicht wollte er dich schützen?«, meinte Wera.

»Vor was? Ich verstehe wirklich nicht, was er hier gemacht hat. Er war doch kein Historiker.«

»Vielleicht hat es etwas mit dieser Sache im Garden House Hotel zu tun. Die Probleme, die er nach der Demonstration 1970 hatte. Wusstest du denn gar nichts davon?«

David antwortete nicht. Wera berührte seine Hand. »Es wird eine Erklärung geben. Wir werden anhand seiner Bestellliste sehen, welche Dokumente er hier eingesehen hat.«

»Aber er konnte doch kein Russisch! Ich verstehe nicht, was er da bestellt hat und wieso.«

Der Archivar kam mit der Liste in den Lesesaal zurück. Er bemerkte, dass David blass aussah. »Soll ich ein Glas Wasser holen?«

»Nein, nein«, meinte Wera. »Der Tod seines Vaters …«

Der Archivar nickte verständnisvoll.

»Natürlich. Die Umstände, unter denen es passierte, waren schrecklich.«

Wera versuchte schnell das Thema zu wechseln. »Wissen Sie zufällig, welchen Übersetzer Davids Vater hatte?«

Der Archivar schien überrascht.

»Aber er hatte doch dieses Programm entwickelt.«

»Welches Programm?«

»Ein Computerübersetzungsprogramm. Ich war ja selbst etwas skeptisch, ob so etwas funktioniert, aber als er das letzte Mal hier war, sagte er, er habe damit einen Durchbruch erzielt.«

»Was für einen Durchbruch?«, fragte David.

»Er interessierte sich für Studentengruppen in Cambridge in den Siebzigerjahren. Anscheinend waren die für den KGB wichtig, aber das wird ja in den Unterlagen stehen. Es scheint wohl eine alte KGB-Tradition zu sein, Cambridger Studenten anzuheuern. Erinnern Sie sich an die Geschichte der Cambridge Fünf?«

»Ja, ich arbeite über Kim Philby«, sagte Wera.

»Natürlich, dann wissen Sie das ja alles. Aber ich hatte keine Ahnung, dass solche Rekrutierungen noch in den Siebzigern stattfanden. Wir haben in den Papieren lauter Agentenlisten, leider ohne Klarnamen.«

»Wir wissen von diesen Bahnhofsnamen, die keinen Sinn ergeben«, sagte Wera.

Der Archivar nickte. »Sie meinen Paddington.«

»Wieso Paddington?«, fragte David.

»Weil Ihr Vater sagte, das wäre der Student gewesen, den die KGB-Leute damals in Cambridge rekrutiert hätten. Er wollte herausfinden, wer Paddington war.«

48

7. Mai 2015
Glisson Road
Cambridge

Zwei Tage lang hatten sie nach Stefs russischem Übersetzungsprogramm gesucht. Weder zu Hause noch im Labor konnten sie irgendeinen Hinweis darauf finden. Am Abend des 7. Mai gaben sie auf. Es war Wahlnacht, und die gesamte britische Nation saß vor dem Fernseher, um die ersten Hochrechnungen zu sehen. Nur David schien sich dafür nicht zu interessieren. Er schlug Wera vor, stattdessen eine DVD anzuschauen. Sie war von seinem politischen Desinteresse alles andere als beeindruckt.

»Willst du nicht vorher wenigstens die Hochrechnungen erfahren?«

»Wieso?«

»Weil du Brite bist und dich dafür interessieren solltest, wer in den nächsten fünf Jahren dein Land regiert.«

David hantierte an dem DVD-Recorder.

»Ich weiß, wie es ausgehen wird. Die Konservativen bekommen die absolute Mehrheit.«

»Machst du Witze? Alle Umfragen sagen, niemand wird eine Mehrheit bekommen, eine neue Koalition wird nötig sein, und das wird wochenlange Verhandlungen nach sich ziehen.«

David schob die DVD ein.

»Das ist Quatsch. Die Meinungsforschungsinstitute liegen alle falsch.«

»Ah ja?«

»Denk doch mal nach, Wera. Alle sagen, dass dreißig Prozent der Wähler unentschieden sind.«

»Und?«

»Ich bin selbst unentschieden. Und was machen Leute, die sich nicht ganz sicher sind?«

»Was?«

»Sie gehen auf Nummer sicher. Sie gehen keine Risiken ein, sie wählen das, was sie bereits kennen. Sie wählen die Konservativen.«

»Hast du die Konservativen gewählt?«, fragte Wera.

»Ich habe gar nicht gewählt, nach unserem ewigen Suchmarathon hatte ich keine Energie mehr dafür. Stattdessen habe ich diese DVD für uns gekauft.«

Er hielt sie in die Höhe. Es war der Kinderfilm »Paddington«.

»An Weihnachten wollte mein Vater unbedingt mit mir in den Paddington-Film gehen. Er mochte diese Kinderfilme, ausgerechnet ein rationaler Mann wie er. Also bin ich mitgekommen. Aber das Merkwürdige war, der Film baute ihn überhaupt nicht auf. Er lachte kein einziges Mal. Nach dem Film war er völlig weggetreten. Wir gingen nach Hause, und er sagte: ›Paddington, das ist der Dufflecoat.‹«

»Du meinst, Paddington *trägt* einen Dufflecoat«, verbesserte Wera ihn.

»Ja, natürlich trägt der Bär einen Dufflecoat, dafür ist er ja berühmt. Das ist sein Markenzeichen, dieser altmodische Dufflecoat. Aber mein Vater schien etwas anderes zu meinen, Paddington erinnerte ihn an jemanden im Dufflecoat. Überleg doch mal. Er war vor uns im Archiv und hoffte etwas über den Vorfall im Garden House herauszufinden. Er wollte verstehen, ob es damals einen Verräter in ihrer Studentengruppe gab und für wen der arbeitete. Dann las er in den Mitrochin-Papieren all diese Bahnhofsnamen für britische Studenten, die die Russen in den Siebzigerjahren anwarben. Für uns ergeben sie keinen Sinn. Aber er kannte ja die Studenten hier in Cambridge. Er verstand, dass es sich bei Paddington nicht um den Bahnhof Paddington, sondern um den Bären handelte.«

»Der Bär ist doch nach dem Bahnhof benannt«, meinte Wera.

»Ja sicher, man assoziiert ihn mit dem Bahnhof, aber denk doch mal nach, womit assoziiert man ihn noch? Mit dem Schlapphut, dem Koffer mit Marmeladengläsern, die er bei sich trägt, dem Schild um den Hals und dem Dufflecoat. Der Student, der im Garden House dabei war und die Steine warf, muss einen Dufflecoat getragen haben.«

»Das könnte sein. Aber waren Dufflecoats zu der Zeit nicht Mode? Hatte nicht jeder einen?«

»Bestimmt. Aber die Farbe könnte eine Rolle spielen. Der Paddington-Bär trägt immer einen blauen Dufflecoat. Es gibt in Spielzeugläden auch Paddingtons mit roten zu kaufen, aber im Original ist er blau. Es muss jemand mit einem blauen Dufflecoat gewesen sein, an den mein Vater sich erinnerte. Es ist wie bei den Codenamen deiner Cambridge Fünf. Wenn man den Kontext kennt, sind die Codenamen fast zu offensichtlich – ›Waise‹ für Maclean, der gerade seinen Vater verloren hat, ›Mädchen‹ für den schwulen Burgess und ›Söhnchen‹ für Philby mit seinem Vaterkomplex.«

Wera nickte. »Und dann ist da immer noch der Codename ›Professor‹, der nie entschlüsselt wurde.«

»Ja, aber wer auch immer dieser ›Professor‹ war, der mit Philby arbeitete, der ist sicher seit Jahrzehnten tot. Mich interessiert viel mehr ein lebender Professor.«

»Du glaubst, Jasper hat recht, und es war wirklich Hunt?«

»Warum sonst ist mein Vater in Hunts Zimmer umgebracht worden?«

49

8. Mai 2015
Addenbrookes-Krankenhaus
Cambridge

Nur einen Tag nachdem die Wahl überstanden war, brach wieder eine dieser unseligen Erinnerungsfeiern über die Nation herein – Victory in Europe Day, siebzig Jahre Kriegsende in Europa. Hunt gingen diese Feiern maßlos auf die Nerven, seiner Meinung nach verschleierte die Erinnerungsmanie, dass alle Nationen auf dem Prinzip der Amnesie aufgebaut waren. Natürlich wollte so etwas keiner zugeben; jeder Anlass, um Fahnen zu schwenken und neue Erinnerungsorte zu inszenieren, war den Leuten recht. Hunt würde keine Fahnen schwenken und auch nicht seine lange vorbereitete Rede halten.

Ursprünglich hatte die Universitätsleitung ihn als Festredner eingeladen, doch nach dem Mord an Stef war er wieder ausgeladen worden. Professor Brendan Simms sollte nun den Vortrag an seiner Stelle halten. Mittlerweile war es Hunt egal, von wem er ausgeladen wurde. In gewisser Weise gab es ihm seine alte Freiheit zurück. Er war ein vogelfreier Wissenschaftler geworden, der auf nichts und niemanden mehr Rücksicht zu nehmen brauchte.

Nur einer Verpflichtung konnte er dann doch nicht entkommen. Er musste Jenny besuchen. Seit Wochen hatte er diesen Besuch hinausgeschoben. Wie die meisten Menschen hasste Hunt Krankenhäuser, und ganz besonders hasste er das Cambridger Universitätskrankenhaus Addenbrookes. Es war ein Labyrinth mit einem grauenhaften Parkhaus, in dem man den verzweifelten Kranken und ihren Angehörigen auch noch Unsummen an Parkgebühren abnahm. In seiner Zeit als junger Tutor war Hunt öfters mit seinen Studenten hier in der Notaufnahme gelandet. Sie hatten ihn, meist nachts, heulend angerufen, weil sie volltrunken von Brücken in den Cam gesprungen waren oder sich auf irgendwelchen anderen idiotischen Wegen verletzt hatten.

Jetzt musste Hunt in die onkologische Abteilung, und das war noch um einige Grade härter als die Notaufnahme. Hier lagen die hoffnungslosen Fälle, und die wollte er wirklich nicht sehen. Aber es blieb ihm dieses Mal nichts anderes übrig.

Es dauerte fast vierzig Minuten, bis er Jennys Krankenzimmer gefunden hatte, nirgends auf der Station schien eine Krankenschwester zu arbeiten, und am Ende hatte eine Putzfrau ihm das Zimmer gezeigt. Es war ein Zweibettzimmer, anscheinend ein seltener Luxus in diesem Krankenhaus. Als er die Tür aufmachte, dachte er, die Putzfrau habe sich geirrt, das konnte nicht Jennys Zimmer sein. Im ersten Bett, nahe der Tür, schlief ein junges rothaariges Mädchen. In dem anderen Bett, am Fenster, lag eine ausgemergelte alte Frau, die ein gelbes Kopftuch trug. Es brauchte ein paar Sekunden, bis er verstand, dass es tatsächlich Jenny war. Sie hatte das Kopfende ihres Betts hochgestellt und starrte auf den Fernseher. Es liefen Bilder von Weltkriegsveteranen, die der Queen die Hand schüttelten. Die neunundachtzigjährige Elizabeth II. sah jünger aus als Jenny. Hunt versuchte, nicht zu zeigen, wie erschrocken er war. Als Jenny ihn bemerkte, lächelte sie.

»Ich sehe furchtbar aus.«

»Ich hatte es mir schlimmer vorgestellt«, log Hunt.

Sie kramte nach der Fernbedienung. Es fiel ihr sichtlich schwer, den Ausschaltknopf zu finden.

»Bist du hier, um das Kriegsende zu feiern, Hunt?«

Er versuchte fröhlich zu klingen,

»Unseres? Waren wir im Krieg miteinander?«

»Eine Zeit lang.«

Er setzte sich auf den Stuhl neben ihrem Bett.

»Mein Fehler.«

»Und was sagst du zum Wahlausgang gestern?«

Hunt schnaubte: »Sie waren beide unwählbar. Du hast Glück, dass du die nächste Regierungsperiode nicht mehr erleben musst.«

»Ja, Krebs hat auch seine Vorteile.«

»Kann ich etwas tun?«

»Ich brauche einen Nachlassverwalter.«

»Das ist kein Problem«, sagte Hunt.

»Bist du sicher?«

Hunt lachte sein altes Wolfslachen. »Ich bin besser geworden, was Papierkram betrifft. Ich werde deine Unterlagen ordnen.«

»Und was kann ich für dich tun, Hunt?«

»Wie kommst du darauf, dass ich etwas will?«

»Weil ich dich seit fünfundvierzig Jahren kenne.«

Er schaute auf das Bett von Jennys Nachbarin. Die roten Haare mussten eine Perücke sein. Das arme Mädchen schien zu schlafen, aber vielleicht schlief sie nicht, sondern war schon tot. Auf dieser Station schien der Unterschied marginal.

»Also gut, ja. Warum genau hat Stef mich gehasst?«

Jenny rollte mit den Augen. »Ist das eine ernsthafte Frage?«

»Wegen der kleinen Affäre mit seiner Frau? Da hätte er halb Cambridge hassen müssen.«

»Hunt! Der Mann wurde nach der Sache mit dir im Garden House Hotel von der Universität verwiesen. Seine akademische Karriere war beendet, bevor sie begonnen hatte. Wenn er nicht so begabt gewesen wäre, hätte er nie seine eigene Firma gründen können. Er hat sich mühsam wieder nach oben arbeiten müssen, es hat ihn Jahre gekostet. Er hat nie eine akademische Anerkennung bekommen, er hat …«

Hunt unterbrach sie.

»Ja, ja, sicher. Aber das war nicht meine Schuld. Das mit dem Garden House war einfach nur Pech. Sie erwischten ihn und nicht mich, als wir vom Dach runterkamen. Er war einer von vielen Studenten, die danach von der Uni verwiesen wurden.«

»Du bist davongekommen, obwohl du damals den Stein geworfen hast, Hunt.«

»Das glaubst du?«

»Glauben? Es war so, ich war da. Erinnerst du dich?«

»Ich erinnere mich sehr genau. Du hattest an dem Tag Fieber und warst völlig weggetreten …«

»Aber ich war nicht blind!«

»Ich hab den Stein nicht geworfen, Jenny.«

»Ja sicher.«

»Ich wollte ihn werfen, das stimmt. Aber Stef hat ihn mir aus der Hand geschlagen und nach hinten geworfen, in die Dachrinne.«

»Hunt! Der Proktor und ein Student wurden von zwei Steinen am Kopf getroffen, sie waren schwer verletzt.«

»Ja, aber es konnte nie nachgewiesen werden, wer die Steine geworfen hat.«

»Weil ich für dich gelogen habe.«

»Du hast *was?*«

»Warum, glaubst du, arbeite ich seit fünfundvierzig Jahren für diese Leute?«

Hunt schaute sie an. Sie sah skelettös aus, jede Ader in ihrem Gesicht schien blau hervorzutreten. Er wollte die alte Jenny wiederhaben, und er hatte Angst, dass seine Hände wieder anfangen könnten zu zittern.

»Du hast einen Deal mit den Sicherheitsbehörden gemacht? Einen Deal für mich? Ist das dein Ernst?«

»Nein, ich habe mir das gerade eben ausgedacht.«

Hunt griff nach ihrer Hand, sie war sehr leicht und schien kleiner geworden zu sein. Als er wieder sprechen konnte, klang seine Stimme gepresst: »Du hast damals zu mir gesagt, wir müssen aufhören mit der politischen Agitation, sonst würden wir nie große Bücher schreiben.«

»Und du hast nur dieses eine Mal auf mich gehört«, sagte Jenny. »Der Deal, den ich gemacht habe, war eine rein egoistische Entscheidung. Ich wollte dich nicht verlieren, ich wusste, sie würden dich von der Uni verweisen, und dann wärst du abgedriftet, für immer verschwunden, nach Lateinamerika oder sonst wohin. Ich habe ihnen Zusammenarbeit versprochen und dass ich dich unter Kontrolle halten würde.«

»Deine Spionagefreunde …«

»MI5, Hunt! M – I – 5. Du kannst es ruhig aussprechen, es ist kein Schimpfwort. Nicht für mich.«

»Sie wussten, dass ich auf dem Dach war.«

»Sie wussten, dass du mit Stef da oben warst, dafür gab es mehrere Zeugen, aber in den Protokollen tauchte dann nur Stefs Name auf. Es wurden insgesamt vier Steine geworfen. Zwei gingen daneben, die nächsten zwei trafen fast zeitgleich den Proktor und den Studenten, der neben ihm stand. Das war natürlich ein Unfall.«

»Aber wer hat die geworfen?«

»Das fragst du mich, Hunt?«

»Ich war es nicht, Stef war es nicht.«

»Oh, Hunt.« Jenny klang jetzt sehr müde.

»Es tut mir leid, es tut mir wirklich leid. Du hättest mit mir darüber reden sollen.«

Sie schloss die Augen. Hunt war sich nicht sicher, ob eine Schmerzwelle durch ihren Körper schoss oder ob sie sich einfach nur noch wegwünschte aus dieser Welt. Doch er konnte jetzt nicht aufhören.

»Du hast gesagt, es war ein Unfall, dass der Student von einem der Steine getroffen wurde.«

Jenny öffnete ihre Augen sehr langsam. »Der Proktor war das Ziel, niemand symbolisierte mehr das verhasste Establishment als ein Proktor.«

»Und wenn der Student das Ziel war und der Proktor der Unfall?«

»Was?«

»Es hätte einen Provokateur geben können, der die Steine warf. Jemand, der Interesse daran hatte, einen Märtyrer zu schaffen. Ein toter Student hätte uns doch alle noch wütender gemacht.«

»Wer von uns steht hier unter starken Drogen, du oder ich?«

»Denk mal nach. Die englischen Studentenunruhen waren lahm, nicht so erfolgreich wie in Berlin und Paris. Vielleicht wollte jemand nachhelfen. Ist das nicht genau das, was ihr alle macht, ihr Nachrichtendienste? Ihr überwacht Studenten, ja, aber ihr versucht sie auch zu manipulieren, Studentengruppen zu unterwandern …«

»Penetrieren …«

»Meinetwegen. Im Moment überwacht ihr wahrscheinlich jeden muslimischen Uniclub, kann man euch nicht verdenken, wenn man diese IS-Mörder sieht. Du weißt doch am besten, dass Studenten seit Jahrzehnten interessant für die Nachrichtendienste sind. Schon Kim Philbys Rekruteur Arnold Deutsch wusste es. Diesen Erfolg wollen alle wiederholen, wir im Westen und die Russen.«

»Worauf willst du hinaus?«

»Was, glaubst du, haben die Russen hier in Cambridge in den Siebzigerjahren gemacht? Wer von den Leuten in unserem Jahrgang könnte für sie gearbeitet haben?«

»Wer damals in Cambridge rekrutiert wurde, haben wir nie klären können. Du standest ganz oben auf der Verdachtsliste.«

»Ich fühle mich geehrt. Aber was wisst ihr eigentlich?«

Jenny schloss wieder die Augen.

»Ziemlich viel über die aktuelle Arbeit der Russen hier.«

»Lass mich raten. In Londoner Hotels Leuten wie Alexander Litwinenko Polonium in den Tee schütten?«

»Ja, und Leute wie Stef umbringen.«

»Wer?«

»Das Mädchen. Aber wir wissen immer noch nicht, wer sie führt.«

50

29. Mai 2015
Cambridge

Wera war sich nicht sicher, ob Hunt ihren ersten Zwischenbericht schon gelesen hatte. Aber auf ihr neues Kapitel würde er reagieren müssen. Sie beschrieb darin ganz detailliert, wie Philby nach Burgess' und Macleans Flucht verdächtigt und verhört worden war. Wenn David recht hatte und Hunt sich wirklich schuldig gemacht hatte, dann würde er in dieser Geschichte die Parallelen zu seinem eigenen Leben sofort erkennen.

Sie legte das Kapitel in sein Collegepostfach und wartete.

Zweiter Zwischenbericht für Professor Hunt

Nachdem Burgess und Maclean 1951 verschwunden waren, vermutete die britische Öffentlichkeit nun überall russische Spione. Bisher kannte man Spionagefieber und Kommunistenhatz nur aus Amerika. Aber dank Burgess' und Macleans Flucht hatte das amerikanische McCarthy-Fieber Großbritannien erreicht. Philby wusste, in welcher Gefahr er sich befand. Er hatte immer einen Fluchtplan für Notfälle parat. Als im Mai 1951 die Order des MI6 kam, er solle sofort Washington verlassen und sich in London melden, erwog er, über Mexiko in die Sowjetunion zu fliehen. Am Ende entschied er sich dagegen und reiste nach London. Es war die Entscheidung eines routinierten Spielers, der immer noch ein paar gute Karten in der Hand hält. Eine der besten Karten war Philbys große Erfahrung mit Verhörmethoden. Es gab wenige Tricks, die er nicht kannte. Er würde Antworten bereithaben, bevor die Fragen überhaupt erst gedacht worden waren.

Ein weiterer Trumpf waren seine vielen treuen Freunde im MI6. Sie glaubten an seine Unschuld, und sie würden alles tun, um ihm zu helfen. In seinen Memoiren schrieb Philby über diese »nützlichen Idioten«: »In London [gab] es viele Männer in hoher Stellung, die leidenschaftlich wünschten, meine Unschuld erwiesen zu sehen. Sie würden geneigt sein, den Grundsatz *in dubio pro* anzuwenden.«

Diese »hochgestellten Männer« hatten ihm geholfen, innerhalb des MI6 aufzusteigen, und sie konnten sich jetzt

nicht eingestehen, einen Fehler begangen zu haben. Für sie war die Angelegenheit eine Frage der Ehre – und der Eitelkeit. Wer gibt schon gerne zu, sich getäuscht zu haben?
Am Ende würden diese hochgestellten Männer Dinge für ihn riskieren, die sie nicht einmal für ihre engsten Familienangehörigen getan hätten. Philby nahm all das als selbstverständlich hin, er ließ die anderen an seiner Verteidigung arbeiten.
Trotzdem wusste er, dass ein paar sehr unangenehme Fragen auf ihn zukommen würden. In seinen Memoiren beschrieb er später, wie er sich darauf vorbereitet hatte:
»Da war meine Verbindung zur Linken in Cambridge. Sie war so bekannt, dass es keinen Sinn hatte, sie zu verbergen. Aber ich war nie der Kommunistischen Partei in England beigetreten, und es würde bestimmt schwer sein, achtzehn Jahre danach zu beweisen, dass ich illegal in Österreich tätig gewesen war, zumal die meisten meiner Wiener Freunde bestimmt schon tot waren.«
In diesem Punkt hatte er recht. Viele von seinen kommunistischen Mitkämpfern waren im Krieg oder in Konzentrationslagern umgekommen.

Der Mann, der Philby als Erster verhörte, war der Chef des MI5 Dick White. Es war kein Gespräch auf Augenhöhe, zumindest nicht in den Augen des MI6. Bis heute werden MI5 und MI6 unterschwellige Konkurrenzkämpfe nachgesagt. In den Fünfzigerjahren existierten nicht nur Konkurrenzkämpfe, sondern auch Klassenkämpfe zwischen den beiden Diensten. Der MI6 sah sich als die geistige und gesellschaftliche Elite. Seine Mitarbeiter kamen aus Oberschichtsfamilien und hatten in Oxford und Cambridge studiert. Die MI5-Mitarbeiter hingegen stammten vorwiegend aus der Mittelschicht, viele aus Polizeifamilien. Natürlich gab es auch Ausnahmen. Victor Rothschild und Anthony Blunt arbeiteten im Krieg für den MI5 und waren durch und durch Produkte der britischen Oberschicht. Doch trotz dieser Ausnahmen verschwand das soziale Gefälle zwischen den beiden Diensten nie ganz. Die Mitarbeiter vom MI5 galten als eindimensional denkende Polizisten, während MI6-Leute sich als kreative Spionagegenies verstanden. Philbys Respekt für den Mann, der ihn als Erstes verhörte – Dick White vom MI5 –, war aus diesem Grund relativ begrenzt. Aber er wusste, dass White ein guter Polizist war, der bei allem Mangel an Fantasie eine Menge Indizien zusammengetragen hatte.

Mittlerweile lagen auch zwei Berichte über Philby aus Amerika vor: einer vom CIA-Mann James Angleton, der seinen alten Freund Philby vehement verteidigte, und einer von Bill Harvey, dem Chef der CIA-Gegenspionage. Es war Harveys Ehefrau Libby gewesen, die ein paar Monate zuvor von Guy Burgess bei einer Abendeinladung schwer beleidigt worden war. Harvey hatte nichts davon vergessen. Er hatte auch nicht vergessen, wie nah Burgess und Philby einander standen. In seinem Bericht zeichnete Harvey jetzt alle Ungereimtheiten in Philbys Karriere nach: seine frühe Phase als Kommunist, seine Wandlung nach rechts, das merkwürdige Verhalten in der Istanbuler Affäre um den Überläufer Wolkow und die gescheiterten Operationen in Albanien und der Ukraine. Für Harvey war es eindeutig, dass Philby für die Sowjetunion arbeitete.

Ein weiterer belastender Punkt für Philby war die Aussage des sowjetischen Überläufers Kriwitzki. Kriwitzki war zwar nicht mehr am Leben, aber seine Aussage lag immer noch in den Archiven und wurde jetzt wieder hervorgeholt. Er hatte zu Protokoll gegeben, dass der sowjetische Geheimdienst im

Bürgerkrieg einen jungen englischen Journalisten nach Spanien geschickt habe. Dick White vermutete, dass das Kim Philby gewesen war. Philby stritt dies natürlich ab. In seinen Memoiren schrieb er: »Weitere Einzelheiten, die auf mich hätten passen können, fehlten. Viele junge Männer aus der Fleet Street waren nach Spanien gegangen.«

Eine weitere belastende Tatsache war, dass ausgerechnet Guy Burgess Philby seine erste Stellung im Geheimdienst verschafft hatte. Konnte das Zufall sein?

Philby versuchte bei den Befragungen davon abzulenken, indem er eine andere einflussreiche und völlig unbelastete Sponsorin nannte.

Doch Dick White hatte noch mehr Material. Es waren vor allem Kleinigkeiten, die Philby ernsthaft belasteten. Wie zum Beispiel hatte er seine erste Spanienreise finanziert? So eine Reise war extrem teuer gewesen, und er hatte damals noch kein Einkommen gehabt. Auch seine Eltern galten nicht als wohlhabend. Ganz im Gegenteil, die finanziellen Sorgen der Philby-Familie waren allen bekannt.

Nachdem Dick White mit Philby fertig war, wurde ein weiterer Verhörspezialist, der Anwalt Helenus Milmo, zugezogen. Er kam zu dem eindeutigen Schluss, Philby sei schuldig. Milmo konnte eine neue Liste von Indizien gegen ihn vorbringen:

1. Philbys angeblich von ihm getrennt lebende Ehefrau Litzi hatte bis 1944 monatlich Geld von seinem Bankkonto abgehoben.
2. Philby hatte sich noch nach der »Trennung« von Litzi bei den britischen Behörden für ihre Eltern eingesetzt und ihnen bis zu ihrem Tod eine monatliche Apanage bezahlt.
3. Litzi war nicht »bekehrt« worden und hatte nicht dem Kommunismus abgeschworen, wie Philby behauptet hatte, sondern lebte jetzt in Ostberlin.

4. In Burgess' Wohnung wurden nach seiner Flucht unter anderem Philbys Cambridger Abschlusszeugnis und Dokumente über seine Eheschließung mit Litzi gefunden, was darauf hindeutete, wie nah Burgess und Philby sich gestanden hatten.

Nach dem Milmo-Verhör galt Philby in MI5-Kreisen als endgültig schuldig. Der MI6 jedoch stellte sich weiterhin schützend vor seinen Mitarbeiter. Es war vor allem Philbys MI6-Kollege Nicholas Elliott, der ihn verteidigte. Elliott war der Sohn eines Cambridgeprofessors und vier Jahre jünger als Philby. Er bewunderte Kim und würde nie erfahren, dass er schon 1940 von ihm an die Russen verraten worden war. Damals hatte Philby eine Liste aufgestellt, in der er all seine MI6-Kollegen genau beschrieb. Über Elliott hieß es da: »Mr. Nicholas Elliott, 24 Jahre, braunes Haar, große Lippen, schwarze Brille, hässlich, mit Schweinsgesicht. Intelligent und hat Humor. Trinkt gerne, aber war jüngst sehr krank und trinkt deswegen jetzt weniger.«
Elliott war sicher bei Weitem nicht so attraktiv wie Philby, aber vor allem unterschieden sich die Charaktere der beiden. Elliott war ein anständiger und loyaler Freund, der sich jetzt mit ganzer Kraft für »seinen Kim« einsetzte. Als Philby am Ende trotzdem aus dem Dienst entlassen wurde, schwor Elliott, er werde alles tun, um seinen alten Freund zu rehabilitieren.

In einigen Biografien wird Philby nach seiner Entlassung als »mittellos« bezeichnet, aber seine MI6-Abfindung betrug viertausend Pfund. Für zweitausend Pfund konnte man damals bereits ein Haus kaufen und ein relativ angenehmes Leben führen. Aber Philby musste fünf Kinder und eine hohe Spirituosenrechnung finanzieren. Die viertausend Pfund verschwanden in kürzester Zeit.

Bisher hatte er immer von Spesen gelebt und sich nicht für banale Dinge wie Geld interessiert. Jetzt hatte seine Verschwendungssucht erstmals Konsequenzen. Seine Frau musste eine Stelle als Köchin annehmen, und Kim fand durch die Vermittlung von Freunden ein Auskommen in einer Import-Export-Firma. Er hasste die Monotonie seiner neuen Stelle und war froh, als die Firma bald darauf Konkurs anmelden musste. Das Geldproblem blieb ihm. Obwohl er insgeheim ein überzeugter Kommunist war, wollte er seine Kinder auf keinen Fall auf öffentliche Schulen schicken. Teure Privatschulen kosteten jedoch Geld, und Eton konnte er sich nicht leisten. Wieder war es sein alter Freund Elliott, der ihm half. Er fand eine gute Privatschule, die preiswerter war als Eton, und zahlte bereitwillig die hohen Schulgebühren der fünf Kinder.

Auch Moskau wollte Kim Geld zukommen lassen, aber die Übergabe erwies sich als schwierig. Philby wurde seit seiner Entlassung rund um die Uhr überwacht und sein Telefon abgehört. Der sowjetische Führungsoffizier Yuri Modin entschied daher, dass Anthony Blunt den Postboten spielen sollte. Es war kein ungefährlicher Weg, aber es gab keine Alternative.

Blunt hatte sich zu diesem Zeitpunkt aus der Spionagearbeit zurückgezogen. Durch Burgess' Flucht war auch er in Verdacht geraten und musste vorsichtig agieren. Yuri Modin entschied deshalb, zu einem von Blunts öffentlichen Vorträgen zu gehen. In seinen Memoiren beschreibt Modin, wie er 1954 zum ersten Mal in seinem Leben einen Vortrag über Kunst hörte. Er hatte sich bis zu diesem Zeitpunkt noch nie mit dem Thema beschäftigt, aber er war überrascht, wie gut Blunts Vortrag ihm gefiel. Trotzdem vergaß er keinen Moment lang seinen Auftrag. Nach dem Vortrag drängelte er sich durch die Menge von weiblichen Bewunderinnen (Blunt wurde zu seiner großen

Irritation vor allem von Frauen umschwärmt) und übergab Blunt eine Postkarte, auf der ein Renaissancebild abgedruckt war. Während die Bewunderinnen Modin kritisch beäugten, fragte er Blunt: »Wo könnte ich Ihrer Meinung nach dieses Bild finden?« Blunt schaute Modin an und drehte die Postkarte um. Auf der Rückseite standen die Instruktionen für ein Treffen. Blunt nickte nur und wandte sich wieder seinen Bewunderinnen zu.

Als er am nächsten Abend in den Pub Angle ging, um Modin zu treffen, versprach er sofort zu helfen. Er würde das Geldpaket an Philby übergeben.

Es wurde eine Begegnung in einem Park arrangiert, und Philby schrieb später, wie glücklich die fünftausend Pfund ihn gemacht hätten. Nicht nur, weil sie seine Geldsorgen erleichterten, sondern auch, weil er damit – indirekt – wieder Kontakt mit seinen sowjetischen Freunden hatte. Er fühlte sich nicht mehr alleingelassen, und das gab ihm Kraft, ein fast unmögliches Ziel zu verfolgen: seine Rückkehr zum MI6.

Auf den ersten Blick scheint es bizarr, dass er ernsthaft eine Rehabilitation erhoffte. Aber er war immer der Meinung gewesen, seinen Mitmenschen einen Schritt voraus zu sein, und bisher hatte er mit dieser Meinung recht behalten. Sein neuer Plan war es, seinen Ruf wiederherzustellen, indem er eine Verleumdungsklage anstrengte. Es war eine ausgesprochen kluge Idee. Wenn jemand ihn öffentlich als sowjetischen Spion bezeichnete, konnte Philby ihn nach englischem Recht wegen Verleumdung vor Gericht bringen und damit seine »Unschuld« beweisen. Er brauchte nur noch jemanden, der ihm die Chance zu so einem Prozess bot.

Bis heute sind in Großbritannien die Gewinnchancen bei derartigen Verleumdungsklagen für den Kläger außergewöhnlich hoch. Philby hatte daher allen Grund zu hoffen, dass er auf diesem Weg öffentlich rehabilitiert werden würde und damit seine Kritiker endlich mundtot wären. Trotzdem verlief nicht alles nach Plan, wie er in seinen Memoiren beschreibt:

»Ich stand in der Untergrundbahn, als ich es las. Über meines Nachbarn Schulter blickend, sah ich meinen Namen in der Schlagzeile des Evening Standard. Colonel Marcus Lipton, Abgeordneter für Brixton, hatte an den Premierminister die Anfrage gerichtet, ob er weiter die zweifelhafte Tätigkeit des Mr. Philby decken wolle. Meine erste Reaktion war große Enttäuschung. Da Lipton als Abgeordneter Immunität hatte, konnte ich ihn nicht verklagen.«

Seine MI6-Freunde ermunterten ihn jedoch, nicht zu verzagen. Sie würden hinter den Kulissen für ihn an der Sache arbeiten. Er solle erst einmal abwarten, wie die Unterhausdebatte über seinen Fall verlaufen würde. Sie waren guten Mutes, dass alles in seinem Sinne ausgehen würde. Sie sollten recht behalten. In der Parlamentsdebatte sagte Außenminister Harold Macmillan, Philby habe seine Amtspflichten »gewissenhaft und geschickt erfüllt«.

Das kam einem Freispruch gleich, und Philby hatte allen Grund, ihn bis aufs Letzte auszukosten. Kurz nachdem er von Macmillans Aussage gehört hatte, lud er Journalisten zu einer Pressekonferenz ein. Er hatte unterschätzt, wie groß das Interesse sein würde, über fünfzig Journalisten waren gekommen, und die Fragen prasselten auf ihn ein. Er genoss jede einzelne:

»War ich ein Freund von Burgess und Maclean? Inwiefern war ich an ihrem Verschwinden schuld? Wo waren sie? Wie war ich politisch eingestellt? War ich der dritte Mann? Es war leicht.«

Der letzte Satz war typisch für ihn. Sie hatten es ihm wieder einmal zu leicht gemacht. Er hatte sich nicht mal groß

anstrengen müssen. Besonders amüsierte ihn die Frage nach seinen kommunistischen Freunden. Er antwortet darauf mit fester Stimme:
»Das letzte Mal, dass ich wissentlich mit einem Kommunisten sprach, war 1934.«
Die ganze Pressekonferenz war ein einziger Siegeszug. Anschließend gab es keinen Grund mehr, Philby als Aussätzigen zu behandeln. Er wurde vom MI6 zurückgeholt, wenn auch unter Vorbehalt. Seine Rückkehr fand auf freiberuflicher Basis statt, und er hatte sie vor allem seinem alten MI6-Freund Nicholas Elliott zu verdanken. Das »Schweinsgesicht« Elliott besorgte Philby eine Stelle als Journalist. Er sollte für den *Observer* und den *Economist* aus dem Libanon berichten und nebenher dem MI6 nützliche Informationen aus dem Nahen Osten liefern. Auch wenn Philby jetzt nur noch freiberuflich für den MI6 unterwegs war, bedeutete es für ihn eine Rettung nach Jahren der Isolation.
Die Arbeit im Libanon hatte noch einen anderen Vorteil. Er konnte seine Frau und die Kinder in England zurücklassen. Kim Philby packte so schnell wie möglich die Koffer und verschwand nach Beirut.

Bis heute kursieren in Beirut viele Geschichten über Kim Philby. Vor allem in den Bars war er ein bekannter Gast. Said Aburish beschreibt in seinen Erinnerungen »The St. George's Hotel Bar«, wie all die ausländischen Journalisten sich täglich in dieser Bar einfanden, darunter auch Kim Philby und das amerikanische Ehepaar Sam und Eleanor Brewer.
Sam Brewer war ein wuchtiger Mann, der immer einen korrekten grauen Anzug trug und schon vormittags Cocktails bestellte. Brewer kannte Philby von früher. Sie hatten im Spanischen Bürgerkrieg mehrere Nächte zusammen

durchgemacht und waren »Kriegskameraden« geworden. Brewer war viel unterwegs und hatte daher seiner Frau aufgetragen, sich um »Kim« zu kümmern. Eleanor Brewer nahm diese Aufforderung etwas zu wörtlich und wurde nach kurzem Zögern Philbys Geliebte.

In ihren Erinnerungen beschreibt Eleanor, dass ihr als Erstes an Kim Philby seine Einsamkeit auffiel. Sie löste in ihr eine merkwürdige Mischung aus Beschützerinstinkten und sexuellem Interesse aus: »Er war vierundvierzig Jahre alt, mittelgroß, ein attraktives Gesicht mit vielen Furchen. Seine Augen waren ein intensives Blau.«

Es schien zu reichen.

Eleanor selbst war zwei Jahre jünger als Philby und eine für ihre Generation ungewöhnlich emanzipierte Frau. Sie hatte in Washington studiert und einige Zeit für eine Werbefirma gearbeitet. Im Zweiten Weltkrieg war sie für Propagandaarbeit in Istanbul eingesetzt worden und hatte dort ihren Mann Sam Brewer kennengelernt. Das Paar bekam eine gemeinsame Tochter, die in Eleanors Autobiografie jedoch kaum erwähnt wird. Mit ihrem Mann führte Eleanor eine relativ offene Ehe. Sam Brewer tolerierte die Affäre seiner Frau, er war selbst öfters aushäusig, und da Philby offiziell immer noch als verheiratet galt, war kein Skandal zu erwarten. Doch dann änderte sich die Sachlage.

Im Dezember 1957 arbeitete Philby gerade an einem Zeitungsartikel, als seine älteste Tochter ihn aus England anrief. Solche Anrufe waren teuer und selten, aber dieser war nicht zu vermeiden gewesen. Die weinende Tochter berichtete, dass Aileen Philby in dem einsamen Haus in Crowborough tot aufgefunden worden sei. Die Kinder lebten schon lange nicht mehr bei ihrer Mutter, sie waren auf Internate und Verwandte verteilt worden. Wie lange Aileen tot in dem Haus gelegen hatte, konnte daher nicht mehr eindeutig rekonstruiert werden. Der Totenschein registrierte Herzversagen. Philbys Freunde kamen alle zu dem Schluss, dass es ein Unfall oder Selbstmord gewesen sein musste. Nur Aileens Psychiater glaubte sofort an Mord. Er hatte bereits 1955 dem MI5 mitgeteilt, er habe große Sorge, dass Aileens Leben in Gefahr sei. Sie sei der Überzeugung, dass ihr Mann ein sowjetischer Agent sei und sie möglicherweise umbringen wolle. Damit lag sie sehr nah an der Wahrheit.

Aileens Geschichte erinnert an das berühmte Theaterstück »Gaslight«, in dem ein Ehemann seine Frau sukzessive in den Wahnsinn treibt, um ihren Selbstmord vorzutäuschen. Auch hier gilt die Frau als Hysterikerin und der Ehemann als das rationale Element, der »aufrichtig« um ihren Zustand besorgt ist.

Interessant an Aileens Fall ist jedoch, dass der Arzt ihre Partei ergriff. Er glaubte ihr. Das war insofern ungewöhnlich, als Kim als Könner in der Manipulation von Menschen es bisher immer geschafft hatte, die Umwelt von seiner Version der Dinge zu überzeugen. Alle bis auf den besagten Arzt glaubten die Geschichte von der hysterischen Aileen, schließlich hatte sie ganz offensichtlich Alkoholprobleme.

Bis heute ist nicht geklärt, ob Aileen eines unnatürlichen Todes starb. Obwohl Philby kein Problem hatte, Morde in Auftrag zu geben, kann es auch möglich sein, dass Aileen sich am Ende selbst zerstörte. In dieser Hinsicht würde ihr Schicksal dann dem von Philbys Mutter ähneln. Dora Philby starb im Mai 1957 nur wenige Monate vor ihrer unglücklichen Schwiegertochter. Auch Dora hatte die Eskapaden ihres Mannes jahrelang erduldet und bis zuletzt auf seine Rückkehr gehofft. Beide Frauen waren Alkoholikerinnen geworden, beide waren einsam und verzweifelt gestorben.

Jack und Kim Philby hatten sich ganz gezielt Frauen ausgesucht, die von ihnen finanziell und emotional abhängig waren. Es war ihnen dadurch möglich gewesen, nicht nur in ihrem Berufsleben, sondern auch in ihrem Privatleben keine Rücksicht auf Verluste zu nehmen. Der einzige Unterschied war, dass der alte Philby im Gegensatz zu seinem Sohn nie in den Verdacht geriet, jemanden mit der Ermordung seiner Ehefrau beauftragt zu haben.

Der Tod seiner Mutter muss Kim Philby getroffen haben. Aileens Tod hingegen war eine Befreiung für ihn. Er versuchte erst gar nicht den trauernden Witwer zu spielen und erzählte seinen Freunden in Beirut, welch eine große Erleichterung Aileeens Dahinscheiden für alle sei. Seine Kinder kommentierten den Tod ihrer Mutter nicht. Zur Beerdigung erschien keines von ihnen.

Aileens überraschender Tod machte es nun auch möglich, dass Philby seine neue Geliebte heiraten konnte. Als er Sam Brewer bei einem Drink informierte, er plane Eleanor zu ehelichen, antwortete der nur: »Das ist sicher die beste Lösung. Und was hältst du von der Situation im Irak?« Die Arbeit ging wie immer vor.

Eleanor Brewer wurde schnell und ohne großen Aufwand die dritte Mrs. Philby. Das Paar zog in eine gemeinsame Wohnung in der Rue Kantari in Beirut. Die nächsten vier Jahre waren laut Eleanor die schönsten ihres Lebens. Kim war in ihren Augen wunderbar charmant und ein fantastischer Liebhaber. Was genau er in dieser Zeit nach Moskau weiterleitete, ist nicht bekannt. Anfangs war sein Zugang zu brisantem Material nicht der Rede wert. Erst 1960 wurde die Situation interessanter für ihn. Sein alter Freund Nicholas Elliott wurde nach Beirut versetzt und gab Philby neue Aufgaben. Kims »Recherchetrips« fanden jetzt immer häufiger statt. Er war gut im Geschäft.

Doch obwohl Philby hoffte, ein neues Kapitel seines Lebens zu beginnen, irrte er sich. Es war ausgerechnet eine alte Freundin Aileens, die am Ende für seinen tiefen Fall sorgen würde.

51

10. Juni 2015
Jennys Wohnung
30 Onslow Square
London

»Ich bin Jennys Nachlassverwalter, ich darf die Wohnung sehen«, sagte Hunt.

»Natürlich dürfen Sie das. Ich werde mich im Hintergrund halten.«

»Sie werden mich nicht alleine lassen?«

»Darauf muss ich leider bestehen, Professor Hunt.«

Der Mann klang konziliant, aber bestimmt. Er hatte sich als Jennys Kollege vorgestellt, und Hunt verstand nicht sofort, was genau er damit meinte. Jenny musste mit diesem Mann in ihrer anderen, geheimen Welt gearbeitet haben, denn Hunt hatte ihn noch nie zuvor gesehen. Er war auf keinen Fall ein »Kollege« aus Cambridge.

»Wussten Sie von der Existenz dieser Londoner Wohnung, Professor Hunt?«

Der Mann hatte die Tür aufgesperrt, und Hunt sah in ein lichtdurchflutetes Wohnzimmer. Einen Moment lang war er irritiert, das Apartment roch noch nach Jennys Parfüm.

»Nein, ich kannte nur Jennys Wohnung in Cambridge … Von früher.«

»Es ist eine sehr elegante Gegend«, sagte der Kollege.

»Ich verstehe nicht, wie Jenny sich so eine Zweitwohnung leisten konnte.«

Der Kollege nickte verständnisvoll. »Sie hat sie in den 1990er-Jahren gekauft, da war das hier alles noch relativ preiswert. Jetzt ist dieser Stadtteil unbezahlbar. Haben Sie die Säulen und das frisch renovierte Stukko am Eingang gesehen? Ich schätze das Apartment auf mindestens zwei Millionen.«

Der Mann klang wie ein Makler. Als Nächstes würde er sicher noch die Vorzüge der nahe gelegenen Geschäfte und Museen anpreisen.

»Ich will sie nicht kaufen«, sagte Hunt.

»Das brauchen Sie nicht. Soweit ich weiß, hat Jenny Ihnen die Wohnung vermacht.«

Es dauerte einen Moment, bis Hunt verstand, was der Mann gesagt hatte.

»Das muss ein Irrtum sein. Ich bin nur Jennys Nachlassverwalter.«

»Nein. Ich bin mir ziemlich sicher. Sie hat ihr Testament bei uns hinterlegt, mit den Wohnungsschlüsseln für Sie.«

»Bei *uns?*«, fragte Hunt.

»Sie wissen doch, für wen Jenny nebenher arbeitete.«

»Erklären Sie es mir.«

Der Kollege lächelte: »Ich glaube, das ist nicht nötig, Professor Hunt.«

»Haben Sie mich deswegen in die Wohnung gelassen? Obwohl ich auf Ihrer Verdächtigenliste stehe?«

Der Mann lächelte immer noch. Für einen Mann lächelte er zu oft.

»Ihr Alibi haben wir klären können.«

Sie standen jetzt an den großen Wohnzimmerfenstern. Von hier aus konnte man über den privaten Park von Onslow Square sehen. Es gab in London nicht viele solcher Eigentümerparks, für die nur die Anwohner Schlüssel besaßen. Auch diese Exklusivität war mittlerweile unbezahlbar. Hunt konnte sich vorstellen, wie Jenny im Sommer auf dem gepflegten Rasen gelegen und Bücher gelesen hatte. Er musste plötzlich daran denken, wie es gewesen wäre, wenn er bei ihr geblieben wäre. Sie hätten dort unten gemeinsam auf dem Rasen gelegen, und er hätte ihr aus der Sonntagszeitung vorgelesen. Es war das spießige Idyll, das sie immer verachtet hatten. Oder irrte er sich da? Hatten sie das vielleicht doch gewollt? Er wandte sich an den Mann:

»Sie wissen, wo ich zur Tatzeit war?«

»Ja.«

Hunt versuchte das Gefühl der Scham zu verdrängen und sachlich zu bleiben. »Ich hatte das schon ein paar Mal in letzter Zeit, aber so schlimm war es noch nie. Dieser Schwindel und dann der Blackout … sie kommen ganz plötzlich.«

»Sie sollten sich durchchecken lassen, Professor Hunt.«

»Als ich wieder zu mir kam, war ich auf dieser Toilette im Pub zusammengebrochen und …«

Der Mann wehrte ab. »Wir brauchen keine weiteren Details. Wir haben die Aussage von dem Kneipenbesucher, der Sie gefunden hat.«

Hunt konnte die penetrante Freundlichkeit des Mannes jetzt nur noch schwer ertragen. »Ich nehme an, Sie sind bereits alle Papiere von Jenny durchgegangen.«

»Das ist so üblich bei uns, Professor Hunt. Wenn einer unserer Mitarbeiter stirbt, nehmen wir alle Unterlagen erst einmal mit. Aber wir haben Ihnen die privaten Dinge dagelassen.«

»Wer ist das?« Hunt deutete auf ein altes Foto auf der

Fensterbank. Es zeigte eine übergewichtige Frau um die siebzig.

Der Kollege schaute sich das Bild an. »Das ist Daphne Parson.«

»Die Cambridger Frauenrechtlerin?«, fragte Hunt.

»Ja, sie war Jennys erste Vorgesetzte.«

»Daphne Parson hat für den MI5 gearbeitet?« Hunt konnte es nicht fassen.

»Dr. Parson hatte viele Talente. Sie hat Jenny 1970 rekrutiert, nach dem Vorfall im Garden House Hotel. Die beiden wurden anscheinend so etwas wie …«, der Kollege schien nach dem richtigen Wort zu suchen, »… Seelenverwandte.«

»Jenny hat nie etwas von ihr erzählt.«

Der Mann schien davon nicht überrascht. »Sie musste ihre zwei Leben voneinander trennen. Diese Wohnung hat ihr sicher dabei geholfen. Es war wohl eine Art Rückzugsort.« Er zeigte auf eine Kiste neben der Tür: »Wir haben viele Fotos gefunden. Auch von Ihnen und Ihren Freunden aus den Siebzigerjahren, als alles anfing.«

Hunt ging auf die Kiste zu und nahm ein paar Fotos heraus.

»Wissen Sie, wie das ist, wenn Sie glauben, Sie kennen Ihre eigene Geschichte, Sie kennen sie gut, und Sie fühlen sich sicher in ihr. Und plötzlich wird Ihnen klar, dass Sie nur eine Ebene kennen. Dass sich auf ganz anderen Ebenen die wirklich entscheidenden Dinge abgespielt haben.«

Der Mann nickte. Er wirkte sehr jung, Hunt war sich nicht sicher, ob er es verstand. Er legte die Fotos auf den Fenstersims und starrte auf den Park. Es war ein wunderschöner Blick. Er wusste, er würde Jennys Wohnung nicht verkaufen können.

»Wer wollte Stef umbringen?«

Der Mann zögerte einen Moment.

»Wir wissen im Moment nur, dass Polina den Auftrag ausgeführt hat.«

52

15. Juni 2015
Pizza Express
Jesus Lane
Cambridge

Polina saß beim Au-pair-Treffen im Pizza Express, so wie jeden Montag. Die anderen Au-pairs hatten keine Ahnung, warum sie dieses Restaurant für ihre Treffen ausgesucht hatte. Vielleicht war es eine Spur zu geschichtsverliebt von ihr gewesen hierherzukommen, aber niemand würde die Verbindung herstellen können. Dazu waren sie alle nicht in der Lage. Nicht einmal Wera, die nur ein Haus weiter wohnte und über Philby arbeitete, hatte verstanden, wie entscheidend dieser Ort in den 1930er-Jahren gewesen war.

Polina hatte während ihrer Ausbildung fast alles über die Cambridge Fünf gelesen. Es war Pflichtlektüre gewesen. Bis heute existierte bei ihren Vorgesetzten ein gewisser Stolz auf die Cambridgegruppe, sie galt als Vorbild für viele erfolgreiche Operationen gegen den Westen. Die Geschichte der Cambridge Fünf hatte hier begonnen, im Pitt Club in der Jesus Lane. Burgess und Blunt hatten sich in diesem dunkel getäfelten Raum kennengelernt. Sie wussten aus eigener Erfahrung, wie verrottet die britische Klassengesellschaft war, und sie hatten etwas verändern wollen. Im Anschluss an diese Abende im Pitt Club waren sie dann immer weitergezogen zu Philbys Studentenzimmer nebenan. Dort hatten sie offen miteinander reden können. Aus diesen Treffen war am Ende der harte Kern der Gruppe entstanden. Ohne sie wären viele Dinge anders verlaufen. Was sie im Zweiten Weltkrieg und danach für die Sowjetunion geleistet hatten, war außergewöhnlich gewesen.

Polina versuchte sich auf das Geschehen vor ihr zu konzentrieren. Ein pummeliges Au-pair-Mädchen aus Portugal durfte heute Abend seine Probleme vortragen. Die Arme betete gerade eine ganze Litanei von Erniedrigungen herunter und drohte jeden Moment in Tränen auszubrechen. Polina lächelte sie aufmunternd an. Anscheinend gehörten die Gasteltern dieses unbedarften Mädchens zu der schlimmsten Sorte. Sie ließen sie nicht nur stundenlang putzen und vier Kinder betreuen, sondern auch noch jeden Abend kochen. Die Geschichte erinnerte Polina an ihre Zeit bei den Plovers. Sie war von ihnen ein Jahr lang ausgebeutet worden, aber das war jetzt vorbei. Sie würde diese Leute nie wieder sehen müssen. Ihr Auftrag in Cambridge war beendet.

Polina dachte an das erste Treffen mit Wera und Jasper, damals im Oktober vor dem Churchill-Archiv. Da hatten zwei typisch naive Westler vor ihr gestanden, die fasziniert von Geheimdiensten waren, aber gar nichts verstanden. Jasper, der nur Englisch sprach und noch nie etwas von kulturellen Unterschieden gehört hatte, tappte völlig im Dunkeln, während Wera dem Kern der Frage auch nicht näher kam. Was hatte sie damals über Kim Philby gesagt? »Ich will wissen, wie er es geschafft hat, alle so lange zu hintergehen.« Die Antwort darauf war relativ einfach. Zuerst einmal war er intelligenter gewesen als seine britischen Kollegen beim MI6. Aber abgesehen davon hatte er einen fast perfekten Schutzwall um sich herum gehabt. Es gab mehrere Leute im MI5 und MI6, die ebenfalls für die Sowjetunion arbeiteten und ihn immer wieder vor einer Entdeckung bewahrt hatten. Keiner von diesen Leuten war jemals selbst enttarnt worden, auch wenn ein paar von ihnen, wie Victor Rothschild und Guy Liddell, später unter Verdacht standen. Beweisen konnte man ihnen nichts. Aber diesen Punkt hatte Wera natürlich nicht verstanden. Dass man alles tat, um seine eigenen Leute zu schützen und zu retten. Philby hatte es für Burgess und Maclean getan, und Generationen nach ihm hatten es auch immer wieder geschafft. Wo Polina herkam, schützte man einander, man ließ Kollegen nicht hängen, man sorgte für ihre Sicherheit. Genau das hatte sie getan, als sie Stef umgebracht hatte.

Jetzt fing die pummelige Portugiesin doch noch an zu weinen. Polina stand auf und nahm sie demonstrativ in den Arm. Sie konnte sofort spüren, welchen Effekt sie damit bei den anderen Mädchen erzielte. Einige schlossen die Augen und waren jetzt ebenfalls zu Tränen gerührt. Polina liebte die Rolle der mütterlichen Freundin. Es war eine der angenehmeren Rollen, die sie im Laufe des letzten Jahres hatte spielen müssen. Es würde schade sein, die Mädchen zurückzulassen, einige von ihnen mochte sie wirklich.

Sie setzte sich wieder und versuchte diskret auf die Wanduhr zu schauen. Es war zwanzig Uhr. Ihr Zug nach Paris ging um zweiundzwanzig Uhr vierzig von London St. Pancras. Sie würde sich beeilen müssen. Nachdem alle der Portugiesin für ihren Mut applaudiert hatten, gab

Polina dem Kellner ein Zeichen, er solle die Rechnung bringen. Sie wollte die Mädchen dieses Mal einladen. Es war ihr Abschiedsgeschenk.

53

16. Juni 2015
Professor Hunts Räume
New College
Cambridge

Die drei saßen vor Hunt auf dem Queen-Anne-Sofa, und ihre todernsten Gesichter erinnerten ihn an Rachegötter in einer griechischen Tragödie. David und Jasper trugen schwarze Smokings und Wera ein nachtblaues Abendkleid. Hunt hatte den Abend nutzen wollen, um sich auf seine Rede für Jennys Beerdigung vorzubereiten, und jetzt musste er sich stattdessen mit ihnen auseinandersetzen. Er war überrascht, dass auch David dabei war. Wusste er nichts von Jennys Tod? War ihm sein Mitgefühl abhandengekommen?

Und warum waren die drei ausgerechnet jetzt aufgetaucht, nur ein paar Stunden, bevor der Abschlussball im New College beginnen würde? Es hatte etwas forciert Dramatisches, wie das Finale in einem Agatha-Christie-Roman. Wahrscheinlich war das ihre Intention, sie wollten einen Moment der Dramatik schaffen, um ihn zu einem Geständnis zu zwingen. Dass sie sich ausgerechnet den Maiball ausgesucht hatten, war genauso überzogen wie ihre Abendgarderobe. Vor ihm saßen drei Kinder, die sich als Erwachsene verkleidet hatten. Aber in gewisser Weise passte das zum Pomp des Balls. Hunt war als Student nie zu einem dieser Bälle gegangen. Es waren seiner Meinung nach idiotische Veranstaltungen. Obwohl sie seit 1882 nicht mehr im Mai, sondern im Juni stattfanden, nannte man sie immer noch Maibälle. Das war typisch für Cambridge, an dieser Exzentrik festzuhalten; es gab darüber sogar einen Roman von Clive James mit dem Titel »May Week was in June«. Hunt hatte ihn nie gelesen.

Dass seine Studenten ihr Geld für diese Bälle ausgaben, verwunderte ihn jedes Jahr. Ein Ticket kostete mindestens zweihundert Pfund, und das Geld wäre sicher besser in Forschungsreisen angelegt gewesen, aber es hatte keinen Sinn, mit Studenten über so etwas zu diskutieren. Sie wollten Spaß haben, und vielleicht sollte man ihnen das nicht verübeln. Für viele von ihnen würde es die letzte Möglichkeit sein, sich zu amüsieren. Die Arbeitswelt, die auf sie wartete, war alles andere als ein Vergnügen.

Wera, Jasper und David saßen erst seit ein paar Minuten in seinem Zimmer, und sie gingen ihm bereits auf die Nerven. Natürlich hatten die Jungs Wera vorgeschickt, um mit der Befragung zu beginnen. Wera, die ewig Wahrheitssuchende, die er anfangs für so unschuldig gehalten hatte.

»Professor Hunt, wir haben Hinweise auf Ihre Verwicklung in den Garden-House-Aufstand gefunden.«

»Wird das ein Verhör, Wera? Ich habe Ihr Kapitel über die Philby-Verhöre gelesen. Es ist nicht schlecht. Also was für Hinweise haben Sie in Bezug auf mich?«

Er merkte, dass er sie wieder durcheinandergebracht hatte. Sie versuchte gelassen zu wirken, aber ihre Stimme klang höher, als sie ihm antwortete.

»Sie waren damals mit Stef auf dem Dach, als ein Student und ein Proktor mit Steinwürfen schwer verletzt wurden. Stef wurde dafür zur Verantwortung gezogen, Sie kamen davon. Wir glauben, dass es einen Provokateur bei der Revolte gab, der mit einem inszenierten Zwischenfall die Menge aufheizen sollte.«

»Und das war ich?«, fragte Hunt amüsiert.

Jasper schaltete sich jetzt ein, seine Stimme klang sehr viel aggressiver als Weras.

»Sie waren ganz links außen als Student, und dann, seit dieser Nacht, gaben Sie sich plötzlich bekehrt und wurden der politisch gemäßigte Buchautor, der Politiker interviewt und Zugang zu allen möglichen Interna in Whitehall hat.«

Hunt lächelte. »Das nennt man erwachsen werden, Jasper.«

»Da sind wir anderer Meinung. Ein besseres Wort wäre Camouflage. Wir wissen aus dem Mitrochin-Archiv, dass die Russen in den Siebzigerjahren mehrere britische Studenten rekrutiert haben. Der Student, der in Cambridge angeworben wurde, hieß Paddington.«

»Paddington wie der Bahnhof?«

»Wie der Bär«, antwortete Jasper.

Hunt grinste. »Ich sehe aus wie ein Bär?«

Er war enttäuscht, wie wenig sie herausgefunden hatten. Nur Vermutungen und vielleicht die Hoffnung, dass er, von Gram gebeugt, gestehen würde. Sie hatten sich geirrt.

»Kennen Sie die Geschichte von der westlichen Journalistin, Jasper, die in Afghanistan einheimische Frauen interviewt? Die Journalistin ist entsetzt, dass die Frauen mehrere Schritte hinter ihren Männern hergehen, und sie fragt eine Afghanin, warum sie das immer noch tun würden, obwohl sie doch jetzt endlich den Männern ebenbürtig seien.«

»Und was antwortet die Afghanin?«, fragte Jasper irritiert.

»Landminen«.

Wera lachte, aber Jasper wirkte entschlossen, Hunt nicht davonkommen zu lassen.

»Okay, das ist witzig, und was lernen wir jetzt daraus?«

»Vielleicht, dass afghanische Frauen Humor haben, oder vielleicht, dass nicht alles so eindeutig ist, wie es auf den ersten Blick erscheint.«

Jaspers Gesicht war vor Wut rot angelaufen. »Stef wusste, wer Paddington war, und er ist in Ihrem Zimmer umgebracht worden. Sie haben nicht mal ein Alibi für diese Zeit. Bis heute weiß kein Mensch, wo Sie waren!«

Hunt lächelte immer noch. »Jasper, es überrascht mich, welche hohen moralischen Ansprüche ausgerechnet Sie an das Verhalten anderer stellen. Ich war im Pub, leider. Darauf bin ich sicher nicht besonders stolz, aber Sie werden diese Schwächen gut kennen, Sie haben ja selbst ein Problem in dieser Richtung. Doch trotz eines kleinen Aussetzers bin ich mir ziemlich sicher, Stef nicht umgebracht zu haben.«

»Natürlich, dann war es also der Butler.«

»Sie sind nah dran, Jasper, und das ist ja sonst eher selten bei Ihnen. Der Butler ist ein gutes Beispiel, weil ihn niemand wahrnimmt. Er ist einfach nur Personal, er wird übersehen. Ich gebe Ihnen ein anderes gutes Beispiel dafür: das amerikanische Außenministerium in den frühen 1980er-Jahren, in der Zeit, bevor alle manisch E-Mails verschickten. Da gibt es Leute an der Spitze, die vertrauliche Berichte erhalten und schreiben. Man schickt die vertraulichen Berichte an eine kleine Gruppe Eingeweihter, immer per Kurier. Alles sehr sicher und diskret. Wie aber kann man als interessierter Außenstehender, sagen wir mal als KGB-Offizier, an solche Berichte herankommen? Man schaut sich zuerst einmal die Personalliste des Ministeriums an, man studiert die Hierarchien und die täglichen Abläufe. Und es wird klar, es gibt überraschenderweise nur einen Mann, der diese Berichte zwischen dem Außen- und dem Verteidigungsministerium hin- und hertransportiert. Einen Chauffeur. Und wie sich herausstellt, ist dieser Chauffeur ein sehr frustrierter Chauffeur. Seine letzte Gehaltsforderung ist abgelehnt worden, er hat Schulden und eine quengelnde Ehefrau zu Hause – die übliche Tristesse. Der KGB-Offizier versteht das, er kennt das selbst gut, seine Frau zum Beispiel, dreißig Kilo hat sie in den letzten Jahren zugelegt, ein echtes Monstrum et cetera et cetera. Er teilt sein Leid mit dem Chauffeur in irgendeiner Kneipe, in der sie sich »zufällig« kennengelernt haben. Sie werden Freunde. Und dann, nach einer Weile, bittet er den Chauffeur, ihm einen Gefallen zu tun. Gegen gute Bezahlung natürlich. Könnte er vielleicht in Zukunft einen kleinen Umweg fahren, damit er ein paar Fotos von den Dokumenten machen kann? Nur einmal die Woche. Wenig Arbeit für viel Geld. Für einen Freund. Wer kann da widerstehen?«

»Das ist sicher eine wahre Geschichte. Aber was bringt uns das jetzt?«, fragte Jasper.

»Ich will damit sagen: Wenn Sie nach Stefs Mörder suchen, schauen Sie auf die unsichtbaren Leute, die Putzfrauen, die Au-pair-Mädchen.«

Wera sagte es als Erste. »Polina?«

Hunt nickte. »Haben Sie sich jemals gefragt, warum ein intelligentes russisches Mädchen sich damit begnügt, kleine Monster für einen Mindestlohn zu hüten?«

David hatte bis zu diesem Zeitpunkt geschwiegen. Jetzt stellte er zum ersten Mal eine Frage.

»Woher weißt du von Polina?«

»Von jemandem, der Jenny gut kannte. Polina war erst seit ein paar Wochen auf dem Radar britischer Sicherheitsbehörden. Aber nicht nur auf deren Radar, nicht wahr, David?« Hunt sah David an, es war ein fast bittender Blick. »Du hast nie ganz verstanden, was Polina hier trieb, korrekt? Und weil du es nicht verstanden hast, wurdest du immer misstrauischer, und irgendwann war dir das alles zu unheimlich.«

Davids Stimme klang jetzt tonlos.

»Ich dachte, sie hat eine Affäre.«

»Mit ihrem Gastvater?«, fragte Hunt.

»Ja, mit Plover. Aber ich habe nicht verstanden, warum. Was konnte er ihr bieten?«

»Was konntest du ihr bieten, David?«, fragte Hunt.

»Ja, vielen Dank, schon verstanden!«

Hunt wehrte ab. »Nein, nein, das war jetzt nicht ironisch gemeint, David. Professor Plover konnte Polina etwas bieten, und das konntest du auch: Zugang.«

Hunt konnte an Davids versteinertem Gesichtsausdruck sehen, dass er es ahnte.

»Zugang zu was genau?«

»Plover und Stef arbeiteten beide im Science Park an militärisch relevanten Forschungsprojekten, und diese Projekte sind für mehrere Nachrichtendienste interessant.«

Jasper mischte sich ein. »Es geht hier um Wirtschaftsspionage?«

Hunts Geduld neigte sich dem Ende zu, er hatte ganz eindeutig keine Lust, sich wieder mit Jasper beschäftigen zu müssen.

»Ist Ihnen das zu banal, Jasper? Polina ist nicht die Einzige, die sich zurzeit in der Nähe von universitären Forschungseinrichtungen und Hightechfirmen herumtreibt.

Sie war eben für den russischen Nachrichtendienst unterwegs, es hätte auch der chinesische sein können. Ich hatte von dieser Szene bis vor Kurzem auch keine Ahnung, aber sie scheint zu boomen.«

Jasper konnte es nicht fassen. »Sie hat bei all diesen Wissenschaftlern, deren Häuser sie putzte, die Schreibtische leergefegt? Und mit deren Söhnen gefickt?«

Wera reagierte überraschend schnell. Bevor David Jasper schlagen konnte, hatte sie seine beiden Arme in einer Art Umfesselung gepackt. Es war eine liebevolle, aber entschiedene Geste, die nur ein paar Sekunden andauerte. Jasper war viel zu aufgedreht, um es zu bemerken.

»Und warum ist Stef dann ausgerechnet in Ihrem Zimmer umgebracht worden?«

Hunt zuckte mit den Achseln. »Anscheinend hatte ich ihn eingeladen.«

»Was?«

»Man hat einen Brief von mir in Stefs Abfalleimer gefunden. Ich hätte nie gedacht, dass jemand meine unleserliche Handschrift kopieren kann.«

Jasper lachte. »Kein Mensch schreibt heute mehr Briefe!«

»Ich glaube, da irren Sie sich. Gerade weil heute alle E-Mails und Telefonate überwachbar sind, greifen viele Leute wieder auf die sichere Methode des Briefes zurück. Einen Brief von mir zu bekommen muss Stef eingeleuchtet haben. Er war ja selbst ein sehr vorsichtiger Mensch.«

Jasper schien nicht überzeugt. »Polina hätte ihn überall umbringen können. Warum der ganze Aufwand mit Ihrem Zimmer?«

»Ich nehme an, weil ich als Stefs alter Intimfeind galt. Es passte.«

Eine Weile herrschte Schweigen. Davids Stimme klang

immer noch tonlos: »Sie hat ihn wegen ein paar Computerprogrammen umgebracht?«

Hunt schaute David besorgt an, er schien ihm nicht noch mehr zumuten zu wollen. »Nein. Sie hat es getan, um jemanden zu schützen.«

»Wen?«, fragte David.

»Das versuchen gerade ein paar Verhörspezialisten von Polina zu erfahren.«

54

17. Juni 2015
New College
Cambridge

Der Maiball war vorbei. Es war sechs Uhr morgens, und der Garten von New College glich einer Luxusmüllhalde, überall lagen Pappteller, Becher und leere Champagnerflaschen herum. Es würde ein Team von Collegeputzfrauen mehrere Tage beschäftigen, alles aufzuräumen.

Ein paar übermüdete Studenten schleppten sich über den Rasen. Sie hatten bis zum Schluss durchgehalten und wollten unbedingt auf dem Abschlussfoto, dem »Survivors' Photo«, zu sehen sein. In vier, fünf Jahren, wenn sie gutbezahlte Anwälte oder Investmentbanker geworden wären, würden sie dieses Foto in ihren überteuerten Wohnungen in Notting Hill oder Camden Town aufhängen. Natürlich würde es nicht im Wohnzimmer prangen. Das war zu offensichtlich. Sie würden es ganz selbstironisch auf der Toilette platzieren, um zu zeigen, wie egal ihnen jeglicher Status war. Vielleicht gab es bis dahin auch noch ein Foto von ihnen mit dem neuen Premierminister oder irgendeinem sozial engagierten Hollywoodstar. Das würde sich ebenfalls gut auf dem Klo machen.

Jasper wusste noch nicht, ob er eine Wohnung in Washington oder London haben würde, aber er brauchte das Foto auf jeden Fall. Er wollte unbedingt in der ersten Reihe zu sehen sein, mit einer überdimensionalen Champagnerflasche im Arm. Auch wenn die Unterredung mit Hunt eine Enttäuschung gewesen war, hatte sich die Sache doch gelohnt. Die Polina-Geschichte könnte er sicher an eine Zeitung verkaufen. Vielleicht war es der Beginn einer großen Karriere als investigativer Journalist.

Er winkte Wera und David zu. Sie hatten es abgelehnt, für das Abschlussfoto zu posieren, aber sie standen auf der Brücke von New College und schauten Jasper und dem Fotografen zu. Man hatte ein Gerüst aufgebaut, um die rund zweihundert Studenten aus der Vogelperspektive zu fotografieren, und der Fotograf gab mit einem Megafon Anweisungen. Ein paar der Studenten schienen zu betrunken zu sein, um irgendetwas davon zu verstehen, und legten sich einfach auf den Rasen. Sie mussten zur Seite geschoben werden, um das Gruppenbild nicht zu ruinieren. Jasper hatte es tatsächlich in die erste Reihe geschafft, in einem Arm hielt er eine Champagnerflasche, im anderen eine chinesische Studentin. Es dauerte lange, bis der Fotograf den richtigen Winkel gefunden hatte und die Survivors endlich ihr CHEERS!!! in die Kamera schrien.

Wera und David standen immer noch auf der Brücke, als Jasper mit der chinesischen Studentin im Arm an ihnen vorbeizog. Er sah zum ersten Mal seit langer Zeit zufrieden aus. Vielleicht war er auch nur sehr betrunken.

Es wurde langsam kalt auf der Brücke, und Wera entschloss sich endlich zu reden. Es fiel ihr schwer, aber ausnahmsweise piepste ihre Stimme nicht mehr. Sie klang jetzt ganz klar: »Das war alles zu viel, David. Die Sache mit deinem Vater, Hunt, Polina.«

»Ja.«

»Ich kann das nicht mehr«, sagte Wera.

David nickte. »Kennst du die berühmte Stelle aus Alice im Spiegelland? Der Satz des weißen Ritters an Alice: ›Ich begleite dich bis zum Ende des Waldes – aber dann muss ich zurück. Das ist das Ende meines Zugs.‹«

»Bin ich der Ritter?«, fragte Wera

»Du bist von Anfang an der Ritter gewesen.«

Es sagte das sehr sachlich und undramatisch, aber Wera hatte in der Zwischenzeit gelernt, dass er ein Experte in vermeintlicher Emotionslosigkeit war.

»Ich gebe die Rolle ab, David.«

»Das verstehe ich.«

»Ich habe nicht erkannt, wie schwer deine Depression ist. Du brauchst professionelle Hilfe.«

»Ich brauche dich.«

»Woher willst du das wissen?«

»Ich weiß es, seitdem ich dich zum ersten Mal in Hunts Zimmer gesehen habe.«

»Werden wir dann endlich reden? Richtig reden?«

»Ja, und viel Sex haben.«

»Ich dachte, das wäre dir nicht wichtig?«

Er lachte. »Selbst als ich in der tiefsten Depression steckte, hatte ich immer die Hoffnung, dass ich mich eines Tages wieder lebendig fühlen würde. Ich kann mir das nur noch mit dir vorstellen.«

»Glaubst du, du wirst wieder gesund?«

»Nach dieser Schocktherapie von Hunt auf jeden Fall.«

Sie wusste, sie wollte ihn noch immer, trotz allem. »Okay, dann zitiere ich an dieser Stelle den weißen Ritter. Bis zum Ende des Waldes komme ich mit, und dann sehen wir weiter – einverstanden?«

»Einverstanden.«
»Und da ist noch was … Ich hasse Rudern.«
David nahm sie in den Arm.
»Ich verspreche dir, wir werden nie wieder rudern.«

55

17. Juni 2015
University Church
Cambridge

Es war die zweite Beerdigung in diesem Jahr. Zuerst Stef und dann Jenny, beide 1952 geboren, beide im Oktober 1969 als junge Wunderkinder nach Cambridge gekommen, beide auf ihre Art erfolgreich gewesen, beide nie losgekommen von dieser Stadt, beide in Cambridge gestorben.

Die Trauergemeinde hatte sich für den Gedenkgottesdienst in der University Church am Marktplatz versammelt, rund hundert Leute, ein paar aus der Londoner Künstlerszene, die Mehrzahl Universitätsangehörige und Studenten.

Jennys Freunde kamen aus verschiedenen Welten, und nur Georginas geschultem Auge fiel auf, dass sich unter den Trauergästen auch MI5-Mitarbeiter befanden. Sie vermieden es, sich neben Leute aus der Künstlerszene zu setzen. Die Künstler waren bunt und betont leger gekleidet, um zu demonstrieren, wie gleichgültig ihnen Beerdigungskonventionen waren. Sie redeten auch eine Spur zu laut, als ob es sich hier nicht um einen Kirchenbesuch, sondern um eine Galerieeröffnung handelte. Sicher waren viele von ihnen schon lange nicht mehr in einer Kirche gewesen. Sie setzten sich jetzt neben Jennys Studenten, wahrscheinlich, um sich jünger zu fühlen.

Die MI5-Leute suchten sich die unauffälligsten Plätze aus, neben den Cambridgedozenten, die korrekt in Schwarz gekleidet waren und Gesichter aufgesetzt hatten, die die englische Mittelschicht für Beerdigungsfälle üblicherweise parat hat. Neben dieser Gruppe von Raben zu sitzen war die perfekte Mimikry. Jeder hätte die MI5-Leute für Historiker, Sprachwissenschaftler oder Leute aus der Univerwaltung halten können. Aber im Grunde war ihre Vorsicht überflüssig, niemand außer Georgina machte sich die Mühe, die Leute zu identifizieren. Jeder war zu sehr mit sich selbst beschäftigt. Vor allem Hunt, der sich zu einer Art Witwer zu stilisieren schien und zusammengesunken in der ersten Reihe saß. Er war in tiefem Schwarz erschienen, mit ungekämmten Haaren, was ihn alt und grau erscheinen ließ.

Georgina fand es grotesk, wie Hunt sich in der Witwerrolle regelrecht badete. Jahrzehntelang hatte er sich einen Dreck um Jenny geschert, hatte sie ignoriert, wann immer er konnte, und erst ganz am Ende war er im Krankenhaus aufgetaucht und hatte laut Aussage der gerührten Putzfrau Rotz und Wasser geheult, wobei Georgina nicht ganz klar war, um was er da eigentlich geschluchzt hatte. Um seine ehemalige Geliebte Jenny, die er manisch betrogen hatte, oder um sich und seine verlorene Jugend? Er hatte doch nie eine Ahnung davon gehabt, was für ein Opfer Jenny für ihn gebracht hatte seit dieser Nacht im Garden House Hotel.

Georgina hatte mit Jenny nie über die Nacht gesprochen. Das war nicht nötig gewesen, sie hatte ja beobachten können, was mit ihr danach geschah. Jenny glaubte an Hunts Schuld, denn sonst hätte sie mit dem MI5 keinen Deal gemacht. Und der MI5 ließ sie in diesem Glauben, sie wussten es ja nicht besser. Natürlich hatte der MI5 den Deal sicher nie Deal genannt, dafür waren diese Leute viel zu gute Psychologen. Man drehte jemanden nicht über Nacht, man ließ es langsam angehen, baute Vertrauen auf, eine Art Beichtvaterbeziehung. Die siebzehnjährige Jenny musste ein leichtes Opfer gewesen sein. Die große Romantikerin Jenny. Sie rettete ihren Hunt vor der Verhaftung und wurde nach dieser Nacht von ihren neuen MI5-Freunden um »Informationen« gebeten, so nannte man es wohl, ganz höflich, ganz unverfänglich *gebeten,* und von da an tat Jenny vieles für den MI5, was sie nicht hätte tun sollen, um diese eine Lüge zu schützen.

Und diese Lüge namens Hunt saß jetzt in der ersten Reihe mit gesenktem Kopf, ganz archaisch, als wäre er ein Geschöpf des neunzehnten Jahrhunderts. Anscheinend war er noch in letzter Minute als eine Art Nachlassverwalter von Jenny eingesetzt worden und hatte das alles hier organisiert. Es war eine Aufgabe, die eigentlich Georgina zugestanden hätte. Sie war Jennys beste Freundin gewesen und hatte sich jahrelang um sie gekümmert, nicht erst ganz am Schluss, kurz vor dem Exitus. Aber der »gramgebeugte Witwer Hunt« hatte die Planung für diesen Gottesdienst an sich gerissen und es sogar abgelehnt, Jenny zu verbrennen.

Schon das wirkte bizarr. War der alte Atheist Hunt am Ende religiös geworden? Wollte er diesen ausgezehrten Krebskörper, der einmal Jenny gewesen war, nicht in Flammen aufgehen sehen? Seit wann war er so sentimental? Oder war er einfach nur ein perfekter Schauspieler? Vielleicht hatten all seine banalen BBC-Fernsehdokumentationen, die er in den letzten zehn Jahren mit unerträglicher Eitelkeit heruntergenudelt hatte, sein darstellerisches Talent doch noch verbessert. In der trauernden Witwerrolle hätte Georgina ihn auf keinen Fall besetzt. Diese Rolle war einfach lachhaft. Trauer gab es in Hunts rücksichtslosem Leben nicht. Die Rolle, die er verdient hätte, wäre es gewesen, als Mörder von Stef verhaftet zu werden. Diese Rolle war für ihn vorgesehen gewesen, und er hatte sich ihr entzogen. Natürlich hätte sie das nicht überraschen sollen, er hatte es immer geschafft, sich allem zu entziehen, jeder Verantwortung, jeder Schuld, auch wenn es in Stefs Fall zugegebenermaßen nur eine indirekte Schuld war.

Georgina fragte sich, mit wem er nach dem Gottesdienst schlafen würde, um sich ins Leben zurückzuwühlen. Um sich zu beweisen, dass er alles und – fast – alle am Ende überlebt hatte? Georgina konnte sich nur zu gut vorstellen, wie er sich auf seine animalische Weise in irgendeinen neuen Körper hineinbumsen würde, so wie er es immer tat, wenn er sich von etwas befreien wollte. Eine neue Frau, ein neuer Anfang seines sinnlosen Lebens. Er hatte es verschwendet, er hatte sich gedrückt vor allem.

Georgina konnte man nicht vorwerfen, dass sie ihr Leben so vergeudet hatte wie Hunt und Jenny. Sie hatte nie die Orientierung verloren.

Auch im Garden House Hotel hatte sie das einzig Richtige getan.

Hunt und Jenny hatten es damals gar nicht registriert, dass Georgina bei der Demonstration gewesen war. Wie immer hatte man sie nicht beachtet. Sie trug ihren großen blauen Mantel, diesen Dufflecoat, dessen Kapuze ihr immer über die Augen rutschte. Sie war ein dickes Etwas im Dufflecoat gewesen, das keiner bemerkte. Aus einer Kränkung hatte sie eine ihrer größten Stärken gemacht. Übersehen zu werden war zeitlebens ein Vorteil für sie gewesen. Damals im Garden House Hotel und all die Jahre danach. Sie hatte gehört, wie Stef Hunt vom Dach hatte runterholen wollen und wie Hunt sich geweigert hatte. Sie war nur ein paar Meter entfernt von ihnen gewesen, am Fenster der Dachkammer, ganz nah unter ihnen. Zuerst hatte Hunt Stef nur ausgelacht. Der Spaß fing doch gerade an, wieso wollte Stef jetzt schon gehen? Er hatte mit dem Stein herumgealbert, aber dann hatte Stef ihm das Ding aus der Hand geschlagen, so viel hatte sie in der Dunkelheit mitbekommen. Und dann hatte sie die Sache eben selbst erledigt. Sie war damals so jung gewesen, aber sie hatte gewusst, dass die Studentenunruhen Märtyrer brauchten, um an Dynamik zu gewinnen, und beinahe hätte ihre Tat diese Märtyrer geschaffen. Sie hatte die Steine geworfen, sie hatte den Proktor getroffen und dann endlich den Studenten, und das war ihr Eintrittsbillet in ein neues Leben gewesen.

Jenny und Hunt hatten ihre Ideale in dieser Nacht verraten, sie waren nutzlose Champagner-Revoluzzer geworden; Karrierewissenschaftler wie so viele in Cambridge, links reden und rechts leben, es war ekelhaft gewesen, ihnen tagtäglich dabei zusehen zu müssen.

Georgina hatte sich bewiesen, damals im Garden House Hotel, genauso wie Kim Philby sich Jahrzehnte vor ihr bewiesen hatte. Sie hatte ihn immer als Seelenverwandten gesehen, einen Mann, der die verlogene britische Klassengesellschaft verachtete und mit ihren eigenen Waffen bekämpfte. In den 1970er-Jahren hatte es noch wenig Material über Philby gegeben, aber das, was sie in den Zeitungen über den »dritten Mann« hatte lesen können, hatte sie begeistert. Ihre stockkonservativen Eltern waren entsetzt über den »Verräter« Philby gewesen – ein ehemaliger Trinity-

Student, ein Produkt des Establishments, der all das zerstören wollte, was sie liebten. Je mehr sie ihn alle ablehnten, umso mehr wollte Georgina sein wie er. Seine politischen Überzeugungen waren in Cambridge geformt worden, genau wie ihre. Und genau wie er hatte sie viele Schwierigkeiten überwinden müssen, um in eine der Bastionen des britischen Establishments einzudringen.

Jahre später las sie Bücher über Spioninnen, die als Sekretärinnen für britische Politiker gearbeitet hatten und auf diesem Weg wichtiges Material nach Moskau liefern konnten. Aber diese Sekretärinnenrolle hätte ihr niemand abgenommen. Denys zu heiraten war die einfachere Lösung gewesen. Als er sie eines Tages auf seine rührend ernsthafte Weise fragte, ob sie ihn »ehelichen« wolle, verstand sie sofort, was für eine Chance sich hier bot. Denys war eine Möglichkeit, *Zugang* zu bekommen. Es war eine langfristig angelegte Möglichkeit mit vielen Unbekannten, aber es war trotzdem ihre beste Chance. Man musste warten können, und sie konnte warten. Denys hatte immer in die Politik gehen wollen, schon als Student war er in die Konservative Partei eingetreten. Es war nur eine Frage der richtigen Lenkung und des Geldes, ihn nach oben zu bringen. Er wurde einer der jüngsten Abgeordneten, die 1979 nach Margaret Thatchers großem Wahlsieg ins Parlament einzogen. Neunundzwanzig Jahre alt war er damals, und er machte seine Sache gut. Zuerst unter Thatcher und dann unter John Major. Georgina war immer an seiner Seite, auf jeder Wahlkampfveranstaltung und bei all diesen endlosen Garten-, Wohltätigkeits- und Weihnachtsfesten in seinem grauenhaft spießigen Wahlkreis. Sie war die Vorbildehefrau. Seine Parteifreunde hatten Denys immer wieder versichert, welch großes Glück er habe, so eine Frau zu »besitzen«. Es wurde fast ein Standardsatz in der Partei: »Ich wünschte, meine Frau wäre eine Georgina.«

Solche Lobeshymnen hatte sie genossen – sie waren ihr großer Kim-Philby-Moment der Ironie. Und natürlich verschafften die Hymnen ihr Zugang in das innerste Sanktum der Konservativen Partei. Einer dicken Frau vertraut jeder – die Männer genauso wie ihre vernachlässigten Ehefrauen. Alle redeten mit Georgina. Sie wurde die Mutter der Kompanie, die Frau, mit der man sprach, wenn man in Schwierigkeiten geriet, der man Dinge erzählte, die man sonst nur seinem Hund anvertraute. Ja, sie hatte tatsächlich den Status eines treuen Hundes in diesen Kreisen erlangt. Was auch immer man ihr erzählte, sie spitzte die Ohren und blickte treuherzig.

Als studierte Biologin kannte sie alle Spezies, Verhaltensforschung war ihre Spezialität gewesen. Sie konnte schon bald erahnen, welcher Abgeordnete sich erpressbar gemacht hatte, weil er korrupt oder pädophil war, weil er Schulden hatte oder seine Sekretärin geschwängert hatte. Es war fantastisches Material für Erpressungen gewesen. Sie und ihr russischer Führungsoffizier hatten jahrelang davon gelebt.

Denys' Abschied von der Politik hätte unter anderen Umständen auch das Ende von Georginas Arbeit bedeuten können. Aber der Umzug von London nach Cambridge hatte ihrer Produktivität nicht geschadet.

Ausgerechnet das verschlafene Cambridge, das sie aus ihrer Jugend kannte, war mittlerweile auf dem Weg zu einem zweiten Silicon Valley geworden, hier wurde Forschung auf höchstem Niveau betrieben. Nicht die nutzlose Forschung von Hunt und all den überflüssigen Geisteswissenschaftlern, sondern die Forschung der Ingenieurs-,

Informatik- und Naturwissenschaften. Alle wollten an diese Informationen herankommen. Die Chinesen waren in Wirtschaftsspionage führend, und auch die Amerikaner versuchten, ihre britischen »Partner« abzuschöpfen. Nur die Russen hatten den Standort Cambridge lange vernachlässigt.

Georgina nahm jetzt Denys' Hand und drückte sie fest. Er schien von der Festigkeit überrascht, so etwas tat sie selten, aber er würde es rationalisieren, so wie er alles immer rationalisierte. Seine Frau hatte schließlich gerade ihre beste Freundin verloren, sie befand sich in einer Ausnahmesituation und reagierte daher besonders emotional. Manchmal fand sie seine Ahnungslosigkeit fast liebenswert, sie hatte etwas Kindliches an sich. Seit vierzig Jahren war Denys Teil ihrer Arbeit; wenn er mit siebzig als Master in Pension ging, würde er vielleicht noch geadelt werden. Sie wäre dann Lady Georgina, so wie es sich ihre Mutter immer gewünscht hatte. Sie war ein Monster an gesellschaftlichen Ambitionen gewesen, und Georgina hatte diese Ambitionen auf ihre Art erfüllt. Auch das war eine wunderbare Ironie.

Sie hörte mit halben Ohr zu, was der Pfarrer sagte. Seit wann war Jenny eigentlich anglikanisch gewesen? Auch das musste eine neue Erfindung von Hunt sein. Oder war sie kurz vorm Exitus plötzlich gläubig geworden? Unwahrscheinlich. Irgendjemand schien jetzt sogar zu schluchzen. Früher wäre so etwas nie möglich gewesen. Man blubberte nicht, schon gar nicht öffentlich, um sich wichtig zu machen. Georgina konnte den Anfang des Geschluchzes in Großbritannien ziemlich genau datieren. Es begann im Sommer 1997, als die irrlichternde Prinzessin Diana gegen einen Pfeiler raste. Die anschließend inszenierte Trauerepidemie war ein klarer Beleg für die Amerikanisierung der britischen Gesellschaft. Früher hatte man sich nicht gehen lassen. Jetzt wurde es erwartet und eingefordert. Alles war nur noch Gefühlsduselei. Ständig und ununterbrochen erklärte jeder einem, was er fühlte. Alle *fühlten* nur noch, kein Mensch *dachte* mehr.

Polina war ein Mädchen, das denken konnte und sich nicht von Gefühlen ablenken ließ. Georgina hatte anfangs nichts von ihrer Existenz gewusst, es war nicht üblich, dass man sich untereinander kannte. Sie wusste natürlich, dass sie nicht allein in Cambridge arbeitete, aber sie hatte bis Anfang Januar nicht geahnt, wer die Kollegen waren und wo sie eingesetzt waren. Wahrscheinlich hätte sie Polina nie kennengelernt, wenn nicht bei einer Routinedurchsuchung von Stefs Schreibtisch der Stick mit dem Mitrochin-Material aufgetaucht wäre. Georgina schämte sich ein wenig dafür, aber sie war danach in Panik geraten. Stef hatte ganz offensichtlich herausgefunden, wer 1970 in Cambridge rekrutiert worden war. Es musste auch für ihn eine unangenehme Überraschung gewesen sein. Er wollte endlich, nach all den Jahren, den verhassten Hunt überführen und war dabei auf jemand völlig anderen gestoßen. Paddington war eine SIE. Und nicht irgendeine fremde Frau, sondern seine alte, harmlose Freundin Georgina, die ihn immer zu Collegeessen einlud und gelegentlich auf einen Gin Tonic bei ihm vorbeikam.

Nach einem dicken Bären benannt zu werden war nicht gerade schmeichelhaft für Georgina gewesen, auch wenn es eher um ihren Dufflecoat ging. Aus irgendeinem Grund hatte ihr sowjetischer Führungsoffizier das damals sehr amüsant gefunden, dass sie immer einen blauen Dufflecoat trug wie Paddington Bär. Vielleicht wusste er nicht, dass der Dufflecoat eine Art Uniform der Linken war, dass Michael Foot und viele andere britische Sozialisten in dieser Zeit Dufflecoats trugen und nicht nur ein dicker Kinderbuch-Bär.

Soweit Georgina wusste, existierte kein einziges Foto von ihr aus dieser Zeit mit dem blauen Dufflecoat. Sie hatte immer dafür gesorgt, dass sie die Fotos machte und nie die Fotografierte war. Trotzdem musste sich Stef an ihren Dufflecoat erinnert haben. Mit großer Wahrscheinlichkeit war dieser idiotische Kinofilm daran schuld. In der Vorweihnachtszeit hatte die Reklame mit dem Filmbären angefangen – Filmplakate mit Paddington im blauen Dufflecoat klebten an jeder Bushaltestelle. Bei jeder Paddington-Fernsehwerbung war sie zusammengezuckt. Man konnte dem idiotischen Tier nicht entkommen, und auch bei Stef musste es eine lang verschüttete Erinnerung freigelegt haben.

Es war schrecklich gewesen, nach so langer Zeit mit dieser alten Geschichte konfrontiert zu werden. Aber sobald Georgina es der Zentrale gemeldet hatte, nahm Polina Kontakt mit ihr auf. Von da an wusste Georgina, dass alles gut werden würde. Polina war die neue Generation, jung und bestens ausgebildet, und trotzdem arbeitete sie wie Generationen vor ihr immer noch mit einer altbewährten Tarnung – als Putzfrau und Au-pair-Mädchen. Polina war in Cambridge nicht nur auf Stef angesetzt gewesen, sondern auch auf andere Wissenschaftler. Sogar ihre Au-pair-Familie, die Plovers, hatte sie abgeschöpft. Seit ihrem Besuch im Churchill-Archiv hatte Polina geahnt, dass es langfristig ein Problem geben könnte. Sie hatte auch sofort verstanden, dass Stefs Entschlüsselungen nicht nur Georgina bedrohten, sondern viele andere Kollegen, die übrigen »Bahnhofsnamen«, wie sie es nannte, die immer noch in Großbritannien aktiv waren. In Polinas und Georginas Kreisen schützte man einander bis zuletzt. Es gab einen klaren Corpsgeist, und man ließ sich nicht gegenseitig hängen. Polina hatte aus diesem Grund so schnell wie möglich alle unangenehmen Details erledigt. Georgina hatte ihr den Generalschlüssel für sämtliche Collegezimmer gegeben und war froh gewesen, es nicht selbst machen zu müssen. Sie hätte es natürlich auch tun können, sie hatte keine Angst davor, aber sie kannte Stef zu lange, sie hätte vielleicht am Ende doch noch gezögert, ihn umzubringen.

Der Gottesdienst wurde jetzt noch gefühlsduseliger. Die Elogen von Jennys Künstlerfreunden schienen nicht enden zu wollen. Georgina hatte sich geweigert, etwas zu sagen, sie fand solche Trauerreden peinlich, aber sie schien mit ihrer Zurückhaltung die Ausnahme zu sein. Die üblichen Verdächtigen traten auf: lauter narzisstische Persönlichkeiten, die aus jeder Beerdigung ihre Show machen mussten. Fehlte nur noch, dass Hunt sich auf die Kanzel schwang, reden konnte er ja.

Mittlerweile würde Polina in Sicherheit sein, sie war vielleicht schon über die üblichen Umwege in Moskau angekommen. Georgina wusste, dass ihr dadurch ein neues Leben geschenkt worden war. Mit Polinas Verschwinden war die Schuldfrage geklärt. Niemand würde Georgina jetzt noch verdächtigen, sie würde eines Tages, vielleicht in zwanzig, wenn sie Glück hatte, dreißig Jahren in ihrem eigenen Bett sterben, wie so viele gute Agenten vor ihr. Unerkannt. Das war ihre größte, letzte Lebensleistung. Sie versuchte darüber nicht zu lächeln. Nicht jetzt, wo die Orgel wieder losplärrte, um das lang ersehnte Ende des Gottesdienstes anzuzeigen.

Sie traten alle aus der dunklen University Church heraus in das strahlende Tageslicht von Cambridge. Die Stadt war wuselig wie immer um diese Jahreszeit, ein Eiscremewagen parkte fast direkt vor der Kirche, und eine Reiseführerin erklärte gerade einer Gruppe von chinesischen Touristen die Geschichte der University Church. Die Chinesen hörten kaum zu, sie fotografierten lieber die Trauergemeinde. Wahrscheinlich hielten sie die Leute in Schwarz für ein weiteres Folkloreelement von Cambridge. In dieser Situation fotografiert zu werden machte selbst die exhibitionistische Künstlergruppe verlegen, und die Trauergäste begannen, sich jetzt schnell voneinander zu verabschieden. Während Georgina eine Kette von eilenden Händen drückte, konnte sie sehen, wie die MI5-Leute auf Hunt zugingen. Sie redeten ein paar Worte mit ihm.

Er hörte zu, sein ganzer Körper hörte zu und wurde dabei immer angespannter, wie ein Panther, der sich auf einen Sprung vorbereitet. Diese Anspannung erinnerte sie an etwas. Sie wusste nicht mehr, was es gewesen war, eine Bewegung von ihm vor vielen Jahren, irgendwo verschüttet in ihrem Gedächtnis.

Und dann starrte Hunt in ihre Richtung. Sie hatte nicht damit gerechnet. Sie war die Beobachterin, nicht die Beobachtete. Etwas lief falsch. Sie sah Hunts Augen, die rot geschwollen waren und sie jetzt mit einer Wucht von Wut trafen, zu der nur ein Tier wie er imstande war. Und in diesem Moment wusste sie, dass sie nicht in ihrem eigenen Bett sterben würde.

Kim Philbys Ende
Schlusskapitel für Professor Hunt

Kim Philby verschwand aus Beirut am 16. Januar 1963. Zurück ließ er einen Korrespondentenjob, Ehefrau Nummer drei und seine Kinder von Ehefrau Nummer zwei. Warum er in dieser Nacht verschwand und nicht schon viele Nächte zuvor, blieb lange Zeit ein Rätsel. Elf Jahre lang hatte er an seiner Unschuldsversion festgehalten. Er wusste, dass es zwar viele Indizien gegen ihn gab, aber keine endgültigen Beweise. Sein Vabanquespiel schien sich ausgezahlt zu haben.

Doch dann änderte sich die Beweislage. Im Dezember 1961 floh ein KGB-Offizier namens Anatoli Golizyn in den Westen. Russische Überläufer stellten für Philby immer eine Bedrohung dar. Den gefährlichsten von ihnen, Konstantin Wolkow, hatte er 1945 gerade noch rechtzeitig ermorden lassen, bevor er Details über die »fünf Spione im britischen Geheimdienst« preisgeben konnte. 1961 war Philby so etwas nicht mehr möglich. Der MI6 beschäftigte ihn nur noch als Freelancer, und an Geheiminformationen über mögliche Überläufer kam er schon lange nicht mehr heran. Golizyns Aussage war mehr als gefährlich für ihn. Er berichtete den Briten, dass es »mindestens« fünf Spione gebe, die alle zur gleichen Zeit in Cambridge studiert hätten. Der MI6 nahm dies wörtlich, was einige Verwirrung stiftete. Nicht alle Cambridge Fünf hatten zur gleichen Zeit studiert. Cairncross war rekrutiert worden, nachdem Maclean und Philby die Stadt längst verlassen hatten. Golizyns Aussage gab Philbys Kritikern jedoch neue Nahrung. Dazu kam eine weitere, noch sehr viel größere Bedrohung für Philby. Eine andere menschliche Quelle war aus dem Nichts aufgetaucht, und sie belastete ihn schwer. Ihr Name war Flora Solomon, Aileens alte Freundin.

1962 wandte sich Flora an Lord Victor Rothschild. Sie wusste – was sie eigentlich nicht hätte wissen dürfen –, dass Rothschild im Krieg für den MI5 gearbeitet hatte. Sie erzählte ihm, dass Philby ein Spion sei.

Flora konnte nicht wissen, dass Rothschild zu diesem Zeitpunkt selbst unter Verdacht stand, für die Sowjetunion gearbeitet zu haben. Er und seine Frau Tess waren Freunde von Burgess und Philby gewesen, sie hatten alle während des Krieges in Rothschilds Haus in der Bentinck Street gelebt, und Rothschild hatte Burgess einen Job im Geheimdienst verschafft. Aus diesem Grund fragten sich einige in der Geheimdienstwelt, wie zuverlässig Rothschild tatsächlich war.

Als Flora bei ihm mit der Kim-Philby-Geschichte auftauchte, musste er davon ausgehen, dass man ihm eine Falle stellen wollte. Dass man testen wollte, wie er auf ihre Geschichte reagieren würde. Würde er ihr raten, die Sache nicht zu melden, wäre er eindeutig ein Verbündeter Philbys. Würde er ihre Geschichte an den MI5 weitergeben, konnte er seine eigene Reputation retten. Er beschloss Philby zu opfern und riet Flora Solomon, eine vollständige Aussage zu machen. Flora befolgte diesen Ratschlag und gab dem MI5 Folgendes zu Protokoll:

In den 1930er-Jahren habe Kim Philby sich ihr gegenüber als sowjetischer Spion zu erkennen gegeben und versucht, sie zu rekrutieren. Sie habe abgelehnt und versprochen, niemals über den Vorfall zu reden. Philby sei damals ein Freund von ihr

gewesen, und sie habe sein Leben nicht ruinieren wollen.
Laut Floras Erinnerungen sprach Philby sie erstmals 1937 auf eine Mitarbeit hin an. Er war damals auf dem Weg nach Spanien, um über den Bürgerkrieg zu berichten, und wollte sich von ihr verabschieden. Während des Gesprächs habe er plötzlich gesagt, »er würde wichtige Friedensarbeit leisten, und ob sie nicht mitarbeiten wolle«.
Sie verstand sofort, was er damit meinte, und antwortete ihm, sie habe zurzeit ihre eigenen Projekte – ihr Ziel sei es, so viele Juden wie möglich aus Nazi-Deutschland zu retten. Laut Floras Memoiren versuchte Philby dann noch einmal, mit ihr zu reden. Er nahm sie während einer Party beiseite und sagte, er sei in großer Gefahr. Sie gab vor, nicht zu verstehen, um welche Art von Gefahr es sich handelte.
Nach diesen Gesprächen spielte Philby dann die Rolle eines Pro-Franco-Journalisten und kehrte – von Franco – dekoriert nach London zurück. Seine linken Freunde waren entsetzt und mieden ihn. Flora tat das nicht. Sie lud ihn weiterhin zu ihren Partys ein. Warum war sie nicht auch entsetzt? Über all das verlor sie in ihren Memoiren kein Wort.

In ihren Erinnerungen erwähnt Flora Solomon noch ein Erlebnis mit Philby, dessen Bedeutung ihr erst im Nachhinein bewusst geworden wäre. Nachdem Paris gefallen war, habe Philby zu ihr gesagt: »Jetzt können uns nur noch die Russen retten.« Flora fand diese Idee bizarr. Hitler und Stalin waren zu jener Zeit Verbündete. Aber Philby habe darauf bestanden, die Russen würden am Ende den Faschismus ausmerzen. Flora behauptete, dass sie sich nach diesem Gespräch nicht mehr oft gesehen hätten, die Kriegsarbeit hätte beide zu sehr in Anspruch genommen. Aber auch das kann nicht ganz richtig sein. Flora war die Patentante eines der Philby-Kinder und brachte während des Krieges ständig Pakete mit Kinderkleidung zu Aileen. Darüber hinaus wurde sie Trauzeugin bei Philbys Hochzeit: Im September 1946, eine Woche nachdem die Scheidung von Litzi rechtskräftig geworden war, gingen Aileen, Kim und Flora zum Standesamt im Londoner Stadtteil Chelsea. Aileen war wieder schwanger und hatte Flora gebeten, ihre Trauzeugin zu sein. Was genau Philby damals beruflich machte, schien Flora nicht zu interessieren. In ihren Memoiren behauptete sie, sie habe wie jeder geglaubt, dass er im Auswärtigen Amt beschäftigt sei, genau wie sein amüsanter Freund Guy Burgess.

Als Burgess und Maclean 1951 plötzlich verschwanden, schien Flora daraus keine Schlüsse zu ziehen. Sie wusste sehr genau, wie eng befreundet Burgess und Philby gewesen waren, aber sie meldete sich nicht bei den Behörden.

Der Grund, warum sie 1962 dann doch zu Lord Rothschild ging, war, dass sie sich maßlos geärgert hatte. Nicht Philbys Lügen im Jahr 1955 hatten sie aufgeregt, als er in der berühmt gewordenen Pressekonferenz seine Unschuld beteuerte, und auch nicht die Behandlung ihrer Freundin Aileen, die er depressiv zurückgelassen hatte. Die amoralische Seite seines Lebens, der Landesverrat, all das störte Flora nicht. Was sie störte, war seine neue politische Einstellung. Flora ärgerte sich über die Zeitungsartikel, die er in Beirut schrieb. Philby hatte angefangen, Israel zu kritisieren. Damit war er – wie sie richtig erkannte – ganz aufseiten der neuen Nahostpolitik der Sowjetunion. Philbys Anti-Israel-Artikel wurden der Auslöser für alles, was sie von nun an unternahm, zumindest war das ihre Erklärung für ihren dreißig Jahre verspäteten Verrat.

Flora löste damit tatsächlich Philbys Zusammenbruch aus. Gewappnet mit ihrer Aussage und den Meldungen des

Überläufers Golizyn, reiste Nicholas Elliott Anfang 1963 nach Beirut, um Philby zu einem Geständnis zu bringen.
Ausgerechnet Elliott, Philbys ältester Freund und Verteidiger, hatte diese Aufgabe übernommen. Niemand kannte Kim besser, und die Hoffnung des MI6 war wohl, damit einen Überraschungseffekt zu erzielen. Elliott war so schockiert gewesen von den Beweisen, die ihm vorlagen, dass er Philby die etwas pathetischen Worte entgegenschleuderte: »Ich habe zu dir aufgeschaut, Kim. Mein Gott, wie ich dich jetzt hasse. Ich hoffe, du hast genug Anstand, um zu verstehen, warum.«

Aber was genau war jetzt Elliotts Auftrag? Diese Frage stellte ihm viele Jahre später der ehemalige MI6-Mitarbeiter und Schriftsteller John le Carré: »Was hattet ihr mit einem Verräter wie Philby vor? Ihn vor Ort ermorden? Oder in ein Flugzeug nach London verfrachten und ihm dort den Prozess machen?« In so einem Fall hätte Philby eine hohe Gefängnisstrafe erhalten. Spione, wie der britische Marineattaché John Vassall, der für den KGB gearbeitet hatte, waren zu achtzehn Jahren Gefängnis verurteilt worden, und George Blake hätte zweiundvierzig Jahre eingesessen, wenn ihm nicht die Flucht in die Sowjetunion gelungen wäre.
Elliott schien jedoch von der Frage überrascht gewesen zu sein. Er erwiderte le Carré, dass eine Ermordung von Philby nicht infrage gekommen sei, denn »er war doch einer von uns«.
Auch einen Gerichtsprozess gegen ihn sollte es laut Elliott nicht geben: »Niemand wollte Kim in London.«
Noch ein Spionageskandal, der von der Presse ausgeschlachtet wurde, wäre das Letzte gewesen, was die Regierung und der MI6 brauchen konnten.
Nein, Elliott drohte Philby in Beirut mit etwas anderem. Falls er nicht alles offenlege, wäre er Freiwild: Er würde nie mehr

arbeiten können, nicht als Journalist, nicht als Geschäftsmann, nirgendwo. Er würde seinen britischen Pass verlieren und für immer ein Staatenloser sein, ein »Leprakranker«, wie Elliott sich ausdrückte. Er bot ihm Immunität im Gegenzug für ein Geständnis.

Philby schien zu schwanken. Er muss einen Moment lang gehofft haben, lebend aus der Situation herauszukommen. Der Profi aller Profis, der Mann mit der eisernen Selbstkontrolle, verlor kurze Zeit die Kontrolle. Er gab nach. Zumindest vorübergehend. Elliott wollte sofort die Namen aller sowjetischen Spione wissen. Philby beschloss, Elliott nicht die ganze Wahrheit zu erzählen, sondern gab nur zu, von 1936 bis 1946 für die Sowjetunion gearbeitet zu haben. Er habe dann seinen Irrtum eingesehen und sich nur noch einmal eingeschaltet, um 1951 Maclean zu warnen. Das wäre alles gewesen.

Es war ein Teilgeständnis, aber dass er es überhaupt abgelegt hatte, war verblüffend, und es gibt dafür verschiedene Erklärungen. Die einfachste ist, dass Philby einfach keine Chance mehr sah, Floras Vorwürfe zu leugnen. Niemand hielt Flora für eine Hysterikerin, die sich Geschichten ausdachte. Sie war eine glaubwürdige Belastungszeugin. Vielleicht wusste Philby sogar, dass es Victor Rothschild gewesen war, der Flora zu den Behörden geschickt hatte. Er könnte daraus kombiniert haben, dass Rothschild ihn fallengelassen hatte. Dass der Mann, der ihn über Jahrzehnte unterstützt hatte, jetzt lieber seine eigene Haut retten wollte.

Ein weiterer Grund, warum Philby aufgab, könnte rein biologischer Natur gewesen sein. Er war kein junger Mann mehr, der physische und emotionale Belastungen so leicht verkraften konnte wie früher.

Seit dem Tod seines Vaters hatte Philby noch stärker getrunken als zuvor. Das ambivalente Verhältnis, das die beiden Philbys miteinander verbunden hatte, war nie geklärt worden. Jack Philby sah die Karriere seines Sohnes als Fehlschlag. Er war enttäuscht, dass Kim aus seinen vielen Talenten so wenig gemacht hatte. Kim hingegen musste den wichtigsten Teil seines Lebens vor seinem Vater geheim halten. Die Ironie daran war, dass der Vater nie erfuhr, wie »erfolgreich« sein Sohn tatsächlich gewesen war – Kim Philby, der Jahrhundertspion.

Kims dritte Frau Eleanor beschrieb in ihren Memoiren, wie er unmittelbar vor seinem Geständnis gegenüber Nicholas Elliott schwer betrunken im Badezimmer stürzte und blutüberströmt ins Krankenhaus eingeliefert werden musste. Seine jüngeren Kinder waren gerade zu Besuch gekommen, und dieses Ereignis verängstigte sie völlig. Kim selbst schien furchtbar wütend auf sich zu sein. In den Wochen zuvor hatte er immer häufiger Fehler gemacht, die ihm früher nie unterlaufen wären. Bisher hatte er seine drei Welten – die private, die offiziell-berufliche und die geheime – auch in betrunkenem Zustand voneinander trennen können. Doch es war zunehmend zu Überschneidungen gekommen. Eines Nachts zum Beispiel nahm Kim seine Frau und ein paar Freunde in ein kleines Beiruter Lokal mit, das weit abgelegen von den üblichen Touristenrestaurants lag. Als Eleanor ein paar Tage später fragte, ob sie nicht noch einmal dorthin gehen könnten, stritt er ab, es zu kennen. Es war – wie sie später herausfand – ein Restaurant, das er sonst für seine geheimen Treffen benutzte. Er hatte im angetrunkenen Zustand seine private Welt dorthin gebracht – ein Fehler, der ihm früher nicht unterlaufen wäre. Viele Bälle gleichzeitig in der Luft zu halten war immer seine Stärke gewesen, und er merkte mit wachsender Verzweiflung, dass er kurz davorstand, alle fallen zu lassen.

Als Elliott ein Geständnis von ihm forderte, war Philby also aus verschiedenen Gründen verletzbar geworden. Sein scharfer Geist, auf den er sich bisher hatte verlassen können, ließ ihn immer häufiger im Stich.

Später konnte Philby seinen sowjetischen Vorgesetzten nie zufriedenstellend erklären, warum er zusammengebrochen war. So zumindest beschreibt es Yuri Modin in seinen Memoiren: »Philbys Erklärungen dazu ergaben nie ganz Sinn.«

Wie sehr Philby seinen Zusammenbruch im Nachhinein bereute, wird deutlich, wenn man seinen Vortrag vor KGB-Anwärtern aus den 1970er-Jahren hört. Sein Rat an sie war es, *niemals*, unter keinen Umständen, zu gestehen. Er wusste, wie schwerwiegend die Konsequenzen waren.

Dass er fliehen musste, wurde ihm klar, als er nach dem Gespräch mit Elliott, am 16. Januar 1963, in die britische Botschaft einbestellt wurde. Damit wäre er auf britischem Boden gewesen und hätte verhaftet werden können. Er erfand eine Ausrede, warum er nicht kommen könne. Am gleichen Abend waren er und Eleanor zu einem Dinner eingeladen. Philby sagte seiner Frau, sie solle schon einmal vorausfahren, er müsse vorher noch jemanden treffen. Kurz darauf machte er sich auf den Weg zu einem Frachter, der ihn außer Landes bringen sollte. Mittlerweile war ein Sturm aufgezogen und die Straßen überflutet. Eleanor machte sich Sorgen und bat ihre Gastgeber um Hilfe bei der Suche nach Kim. Sie vermutete, dass er irgendwo verletzt in einem Krankenhaus läge. Am Ende rief sie in ihrer Verzweiflung die britische Botschaft an. Der diensthabende MI6-Offizier verstand sofort, was passiert war.

Vier Monate später tauchte Philby in der Sowjetunion auf.

Burgess, Maclean und Philby waren abgehalfterte Spione, die

man auf spektakuläre Weise »heimgeholt« hatte. Nicht, weil man sie unbedingt in der Sowjetunion haben wollte, sondern weil ihr Verbleib im Westen eine zu große Gefahr darstellte. In ihrem labilen Zustand hätten sie die Verhöre von MI6 und MI5 nicht lange überstehen können. Sie hätten angefangen, Namen zu nennen. In der Sowjetunion hatte man sie unter Kontrolle. Und so begann ihr Leben im sozialistischen Paradies. Für sowjetische Verhältnisse war es ein durchaus angenehmes Leben: Sie bekamen eine eigene Wohnung, genug zu essen und Karten für die Oper. Doch Männer in ihren Vierzigern wollen mehr als Operntickets. Burgess, Maclean und Philby glichen hochtrainierten Rennpferden, die man frühzeitig von der Bahn geholt und in einen engen Stall gesperrt hatte. Alle drei versuchten auf sehr unterschiedliche Weise, die Stalltür aufzutreten.

Am schlimmsten war die Situation für Burgess. Als er zwölf Jahre vor Philby in die UdSSR kam, versank er sofort in einer Wolke aus Alkohol und Apathie. Für einen Mann, der nichts mehr liebte als geistige Stimulation und abenteuerlichen Sex, war Russland ein Friedhof. Niemand hier wagte mit ihm zu reden, geschweige denn mit ihm zu schlafen. Homosexualität wurde in der Sowjetunion mit fünf Jahren Gefängnis oder Zwangsarbeit bestraft. Die Menschen, die Burgess traf, wirkten misstrauisch und verängstigt, es gab weder ein Nacht- noch ein Tagleben, alles war grau und deprimierend. Burgess vermisste die Buntheit des Westens, die Schwulenclubs in Soho und das Kulturprogramm der BBC. Er hätte sich keine schlimmere Strafe aussuchen können als ein Leben in der Sowjetunion. Sein ehemaliger Freund im MI5 Guy Liddell hatte das bereits prophezeit, als er sagte, ein britisches Gefängnis sei Moskau jederzeit vorzuziehen. Wahrscheinlich wäre es für Burgess tatsächlich angenehmer gewesen, in einem der heruntergekommenen Londoner Gefängnisse einzusitzen. Dort hätte er unter den Gefangenen auf jeden Fall einen Prominentenstatus gehabt und im Idealfall auch genügend Sex.

In Russland hingegen wurde das für ihn ein ernsthaftes Problem. Da Burgess sich weigerte, zölibatär zu leben, organisierten seine sowjetischen Betreuer nach langem Hin und Her eine Reihe von Liebhabern für ihn (die nebenher Spitzelberichte über alles, was er tat, verfassten). Aber selbst die jungen Liebhaber machten Burgess nicht mehr glücklich.

Die Ironie war natürlich, dass er bis zu seiner Flucht wenig über die sowjetische Gesellschaft gewusst hatte. Er entwickelte auch keine Ambitionen mehr, sie näher kennenzulernen.

Anders als Maclean machte Burgess sich nie die Mühe, Russisch zu lernen, und lebte bald nur noch für die nächste Flasche Wodka. Sein Traum wurde es, ausreisen zu dürfen, und er glaubte ernsthaft, dass ihn in Großbritannien die Absolution erwartete. In einem Interview, das er 1958, sieben Jahre nach seiner Flucht, der kanadischen Fernsehanstalt CBC gab, wirkte der einst so gut aussehende Burgess aufgeschwemmt und fahrig. In seinem starken Oberschichtenakzent teilte er den Zuschauern mit, er wäre Sozialist und daher gerne in der Sowjetunion. Allerdings wolle er jetzt für einen Monat nach England reisen, um seine Familie zu besuchen.

Dass Burgess ernsthaft glaubte, so etwas durchsetzen zu können, legt die Vermutung nahe, dass er geistig nicht mehr ganz auf der Höhe war.

Nach zwölf Jahren Sowjetunion starb Burgess 1963 in einem Moskauer Krankenhaus an Leberzirrhose. Er war zweiundfünfzig Jahre alt. Sein letzter Wunsch war es gewesen, noch einmal mit »Kim« zu sprechen. Philby war zwar bereits in der Sowjetunion angekommen, weigerte sich jedoch, Burgess

an seinem Krankenbett aufzusuchen. Er hatte ihm seine Flucht nie verziehen. Wenn Burgess 1951 nicht gegangen wäre, hätte Philby vielleicht noch Jahre weiterarbeiten können. Wie wütend er seitdem auf Burgess war, kann man auch in dem berühmten Fernsehinterview sehen, das er 1955 gegeben hatte. Er stotterte nur leicht an einer Stelle während des Interviews – als er den Namen Burgess aussprechen musste. Was auch immer diese beiden Männer verband, sie kamen nicht darüber hinweg. Burgess, der so viele Männer gedankenlos hintergangen hatte, weinte jedes Mal, wenn er über Philby redete. Er wollte seine Absolution und bekam sie nie. Trotzdem vermachte er Kim seine Lieblingsgegenstände – seine Sammlung von Jane Austens Werken, seine Kleidung und eine mittelalterliche Laute, auf der er immer sein altes Cambridge-Ruderlied gespielt hatte. Cambridge, der Ort seiner Jugend, verwandelte sich für Burgess im Moskauer Exil zu einer verklärten Erinnerung, einem Paradies voller Ruderclub-Reminiszenzen. All das, worüber er sich früher lustig gemacht hatte, war zu einem Sehnsuchtsort verschmolzen.
Es entbehrte nicht einer gewissen Tragik, dass Burgess erst nach seinem Tod wieder nach England reisen durfte. Seine Familie ließ seine Urne auf einem Pfarrfriedhof in Hampshire beisetzen.
Philby hatte für solche Sentimentalitäten nichts als Verachtung übrig. Er war immer ein hundertprozentiger Parteigenosse gewesen, für den nur ein sowjetisches Begräbnis infrage kam. Wenn man sich Fotos von Philby aus den 1970er-Jahren ansieht, dann erinnert nichts mehr an seinen früheren Charakterkopf. Sein Gesicht wirkt aufgeschwemmt, ohne Kontur, die Augen starr. Es spiegelt eine Mischung aus Alter und Alkoholmissbrauch wider.
Auch Philby kam mit dem Leben in Moskau lange nicht

zurecht. Niemand schien sich daran erinnern zu wollen, was er während des Krieges für die Sowjetunion geleistet hatte. Es warteten weder Orden noch Ovationen auf ihn. Ganz im Gegenteil. Innerhalb des KGB existierte eine einflussreiche Gruppe, die ihn für einen Verräter hielt. Sie wussten von seinem Teilgeständnis in Beirut, und sie sorgten dafür, dass er Verhören unterzogen wurde, die außergewöhnlich unangenehm verliefen. Man gab ihm zwar eine gute Wohnung, aber er wurde sicherheitshalber überwacht.
Auch sein Privatleben blieb schwierig. Seine dritte Frau Eleanor war ihm nach Moskau gefolgt. Es war eine ausgesprochen großzügige Geste von ihr gewesen, nachdem er sie in Beirut ohne Erklärung sitzengelassen hatte.
In ihren Memoiren schreibt Eleanor, dass sie sich dafür entschied, in die Sowjetunion zu gehen, weil sie Kim immer noch liebte. Sie war fest entschlossen, ihre Ehe zu retten, und anfangs funktionierte das auch. Philby war dankbar, dass sie ihm gefolgt war, und sie versuchten sich gemeinsam einzuleben. Da für Russen Kontakte mit Westlern verboten waren, fanden sie keine russischen Freunde und verbrachten die meiste Zeit mit Donald und Melinda Maclean. Das sollte sich schon bald als Fehler herausstellen.
Donald Maclean hatte sich sehr viel besser in die sowjetische Gesellschaft integriert als Burgess und Philby. Die Russen hatten ihm gleich nach seiner Flucht einen strengen Entzug verordnet, damit sich sein Körper und seine zerrütteten Nerven erholen konnten. Anschließend brachte er sein Leben sukzessive unter Kontrolle. Er lernte Russisch und schaffte es, obwohl das Misstrauen gegen ihn in den ersten Jahren noch sehr groß war, am Ende eine intellektuell anspruchsvolle Aufgabe zugewiesen zu bekommen.
Seine Familie war ihm in die Sowjetunion gefolgt. Seine Frau

Melinda und die Kinder hatten eine abenteuerliche Flucht auf sich genommen, um mit ihm in Moskau zu leben. Trotzdem blieb das Familienleben der Macleans weiterhin fragil.
In ihrer Autobiografie porträtierte Eleanor Philby Melinda Maclean als eine hochnervöse Person, die sich ständig wiederholte und permanent mit ihren Kindern stritt. Wie zutreffend diese Beschreibung ist, bleibt allerdings fraglich. Eleanor hatte allen Grund, Melinda als Hysterikerin darzustellen. Es war Melindas Schuld, dass am Ende ihre Ehe mit Philby zerbrach.
Als Eleanor Moskau für mehrere Monate verlassen musste, um ihre Tochter im Westen zu besuchen, war Philby längere Zeit allein. Das war kein Zustand für einen Mann wie ihn. Er suchte eine vorübergehende Lösung. Es war nicht einfach, in Moskau an interessante Frauen heranzukommen, und ausgerechnet Melinda Maclean hatte viel Zeit. Seit Jahren lebte sie in einer ausgesprochen lieblosen Ehe mit Donald Maclean. Dass sie sich eines Tages für das Desinteresse ihres Mannes revanchieren würde, war vorhersehbar. Auch Philbys Reaktion hätte niemanden überraschen sollen. Er war prinzipiell für jeden Ehebruch zu haben, und Eleanors Abwesenheit gab ihm die Gelegenheit.
Mit Melinda Maclean zu schlafen war auch deshalb für ihn interessant, weil er Donald Maclean trotz der gemeinsamen ideologischen Überzeugungen nicht ausstehen konnte. All das hätte eine Episode bleiben können, doch nachdem Eleanor nach Moskau zurückgekehrt war, entdeckte sie die Affäre relativ schnell. Es war ein furchtbarer Schock für sie. Sie hatte alles für Philby im Westen aufgegeben und musste nun erkennen, dass sie, wie so viele Menschen vor ihr, auf einen Blender hereingefallen war. Sie verließ Philby und zog in ein abgelegenes Haus in Irland. Aus einer Mischung von Geld-

mangel, Verzweiflung und Einsamkeit heraus begann sie ein Buch über ihre gemeinsame Zeit mit ihm zu schreiben – »The Spy I Loved«. Sie erlebte die Veröffentlichung ihrer Autobiografie nicht mehr mit. »The Spy I Loved« erschien kurz nach ihrem Tod 1968, und bis heute ist nicht klar, ob es tatsächlich die Version ist, die Eleanor hinterlassen hat. Zu viele Leute hatten ein Interesse daran, in diesem Buch nicht erwähnt zu werden.

Eleanors plötzliches Ende verlief nach dem gleichen Muster wie schon bei Philbys zweiter Ehefrau Aileen. Wie Aileen starb auch Eleanor unter mysteriösen Umständen, allein in einem einsamen Haus. Sie wurde vierundfünfzig Jahre alt.

Eine Ehefrau durch mysteriöse Umstände zu verlieren ist durchaus möglich, zwei Ehefrauen auf diese Weise zu verlieren ist ausgesprochen ungewöhnlich. Auch wenn Eleanor in Irland starb und damit Tausende von Kilometern entfernt von ihrem Mann, so schien ihr Tod außergewöhnlich bequem für Philby. Wieder musste er sich nicht scheiden lassen, wieder nahm eine Ehefrau Geheimnisse mit ins Grab.

Trotzdem blieb Philbys mentaler Zustand in diesen Jahren alles andere als gut. 1972 hatte KGB-General Oleg Kalugin ihn in seiner Wohnung besucht und als ein »Wrack, das nach Wodka roch« beschrieben. Die Jahre des Wartens hatten Philby mit Blei übergossen. Es wurde gemunkelt, er habe bereits einen Selbstmordversuch unternommen. Bis zu diesem Zeitpunkt gab es im KGB immer noch Leute, die Philby für unzuverlässig hielten. Erst langsam erkannte man, was er für die Sowjetunion geleistet hatte. Kalugins Aufgabe wurde es nun, Philby zu rehabilitieren. Natürlich geschah dies nicht aus reiner Menschenfreundlichkeit. Der KGB wollte potenziellen Überläufern demonstrieren, wie gut man für seine alten Spione sorgte. Philby aus der Versenkung zu holen war ein kluger

Anfang. 1977 durfte er vor KGB-Anwärtern eine Rede halten und wurde von seinen russischen Kollegen jetzt immer öfter um Rat gefragt.

In Großbritannien hatte man ihn nie vergessen. In den 1980er-Jahren führte Nicholas Elliott mit John le Carré mehrere Gespräche, um seine gescheiterte Freundschaft mit Philby aufzuarbeiten. Le Carré war ein idealer Gesprächspartner. In seinem berühmtesten Roman »Dame, König, As, Spion« hatte er einen Verräter beschrieben, der in vielen Punkten an Kim Philby erinnerte. Die Gespräche mit le Carré waren für Nicholas Elliott eine Therapie. Elliott glich einem verwundeten Mann, der zwar unentwegt an seinen Bandagen zupfte, gleichzeitig aber nicht zugeben wollte, dass eine Wunde existierte. Er hatte in vielerlei Hinsicht eine hohe Rechnung für seine Freundschaft mit Philby bezahlt. Er war die lächerliche Figur geworden, der Mann, der fast bis zuletzt an Kims Unschuld geglaubt hatte und ihn in Beirut auch noch entwischen ließ. Elliott hatte allen Grund, Philby zu hassen. Und trotzdem bemerkte der kluge Psychologe le Carré, wie Elliott seinen alten Freund auf eine merkwürdige, unerfüllte Weise immer noch liebte. Es war eine heterosexuelle Männerliebe, aber vielleicht war es auch sehr viel mehr.
Lange nach seiner Flucht hatte Philby noch einmal an Elliott geschrieben und ihn gebeten, sie sollten sich treffen, vielleicht in Ostberlin. Elliott antwortete postwendend: »Nein, danke. Und tu mir einen Gefallen, leg ein paar Blumen auf Wolkows Grab.«
Wenigstens jetzt, ganz am Ende seines Lebens, hatte er Philby widerstehen können.
Auch le Carré widerstand dem Philby-Charisma. 1987 besuchte er Moskau und wurde von einem »Journalisten«, der

dem KGB nahestand, gefragt, ob er einen ganz besonderen Mann treffen wolle: den berühmten Kim Philby. Bei aller Neugier lehnte le Carré ab. Er wollte nicht mit dem Mann sprechen, der so viele seiner MI6-Kollegen in den Tod geschickt hatte. Elliott und le Carré blieben beide standhaft. Der Schriftsteller Graham Greene hatte jedoch keine Berührungsängste. Er fand le Carrés Moralisieren lächerlich und besuchte Philby mehrmals in Moskau. Wie le Carré hatte auch Greene früher im Geheimdienst gearbeitet und kam in seinen Büchern nie von diesem Thema los. Er beschrieb die Spionagewelt in all ihrer Lächerlichkeit und Trostlosigkeit – unter anderem in »Der stille Amerikaner« und in »Unser Mann in Havanna«. In seinem berühmtesten Roman »Der dritte Mann« hatte er bereits 1948 eine Figur erfunden, die Philby ähnelte, obwohl er damals noch nichts von dessen Verrat wissen konnte.

Greene und Philby mochten sich, und sie wussten, wie sehr sie einander ähnelten. Beide waren immer auf der Suche nach einem Glauben gewesen. Greene suchte seine Rettung im Katholizismus, und Philby wählte anstelle einer traditionellen Religion den Kommunismus. Beide konnten England nicht ertragen und verließen es. Beide kamen trotzdem nie von England los.

Natürlich benutzten sie einander bei jeder Begegnung, andere Verhaltensweisen kannten sie nicht. Philby benutzte Greenes Besuche in Moskau, um zu demonstrieren, wie gesellschaftlich akzeptiert er immer noch war. Greene benutzte die Begegnungen mit Philby für literarische Zwecke. Auch bei seinem letzten Besuch 1986 analysierte er Kim Philby noch einmal. Das Ergebnis fiel nicht besonders positiv aus. Er porträtierte Philby als einen alten Agenten, der sich in der Spießigkeit seines Lebens eingerichtet hatte. Doch die

Spießigkeit seiner letzten Lebensjahre lag vor allem an Kims neuer Ehefrau Rufina.

Dass er ein viertes Mal geheiratet hatte, schien logisch. Seine Affäre mit Melinda war eine Verzweiflungstat gewesen, die wie alle Verzweiflungstaten unangenehm endete (Melinda ging kurzfristig zu Donald zurück und verschwand dann später nach Amerika, wo sie 2010 starb).

Philby hatte einen privaten Neuanfang gebraucht und bekommen. Der Spion George Blake, der 1966 in die Sowjetunion geflohen war, sorgte dafür, dass Philby ein nettes russisches Mädchen kennenlernte. Ihr Name war Rufina Pukhova. Der Altersunterschied betrug zwanzig Jahre, und voller Stolz schrieb Philby an seine Freunde, dass Rufinas Mutter nur ein Jahr älter sei als er selbst. Mit Rufina reiste er nun durch den Ostblock und schien das Leben noch einmal zu genießen. Zum ersten Mal war er einer Frau treu. Es muss eine ungewöhnliche Erfahrung für ihn gewesen sein.

Kim Philby starb im Mai 1988 nach einer Routineoperation. Wie schon so viele Male zuvor war sein Timing perfekt. Es blieb ihm erspart, den Zusammenbruch der UdSSR zu erleben. Er war wieder einmal davongekommen.

Nachwort

Als Achtjährige waren mir an meinem Vater Dinge aufgefallen, die mich verwirrten. Ich hatte einen Vater, der sehr viel älter war als die Väter meiner Freunde. Er hatte lange in Amerika gelebt, und wir besaßen amerikanische Pässe. Mir wurde auf Nachfrage erklärt, es wäre »sicherer«, solche Pässe zu besitzen. Da ich damals kein Wort Englisch sprach, hoffte ich, wir würden sie nie benutzen müssen.

Am Wochenende durfte ich meinen Vater manchmal zum Düsseldorfer Hauptbahnhof begleiten, um englische Zeitungen zu kaufen. Er verschwand dann bei den Schließfächern, während ich im Zeitungsladen auf ihn wartete. Natürlich hoffte ich, er würde mit etwas Aufregendem zurückkommen, aber unter seinem Arm steckte immer nur die *International Herald Tribune*.

Einmal nahm er mich in eine Kneipe mit, die in einer ziemlich heruntergekommenen Gegend lag. Er traf dort eine Frau im Mickey-Mouse-T-Shirt, die von einem jungen Mann begleitet wurde. Beide schienen von meiner Anwesenheit nicht begeistert zu sein, und mein Vater fragte mich, ob ich nicht hinausgehen wolle, um mir die Umgebung anzusehen. Nach fünf Minuten entschied ich, dass mir die Umgebung zu unheimlich war (ich war ein Kind mit starken Sicherheitssensoren) und kam zurück. Als meine Mutter von dem Vorfall hörte, wurde sie wütend. Sie hasste den Beruf meines Vaters.

Er arbeitete seit dem Zweiten Weltkrieg als Nachrichtenoffizier für die Amerikaner. Das war für einen Emigranten seiner Generation nicht unbedingt ungewöhnlich. Als zwanzigjähriger war er mit einem Stipendium nach Amerika gekommen. Nachdem die USA in den Krieg eingetreten waren, wurde er – wie so viele deutschsprachige Emigranten – Teil des *Counter Intelligence Corps* (CIC). Seine Operationen waren so erfolgreich (und vor allem einfallsreich), dass man ihn auch nach dem Krieg behalten wollte. Aber die neugegründete CIA war eine andere Art von Organisation als der CIC. Ein unkonventioneller Nachrichtenoffizier wie mein Vater wurde in den 1950er-Jahren suspekt. In der McCarthy-Zeit konnte jeder mit ausländischen Wurzeln und »liberalem« Gedankengut verdächtig werden. Irgendwann kam es zum Bruch mit der CIA. Trotzdem scheint mein Vater immer wieder für sie gearbeitet zu haben, denn meine Mutter entwickelte eine ohnmächtige Wut auf diese »Organisation«.

Mein Vater starb kurz nach dem Vorfall mit der Mickey-Mouse-Frau. Er hinterließ Unmengen von Schlüsseln, die nichts öffneten. Irgendwann warf meine Mutter sie weg. Ich war acht Jahre alt, und der einzige Anhaltspunkt, den ich hatte, war eine Frau im Mickey-Mouse-T-Shirt.

Sie fiel mir Jahre später wieder ein, als ich in Cambridge Geschichte studierte. Die Stadt wimmelte von Spionagegeschichten, und jeder schien jemanden zu kennen, der irgendwann einmal »beinahe« von MI6 oder MI5 rekrutiert worden war. Ein paar der Geschichten klangen glaubhaft, denn die Universität hatte auf diesem Gebiet eine lange Tradition. In den 1930er-Jahren war Cambridge der

Ort gewesen, an dem sowjetische Nachrichtendienste ihre erfolgreichsten Spione rekrutiert hatten. Junge, begabte Studenten aus bestem Hause wurden hier zu Stalins Agenten. Der berühmteste von ihnen war Kim Philby, der nach seiner Enttarnung 1963 in die Sowjetunion floh. Doch nicht nur der sowjetische, auch der britische Geheimdienst war in Cambridge immer aktiv gewesen. Junge Cambridgestudenten wie Harry Hinsley halfen während des Zweiten Weltkrieges dem britischen Nachrichtendienst, deutsche Funksprüche zu entschlüsseln.

In meinem wöchentlichen Cambridger Intelligence Seminar erfuhr ich viel über diese männlichen Spione, aber wenig über die Frauen, die mit ihnen gearbeitet hatten. Sie tauchten in allen Büchern über Geheimdienste nur in Fußnoten auf. Ich dachte an die Frau im Mickey-Mouse-Shirt und fragte mich, ob ich mich geirrt hatte, ob Frauen vielleicht nur als Sexfallen von Geheimdiensten eingesetzt werden. Und dann stellte mir jemand Daphne Park (1921-2010) vor. Sie saß als Baroness Park of Monmouth im House of Lords und sah nicht wie eine Mata Hari aus. Nichts an Daphne war sexy. Sie war eine runde Frau mit Brille und praktischem Haarschnitt, die sich ganz offensichtlich nicht für ihr Äußeres interessierte. Man hätte sie als Miss-Marple-Darstellerin besetzen können, eine Frau unbestimmten Alters, die an jeder Bushaltestelle übersehen wird. Genau das war immer Daphnes größte Stärke gewesen. In den 1950er-Jahren hielten die Russen sie für die neue Köchin an der Britischen Botschaft in Moskau. Tatsächlich war sie eine der besten Spione von MI6.

Daphne hatte ihre Kindheit in Afrika verbracht. Ihr Vater arbeitete wie viele Briten seiner Generation im Empire. In einer Kolonialfamilie aufzuwachsen bedeutete, dass man sich keine Sentimentalitäten erlauben konnte. Schulpflichtige Kinder mussten die Familie verlassen, um in England eine bessere Ausbildung zu erhalten. Daphne war hochbegabt, und man schickte sie mit elf Jahren auf eine englische Mädchenschule. Von diesem Zeitpunkt an war sie auf sich allein gestellt, ihre Eltern sah sie erst fünfzehn Jahre später wieder. Der Krieg und ein paar andere Dinge kamen dazwischen. Nach einem Studium in Oxford übernahm Daphne 1944 die Aufgabe, Widerstandsgruppen in Europa zu koordinieren. Mit erst dreiundzwanzig Jahren wurde sie zu einer Art Mutter der Kompanie, mit der man jede Bombardierung überleben konnte. Auch später wollten Agenten für Daphne arbeiten, weil sie wussten, dass sie ihre Leute immer aus den schwierigsten Situationen herausholen würde. Sie selbst ging keiner schwierigen Situation aus dem Weg. Es gab viele davon: in der Sowjetunion, im Kongo und in Vietnam. In Afrika musste Daphne einmal mitanhören, wie einer ihrer Informanten im Keller gefoltert wurde. Ein Stockwerk höher servierte der Folterer Daphne einen Drink und wartete auf ihre Reaktion. Daphne nahm ihren Drink und blieb auch noch zum Abendessen. Aber sie vergaß und vergab nie. Der Informant überlebte, und der Folterer wurde bald darauf tot aufgefunden.

Meine Erinnerungen an die Mickey-Mouse-Frau und Daphne sind der Grund, warum ich einen Roman über Cambridge und die Welt der Geheimdienste geschrieben habe. Ich konnte jedoch nicht voraussehen, dass kurz vor seiner Veröffentlichung ein neues Spionagefieber ausbrechen würde. Seit 2017 steht Cambridge wieder im Mittelpunkt eines Agentenskandals. Ausgerechnet das Cambridger Intelligence Seminar, in das ich selbst noch als Dozentin jeden Freitag pilgerte, ist in die Schlagzeilen geraten. Zuerst legte der ehemalige Chef von MI6, Sir Richard Dearlove, die Leitung des Seminars nieder, weil er vermutete, es wäre mit russischen Geldern unterwandert worden. Kurz darauf wurde bekannt, dass General Flynn, Trumps ehemaliger Sicherheitsberater, bei einem Vortrag für das Seminar eine hübsche, russische Doktorandin kennengelernt hatte. Seine E-Mails an sie sind seit 2017 Gegenstand der Untersuchung über die Russlandkontakte der Trump-Administration geworden. Er unterschrieb sie als »General Micha«.

Ich mochte die russische Doktorandin, sie war leicht exzentrisch und schien nie ganz nüchtern zu sein. Soweit ich weiß, besitzt sie kein Mickey-Mouse-T-Shirt, aber Daphne würde mir jetzt sicher sagen, dass ich immer noch nichts verstanden habe.

Hannah Coler, 9. April 2017

Anmerkungen

Die Geschichte der Cambridge Fünf, die hier erzählt wird, beruht auf neuen Forschungsergebnissen. Die verwendeten Zitate stammen aus Akten der National Archives London und aus der unten angegebenen Forschungsliteratur.

Die Mitrochin-Papiere wurden am 7. Juli 2014 an die Churchill Archives in Cambridge übergeben. Ein großer Teil der Papiere ist bis heute gesperrt.

Die Garden-House-Revolte fand im Februar 1970 in Cambridge statt, allerdings gab es damals keine Schwerverletzten.

Abgesehen von den Cambridge Fünf und bekannten Wissenschaftlern wie Stephen Hawking, Christopher Clark, Richard J. Evans, Brendan Simms und Mary Beard sind alle erwähnten Personen in diesem Buch fiktiv, und falls Sie Ihnen in Cambridge einmal begegnen sollten, ist das reiner Zufall.

Zuletzt gilt mein besonderer Dank drei sehr realen Frauen, die mein Manuskript mit großem Engagement betreut haben: meiner Lektorin Nicole Geismann, meiner Redakteurin Angela Kuepper und meiner Agentin Andrea Wildgruber.

Quellen

National Archives London:

Post-war diaries of Guy Liddell, Deputy Director General of Security Service, KV 4/466
Im Oktober 2015 freigegebene Papiere über
die Cambridge 5:
Guy Burgess, aliases Roger Styles, Jim Andreyevich Eliot, KV 2/4102
Donald Maclean, aliases Richard Curzon, Mark Frazer, Percy Maclean, S Madzoevsky, KV 2/4140-4164
sowie: CAB 301/120
KV 3/442
KV 6-143
FCO 158-28

Literaturverzeichnis (Auswahl)

Christopher Andrew, MI5: Die wahre Geschichte des britischen Geheimdienstes, München 2011

ders., The Sword and the Shield: The Mitrokhin Archive and the Secret History of the KGB, 1999

John le Carré, Der Taubentunnel: Geschichten aus meinem Leben, Berlin 2016

Miranda Carter, Anthony Blunt. His lives, London 2001

Henry Chapman Pincher, Treachery. Betrayals, Blunders and Cover-ups: Six Decades of Espionage, London 2011

Gordon Corera, The Art of Betrayal. Life and Death in the British Secret Service, London 2011

John Costello und Oleg Tsarev, Deadly Illusions, London 1993

Oleg Gordiewski und Christopher Andrew, KGB. Die Geschichte seiner Auslandsoperationen von Lenin bis Gorbatschow, München 1990

Jonathan Haslam, Near and Distant Neighbours. A New History of Soviet Intelligence, Oxford 2015

Barbara Honigmann, Ein Kapitel aus meinem Leben, München 2006

Keith Jeffery, MI6. The History of the Secret Intelligence Service 1909-1949, London 2010

Phillip Knightley, Philby. KGB Masterspy, London 1988

Ben Macintyre, A Spy Among Friends, London 2014

Yuri Modin, My Five Cambridge Friends, London 1994
Eleanor Philby, Kim Philby. The Spy I Loved, London 1968
Kim Philby, Mein Doppelspiel. Autobiografie eines Meisterspions, Gütersloh 1968
Dusko Popov, Superspion. Doppelagent im Zweiten Weltkrieg, Wien 1977
Adam Sisman, John le Carré: The Biography, London 2015
Michael Smith, The Spying Game. The Secret History of British Espionage, London 1996
Flora Solomon, A Woman's Way, New York 1984
Nigel West und Oleg Tsarev, The Crown Jewels: The British Secrets at the Heart of the KGB Archives, Yale 1999

Textnachweise:

Die Zitate von Kim Philby stammen aus Kim Philby: »Mein Doppelspiel. Autobiografie eines Meisterspions«, übersetzt von Dr. Hans Jürgen Wille und Barbara Klau, Bertelsmann Verlag, Gütersloh 1968.

Das Zitat von Arnold Deutsch auf Seite 119 stammt aus John Costello und Oleg Tsarev: »Deadly Illusions«, London 1993, übersetzt von Hannah Coler.

Das Zitat über Nicholas Elliott auf Seite 348 stammt aus: Nigel West und Oleg Tsarev: »The Crown Jewels. The British Secrets at the Heart of the KGB Archives«, Yale 1999, übersetzt von Hannah Coler.

Die Zitate von Yuri Modin auf Seite 350 und Seite 397 stammen aus Yuri Modin: »My five Cambridge Friends«, London 1995, übersetzt von Hannah Coler.

Das Zitat von Eleanor Philby auf Seite 353 stammt aus Eleanor Philby: »Kim Philby. The Spy I loved«, London 1968, übersetzt von Hannah Coler.